# Le Voleur d'Étoiles

# Le Voleur d'Étoiles

## Le Souffle des Dieux - 3

Vincent Portugal

VINCENT PORTUGAL
www.vincent-portugal.fr

Illustration de couverture : Wahya
ISBN : 978-2-490423-00-2


Imprimé par Amazon KDP (Europe)
Dépôt légal Mai 2018

*Pour Sophie et Alain, Jean-Michel et Catherine,*
*mes quatre parents*

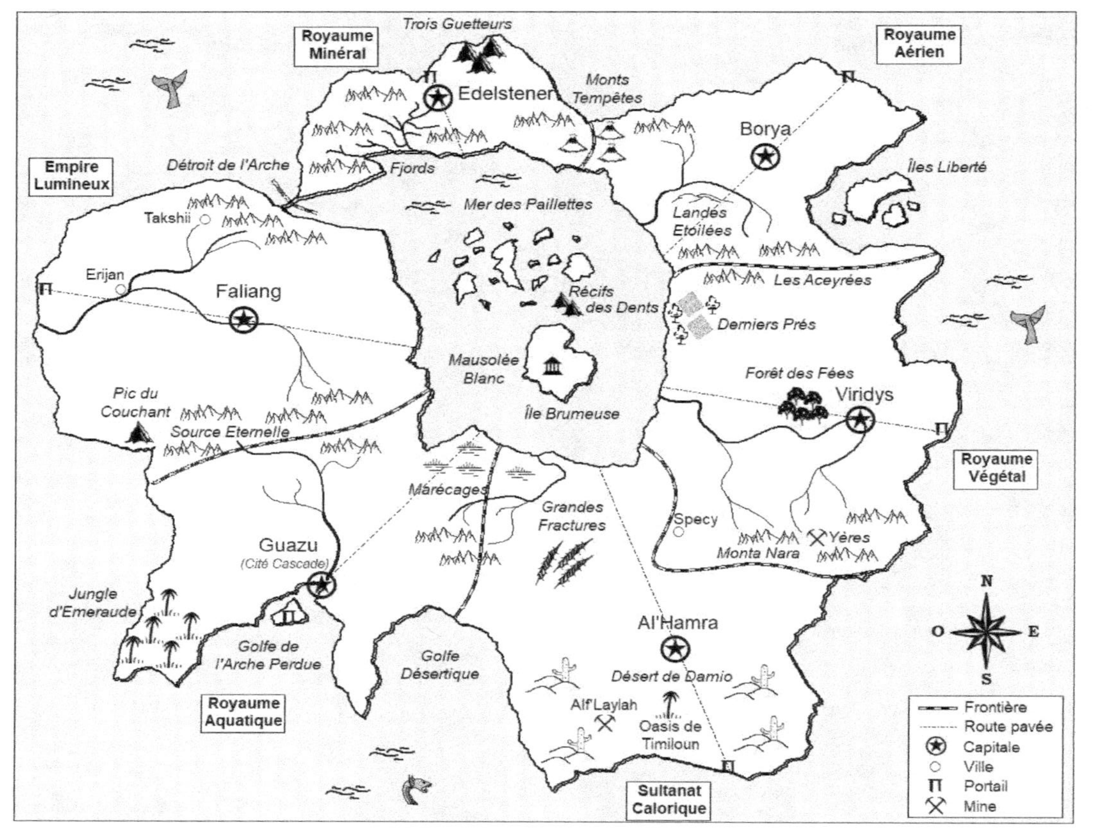
Trois Guetteurs
Royaume Minéral
Royaume Aérien
Edelstener
Monts Tempêtes
Borya
Empire Lumineux
Détroit de l'Arche
Fjords
Îles Liberté
Mer des Paillettes
Takshii
Landés Etoilées
Erijan
Faliang
Récifs des Dents
Les Aceyrées
Derniers Prés
Mausolée Blanc
Forêt des Fées
Viridys
Pic du Couchant
Île Brumeuse
Source Eternelle
Royaume Végétal
Marécages
Grandes Fractures
Specy
Guazu
(Cité Cascade)
Monta Nara
Yères
Jungle d'Emeraude
Al'Hamra
Golfe de l'Arche Perdue
Golfe Désertique
Désert de Damio
Alf'Laylah
Oasis de Timiloun
Royaume Aquatique
Sultanat Calorique
N
O
E
S
Frontière
Route pavée
Capitale
Ville
Portail
Mine

# DRAMATIS PERSONAE

## MESSAGERS DE DOHR'IM - *ET DJINNS*

Prince Angelo - *Trimène*
Princesse Amira - *Polymnie*
Tim - *Ji'Arak*
Rébus - *Ji'Vri*

## ORACLES / FILLES DE LA LUNE

Polymnie, Uranie et Trimène (djinns)
Euterpe, Sulménie et Kléio (gardiennes)
Thaleia, Melpomène et Terpsichore (traîtresses)

Maïa (doyenne des Filles de la Lune)

## ROYAUME MINERAL

Reine Hildegarde et Roi Björn **Fejell**
Prince Olaf (héritier)
Princesse Frida

Reine Olga (première femme de Björn - *décédée*)
Prince Atik (fils de Björn et Olga - *décédé*)

Lupa et Wolfgang Adellarte (parents de Rébus)
Robulus (frère de Rébus)
Lex, Karyb, Kylias (assassins)
Døriel et Hilda (cuisiniers)

# Royaume Vegetal

Reine Granada **de los Calyptos** (grand-mère d'Angelo - *décédée*)
Reine Mirabella et Roi Kiridjo (parents d'Angelo)
Gracilla, Clara et Aldo (cousins d'Angelo)

Acacia (mage)
Mona (intendante)
Séquijo (Archidruide)

# Sultanat Calorique

Sultane Lamia et Sultan Kadir **Al'Malwib** (parents d'Amira)
Prince Djalil (frère d'Amira)

Abdu (marabout)

# Royaume Aquatique

Roi Aldirus II **Achiyuka** (usurpateur, oncle d'Elliw)
Elliw (princesse déchue)

Manuil (serviteur)

# Empire Lumineux

Impératrice Jani et Empereur Reyo **Mingwang**
Prince Shadiin (marié à Mariña de los Calyptos, sœur d'Angelo)
Princesse Luli

# Royaume Aerien

Roi Falonys **Pankarov**
Roi Démagore - *décédé*

# PROLOGUE

*Des écharpes de brume flottaient autour d'une jeune fille endormie. Elles touchèrent son front et lui insufflèrent un rêve, en souvenir d'un événement vieux de quinze ans.*

Une jeune femme s'était assoupie auprès de son amant, un vif-passeur au teint hâlé. Les jardins du palais avaient formé le décor d'une idylle de plusieurs nuits. Elle avait insisté pour dormir à l'abri des buissons et des rosiers qui entouraient la mare de vif-argent, en dépit de la fraîcheur nocturne. Son compagnon prenait son désir pour un simple caprice… En vérité, la prophétesse était là pour témoigner d'un événement rare et secret : la naissance d'un nouveau Messager de Dohr'im.

Elle était enveloppée dans d'agréables songes où elle berçait tendrement un bébé de lumière. Son petit corps brillait avec l'éclat de mille étoiles ; son visage rieur était éclairé par deux pépites d'or. Un être parfait. Un ange d'une pureté absolue.

Ses rêveries furent brusquement interrompues par un geste de son compagnon, qui pressa son bras avec fermeté. L'homme plaqua une main contre ses lèvres avant qu'elle puisse s'étonner de cet étrange réveil.

Elle lut dans son regard que quelque chose n'allait pas.

Elle se releva à demi et son cœur se serra. Elle aperçut une scène qu'elle n'avait pas prévue. Non, aucune de ses visions ne l'avait préparée à voir Mirabella de los Calyptos, habillée d'une tenue de combat et portant son masque d'Ensorceleuse. Son sceptre était surplombé d'une gemme qui émettait une dangereuse lumière verte. La magicienne menaçait une femme à la peau sombre qui était tombée à terre : Lamia Al'Malwib, la princesse du Sultanat Calorique.

« L'Ensorceleuse ne doit pas intervenir, s'exclama-t-elle avec horreur. Pas cette nuit ! »

Affolée, la prophétesse s'empressa de ramasser ses vêtements et d'éteindre les talismans qui l'avaient réchauffée toute la nuit. L'air glacé la fit frissonner.

La jeune femme se tourna vers son compagnon qui la regardait avec étonnement. Elle ne réussit pas à lui sourire. L'heure était grave.

« Mon beau passeur, nous ne devons pas être vus ensemble… Séparons-nous ! »

Elle n'avait pas le temps de lui expliquer l'urgence de la situation ou d'inventer un prétexte pour l'éloigner. Elle couvrit ses épaules d'un manteau de fourrure blanche et jeta ses cheveux blonds en arrière. Elle embrassa une dernière fois son amant et le quitta d'un pas rapide.

*« Fais vite, le Réceptacle se réveille ! »*, murmura une voix dans son esprit.

Elle eut un geste agacé en direction du djinn émeraude qui s'était condensé dans les airs. Elle avait senti comme lui une chaleur anormale se dégager de la poche secrète de sa tunique. La naissance du Messager ne tarderait plus.

Elle longea la mare de vif-argent pour se rapprocher des deux adversaires. Elle s'accroupit et toucha son talisman totem, un brin de fleurs de mimosa en or.

*« Prête-moi ta force,* dit-elle en pensée à son djinn. *Nous devons les inciter à quitter ces jardins au plus vite.*

*— La princesse Mirabella n'apparaissait pas dans tes visions… Comment est-ce possible ?*

*— Je l'ignore. Sa présence ne présage rien de bon. »*

La jeune femme s'apprêtait à lancer un sortilège, lorsqu'elle entendit l'Ensorceleuse prononcer des mots terribles, chargés d'un antique pouvoir :

« J'invoque la justice de la Balance ! »

La magicienne déclama un poème d'une voix où vibrait un mélange de tristesse et de colère. Le ciel se déchira et décocha des flèches enflammées sur la terre. Chaque trait de lumière toucha Lamia Al'Malwib, qui se tordit de douleur dans la boue.

L'observatrice cachée dans les buissons s'émut de la puissance destructrice des étoiles. L'héritier de son dieu n'aurait pas dû naître dans cet excès de violence et de souffrance. Pour une raison qu'elle ne s'expliquait pas, ses visions prophétiques l'avaient trahie.

*« Le Réceptacle ! »*, s'écria son djinn.

Sa tunique brûlait sa peau. Terrifiée, la jeune femme tira de sa poche un lourd pendentif en forme de croissant de lune. L'énorme diamant scintillait, vibrait et émettait un son strident. Il contenait l'énergie accumulée de trente-trois générations de Messagers. Le bijou réagissait à la naissance d'un nouvel héritier.

Les éléments se déchaînaient. La mare de vif-argent se mit à tourbillonner dans un grondement sourd. Soudain, un éclair frappa la surface du liquide. Un geyser lumineux en jaillit et une explosion souffla sur les jardins.

La jeune femme fut éblouie et projetée en arrière. Elle sentit un craquement dans sa main. Le diamant éclata en morceaux et libéra une deuxième vague d'énergie.

L'orage céleste s'apaisa brusquement.

La prophétesse pleurait de douleur et de rage. Son don l'avait trahi. Elle n'avait pas réussi à anticiper cette catastrophe. Le plus puissant artefact des Filles de la Lune s'était brisé. Où donc s'était envolé son terrible pouvoir ?

# Première partie

# Rôdeurs

# Intermède

Une musique langoureuse résonnait dans les grottes, une invitation à la détente et au repos. Des accords gracieux s'échappaient d'une harpe enchantée, sous les doigts distraits d'une muse endormie.

Euterpe veillait sur l'immense sablier brisé qui lévitait devant elle. Les yeux clos, le souffle calme, elle tissait un sortilège subtil qui ralentissait le passage du temps. Sa mélodie lui offrait une douce immortalité. Elle préservait le dernier souffle de vie de son dieu, Dohr'im, dont les cendres brûlaient à ses pieds.

Six joyaux s'étaient détachés du plafond : une émeraude, un œil-de-tigre, un rubis, un saphir, une topaze et une opale. Ils brillaient dans le sable blanc qui tapissait la grotte, près d'un feu aux flammes laiteuses. Heure après heure, la chaleur des cristaux augmentait.

Euterpe n'avait qu'une vague conscience du monde qui l'entourait. Son esprit se concentrait sur la mélodie depuis des millénaires. Pourtant, elle sentit que l'air s'était réchauffé. Les vibrations des cristaux étaient autant d'échos à sa musique, autant de signaux pour lui indiquer l'incroyable vérité.

Le temps était venu.

Sans quitter sa transe, les yeux fermés, elle déplaça lentement les doigts sur sa harpe. L'harmonie changea pour la première fois depuis des milliers d'années. De nouveaux accords s'élevèrent dans les airs. La poussière d'ivoire qui remplissait le sablier se mit à couler sur le sol.

Le temps était venu de jouer un dernier requiem.

# CHAPITRE I

*La vie est un tableau. Jour après jour, les souvenirs s'accumulent comme des couches de peinture qui se mélangent, se superposent et effacent les plus anciennes. Certains pigments résistent mieux que d'autres à l'usure du temps. Pour retrouver les joies et les peines du passé, nous devons restaurer patiemment les couleurs de nos vies.*

*Le temps est un voleur insaisissable mais bienveillant. Il laisse toujours la trace de ses larcins dans notre mémoire.*

***Lupa Adellarte***
***« Couleurs restaurées »***

Le hululement d'une chouette retentit dans l'air.

Patience… Lex m'avait fait promettre de ne pas quitter ma cachette avant le troisième signal. Caché dans l'ombre d'un grand cyprès, je changeai de position pour soulager mes genoux douloureux.

Les rayons de la lune éclairaient les façades blanches du palais et les tours effilées qui pointaient vers le ciel, où l'Astre Émeraude scintillait en émettant une timide lueur verte. Des gardes effectuaient des rondes régulières dans les jardins endormis. Les allées étaient couvertes de gravier qui crissait sous leurs pas et trahissait leur arrivée. Il n'était pas difficile d'éviter ces mages bruyants.

J'étais sur le point de rentrer par effraction dans le palais Viridys, un lieu chargé d'histoire et de mystère. Combien de rois et de reines avaient vécu entre ces murs ? Combien d'intrigues et de romances s'y étaient nouées ? J'avais toujours ignoré ce qui se cachait derrière son enceinte. L'accès était réservé à la famille royale, la cour et leurs invités. Le reste du peuple ne pouvait que rêver de luxe et de beauté, à l'exception des voleurs les plus téméraires.

Angelo se trouvait-il dans une de ces tours ? Mes pensées se troublèrent en se tournant vers mon ancien ami, celui qui m'avait menti depuis le jour de notre rencontre. Nous avions passé plusieurs années ensemble, mais il ne m'avait avoué que tardivement son identité et sa prestigieuse lignée. Cette révélation avait eu le parfum amer de la trahison, jusqu'à ce que j'accepte de comprendre le dilemme qui l'avait tourmenté… Comment un prince pouvait-il fréquenter un garçon miséreux ? J'avais vécu loin du faste de son quotidien. Notre relation était impossible.

Les dernières semaines avaient été fatales à notre amitié. J'avais revu Angelo au cours de la Quête des Talismans Totem et découvert qu'il ressentait plus de colère à mon égard que j'en éprouvais pour lui. Certes, j'avais aidé mon frère et ses complices à le capturer peu de temps avant le Jugement Dernier, mais comment avait-il pu croire que j'avais essayé de le tuer ? Je ne me doutais pas que Robulus et Lex souhaitaient abandonner le prince au milieu d'une forêt, alors qu'un cataclysme magique s'apprêtait à dévaster le monde… Ils m'avaient caché le véritable objectif de leur mission.

La perte de son amitié me laissait plein d'amertume. Une semaine plus tôt, j'avais recroisé son chemin près du Mausolée Blanc, un lieu de légende. Angelo avait accepté de croire que j'avais été victime des manigances de mon frère, mais son animosité et sa rancune m'avaient grandement blessé. Il avait renoncé à réparer des liens auxquels j'étais visiblement le seul à tenir.

Je me mordis les lèvres pour empêcher mes larmes de couler. Ma tristesse était inutile. Un prince pouvait-il vraiment apprécier le fils d'un marchand et d'une artiste peintre ? Angelo avait grandi dans un milieu privilégié. Son amitié n'avait-elle été qu'un leurre ? N'avais-je été qu'un prétexte pour ses sorties nocturnes ? Je le soupçonnais de s'être enfui du palais pour oublier ses responsabilités et caresser les plaisirs de la liberté…

Le hululement d'une chouette retentit dans l'air une deuxième fois.

Les battements de mon cœur s'accélérèrent. Le signal indiquait que Lex et ses complices avaient sécurisé les jardins. Ce serait bientôt à mon tour de jouer.

Angelo m'avait fait des reproches, mais il m'avait caché une autre vérité. Il était coupable de meurtre : celui de mon frère.

J'étais encore bouleversé par la nouvelle. Le décès de Robulus avait terni la joie de mon retour victorieux de l'Île Brumeuse. J'avais insisté auprès de Lex pour connaître les détails d'une mission qui s'était terminée de façon tragique. Le gang des Éternels avait tenté d'assassiner Angelo et la princesse Amira dans une clairière sacrée, mais les deux héritiers du trône avaient invoqué « une magie ténébreuse »… Leur sort avait détruit le sanctuaire des druides. Ils n'avaient laissé aucune chance à l'homme qui les tourmentait.

Mon affection pour Robulus s'était érodée au fil du temps, mais j'étais touché par la disparition de mon unique frère, qui m'avait protégé en me formant aux secrets et aux menaces des rues de Viridys. Il n'avait pas toujours été un criminel. J'étais persuadé que la découverte de son Impureté avait altéré son esprit et ses valeurs morales. Il avait embrassé un dangereux quotidien où la mort était son amie, son amante et son gagne-pain. Nous savions tous qu'elle le trahirait un jour.

L'espérance de vie d'un assassin était courte ; j'avais accepté l'idée de perdre mon frère depuis des années. J'étais cependant choqué d'apprendre qu'Angelo était à l'origine de son décès. Une *magie ténébreuse* ? Oui, peut-être… J'avais été témoin du pouvoir effrayant qu'il partageait avec la princesse Amira. Ils avaient dû l'invoquer pour se défendre.

La scène qui s'était déroulée dans le Mausolée Blanc ne quittait pas mon esprit. Trois femmes fantomatiques étaient apparues au milieu des ruines en se proclamant Oracles d'un dieu disparu, Dohr'im. Leurs paroles ne cessaient de tourbillonner dans ma tête… À les entendre, Angelo et Amira étaient les héritiers de son antique magie, mais, surtout, j'avais un rôle à jouer dans leur quête. J'étais selon elles un autre Messager de Dohr'im, un Rêveur, car j'avais rêvé de leur naissance.

Le hululement d'une chouette retentit dans l'air une troisième fois.

Le signal me fit l'effet d'une douche glacée. Je me redressai en oubliant mes pensées tourmentées. Il était temps d'agir.

Je resserrai le masque noir qui cachait mon visage. Un foulard de la même couleur dissimulait la blancheur de ma nuque. Je posai la main sur le Talisman Totem qui pendait à mon cou : un bijou dont le dessin évoquait un serpent enroulé sur lui-même. Un nuage étincelant apparut à mes côtés et se condensa pour prendre la forme d'un tigre au pelage brun et aux rayures ambrées. Ses yeux et ses griffes avaient un éclat doré. L'apparence de mon djinn n'était qu'une projection mentale ; j'étais le seul à pouvoir l'observer et l'entendre. Ji'Vri se métamorphosait au gré de ses désirs et des circonstances.

*« Prêt ? »*, me lança-t-il.

Je m'habituais peu à peu à sa présence. J'avais découvert mon Talisman Totem dans les ruines du Mausolée Blanc. Ji'Vri était d'un tempérament calme et serein. Sa noblesse et sa sagesse me remplissaient d'humilité. Nous pouvions partager nos pensées, mais je ne l'autorisais pas à fouiller dans la totalité de mes souvenirs. Il respectait ce besoin d'intimité. Je n'étais pas encore prêt à abaisser mes barrières mentales pour fusionner nos deux consciences.

*« Je passe devant »*, proposa-t-il.

Le tigre ouvrit la marche d'un pas souple et agile. Un halo de magie entourait son corps. Son apparence de félin me rassurait et m'offrait un peu de courage.

Je longeai les arbres en direction du palais, en restant dans l'ombre. Contrairement aux gardes, j'évitais de marcher sur le gravier des allées. L'odeur d'eucalyptus était omniprésente, même si de nombreuses espèces végétales croissaient dans ces jardins. Je piétinai des parterres de crocus qui attendaient le retour du soleil pour ouvrir leurs pétales. Je respirai le plus silencieusement possible, à l'écoute du moindre bruit qui aurait pu signaler un danger ou le grésillement d'une alarme magique.

Nous atteignîmes l'orée des jardins sans déclencher de piège. Plusieurs mètres de sable et de gravier nous séparaient des accès aux arrière-cuisines. La lune, haute, illuminait cet espace vide.

Les Éternels étaient dissimulés dans les buissons pour empêcher d'éventuels gardes d'intervenir pendant mon infiltration. Malheureusement, ils ne pouvaient m'être d'aucun secours si on me surprenait depuis les fenêtres.

Je pris mon courage à deux mains pour traverser à grandes enjambées ces quelques mètres. Je me réfugiai dans l'ombre du porche qui s'ouvrait sous la façade arrière du palais. Il était assez grand pour laisser entrer plusieurs charrettes de front et les décharger sans se gêner. Des cagettes vides étaient entassées contre les murs. Des outils abandonnés et des cordes gisaient dans un coin.

*« Le plus dur est fait »*, annonçai-je à mon djinn.

Ji'Vri surveilla mes arrières. Je me rapprochai de la plus éloignée des portes en bois. Elle était fermée à clé, mais les serrures ne m'avaient jamais posé de problème. Au contraire, j'aimais le défi qu'elles représentaient chaque fois. J'ouvris la bourse remplie de talismans qui était attachée à ma ceinture. J'avais rassemblé les plus rares de mes cristaux en prévision de cette expédition. Je me saisis d'une pomme de pin en quartz brun.

Je murmurai « **CAOUTCHOUC** » en songeant *à la souplesse élastique de la moralité*. Une étincelle de magie minérale s'échappa de ma main pour activer le talisman, qui changea lentement et prit la forme d'une boule de pâte molle. Je l'insérai dans la serrure et attendis qu'elle refroidisse un peu pour la faire jouer dans l'interstice. Je relançai plusieurs fois le sortilège pour affiner la forme du talisman jusqu'à entendre un clic caractéristique. J'avais forcé la serrure. J'actionnai la poignée et ouvris la porte.

Ji'Vri passa devant moi, en foulées souples et félines. Nous entrâmes dans les réserves des cuisines du palais qui occupaient plusieurs salles en enfilade. Des dizaines d'étagères étaient remplies de victuailles et de bocaux opaques. Une épaisse couche de poussière recouvrait certains endroits. L'odeur de renfermé me prit à la gorge.

Je plongeai la main dans ma bourse de talismans pour saisir quelques grains de blé cristallisés en provenance de l'Empire Lumineux. Une formule m'aida à diffuser une lumière douce, suffisante pour me guider.

Je sortis le plan en papier que Lex m'avait confié pour cette expédition. Il l'avait acheté à prix d'or à un ancien cuisinier du palais peu scrupuleux. Je me dirigeai avec prudence, sans toucher à la nourriture entreposée. Je trouvai facilement la pièce dédiée au salage des jambons et des saucissons, qui pendaient au plafond. L'odeur persistante et salée était perturbante, mais j'avais connu pire. Un établi gigantesque se dressait contre un mur. D'autres pièces de charcuterie étaient enserrées par des filets de tissu.

*« Elle est ici ! »*, m'annonça Ji'Vri.

Mon djinn avait troqué son apparence de tigre pour s'adapter à la taille réduite des réserves. Un chat aux rayures ambrées et aux oreilles pointues me regardait fixement, avec des yeux d'or qui reflétaient la lumière de mes grains de blé. Il avait trouvé une porte dissimulée derrière une étagère remplie de talismans en silex, utilisés en cuisine pour trancher et découper les viandes. L'entrée dérobée ne m'arrivait qu'aux épaules. Elle devait dater d'une époque où les hommes étaient plus petits.

Je répétai le même sortilège qu'un peu plus tôt pour faire pivoter la porte sur ses gonds. Je dus me baisser pour entrer. Un escalier se trouvait derrière et descendait dans des profondeurs obscures.

Ji'Vri n'avait pas besoin de lumière pour se repérer. Le chat s'enfonça dans l'obscurité pour explorer ce sous-sol caché.

*« Le réseau de souterrains serpente entre les fondations du palais,* annonça mon djinn en revenant. *Je n'ai croisé personne jusqu'au prochain embranchement. »*

Je le laissai me guider dans cet étrange environnement. J'étais rassuré d'être accompagné par mon djinn, plus téméraire que moi. J'aimais l'excitation procurée par ce sentiment de danger, mais j'avais déjà fait les frais d'erreurs passées. Certains échecs avaient été particulièrement douloureux… Les bourgeois de la capitale étaient des proies difficiles. Leurs habitations étaient remplies de pièges magiques qui brûlaient les imprudents ou explosaient à leur passage.

La pierre était humide. Certains endroits de la roche suintaient et traçaient de minces ruisseaux de mousse et de moisissures. De nombreuses toiles d'araignée étaient tendues sur la voûte. Je n'eus pas à en couper beaucoup pendant mon exploration – une preuve que les souterrains étaient souvent utilisés.

Je pris à droite au premier embranchement, puis à gauche. Le plan de Lex était d'une grande précision. Le réseau d'espions ne cessait de m'étonner… Je n'étais pas naïf : je savais que les commanditaires du gang des Éternels étaient souvent des personnes haut placées. Lex m'avait confié que la capture d'Angelo avait été une requête du roi Björn du Royaume Minéral. Il voulait en faire porter la responsabilité au Sultanat Calorique. Il rêvait de voir le Royaume Végétal déclarer la guerre à son voisin. Cette situation lui aurait permis d'augmenter ses exportations d'armes.

Je détestais ces intrigues politiques. Je les fuyais autant que possible. Elles étaient responsables d'une succession infinie de trahisons et de vengeances, un cycle néfaste pour les peuples du monde entier. Les puissants jouaient avec nos vies comme s'ils craquaient de simples allumettes et observaient de loin les incendies qu'ils provoquaient.

*« Nous sommes arrivés »*, murmura mon djinn.

Une porte rouillée marquait la fin d'un couloir bas de plafond. Je me baissai pour éviter de me cogner la tête contre la pierre. Deux serrures mordaient le bord de la porte, une au niveau du sol et l'autre près de la voûte. Je grognai doucement. J'avais déjà croisé ce modèle compliqué. À l'époque, j'avais dû rebrousser chemin et rentrer bredouille. Cette fois, j'avais un atout de poids : un chat qui vibrait de magie minérale.

*« Ces serrures sont connectées entre elles,* expliquai-je à Ji'Vri. *Nous devons ouvrir les deux simultanément. As-tu assez d'énergie pour te matérialiser ?*

*— Je dois dépenser beaucoup de magie pour prendre corps. Je préfèrerais en garder pour notre retour.*

*— Ce ne sera pas long. »*

L'animal hocha la tête, mais je sentis son inquiétude. Sa queue balaya l'air avec nervosité.

Je me concentrai pour glisser un talisman dans la serrure du bas et actionner le mécanisme d'ouverture. Je fis un signe et mon djinn posa une patte contre mes doigts. Ses griffes devinrent éblouissantes. Elles se densifièrent pour saisir la clé ensorcelée à ma place. La magie s'échappa dans le monde réel sous une pluie d'étincelles, comme une blessure dans l'aura du génie.

*« Ne tarde pas trop »*, se contenta-t-il de dire.

Je me dépêchai d'ouvrir la deuxième serrure.

*« Vas-y, tourne la clé ! »*, m'écriai-je.

Les engrenages tournèrent dans un cliquetis sec et la porte s'entrouvrit. Un sifflement aigu résonna brusquement. Nous avions déclenché une alarme !

Je m'empressai de tirer de ma bourse une grenouille en quartz. Le petit animal avait été cristallisé pendant le Jugement Dernier. Il était devenu un talisman rempli de magie minérale. Je murmurai **« RAINETTE »** en songeant *aux coassements des petits chanteurs aux joues bombées.*

Une bulle dorée se forma sur les lèvres de la grenouille. Elle s'étira lentement, à mesure qu'elle absorbait tous les sons de la pièce. Un silence complet s'installa.

J'étais incapable d'éteindre l'alarme, mais mon talisman pouvait attirer et piéger son sifflement. Je posai la grenouille près de la porte pour qu'elle maintienne le bouclier en place. La bulle de bruit grossirait jusqu'à un point de rupture. Nous avions une vingtaine de minutes devant nous avant qu'elle n'éclate.

J'étais fier d'être arrivé jusque-là. Le sang me battait aux tempes. Pour essuyer la sueur de mon front et me rafraîchir, je dénouai mon foulard et mon masque, avant de les poser près de la rainette cristallisée.

La pièce s'illumina d'elle-même lorsque nous y pénétrâmes. Je ne m'attendais pas à découvrir une salle aussi vaste. Une gigantesque caverne occupait le sous-sol du palais Viridys. Elle était remplie de tableaux protégés par des draps en tissu, de meubles poussiéreux et d'artefacts inconnus. Un miroir de plain-pied était placé en face de l'entrée. Il était en piteux état. Mon reflet était brisé par des rayures diagonales. Quelques éclats de verre manquaient.

Ce n'était pas une réserve quelconque. La présence des deux serrures et de l'alarme magique signifiait que les objets entreposés ici avaient de la valeur. Beaucoup de valeur. Mon instinct de voleur ne pouvait pas s'y tromper. Je n'avais malheureusement pas le temps de fouiller l'espace à la recherche de trésors à revendre.

Je sortis un talisman en forme de fleur de lotus. Lex me l'avait confié en m'assurant qu'il me permettrait de trouver ce que je cherchais. Je murmurai **« LOTUS »** en pensant *aux lacs fleuris des souvenirs.* Un halo vert entoura les pétales.

Je déambulai dans la pièce. Des dizaines d'artefacts rutilants me faisaient de l'œil. Coffrets sertis de pierres précieuses, sculptures en bois exotique, tissus chatoyants… Mon chat se mit à miauler lorsque je voulus effleurer un de ces trésors. Des pièges pouvaient se déclencher à leur contact. Je me mordis les lèvres pour ne pas succomber à la tentation.

Au bout d'un moment, la fleur de lotus commença à s'ouvrir. Je changeai de direction plusieurs fois en me fiant à ses réactions. Elle se refermait dès que je m'éloignais de l'artefact que je recherchais.

La fleur blanche s'ouvrit complètement devant une étagère à moitié vide et moins poussiéreuse que les autres. Un petit coffre en bois était posé sur un rayon. Des entrelacs d'or et d'argent étaient ciselés sur ses bords.

Soudain, des éclairs violets jaillirent de la serrure. L'un d'eux frappa le Talisman Totem accroché à mon cou ; un autre crépita contre ma main et me fit lâcher la fleur de lotus. Le cristal se brisa en tombant au sol. Les pétales noircirent et se liquéfièrent en une flaque fumante.

Je jurai en me frottant les doigts. La magie m'avait brûlé la peau. Mon pendentif était également très chaud. Le chat rayé feula doucement.

*« J'ai absorbé l'énergie du sortilège,* m'assura Ji'Vri. *Tu devrais pouvoir ouvrir le coffret.*

*— Tu es sûr ?*

*— Non… Mais tu n'as pas vraiment d'alternative. »*

J'ouvris le coffret avec prudence. Aucune magie ne se déclencha. Je découvris un bijou en améthyste, une graine d'anis étoilé accrochée à un cordon de cuir. Elle était entourée d'un halo mauve et noir qui pulsait violemment.

*« Nous avons trouvé ce que nous cherchions,* déclarai-je. *La magie de Robulus est encore active, malgré sa mort.*

*— Ton frère devait être bien dangereux… »*

Je hochai la tête. Il avait été l'assassin le plus réputé du royaume. Cette situation m'avait mis à l'abri d'un certain nombre de désagréments. Robulus n'avait pas hésité à menacer les guildes qui me reprochaient de voler sur leur territoire. Sa protection m'avait permis de rester un voleur indépendant, libre de toutes contraintes. Malheureusement, il ne pouvait plus assurer mes arrières. Je devrais bientôt faire des choix…

Je secouai la tête. Ce n'était ni l'endroit ni le moment de me poser des questions existentielles. Je m'empressai de refermer le coffret et de le prendre sous le bras. Mon colis n'était pas lourd, mais je sentais un bourdonnement magique qui tentait de s'en échapper. La proximité de l'Astre Émeraude devait exciter le bijou. La magie impure réagissait de façon violente à toute forme de magie végétale. Heureusement, la fleur de lotus était le seul talisman végétal que j'avais emporté. Mon Talisman Totem avait résisté à son attaque.

Je fis demi-tour en me pressant. J'étais resté longtemps dans cette réserve. Devant moi, la grenouille cristallisée soufflait une bulle dorée qui atteignait presque la taille de la porte. Elle ne tarderait plus à exploser et à libérer d'un coup tous les sons qu'elle avait emmagasinés.

Je suivis mon chat magique pour quitter la pièce à grandes enjambées, sans refermer la porte derrière moi ; les mages se rendraient vite compte qu'un de leurs précieux trésors avait été dérobé.

Je traversai les souterrains en courant. Ce n'est qu'une fois revenu dans les arrière-cuisines que je me rendis compte de mon erreur.

Je m'arrêtai net.

*« J'ai oublié mon masque et mon foulard !* m'écriai-je. *Nous devons y retourner !*

*— Nous n'avons pas le temps, Rébus !*

*— N'importe quel limier pourra retrouver ma trace à partir de ces vêtements… Mes parents pourraient être inquiétés.*

*— Des gardes peuvent surgir d'un moment à l'autre ! Nous avons eu de la chance jusqu'à présent, mais il faut partir ! »*

La grenouille enchantée allait bientôt réveiller le palais. Les gardes pourraient nous empêcher de nous enfuir… Pourtant, je ne pouvais pas abandonner les vêtements qui portaient mon odeur. Les mages pourraient me retrouver facilement et remonter jusqu'à la maison de mes parents. Je refusais de les mettre en danger.

Je fis demi-tour en courant. Ji'Vri miaula derrière moi, mais je n'en tins pas compte. Des toiles d'araignée s'accrochèrent à mes cheveux. À droite, à gauche… Les souterrains défilèrent sous mes pas. À chaque carrefour, je craignais de rencontrer un mage.

J'atteignis le couloir de la réserve lorsqu'un sifflement strident résonna contre la pierre et s'engouffra dans les souterrains. L'explosion frappa mes tympans et me laissa complètement assourdi. Je me tins les oreilles en plissant les yeux de douleur.

Trop tard. La bulle avait explosé.

*« Reprends-toi, Rébus ! »*

Ji'Vri avait raison. Je n'avais pas le temps de reprendre mon souffle. Les souterrains traversaient tout le sous-sol du palais, ce qui signifiait que l'alarme s'était diffusée dans l'ensemble du bâtiment.

J'étais en danger.

Je m'empressai de récupérer mon foulard et mon masque, avant de faire demi-tour pour regagner les arrière-cuisines. Je me cognai contre une étagère en traversant la porte dérobée. Sans m'apitoyer sur mon sort, je sortis sous le porche à toute vitesse. Des fenêtres étaient éclairées. Des voix criaient dans les jardins.

*« Plus vite ! »*, lança Ji'Vri en reprenant sa forme de tigre.

Je courus dans l'allée la plus proche. Mes sandales dérapaient bruyamment sur le gravier. Tant pis pour les précautions les plus élémentaires. Il fallait quitter cet endroit au plus vite.

Un rayon de lumière balaya les jardins et éclaira la zone où je me trouvais. La statue d'une femme semblait m'interdire d'aller plus loin. Elle portait les plateaux métalliques d'une balance. Sa vision me glaça le sang.

Je freinai brusquement. J'avais déjà rêvé de cette statue. Elle était apparue à la naissance d'Angelo et d'Amira, quinze années plus tôt, lorsque l'Ensorceleuse avait lancé un sort à la princesse du Sultanat Calorique… Depuis ce jour, sa victime avait sombré dans la folie.

Allais-je connaître le même châtiment ?

*« Ne t'arrête pas, alors ! »*

Le rugissement du tigre m'empêcha de rester transi de peur. Je le remerciai d'un signe et repris ma course. Les arbres défilèrent à toute vitesse. Ils me semblaient plus menaçants encore qu'à mon arrivée.

Le gravier se mit à vibrer. D'étranges vagues se formaient dans les allées. Les pierres noires se séparèrent des pierres blanches. Soudain, elles se mirent à onduler et à avancer dans ma direction. Deux gueules béantes, l'une blanche, l'autre noire, se dressèrent au milieu des jardins.

*« Des serpents !* s'écria Ji'Vri. *Cours ! »*

Je pris mes jambes à mon cou.

Les improbables monstres rampaient à toute vitesse. Ils serpentaient au milieu des statues et des parterres de fleurs. Leurs sifflements me firent froid dans le dos.

Je coupai tout droit à travers les patios plongés dans l'obscurité, en direction de l'enceinte qui entourait le palais. Des éclairs derrière moi ralentirent les serpents de pierre. Je ne me retournai pas pour voir qui m'aidait à m'enfuir.

Les jardins étaient pris de folie. Les arbres semblaient devenus vivants : des ronces sortaient des buissons pour me barrer la route, des feuilles tourbillonnaient devant moi pour m'aveugler et me ralentir. J'évitai de justesse une glycine ensorcelée dont les branches frappaient l'air en cherchant à m'emprisonner.

J'atteignis l'enceinte avec soulagement. Lex m'attendait avec angoisse au pied du mur. Son regard était aussi noir que la nuit. Les biceps gonflés, il tenait une corde qui pendait contre la paroi.

« Qu'est-ce que t'as foutu, bordel ? hurla-t-il en me tapant sur l'épaule.

— Je récupérais ça. »

Je lui montrai le coffret en bois et le bijou rempli de magie impure. Lex me l'arracha des mains en grognant.

« J'avais dit *discrètement*... Allez, grimpe ! On dégage ! »

Les deux serpents de pierre se rapprochaient. Des sifflements de frustration s'échappèrent de leur gueule. Mon djinn se transforma en chaton et s'accrocha à mon épaule. Je saisis rapidement la corde et commençai à grimper. Au milieu de mon escalade, de hautes flammes apparurent au sommet de l'enceinte. Une ligne de feu se mit à courir sur les murs. Les gardes avaient déclenché un sortilège de protection.

« Grouille-toi ! », cria Lex derrière moi.

Mes bras me brûlaient, mais la peur qui me serrait le ventre m'encouragea à accélérer. Je parvins au sommet du mur alors que la chaleur devenait insoutenable. Je basculai de l'autre côté en hurlant de douleur.

Nos complices ralentirent heureusement ma chute. Ils me réceptionnèrent tant bien que mal et m'empêchèrent de me rompre le cou. Peu de temps après, Lex tomba à son tour. Il tapota sur ses vêtements pour éteindre le feu. Sa barbe noire fumait. Ses yeux me jetaient des éclairs. Sans rien ajouter, il se mit à courir pour disparaître dans les rues de la citadelle. Les jambes en coton, j'utilisai mes dernières forces pour le suivre et m'éloigner du lieu de notre crime.

Derrière nous, le palais Viridys était entouré d'une ceinture de flammes qui rougeoyaient dans la nuit. Nous avions échappé au pire. Malgré nos blessures, l'expédition était un succès. Nous avions récupéré le Talisman Totem de mon frère.

# CHAPITRE II

*Le décès d'un proche raye nos vies d'un trait d'encre noire. Son intensité s'altère parfois avec le temps, mais aucune couleur ne parvient jamais à l'effacer.*

*À la manière d'un coup de crayon au début d'une toile, ces lignes nous façonnent et nous structurent. Certains tableaux tentent de les masquer par des formes vives et éclatantes… Il suffit de gratter leur surface pour retrouver des marques profondes et anguleuses, témoins éternels de douloureuses cérémonies.*

***Lupa Adellarte***
***« Couleurs restaurées »***

ʃ

L'étrange Talisman Totem trônait sur une table en noyer abîmée et tâchée de peinture. Un halo violet palpitait faiblement autour de l'étoile d'anis en améthyste. Le cristal perdait peu à peu sa magie. Le djinn qui l'habitait pleurait-il la perte de son compagnon ?

Chaque Talisman Totem était une réserve de magie alimentée par son possesseur. Il suffisait de toucher une gemme pour lui donner un peu de vie et de pouvoir. Nous les portions surtout en pendentifs, pour maintenir un contact permanent entre le cristal et notre peau. Ce contact nous permettait de communiquer par la pensée avec notre djinn et de lui offrir la force de se matérialiser.

Les djinns étaient des créatures magiques dotées d'un potentiel d'énergie limité et sans cesse renouvelé, grâce à la magie qui coulait dans nos veines. Par leur présence et leurs conseils, ils devenaient vite de précieux compagnons. Notre symbiose était plus profonde qu'une simple communion d'esprits.

« Le djinn de Robulus s'épuise, commenta ma mère avec tristesse. Il ne tardera pas à disparaître. »

J'observai ma mère avec tendresse. Elle était petite et brune, les cheveux en bataille. Elle les coupait dès qu'ils commençaient à chatouiller ses épaules. Pas le moins du monde coquette, elle laissait sa chevelure prendre le volume et la forme qui lui plaisait. Le résultat était chaotique et déroutant, mais il lui offrait beaucoup de charme – même si mon avis n'était pas très objectif…

« Ma Lupa chérie », murmura mon père en la prenant dans ses bras.

Les yeux remplis de larmes, elle se laissa aller contre son épaule. Son deuil me glaçait le cœur.

Sa joie de vivre était d'ordinaire irrésistible. Ma mère était toujours prête à capturer le sourire d'un passant dans un croquis au fusain ou un rayon de soleil dans une aquarelle. Son art la transportait dans un monde de rêves et de couleurs. Le temps n'avait pas de prise sur elle. Certains soirs, elle ne rentrait que plusieurs heures après le crépuscule, couverte de peinture, chargée d'un chevalet et de quelques toiles. J'avais vite appris à ne pas m'inquiéter de son absence et à me nourrir seul, surtout lorsque mon père était en déplacement à l'étranger pour son commerce.

Ma mère était une étoile filante : brillante, joyeuse… et inaccessible. J'aimais la voir traverser mon ciel. J'avais renoncé à la capturer ; sa lumière devait rester libre et pure.

Je vivais un de ces rares moments où la réalité la rattrapait. La mort de son fils aîné l'avait profondément blessée.

« Nous savions que Robulus vivait dangereusement, reprit mon père d'une voix douce. C'était un voleur et un assassin. Un crime ne reste jamais impuni.

— Nous aurions dû l'aider à trouver une autre voie, sanglota ma mère. Nous étions responsables de lui.

— Ma douce, les dieux ont choisi pour lui… Ils ont empoisonné sa magie en la rendant impure. Personne n'aurait voulu de lui comme apprenti. Qu'aurions-nous pu faire de plus ? »

Elle pleurait contre lui. Ils avaient besoin d'intimité. Je sortis discrètement de notre maison pour marcher sur les quais du port. J'aurais aimé rester pour profiter de leur présence, tant que je le pouvais encore, car je devais bientôt partir du cocon familial pour commencer mon apprentissage de vif-passeur. Mon enfance était terminée…

Ma mère savait que son mari avait raison. L'Impureté était une tare inacceptable dans un monde où la magie était à la base de tous les échanges commerciaux. À quoi pouvait servir un Impur ? Sa magie était toxique et mortelle : la société ne pouvait pas profiter de ses talents. Robulus avait choisi la voie de l'ombre et du secret. Sa seule option avait été de disparaître avant de s'attirer l'opprobre des druides du Cercle Émeraude et de leurs fidèles, qui ne toléraient pas son existence et la menace qu'il incarnait.

Mes parents avaient été éduqués dans la religion du Cercle Tigre, dont les bonzes insistaient sur l'importance de faire ses propres choix et de suivre son chemin de vie. Mes parents avaient accepté le choix de leur fils sans alerter les prêtres de son Impureté. Ils avaient préféré le voir embrasser une profession dangereuse plutôt qu'être exilé ou condamné à mort. Ils savaient qu'ils portaient une part de responsabilité dans l'apparition de cette tare.

Ma grand-mère paternelle était originaire d'un village du Royaume Végétal, dans les hauteurs des Aceyrées, alors que mes autres ancêtres étaient nés dans les montagnes du Royaume Minéral. Mon frère avait hérité de la magie minérale de nos parents, mais la magie de notre grand-mère était apparue pendant la Quête des Talismans Totems… Avait-il hésité à recevoir son héritage ? Avait-il lutté pour le refuser ? Robulus avait été contaminé par l'Impureté.

Mon frère voulut quitter notre foyer dès son retour de l'Île Brumeuse. Il craignait d'être découvert et de mettre sa famille en danger. Les prêtres ne se contentaient pas de punir un Impur… Ils avaient le droit et le pouvoir de « protéger » le monde de menaces potentielles en condamnant ses proches à la même sanction.

Les premières soirées furent douloureuses. Mes parents se disputèrent violemment. Du haut de mes huit ans, je ne comprenais pas les enjeux de cette situation, mais je savais me taire et rester invisible. Prostré dans un coin, j'écoutai ces longues discussions où ma mère tentait de convaincre mon père d'aider Robulus à quitter la ville et à s'installer dans un logement indépendant. Mes parents n'avaient cependant pas les moyens financiers de payer une deuxième habitation ; Robulus devait subvenir à ses propres besoins. Mon frère mit rapidement fin à leur conversation. Il s'enfuit avec ses maigres économies pour rejoindre une guilde de voleurs qui détroussaient les bourgeois de la capitale.

Son départ devint un sujet tabou. Nous ne parlâmes plus de lui à table. Il revint nous voir discrètement, surtout lorsque mon père s'absentait pour vendre des talismans à l'autre bout du monde. Ma mère lui donnait quelques *sols-diams* pour se nourrir, car la guilde le payait mal tant qu'il ne maîtrisait pas sa magie empoisonnée. Quelques mois plus tard, Robulus inversa les rôles. Il offrit à ma mère des cadeaux de plus en plus coûteux, qu'elle lui rendait toujours… La vie était dure, elle gagnait peu d'argent avec la vente de ses tableaux, mais elle ne voulait pas profiter des vols qu'il commettait. Mon frère était furieux de ne pas pouvoir nous aider. Il m'obligea à déposer discrètement des diamants sous la dalle de pierre où mes parents cachaient leurs économies.

Ce fut à compter de ce jour que Robulus me prit sous son aile. Il me fit visiter la citadelle pour mémoriser chaque place, chaque ruelle, chaque chemin de traverse. Il me serinait que *la chance se provoquait.* La connaissance l'emportait sur le hasard. Mieux valait savoir où s'enfuir le plus rapidement possible, en cas de danger. Une ville dissimulait des milliers de raccourcis et de passages dérobés qui permettaient de semer ses poursuivants.

Mon frère me donna le goût du risque et de l'aventure. Avec lui, j'appris mes premiers sortilèges de voleur. Robulus me trouvait trop jeune pour être présenté à sa guilde, mais il me dévoila les secrets de son métier. Bientôt, aucune porte ne me résista. Ma dextérité et la précision de mes sorts le rendaient admiratif. Ses compliments me gonflaient de fierté.

Son attitude changea lorsque la guilde renonça brusquement à recourir à ses services. Sa magie était jugée trop dangereuse, car il avait tué par erreur un de ses complices au cours d'une mission. Robulus sombra dans l'alcool et arrêta de m'accompagner pendant mes sorties nocturnes.

Je découvris chez mon frère une violence que je n'avais jamais remarquée avant, comme libérée par le rejet de ses pairs et les tord-boyaux qu'il ingurgitait à longueur de journée. Ses compagnons de boisson partageaient le même état d'esprit. Il décida de fonder le gang des Éternels avec les plus dangereux d'entre eux. Ils choisirent un blason, une ligne directrice, et commencèrent à écumer la ville. Ils ne se contentaient plus de voler les plus riches. Ils étaient des mercenaires qui volaient ou tuaient leur cible en échange d'une poignée de diamants. Leur réputation enfla au point d'attirer le regard des plus puissants.

Je m'éloignai de Robulus. Je continuai, seul, à voler des bourgeois ou des marchands. Mes parents ne s'aperçurent jamais que des diamants s'ajoutaient mystérieusement à leur réserve. Lorsque mon père partait en voyage et que ma mère profitait de la matinée pour peindre, je remplissais le garde-manger. Je prétendais faire les fins de marché pour trouver des marchandises à bas prix, alors que j'utilisais le produit de mes larcins pour les payer. C'était ma façon d'atténuer notre misère.

« Regardez devant vous ! »

J'évitai de justesse une charrette remplie de cageots et de terre. Le bruit de la foule me rappela à la réalité.

Mes pas m'avaient amené près d'une place qui comptait beaucoup pour moi : celle du marché aux fleurs. Les vendeurs haranguaient les passants en vantant la qualité de leur marchandise et leur prix exceptionnel. De nombreuses jeunes femmes tendaient des bouquets de fleurs colorées, derrière leurs stands couverts de plantes et de pots.

Je souris doucement. J'avais rencontré Angelo dans une ruelle qui débouchait sur cette place. Le pauvre était alors en fâcheuse posture. Couteaux à la main, quatre garçons étaient en train de le détrousser. Mon premier réflexe avait été de m'éloigner. Robulus me l'avait souvent répété : dans la rue, les héros survivaient moins longtemps que les lâches.

J'avais cependant croisé le regard malheureux d'Angelo. Ses yeux bleus criaient un désespoir qui eut raison de ma prudence. J'avais passé plusieurs mois en solitaire, sans mon frère pour me diriger ou me conseiller. J'avais presque dix ans, mais je n'avais pas d'amis… Ce jeune garçon avait mon âge et j'avais envie de l'aider.

Je lançai un sortilège d'éternuement aux agresseurs. Ce n'était pas grand-chose, mais cela suffit à les déstabiliser. Angelo invoqua un sort urticant et se libéra de leur étreinte, avant de se précipiter vers moi. Sans rien dire, je lui pris la main et nous nous élançâmes dans les rues de la citadelle.

J'utilisai toute mon expérience de voleur pour semer nos poursuivants dans une succession de passages secrets. Nous étions sortis de la ville lorsque nous nous arrêtâmes pour récupérer notre souffle. Angelo avait le visage écarlate et se tenait les côtes.

« Ravi de te rencontrer, m'avait-il dit d'une voix sifflante. Tu n'aurais pas pu mieux tomber. »

Nous étions partis d'un grand éclat de rire, pour écarter l'angoisse du danger et sceller notre amitié. J'avais fait une belle rencontre. J'ignorais alors qu'il s'appelait Angelo et non Allegro, qu'il était prince et qu'un sort de camouflage altérait les traits de son visage et la couleur de ses cheveux.

Je m'éloignai du marché aux fleurs, le sourire aux lèvres. Ces souvenirs me faisaient du bien. Je sentis que Ji'Vri s'interrogeait. Je partageai mes pensées avec mon djinn tapi dans son talisman.

*« Vous avez eu une longue et belle amitié,* conclut-il. *Quel dommage qu'elle se soit achevée ! Y a-t-il une chance pour qu'elle renaisse de ses cendres ?*

*— Angelo n'a pas accepté mon rôle dans son enlèvement…*

*— C'est compréhensible, s'il a failli mourir par ta faute. »*

Sa remarque piqua ma susceptibilité. Ji'Vri était mon djinn ; il était censé me soutenir.

*« Il m'a trahi le premier,* rétorquai-je. *Il m'a menti depuis le jour de notre rencontre. Je croyais être l'ami d'un bourgeois, pas d'un prince ! »*

Un nuage de magie se condensa dans l'air et étincela de mille reflets métalliques. Ji'Vri prit la forme d'un singe au pelage ambré et aux yeux d'or. Il me suivit en sautillant. Les autres passants ne réagirent pas à sa présence. J'étais le seul à pouvoir distinguer cette illusion, sauf lorsqu'il consumait son énergie vitale pour se matérialiser et agir sur le monde réel.

*« Angelo n'avait rien à faire en dehors de son palais,* nota le génie. *Révéler son identité aurait mis fin à ses petites escapades. Comment pouvait-il se présenter comme ton prince, alors que tu n'étais qu'un gamin des rues qui risquait de le dénoncer ?*

*— Je n'aurais jamais fait ça !*

*— Vraiment ? Avec ton passé de voleur et ton frère assassin ? »*

Je fis la moue.

*« Nous sommes devenus amis,* rétorquai-je. *Il aurait dû me faire confiance et me révéler la vérité bien plus tôt. Il a attendu cinq ans pour se jeter à l'eau ! »*

Le singe magique fit une pirouette sur lui-même.

*« Vous aviez tous deux le droit de commettre des erreurs,* déclara Ji'Vri. *Si tu tiens vraiment à votre amitié, pourquoi ne lui as-tu pas encore pardonné ses mensonges ?*

*— Je l'ai fait. J'ai conscience que sa double vie lui imposait de garder le secret sur son ascendance… Hélas, je ne crois pas qu'il m'ait pardonné d'avoir aidé les Éternels à le capturer ! Je pensais sincèrement qu'ils voulaient simplement l'emprisonner et non le tuer.*

*— Alors accepte aussi de te pardonner. Tu as été trahi par ton frère. Robulus savait que tu refuserais de l'aider si tu connaissais ses plans. Il t'a volontairement caché les objectifs de sa mission. »*

Je méditai ces paroles. En vérité, je n'avais plus la moindre rancœur pour Angelo, seulement une profonde tristesse à l'idée que notre amitié s'était éteinte. J'avais d'abord éprouvé du ressentiment envers mon frère et Lex, qui m'avaient menti pour arriver à leurs fins. Ils m'avaient rétorqué que je n'ignorais pas les activités des Éternels… Depuis quand leur gang capturait-il des princes pour les maintenir prisonniers ? Ils étaient des assassins…

Robulus et Lex n'avaient pas nié m'avoir manipulé. Ils m'avaient répété une leçon essentielle : ne jamais avoir une confiance absolue en quiconque. Hommes et femmes finissaient toujours par agir dans leur propre intérêt. Ma colère avait été étouffée par un sentiment de culpabilité. Je devais assumer ma bêtise.

Mon djinn observait les alentours avec curiosité. Le singe se métamorphosa soudain en albatros et s'envola pour admirer la cité et le palais qui le couronnait. J'aimais son aptitude à changer d'apparence. Mon Talisman Totem avait la forme d'un serpent de roche, qui symbolisait mon amour du secret et ma capacité à me fondre dans n'importe quel décor, mais Ji'Vri ne se contentait pas d'imiter les reptiles. Il privilégiait souvent les mammifères et les oiseaux.

*« C'est étrange,* commenta le génie. *J'ai l'impression que l'Astre Émeraude a du mal à attirer les étincelles de magie. »*

Je levai la tête en fronçant les sourcils. Un mois après le Jugement Dernier, l'Astre était timide et pâle. Quelques étincelles vertes traversaient les airs pour alimenter sa magie. Les résidus de sortilèges le nourrissaient peu à peu.

*« Nous ne sommes qu'en début d'année,* commentai-je. *Il grossira bientôt beaucoup trop, comme d'habitude. L'an dernier, la mousse a envahi les routes et désolidarisé les pavés. Les mages ont dû brûler les mauvaises herbes à grand renfort de talismans caloriques. »*

Le génie semblait perturbé. Il survola un moment la citadelle avant de regagner la protection de son talisman. Le serpent en œil-de-tigre resserra ses anneaux, comme s'il se rendormait après un bref réveil.

*ʃ*

Ma famille s'était rassemblée autour d'une mare de vif-argent, dans une grotte creusée dans le flanc de la colline. Nous avions choisi la plus lointaine pour notre cérémonie d'adieu. Ma mère pleurait doucement contre l'épaule de mon père. Une coupelle en bois flottait à la surface du liquide argenté, avec le Talisman Totem de Robulus à l'intérieur. La graine d'anis en améthyste avait presque cessé d'émettre ses pulsations violettes ; sa magie impure disparaissait peu à peu.

Sans oser l'avouer, j'étais heureux de ne pas avoir été moi-même contaminé par l'Impureté après les épreuves du Suprême. Mon étincelle de magie n'avait pas changé de couleur. La magie végétale de ma grand-mère m'avait laissé en paix.

Les membres du gang des Éternels observaient la scène à l'écart. Certains d'entre eux dissuadaient les badauds d'approcher. Seul Lex s'était avancé à notre niveau. Son maillot de corps était aussi noir que ses cheveux, avec de longues manches qui cachaient ses tatouages. Son torse enflait à chaque respiration. Son visage ténébreux était fermé – un masque de colère, des sourcils froncés, deux yeux d'obsidienne. Il jouait nerveusement avec son pendentif, une pointe de flèche en quartz fumé.

Un bouillonnement caractéristique agita la mare de vif-argent. De minuscules bulles apparurent à la surface, puis grossirent en taille et en nombre. La coupelle de bois resta d'abord en équilibre, puis la marée survint dans un grondement sourd. Un tourbillon emporta le cristal et son djinn dans les profondeurs de la terre.

Le calme revint dans la grotte. Le soleil nous réchauffait le dos. Nous attendîmes en silence, avec recueillement.

Je songeai à mon frère. Quels souvenirs pouvais-je garder de lui ? J'invoquai les meilleurs moments que nous avions partagés ensemble, avant même qu'il parte en quête de son Talisman Totem. Il avait été un grand frère aimant et joueur, en dépit de notre différence d'âge. Nous avions passé de nombreuses journées seuls, à l'extérieur. Robulus était doué pour construire d'improbables cabanes dans les arbres de la Forêt des Fées, inventer des histoires et des jeux à partir de rien. Nous vivions dans un autre monde pour fuir celui-ci.

J'essuyai quelques larmes. Les premières années de ma vie avaient été éclairées par sa présence. Je retrouvai un peu de la tendresse que je ressentais alors à son égard. La vie nous avait changés. Il n'était pas longtemps resté enfant.

*« Ne pleurez pas,* fit soudain une voix dans ma tête. *Il a orchestré sa propre chute. »*

Je bondis de surprise. Près de moi, un fantôme était apparu comme par magie. Un halo scintillant entourait sa silhouette. Contrairement aux fantômes ordinaires, sa peau était noire et ses vêtements écarlates. Je reconnus la princesse Amira Al'Malwib à sa djellaba et aux yeux dorés qui éclairaient son visage. Ses cheveux légèrement frisés cascadaient sur ses épaules.

Nous nous étions quittés une semaine plus tôt sur l'Île Brumeuse, après avoir découvert nos Talismans Totems. Je ne pensais pas la revoir. D'une façon incompréhensible, sa magie lui permettait de projeter son esprit pour voyager à travers le monde. Elle avait utilisé cet étrange pouvoir au cours d'une épreuve de la Quête, où je lui avais rapporté une collection de cristaux.

*« Vous devriez sécher vos larmes,* répéta la jeune femme. *Combien de vies votre frère a-t-il emportées avec lui ? Le monde se portera mieux sans lui.*

— Vous ignorez tout de lui !

— *Ne glorifiez pas son souvenir pour autant. »*

Lex et mes parents se tournèrent vers moi. Mon éclat de voix les avait fait réagir. Ils ne semblaient pas voir ou entendre la princesse qui communiquait avec moi par la pensée. La jeune femme se baissa pour frôler la surface du vif-argent. Elle disparut dans une myriade d'étincelles, comme une bulle de savon qui aurait brusquement éclaté.

J'étais moins surpris par son apparition que par ses paroles sévères. Comment osait-elle me jeter ces mots à la figure, en pleine cérémonie mortuaire ? Elle n'avait aucun droit de s'immiscer dans ce rituel et de décrier mon frère. Les morts étaient sacrés, même les assassins. Nos adieux l'aideraient à trouver la paix.

Un grondement indiqua l'approche de la marée suivante. Le vif-argent s'agita, envoyant des reflets dorés contre les parois de la grotte. Brusquement, une coupelle de bois émergea du centre de la mare. Mon père récupéra l'objet lorsqu'il en atteignit les bords.

Il était vide.

« Le talisman de Robulus n'est pas remonté, dit mon père d'un ton perplexe.

— Impossible ! s'exclama ma mère. Les cristaux reviennent toujours. Seuls les djinns disparaissent. »

J'interrogeai Ji'Vri à ce sujet, mais mon génie n'avait pas de réponse à me fournir. Il était aussi stupéfait que nous.

*« Sa magie était corrompue,* rappela-t-il. *Personne ne connaît les mystères de l'Impureté… Il est déjà étonnant qu'un djinn ait accepté de se lier à lui et de supporter ce poison. La Quête a justement pour but de détruire toute forme d'Impureté. Les djinns n'hésitent pas plus que les prêtres du Cercle à tuer les enfants contaminés. »*

Nous attendîmes quelques instants, avant de nous rendre à l'évidence : le talisman avait disparu dans les galeries souterraines. Le rituel avait échoué.

Lex fronça les sourcils et déclara d'une voix sombre :

« Un autre mystère me chiffonne. Pourquoi le fantôme de Robulus n'est toujours pas apparu ? »

# CHAPITRE III

*Mon regard revient souvent sur la dernière aquarelle que j'ai peinte au royaume des montagnes. Les couleurs se sont estompées, mais je n'ai jamais oublié le jour où j'ai posé mes pinceaux. Mes larmes avaient dilué la peinture.*

*Quelques traits blancs pour les nuages, des touches de rose dans le ciel, des nuances plus vives pour les navires du port pris dans la glace… On devine la silhouette d'un petit garçon qui s'éloigne. Comme j'aurais aimé ignorer ses paroles ! Son fantôme m'a hanté jusqu'à ce que j'accepte la douloureuse vérité : nous étions en danger. J'avais été le témoin et la victime de trop nombreuses intrigues. Le temps était venu de partir.*

*Je n'ai jamais revu mon pays.*

**_Lupa Adellarte_**
**_« Couleurs restaurées »_**

Certaines lois étaient immuables. La vie était éphémère. Vieillesse, maladie ou accident, la mort signait toujours la fin de notre existence. Nous n'avions aucune échappatoire à ces règles du jeu, à la fois terribles et providentielles, car elles donnaient tout son sens à une succession de jours et de nuits, de rires et de pleurs.

Seuls les célèbres Tatoués de la Jungle d'Émeraude parvenaient à modifier ces règles de façon sensible. Cette tribu primitive maîtrisait un degré avancé de chamanisme et des sortilèges pour ralentir les dégradations naturelles du corps et de l'esprit. Ils étaient par ailleurs réputés pour quitter leur enveloppe corporelle et faire voyager leur âme à travers des mondes oniriques. Je suspectais la princesse

Amira d'utiliser une variante de ce *voyage astral* pour traverser l'espace et venir jusqu'à moi.

Un fantôme apparaissait toujours au décès d'une personne. Les spectres étaient à mi-chemin entre le monde des vivants et l'*autre monde*, celui dont nul n'était jamais revenu pour témoigner de son mystère. Certains poètes les associaient directement aux âmes des défunts, rendues visibles par les dernières traces de magie qui avaient fait battre leur cœur. D'autres penseurs avançaient qu'ils étaient une deuxième incarnation de l'âme, comme une deuxième vie, avec ses propres règles et ses propres enjeux.

J'étais partagé entre ces deux idées. J'avais souvent croisé des fantômes sur la route pavée qui traversait la Forêt des Fées, puisqu'ils empruntaient ce chemin jusqu'au mausolée de l'Île Brumeuse. Ceux-là pouvaient bien être les âmes des défunts qui avançaient jusqu'à la porte de l'au-delà. Pourtant, j'entendais régulièrement des histoires d'esprits frappeurs qui s'attardaient dans un lieu pour le hanter des années durant. Les exorcistes ne manquaient pas d'emploi. Ils s'évertuaient à chasser les fantômes qui refusaient de connaître le Grand Mystère. Ces âmes étaient-elles perdues ou devaient-elles encore apprendre un enseignement de ce monde avant de le quitter ?

Je n'étais qu'un voleur, pas un poète. Ces questions ne me tourmentaient pas d'ordinaire. Pourtant, ce soir-là, j'étais perplexe devant ce constat impossible : le fantôme de mon frère était introuvable.

*« Aurait-il refusé de nous voir ?* me confiai-je à mon djinn. *Il n'avait peut-être pas la force de nous faire ses adieux. Certains esprits ont honte de leur vie et s'empressent de rejoindre le Mausolée Blanc.*

*— Je n'ai jamais rencontré ton frère,* répondit Ji'Vri, *mais tu le décris comme un homme pleinement conscient de ses actes. Il assumait ses choix. Je suis surpris qu'il ne soit pas plutôt devenu un esprit frappeur, pressé d'exprimer sa vengeance et sa frustration. C'est ce que les victimes d'assassinat deviennent souvent.*

*Il a toujours aimé contourner les règles.*

*— Peut-être est-il devenu un assassin fantôme ? »*

Je souris à sa tentative d'ironie, même si le sujet me semblait grave. Nous connaissions mal l'Impureté et ses effets sur le corps et l'âme. J'avais pu voir le changement de comportement de Robulus après la découverte de son Talisman Totem empoisonné. Les fantômes d'Impurs étaient-ils différents des autres ?

Une autre possibilité me tourmentait l'esprit. Cette idée tenait presque de l'espoir. Une pensée de Ji'Vri claqua avec sévérité.

*« Non, Rébus. Ton frère est bien mort. Nous avons enterré son corps et immergé son Talisman Totem. »*

Je refrénai une larme. C'était ridicule, bien sûr, mais j'avais du mal à concevoir son décès sans avoir une opportunité de lui dire adieu. Les fantômes n'étaient pas les seuls à avoir besoin de temps pour quitter leur famille et faire leur deuil. Leurs proches aussi souhaitaient leur parler une dernière fois avant leur départ. Beaucoup voyageaient sur la route pavée pour accompagner le défunt sur son chemin.

Mon djinn resta silencieux. Comprenait-il mon deuil, celui d'une relation fraternelle qui avait façonné mon identité ? Robulus emportait avec lui les dernières bribes de mon enfance.

*« J'aurais aimé lui dire au revoir*, me lamentai-je.

— *Je comprends*, murmura Ji'Vri. *J'ai peut-être une idée pour t'aider à accepter cette situation. »*

La Forêt des Fées était silencieuse. L'aube se levait à peine. Quelques oiseaux timides chantaient dans les branches qui bruissaient sous le vent.

Le chemin qui quittait la route pavée pour s'enfoncer entre les arbres était large et dégagé. Une foule nombreuse l'employait quotidiennement pour se rendre au sanctuaire des druides. Les habitants de la Citadelle Viridys étaient des fidèles très pratiquants. Le temple principal du Cercle Émeraude connaissait une succession d'événements religieux qui rythmaient la vie des citadins et les attiraient jusqu'au cœur de la forêt.

Quelques jardiniers balayaient les feuilles sur le sentier de terre. Ils nous regardèrent passer en silence, un peu étonnés de voir deux hommes se rendre si tôt au sanctuaire pour prier. Nous étions en plein hiver, mais les chênes continuaient à perdre les feuilles qui s'entêtaient à s'accrocher à leurs branches. Elles nourrissaient l'humus qui recouvrait le sol.

J'avais convaincu Lex de m'emmener sur le lieu du crime, là où Robulus avait perdu la vie. Il avait rechigné à s'y rendre, mais j'étais persuadé qu'il en ressentait également le besoin ; sa colère ne faisait que précéder son chagrin. Mon frère avait été son chef et son modèle.

Une grande clairière apparut au bout du chemin. Un cercle de pierres était dressé tout autour. Du moins, certaines d'entre elles seulement étaient encore debout… Je notai avec stupeur que deux menhirs gisaient sur le sol, comme renversés par une force titanesque. L'un d'eux avait été brisé en plusieurs blocs. On devinait le cercle initial qui marquait la barrière magique du temple, mais cette protection avait disparu. L'herbe était striée de marques noires, comme les blessures de multiples brasiers.

*« Quel chaos ! »*, jura Ji'Vri en se matérialisant devant moi.

Mon djinn prit l'apparence d'un lézard aux écailles brunes, ambre et or. Il rampa bientôt sur la pierre brisée. Les cassures étaient nettes et profondes. On devinait à quel endroit l'impact avait fait exploser le menhir. Le génie darda un fil de magie qui glissa le long des bords tranchants. Il lançait un sort de reconnaissance pour comprendre l'origine de cette violente attaque. Les rayons du soleil firent étinceler ses écailles.

J'étouffai mon sentiment de surprise devant la magie qu'il invoquait de son propre chef. Tous les djinns étaient-ils aussi indépendants ? Je prenais chaque jour conscience que Ji'Vri était un être vivant qui avait choisi de se lier à moi. Il n'avait rien d'un esclave comme certains le laissaient entendre. Mon génie était sûr de lui et entreprenant. Je me sentais en sécurité en sa compagnie, même si je n'étais pas encore prêt à lui confier mes pensées les plus secrètes.

*« Je n'ai jamais entendu parler d'un sort capable de briser la barrière protectrice d'un temple,* annonça-t-il sombrement. *Même la puissance combinée des Astres en est incapable ! Le Jugement Dernier laisse toujours ces structures intactes.*

*— Nous savons tous deux qu'il existe dans ce monde une magie différente, capable de miracles. »*

Ji'Vri avait assisté, comme moi, à l'apparition de trois Oracles près d'un arbre d'or et du mausolée des légendes. Pour créer leur Talisman Totem, Angelo et Amira avaient invoqué le Souffle des Dieux. Des éclairs avaient claqué autour d'eux. Je m'étais enfui après les avoir vus couper en deux une statue métallique.

*« Lex avait raison,* siffla le lézard. *Les héritiers de Dohr'im ont invoqué un terrible pouvoir pour détruire ce sanctuaire.*

*— Nous savons qu'ils ne contrôlent pas leur don… Je suis sûr qu'ils n'ont pas attaqué volontairement cette forêt sacrée.*

*— Leur ignorance n'est pas une excuse. Ils sont responsables de leurs actes, comme chacun d'entre nous. Qui leur pardonnera d'avoir anéanti un lieu sacré et l'enchantement millénaire qui le protégeait ? »*

Je n'osais pas m'approcher des ruines du dolmen central, effondré sur lui-même. La magie minérale coulait dans mon sang ; fouler l'herbe de ce sanctuaire aurait été un blasphème, même en l'absence de sortilège protecteur. Je me contentai d'observer de loin le tas de pierres éparses.

Au milieu des ruines, les druides avaient planté un jeune arbre. Il se dressait vers le ciel comme un défi envers les destructeurs du temple. L'avaient-ils entouré de talismans pour accélérer sa croissance ? Un scintillement émeraude caressait ses branches minces et ses quelques feuilles. Des particules de magie voletaient autour de lui comme un essaim de lucioles vertes.

Je laissai mon djinn s'approcher de l'arbre de lumière pour continuer son investigation, toujours sous sa forme de lézard. Je rejoignis Lex qui s'était éloigné en bordure de la forêt. Le ténébreux brigand était accroupi au sol, pour dégager d'une main les feuilles humides qui s'étaient déposées là où Robulus était tombé, une semaine plus tôt. Ses larges épaules étaient tendues et tremblaient légèrement. J'hésitais à poser la main sur son bras pour lui témoigner ma sympathie, car j'éprouvais pour lui un mélange de peur et d'affection.

Lex était imprévisible. Colérique, il se laissait dévorer par des accès de violence qui détruisaient tout sur son passage. J'étais le seul à échapper à ses sautes d'humeur. Il m'avait vite accepté comme le frère de son mentor, un garçon qu'il fallait protéger pendant les expéditions auxquelles je participais. Je ne connaissais rien de la vie de Lex et de son passé, mais il avait toujours pris soin de moi.

Notre relation n'était pas *amicale*. Nous ne partagions ni nos pensées, ni nos sentiments. Nous n'avions pas les mêmes valeurs morales, mais je me moquais qu'il soit un assassin ou un bandit. Qui étais-je pour juger ses actes ? N'étais-je pas un voleur moi-même ? Il m'apportait une assurance qui me faisait défaut. Même si je ne pouvais pas avoir une confiance absolue en lui, j'étais en sécurité en sa compagnie.

Il s'assit dans l'herbe, ses yeux noirs tournés vers le centre de la clairière. C'était donc ici que mon frère était tombé. J'avais du mal à croire qu'Angelo et Amira l'avaient tué de sang-froid. Ils ne s'en étaient pas vantés, quand je les avais croisés sur l'Île Brumeuse.

« Ils paieront pour ce meurtre, jura Lex en serrant les dents. Je ne les raterai pas, la prochaine fois ! »

Je m'assis sans rien dire à ses côtés. Cette fois, je posai ma main sur son épaule. Il ne se dégagea pas.

Lex était le premier complice que Robulus avait recruté pour former le gang des Éternels. C'était un membre de la guilde des vif-passeurs du Royaume Minéral. Pour le compte du roi Björn, il avait rejoint la Citadelle Viridys pour infiltrer le réseau des bourgeois et des aristocrates du plus puissant des royaumes. Il n'avait jamais caché son allégeance à Robulus. Mon frère s'était contenté de hausser les épaules. Il se moquait bien de ces subtilités politiques ! Au contraire, la présence de Lex au sein du gang lui offrait deux atouts : les talents d'un vif-passeur et des missions bien rémunérées. Il l'avait accueilli à bras ouverts.

Leurs activités les entraînaient parfois à l'étranger, pour des opérations de plusieurs mois dont ils ne parlaient jamais. Je n'aimais pas poser de questions précises, de peur d'être choqué par leurs réponses… Je me surprenais cependant à les envier de voyager autant, même s'il ne s'agissait pas de séjours d'agrément. Les secrets du vif-passage m'apparaissaient comme merveilleux. Un soir, je m'en étais ouvert à Lex, qui m'avait promis de me mettre en contact avec sa guilde, le jour venu.

Et ce jour approchait…

Assis près des ruines du sanctuaire des druides, alors que le soleil montait dans le ciel, je ne vis pas apparaître le fantôme de mon frère. J'acceptai cependant le profond sentiment de sérénité qui m'envahit. Je ne serais bientôt plus un voleur, mais un vif-passeur.

Ma vie allait changer… Enfin.

« Il n'en est pas question ! »

Ma mère rendit son verdict ; il était sans appel. Elle se tenait contre un mur de la pièce principale, les bras croisés.

« Tu n'iras pas au royaume des montagnes en compagnie d'un assassin. Nous avons déjà perdu ton frère, je refuse de te laisser commettre cette erreur ! »

Mon père tenta de l'apaiser en prenant son bras, mais elle se dégagea brusquement.

« Lupa chérie, murmura mon père, nous avions déjà donné notre accord… Le petit doit suivre sa propre route et commencer son apprentissage. Vif-passeur est un beau métier.

— Il devra prêter serment à une guilde de mercenaires, rugit-elle, et jurer fidélité au roi Björn, l'héritier d'une génération de menteurs et d'assassins ! Oublies-tu les raisons qui nous ont condamnés à l'exil ? Nous avons dû fuir Édelstener comme des voleurs pour protéger nos enfants !

— Non, mon amour, je n'ai rien oublié, mais Rébus ne risque rien en devenant vif-passeur. Il sera protégé par sa guilde et son statut d'apprenti.

— Il devra répéter chaque jour un sortilège de soumission qui liera son destin à celui du roi et de sa garce de femme. »

Je suivais leur échange avec perplexité. Mes parents ne m'avaient jamais avoué les raisons de leur départ d'Édelstener, la capitale du Royaume Minéral. Je n'avais alors que dix-huit mois…

Les doutes de ma mère concernant le sortilège du vif-passage étaient hélas fondés. Son invocation régulière entretenait la loyauté du mage avec son roi. Il était impossible de refuser un ordre explicite donné par le roi Björn. Les contraintes de son utilisation me semblaient pourtant faibles devant ses avantages. Il permettait de voyager à travers le monde.

Lex m'avait déjà appris ce précieux secret du royaume des montagnes : le Quatrain Minéral, quatre vers capables d'agir sur la destination des marées de vif-argent. Lex n'aurait jamais dû m'apprendre ce sort avant que je prête serment devant le roi et la guilde. Il m'en avait cependant fait cadeau quelques jours avant le Jugement Denier pour me donner toutes les chances de trouver un puissant Talisman Totem. Sans oser l'avouer à mon frère, il craignait que je sois contaminé par l'Impureté en échouant à la Quête… Il m'avait préparé à la plus aléatoire des épreuves : la chasse aux talismans.

« Pourquoi avons-nous été exilés ? demandai-je.

— Peu importe, répondit ma mère d'un ton évasif.

— Je préfèrerais l'apprendre de vous, plutôt qu'une fois là-bas.

— Pas de risque, puisque tu ne partiras pas.

— Tu ne peux pas m'empêcher de vivre ma vie ! Que préfères-tu, que je reste ici pour remplacer Robulus dans son maudit gang ? »

Elle décroisa les bras.

« Je t'interdis d'y penser ! dit-elle, furibonde. Tu trouveras un autre apprentissage, ici, en sécurité. Le vieux Néro a déjà proposé de te prendre dans sa boutique.

— Pour cuire des poulets toute la journée ? Non merci ! J'ai toujours rêvé de voyager, il serait temps de commencer ! »

Ma mère chercha du soutien auprès de son mari, qui était clairement de mon avis. Des larmes roulèrent sur ses joues. Mon cœur se serra, mais je ne tombai pas dans son piège. Elle devait accepter mon départ.

« Je serai prudent, lui jurai-je.

— Ne t'approche pas du palais, dit-elle d'un ton lugubre, et ne croise jamais le regard de la famille royale, tu m'entends ? Jamais ! »

Elle se laissa choir sur une chaise. Sa colère s'éteignit brusquement. Comment aurait-elle pu me retenir ? Elle ne pouvait pas me refuser la liberté qui faisait sa joie de vivre. J'ignorais ce qui l'effrayait à ce point.

*« La peur de perdre son dernier enfant, tout simplement,* murmura Ji'Vri dans ma tête. *Elle vient d'enterrer son aîné. Ton départ lui est douloureux… Elle préfèrerait sans doute te garder près d'elle toute sa vie, mais elle se rendra vite à l'évidence. Tu as l'âge de vivre tes propres aventures.*

— *Suis-je en train de la trahir ?*

*— En quelque sorte… Tu es majeur. À toi de définir le rôle qu'elle tiendra désormais dans ta vie. N'hésite pas à la rassurer sur la place qu'elle gardera pour toi. »*

J'acquiesçai en pensée. Je suivis les conseils de mon djinn et vint entourer ma mère de mes bras. Elle accepta mon étreinte dans un geste presque désespéré.

« Je reviendrai le plus souvent possible, promis-je doucement. Ça ne changera rien entre nous. »

Ce n'était qu'un demi-mensonge, mais prononcer ces mots me rassurait autant qu'elle. Ils scellaient un pacte d'amour et de confiance. Mon père vint nous étreindre à son tour. Nous savions que la prochaine embrassade n'aurait pas lieu de sitôt.

Ma vie m'attendait.

ʃ

Le lendemain matin, je rejoignis Lex près des mares de vif-argent. Il avait décroché une barque pour la glisser dans le liquide métallique, irisé de reflets multicolores. Les premières bulles de la marée éclataient déjà. Le tourbillon ne tarderait plus à se former.

La coquille de bois tangua quand je m'installai à l'intérieur. Lex vint me rejoindre après avoir observé le ciel menaçant. Il s'assit en face de moi et plia les jambes.

« Il y aura de l'orage cet après-midi, annonça-t-il. Un temps idéal pour lancer les Éternels en mission. Dommage que nous devions partir…

— Tu veux rester un jour de plus ?

— Non, les gars vont se reposer encore un peu. Ils attendront que je revienne. J'aurai sûrement de nouveaux ordres à leur transmettre. J'espère que le roi Björn m'autorisera à venger ton frère ! »

Je frissonnai devant l'éclat dangereux de ses yeux. Lex avait repris la direction du gang. Il avait vite éteint le débat de succession qui avait suivi la disparition de Robulus. Je n'avais pas demandé à en savoir autant, mais il s'était senti obligé de me l'annoncer.

Un gros cristal orange était incrusté au centre de la barque sur un piédestal en bois. Je posai la main dessus pour prononcer le sortilège du vif-passage.

« Attends, dit Lex. Cette fois ce sera différent. Je vais te montrer. »

Il posa la main sur la mienne. Ses doigts recouvraient complètement les miens. Ils les écrasaient doucement mais fermement. Il inspira et invoqua la Rime Ancestrale :

*« Je brûle et m'éblouis dans le chant des sirènes,*
*Je rêve du parfum des cités* **souterraines**. *»*

Une étincelle de magie jaillit de sa paume. Elle traversa la mienne et activa l'énergie contenue dans le cristal. Un champ d'énergie se dégagea du talisman et nous entoura d'un voile protecteur. Le halo se colora d'une lumière brune, avec des zébrures ambre et or éblouissantes.

La destination des marées argentées dépendait de la taille des six Astres du monde, qui provoquaient la même attraction sur le vif-argent que la lune sur l'océan. Les variations de volume étaient à l'origine du caractère aléatoire des marées. Lex avait volontairement accentué une partie de la formule pour augmenter la force d'attraction d'un Astre particulier et voyager jusqu'à la capitale qui l'abritait, en l'occurrence l'Astre Tigre et la ville d'Édelstener. Pour voyager vers d'autres destinations, les vif-passeurs invoquaient le Quatrain Minéral pour modifier l'équilibre astral au fur et à mesure que leur barque naviguait dans le réseau de vif-argent.

Lex retira sa main et je murmurai la Rime Ancestrale à mon tour. Je sentis une douce torpeur m'envahir. Le sortilège de protection avait tendance à assoupir les voyageurs, mais les vif-passeurs devaient rester éveillés.

Mon compagnon allongea ses jambes.

« Ne lutte pas, dit-il en bâillant. Ce sera un voyage paisible. Nous n'aurons pas besoin de modifier notre trajectoire en cours de route. »

Je choisis de lui faire confiance et m'allongeai dans la barque. Bientôt, le tourbillon argenté nous emporta dans les profondeurs de la terre.

# Chapitre IV

*Je n'ai jamais cessé de peindre la lumière et la beauté de ma terre natale. Par nostalgie ? Par peur de l'oubli ?*

*Les tableaux qui m'entourent sont les vestiges d'une vie que j'ai quittée voilà bien des années. Mon enfance au cœur des montagnes… Mes premiers pas dans la neige… Les souvenirs ne s'effacent jamais vraiment. Je rêve souvent de revoir la ville aux cent mille joyaux. Hélas, c'est un rêve impossible.*

**Lupa Adellarte**
**« Couleurs restaurées »**

J'avais peu voyagé durant mon enfance. Mes parents étaient trop pauvres pour payer des séjours à l'étranger. Quand la chaleur de l'été devenait trop étouffante dans la citadelle, nous partions quelques jours au bord des falaises de la côte. Ma mère peignait des aquarelles et des marines, pendant que mon père se reposait sur les plages de galets. Ils me confiaient généralement à un couple d'amis et leurs enfants. Nous passions nos journées à inventer mille aventures et nager dans l'océan. J'aimais apprivoiser ses courants, jouer avec les vagues qui se fracassaient contre les rochers.

En dehors du Royaume Végétal et de l'Île Brumeuse, je n'avais visité que la capitale de l'Empire Lumineux, avec laquelle mon père entretenait des relations commerciales régulières. La cité de lumière m'avait émerveillé, avec ses habitations dissymétriques et son architecture si différente de la nôtre. De grandes banderoles colorées traversaient la ville ; elles supportaient des lampions de papier qui s'illuminaient, la nuit venue. Une foule de musiciens, de marionnettistes et de cracheurs de feu occupait les rues. J'avais eu le sentiment que Faliang était une cité de fêtes et de jeux.

J'ignorais tout du reste du monde, si vaste que je n'osais imaginer l'étendue de ses merveilles. Aurais-je un jour le temps de les découvrir ? J'espérais réussir mon apprentissage de vif-passeur pour en saisir l'opportunité. La Quête des Talismans Totems m'avait donné un avant-goût des incroyables paysages qui m'attendaient, des plages de sable fin aux montagnes glacées. L'épreuve au cours de laquelle j'avais rencontré la princesse Amira avait conforté mon goût du voyage, impérieux et enfiévré. La proposition de Lex avait été la chance de ma vie.

Mes parents ne parlaient jamais du Royaume Minéral qu'ils avaient dû quitter en catastrophe. Quand Robulus était devenu adolescent et avait osé les interroger sur leur exil, ma mère avait fondu en larmes et mon père l'avait puni avec sévérité. Ils refusaient de tourner leur regard en arrière et redoublaient d'efforts pour oublier cette époque douloureuse. Je n'avais pas d'autre famille en vie, comme si l'arbre de ma généalogie avait été brusquement déraciné, treize ans plus tôt, pour ne laisser qu'un couple d'émigrés et leurs deux enfants accrochés sur une branche malingre.

J'allais enfin découvrir une partie de mes origines. Mon cœur battait fort lorsque j'émergeai du vif-argent, au milieu d'un royaume que je n'avais jamais connu, mais dont j'avais souvent rêvé. J'avais vu le jour dans ces montagnes enneigées.

Ma première surprise fut la sensation de chaleur qui m'accueillit à mon arrivée. Le soleil était haut dans le ciel et nous réchauffait le corps. Nous étions à l'abri d'une bulle de verre qui couvrait la totalité de la mare et sa berge, comme une immense serre.

Lex rama pour faire accoster notre barque. Deux mages armés s'approchèrent de nous et nous demandèrent de décliner nos identités. Leurs sceptres en bois étaient coiffés d'une énorme gemme brune. Lex se contenta de montrer le tatouage sur son bras, un corbeau noir qui s'envolait avec une couronne entre ses pattes. Les hommes hochèrent la tête et s'écartèrent pour interroger les autres voyageurs arrivés en même temps que nous.

Nous étions au bord de la mer, en amont d'une plage de gravier. Les montagnes environnantes formaient un fjord gigantesque. Je fus impressionné par la centaine de mares de vif-argent qui s'ouvraient dans le sol caillouteux. Chacune d'entre elles était couverte d'une bulle de verre qui protégeait les voyageurs du vent marin et de la fraîcheur de l'hiver. Beaucoup de gens s'affairaient à transporter des marchandises sur une route qui longeait la plage et les parois de verre.

Je me tournai pour admirer les montagnes derrière moi. Une muraille de roche jaillissait du ciel et plongeait de façon abrupte dans la mer. Je n'en distinguais pas le sommet, perdu dans les nuages. La présence d'une plage aux pieds d'un tel géant semblait incongrue.

« Reviens parmi nous, Rébus, s'amusa Lex. Et ferme la bouche, tu vas gober une mouche des montagnes. Elles sont plus grosses et poilues que chez nous. »

Il m'entraîna sur la route pavée qui longeait la mer. Nous prîmes garde d'éviter les chariots que des manœuvres poussaient ou tiraient à la force des bras. J'avais déjà vu mon père agir de même. Les roues en bois des charrettes étaient enchantées par des talismans aériens qui réduisaient les frottements avec le sol et l'effort nécessaire pour les faire avancer. Ils formaient une fine couche d'air sous les roues qui glissaient sur les pavés comme sur de la glace. Elles laissaient échapper un nuage de particules argentées, une magie scintillante et usée qui s'envolait rejoindre la forteresse de Borya et l'Astre qui la couronnait.

Les marchands parlaient haut et fort, riaient, crachaient. Leur accent guttural était très prononcé. Ils mâchaient leurs mots en avalant des consonnes qu'ils jugeaient superflues. Je les suspectais d'employer un argot propre à ces contrées nordiques.

La température était nettement plus fraîche à l'extérieur des bulles de verre qui protégeaient les mares de vif-argent. Ma respiration provoquait des nuages de condensation devant ma bouche. J'acceptai volontiers la lourde veste que Lex avait emportée pour moi avant de partir. Elle était rembourrée par les poils d'un animal inconnu, plus denses et chauds que la laine de mouton. Une capuche et des manches en fourrure complétaient le vêtement et m'empêchaient de greloter de froid.

Lex redevint taciturne et cessa de réagir à ma conversation. Je préférais ignorer les noires pensées qui tournaient dans son esprit, rêves de vengeance où Angelo et Amira périssaient de sa main. J'observai en silence le décor exotique qui m'entourait. J'avais envie de m'approcher de la mer, d'un bleu sombre, presque noir. La baie devait être profonde et glacée. Le fjord inhabité s'étirait à l'horizon.

Nous rejoignîmes une file d'attente qui menait à l'entrée d'un tunnel sous les montagnes. Son plafond voûté était bien plus haut que nécessaire, au vu de la circulation humaine qui l'empruntait. La pierre était humide. Une des parois était couverte de plaques de sel, arrachées à la mer par le vent qui s'engouffrait dans l'ouverture. Des stalactites salées pendaient sur la voûte et se penchaient vers l'autre extrémité du tunnel. Mes cheveux s'ébouriffèrent lorsqu'une rafale me poussa en avant.

« Édelstener est donc une cité souterraine ? ne pus-je m'empêcher de demander à Lex.

— Non, contrairement à ce que beaucoup pensent. Seules les villes à proximité des Monts Tempêtes sont souterraines, pour profiter de la chaleur des volcans et exploiter les gisements de métaux. Par contre, la capitale n'est accessible que par ce tunnel ou par la voie des mers. Les rivières de vif-argent ne traversent pas les montagnes du royaume. Elles débouchent toutes ici. Les autres villes sont accessibles par bateau ou par des sentiers qui longent les fjords. »

Cette particularité géographique m'étonna profondément. N'était-ce pas paradoxal ? Le Royaume Minéral maîtrisait les secrets pour voyager dans le vif-argent, mais aucune rivière ne reliait les villes entre elles… Je comprenais mieux pourquoi les vif-passeurs ne pouvaient exercer leur métier que dans les royaumes voisins. Leurs sortilèges n'avaient aucune valeur au cœur de ces montagnes.

Des gardes contrôlèrent à nouveau notre identité avant de nous laisser entrer dans le tunnel. Nous marchâmes assez longtemps dans ce corridor minéral qui montait légèrement. Des talismans lumineux étaient accrochés à intervalles réguliers, une alternance d'épis de blés et de brins de lavande qui diffusaient une lumière jaune ou bleue. Le courant d'air nous poussait en avant. Les marchands à nos côtés étaient captivés par leur conversation et ne nous prêtaient aucune attention.

La lumière du jour apparut bientôt en face de nous. Curieusement, la hauteur du tunnel se réduisait jusqu'à sa sortie, comme un long entonnoir. Le courant d'air s'accentua ; à l'arrivée, il était si fort que nous dûmes courir pour ne pas être plaqués au sol. Les marchands se turent pour nous imiter dans cette étrange course. Leurs chariots glissèrent à toute allure sur le sol de pierre.

Nous débouchâmes à l'air libre avec soulagement. Le vent se calma presque aussitôt. Je récupérai mon souffle et jetai un regard en arrière. L'ouverture du tunnel était à peine assez haute pour laisser passer un homme debout. Un assemblage de planches permettait de moduler la hauteur de la voûte.

*« La différence de taille d'ouverture entre l'entrée et la sortie doit être à l'origine du courant d'air qui circule dans le tunnel »*, commenta Ji'Vri avec fascination.

Mon djinn avait pris une forme de chauve-souris pour explorer les environs. Il s'envola près de la voûte.

*« Je crois que le mécanisme peut être abaissé ou remonté pour réguler la force du vent, en fonction des besoins de la capitale*, devina

le génie. *Le sens du vent peut s'inverser, éventuellement pour protéger la cité en cas d'intrusion. S'il s'agit de la seule entrée possible, Édelstener est imprenable ! »*

J'acquiesçai en silence. Ce système était ingénieux, mais il me laissait perplexe. Les enfants et les vieillards ne pouvaient pas entrer sans dommage et les visiteurs ne devaient pas être trop chargés pour courir sans crainte.

*« Les visiteurs ne semblent tout simplement pas les bienvenus,* jugea Ji'Vri avec sévérité. *Cette construction est dissuasive. Elle montre bien l'état d'esprit du Royaume Minéral, isolé et replié sur lui-même depuis des siècles. »*

Le tunnel débouchait au fond d'un immense puits circulaire. Les parois abruptes s'évasaient vers l'extérieur. Nos compagnons de voyage s'étaient insérés dans une file d'attente. Je compris qu'ils attendaient leur tour pour décharger leurs marchandises sur des plateformes en bois, attachées à des cordes qui disparaissaient dans le ciel. J'observai avec curiosité leur manège.

L'une des plateformes était couverte de cagettes de légumes et de piles d'étoffes colorées, dans des tons de jaune, de beige et de blanc cassé. Leur propriétaire corpulent trônait sur un minuscule tabouret. Il s'accrochait d'une main à sa cargaison d'endives et de l'autre à son siège. Son visage barbu et rougeaud exprimait un mélange d'angoisse et de ténacité. Il avait probablement le vertige.

Un contremaître jeta un sort lumineux qui traça un arc doré au-dessus de la foule. Son signal fut bientôt suivi par des craquements secs. Les cordes se tendirent, puis le disque en bois de la plateforme s'éleva dans l'air. Les marchandises furent lentement transportées au sommet du puits. Ni les endives ni leur propriétaire ne tombèrent du ciel.

« Génial ! m'exclamai-je. Nous allons les utiliser ?

— N'y pense même pas, se moqua Lex. Les vrais hommes n'ont pas besoin d'aide pour grimper ! »

Je le suivis à contrecœur vers un escalier qui creusait les parois en pierre. Il montait en colimaçon, tout autour du puits. Les marches semblaient infinies. Je regrettais presque d'être un « vrai homme ».

Notre ascension me sembla durer une éternité. J'essuyai la sueur qui perlait à mon front. L'accès à cette cité n'était décidément pas reposant. Heureusement, ma vie de rôdeur m'assurait une bonne endurance. J'avais passé des heures à dévaler les rues de la Citadelle Viridys pour échapper à la milice ou fuir un quartier dans lequel je n'avais pas vraiment été invité... Les voleurs maintenaient leur corps en forme, une obsession qui tenait autant de la fierté que de la survie.

Le soleil descendait à l'horizon lorsque nous finîmes par atteindre le sommet du puits. J'oubliai brusquement tous mes tourments. La vue qui se dévoila sous mes yeux me ravit l'âme. Je tombai amoureux de cette région, pour un instant et pour toujours.

Les montagnes formaient un écrin de roche et de neige autour d'un fjord majestueux, un bras de mer qui sinuait entre les immenses murailles de pierre. Les parois abruptes s'enfonçaient dans ce ruban d'eau d'un bleu profond, adouci par les reflets mordorés du soleil couchant. Des cascades gelées jouaient avec les fractures de la roche pour se jeter dans la mer, dans des plongeons de glace figés par le temps. Quelques nuages s'accrochaient aux cimes enneigées qui sommeillaient au-dessus de nous.

Le bras de mer s'étirait vers le lointain. Mon promontoire dominait la pointe du fjord ; en contrebas, une cité se dressait au cœur de la vallée baignée par la lumière rasante du soleil. Des bijoux multicolores ornaient les toits des habitations et renvoyaient la lumière dans une gerbe éclatante de rubis écarlates, d'émeraudes clinquantes et de saphirs bleutés. J'avais sous mes yeux un millier de gemmes éblouissantes, un trésor de pierres précieuses serties au fond de ce fjord.

La cité arc-en-ciel était resplendissante. Non, la capitale du Royaume Minéral n'était pas souterraine. Elle brillait de mille feux dans le creux de la roche, magnifiée par l'eau salée de l'océan, les neiges éternelles et le soleil couchant.

« Édelstener », murmurai-je avec émotion.

Je laissai mon regard s'abreuver de ce paysage, avant de me tourner vers Lex. Adossé à un bloc de pierre, il m'observait avec un sourire bienveillant.

« La vue te plait ? me lança-t-il.

— Elle est extraordinaire !

— Notre peuple est peu nombreux et pauvre en ressources, mais notre capitale est une merveille de la nature.

— S'agit-il de vrais bijoux ? »

Lex hocha la tête.

« Beaucoup ne sont que des pierres semi-précieuses, avoua-t-il. Les autres royaumes pensent que nous creusons des mines pour les déloger de leur gangue, mais, en vérité, la montagne est sacrée. Les activités minières ne sont permises qu'à l'ouest du pays, loin d'ici. Les plongeurs trouvent ces bijoux au fond des fjords. Nul ne sait comment ils se forment.

— Pourquoi ne pas en faire commerce, plutôt que de les utiliser dans cette architecture ?

— Ordre du roi… Je crois qu'elles n'ont pas beaucoup de valeur, en vérité. »

Je n'en étais pas convaincu. Les bijoutiers de Viridys faisaient partie des plus riches de mes « clients ». Ils sertissaient les gemmes en bagues, colliers ou pendants d'oreilles, et les vendaient avec une marge généreuse à la bourgeoisie féminine. La valeur d'un bijou était subjective. L'éclat et la forme des pierres étaient plus importants que leur composition.

Notre descente se fit dans un silence respectueux. La route pavée traçait des lacets contre le flanc de la montagne qui me permirent d'admirer à loisir l'éblouissante cité. Lorsque la nuit tomba, je m'aperçus de l'existence d'une autre source de lumière, qui avait été masquée par la fulgurance multicolore du soleil sur la capitale.

Les quais du port s'étiraient en demi-cercle au début du fjord, aux pieds des tours que je devinais appartenir au palais du roi Björn et de la reine Hildegarde. Un ponton de pierre et de bois s'éloignait de la rive et s'avançait au milieu du port. À son extrémité, une colonne minérale était coiffée d'une boule de magie qui flottait au-dessus de la mer comme un phare solitaire. Elle tourbillonnait et projetait des rayons de différentes nuances, un mélange d'or, d'ambre et de brun noisette : l'Astre Tigre.

En nous approchant encore, je constatai que les passants allaient et venaient sur le ponton illuminé. Des couples se promenaient, main dans la main. Quelques pêcheurs ramassaient leurs lignes et rangeaient leurs affaires. J'étais étonné de voir que l'accès à l'Astre du Royaume Minéral était libre. À Viridys, l'Astre Émeraude était jalousement gardé au sommet de la plus haute tour du palais. Seul le roi était autorisé à y accéder.

« L'Astre Tigre est magnifique, m'exclamai-je. Tout le monde peut donc s'en approcher ?

— Bien sûr. Les citadins s'y rendent régulièrement pour vénérer son créateur et renouveler leur serment de loyauté.

— Le dieu Løk ? »

Mon compagnon acquiesça.

« Tu pourras visiter la ville demain, annonça-t-il. Ce soir, nous sommes attendus à l'auberge du *Rubis sur l'ongle*. Et n'oublie pas que toutes les capitales sont dangereuses, en particulier pour les gamins dans ton genre…

— Je sais me défendre.

— Disons que tu cours vite ! admit Lex avec un sourire. Mais pour l'instant, tu ne t'éloignes pas de moi. J'ai promis à tes parents de te ramener en un seul morceau. »

Je hochai la tête. La journée de voyage avait été éreintante, mais ma fatigue semblait s'être envolée dès l'instant où j'avais découvert ce fjord enchanteur. J'avais assez d'énergie pour faire le tour de la ville, rencontrer ses habitants, visiter ses rues, son palais et son port.

En vérité, j'eus à peine la force d'avaler un repas rapide et de m'écrouler sur le lit de ma chambre. Je dormais profondément quand Lex vint me rejoindre.

# Chapitre V

*Je me souviens de ma première rencontre avec le roi Björn. À vingt-cinq ans, il était jeune, plein d'ardeur et d'une magnifique arrogance. Je revois l'éclat de sa couronne sur ses cheveux noirs, son visage fier et anguleux, sa barbe soigneusement taillée et, surtout, son regard bleu turquoise. Deux gemmes extraordinaires, deux fleurs aux pétales d'une couleur merveilleuse. Mon cœur s'est arrêté à leur vue.*

*Si seulement j'avais détourné le regard…*

*Si seulement j'avais pris la fuite…*

***Lupa Adellarte***
***« Couleurs restaurées »***

∫

Mon ventre grondait, mais je restai sourd à ses lamentations. Les rues d'Édelstener défilaient sous mes pas dans une succession d'échoppes et de ruelles étroites. La foule était dense et compacte.

Lex n'était plus là à mon réveil. J'avais trouvé un bout de papier griffonné d'un message laconique *« Je reviens à midi. Ne bouge pas. »* Cette injonction avait suffi à me convaincre du contraire : je devais quitter l'auberge au plus vite pour partir à la découverte de la capitale. Je n'avais aucune envie d'attendre sagement le retour de mon compagnon de voyage, qui ne serait probablement pas d'humeur à organiser une visite. J'avais jusqu'à midi pour explorer la ville…

C'était un jour de marché. Je n'eus aucun mal à me glisser dans la foule qui déambulait autour de moi. La règle d'or d'un rôdeur ? Se fondre dans la masse pour éviter d'attirer l'attention… Une bise glacée soufflait depuis la mer. J'imitai mes voisins en abaissant ma capuche en fourrure. Mes vêtements étaient plus sombres que les tenues jaunes, blanches et beiges des citadins, mais j'ignorais s'il s'agissait d'un signe de richesse ou d'un code d'appartenance à une guilde quelconque. Je préférais éviter de commettre un impair. Ma veste grise passait inaperçue.

Je m'étonnais de voir autant de monde alors que la lumière du jour commençait seulement à franchir les cimes des montagnes environnantes. Les habitants du fjord sortaient, riaient, vivaient, en dépit des très courtes journées d'hiver. Pour adoucir l'obscurité tenace de la nuit, des bouquets de cristaux d'avoine et d'orge étaient suspendus au-dessus des ruelles et faisaient office de lanternes qui tremblotaient sous le vent.

J'admirai les façades construites dans un granit sombre, presque noir, au contact rugueux. L'accès aux bâtiments les plus luxueux s'ouvrait entre deux colonnes torsadées en marbre veiné de rouge ou de vert, sous le fronton d'une voûte stylisée de motifs marins, d'un chapelet d'algues, d'hippocampes et de coquillages gravés dans la pierre. Chaque encadrement de porte était travaillé avec un art consommé.

Les fenêtres avaient de curieuses formes de losanges. Des vitraux colorés ornaient celles qui faisaient face à la mer, au sud de la cité, tandis que les autres étaient transparentes et munies de volets en bois. Des talismans éclairaient l'intérieur des habitations et illuminaient les vitraux visibles depuis la rue, dans une palette de rouge, de bleu, de rose et d'orange. La ville était magnifiée par ces effets de lumière.

Je m'éloignai pour monter dans un quartier plus calme. Je cherchais un moyen d'observer plus en détail les toits qui brillaient tant au crépuscule. Je finis par trouver un parc qui surplombait légèrement la capitale.

Les toits étaient coiffés de dômes de verre, des bulles transparentes suffisamment grandes pour éclairer l'intérieur des habitations. Des ardoises noires complétaient les toits de façon plus classique. J'étais trop loin pour en être sûr, mais un textile noir semblait assurer la jonction entre les dômes de verre et les pans d'ardoises. Les précieuses gemmes que j'avais aperçues la veille étaient cousues dans les mailles du tissu comme des couronnes multicolores.

*« Lex doit se tromper,* commentai-je. *Les maisons n'ont pas toutes les mêmes pierres précieuses. Elles doivent avoir de la valeur pour les habitants d'Édelstener. »*

Je caressai l'idée de grimper sur les toits... Ce n'était cependant pas le meilleur moment pour jouer les équilibristes dans une cité bien réveillée. Je quittai le parc pour rejoindre le centre-ville, plus animé. J'avais eu tort de penser que je ne pourrais pas m'émerveiller davantage. L'avenue principale était pavée d'or.

Je me penchai avec surprise. Les pavés n'étaient pas couverts de paillettes métalliques ; il s'agissait de véritables lingots d'or, si lisses qu'ils semblaient sortir d'une fonderie. Chacun d'eux était frappé d'un poinçon qui reprenait le blason du royaume, un losange métallique dont les quatre coins portaient une cloche en bronze. Les lingots étaient joints les uns aux autres par un ciment à base de poussière de nacre.

*« Crois-tu qu'un sortilège empêche les voleurs de les retirer du sol ?* demandai-je à Ji'Vri.

— *J'en suis même certain »*, se moqua mon djinn.

Je n'essayai pas, même si mes doigts me démangeaient douloureusement...

Des arcades en marbre rouge bordaient l'avenue de part et d'autre. Des échoppes déployaient leurs étals à l'abri des voûtes entrecroisées. Mon estomac gronda devant un vendeur de fruits exotiques. J'acceptai de goûter la tranche de mangue qu'il me proposait ; elle était mûre et juteuse. Lex m'avait laissé assez de diamants pour un petit-déjeuner à l'auberge, mais cette mangue coûtait deux sol-diams !

Je n'avais pas les moyens de céder à la tentation. Je n'avais qu'une solution pour répondre à ce cri du cœur : dérober ce qui m'appelait si tendrement. Le vendeur était justement occupé à encaisser une cliente dodue qui roucoulait à l'idée du petit plaisir qu'elle s'offrait.

Comme l'incarnation d'une conscience morale que j'avais perdue depuis longtemps, mon djinn se matérialisa devant moi sous la forme d'un grand chien auréolé d'une magie dorée. Ses yeux me fixaient d'un air de défi.

*« Ce n'est pas raisonnable, Rébus,* gronda-t-il. *Tu ignores les lois de cette ville.*

*— Je me doute bien que le vol est interdit. On ne va pas me couper la main non plus…*

*— Tu risques des ennuis. Que dira Lex si tu te fais arrêter pour avoir volé un simple fruit ? »*

Frustré, je m'éloignai du stand en soupirant. Ji'Vri avait sans doute raison, mais je n'avais jamais été « raisonnable ». Cette qualité ne m'aurait pas aidé à combattre la misère.

*« Tout est une question de contexte,* reprit mon djinn en lisant mes pensées. *Tu as souvent dû voler pour manger à ta faim, mais est-ce vraiment une nécessité, aujourd'hui ? Tu as des diamants dans ta poche, Rébus. As-tu vraiment besoin d'une mangue hors de prix, alors que tu peux payer un petit-déjeuner consistant à l'auberge ?*

*— Que je n'aurais pas dû quitter, je suppose ?*

*— Je n'ai pas dit ça. Lex n'aurait jamais pris le temps de te faire visiter la ville. »*

Nous étions au moins d'accord sur ce point. Ce n'était pas son genre. L'assassin préférait passer la nuit à écumer les tavernes et la journée à dormir. J'avais été étonné de le voir se lever si tôt.

*« Très bien,* soupirai-je. *Je ne volerai rien sur ce marché, mais je ne promets rien pour la suite. Les richesses de cette ville me font tourner la tête. »*

Ji'Vri aboya avec satisfaction, avant de disparaître dans un nuage de fumée. Il s'était tapi dans son Talisman Totem toute la matinée, ce qui ne lui ressemblait pas.

*« Je t'ai connu plus curieux,* remarquai-je. *Tu ne veux pas te métamorphoser en oiseau pour observer les environs ?*

*— Je me sens fatigué depuis notre arrivée dans ce royaume, peut-être à cause de toute cette magie minérale qui nous entoure.*

*— J'espère que ce n'est pas à cause du voyage en vif-argent… Si tout va bien, nous en ferons beaucoup d'autres. »*

J'ignorais que les djinns pouvaient tomber malades. Son état m'incita à rentrer à l'auberge plus tôt que prévu. Tant pis pour la visite du port… J'avais faim et Lex ne serait pas de bonne humeur s'il apprenait mon expédition. Les cloches de midi n'avaient pas encore sonné, mais je jugeais plus prudent de faire demi-tour.

Lex revint en début d'après-midi avec une colère sourde, sans un bonjour ni la moindre explication, et nous ne quittâmes plus l'auberge de la journée. Il s'accrocha au comptoir comme une moule sur son rocher. Le Nectar'Miel était le seul remède qu'il connaissait pour alléger sa peine et sa mauvaise humeur. Il ne m'expliqua la situation qu'après avoir englouti plusieurs bouteilles d'alcool.

La guilde des vif-passeurs était une organisation tentaculaire. Elle répondait à une hiérarchie complexe gouvernée par un conseil de Hauts-Passeurs. Ils avaient tout pouvoir sur les activités courantes de la guilde, mais aucune décision d'importance ne pouvait être prise sans l'accord du roi Björn.

Le souverain du Royaume Minéral n'avait pas le temps d'animer un réseau qui comptait plusieurs milliers de membres. Il ne s'intéressait pas à la négociation de leurs tarifs ou à la définition de leurs services. Toute son attention était tournée vers les missions d'ordre stratégique dont il était l'unique commanditaire : espionnage, sabotage… ou assassinat. Il avait été furieux d'apprendre l'échec des Éternels et la survie de leurs cibles, Angelo et Amira. Lex était appelé à comparaître devant le roi dès le lendemain matin.

Mon compagnon finit par s'écrouler ivre mort. Son comportement était accablant. Se saouler n'allait pas l'aider à préparer son entrevue… Sans compter que j'étais concerné au premier plan. Le monarque avait fait appel aux talents de Robulus, un des rares Impurs à avoir survécu à la

Quête des Talismans Totems, un assassin réputé et désormais disparu.

Tout naturellement, il voulait rencontrer son frère.

L'avenue pavée d'or traversait la capitale avec la grâce d'un ruban. Celui-ci longeait les arcades du marché, parcourait le vieux centre et menait aux portes du palais. Lex m'assura qu'elle se poursuivait bien au-delà d'Édelstener, quoique dans un aspect plus sobre, le long des fjords ou dans des tunnels souterrains. Elle s'achevait loin d'ici, au nord du royaume, sous une arche de pierre à moitié en ruines qui se dressait au bord de l'océan. Elle était semblable à la Route de la Connaissance qui traversait le Royaume Végétal.

Le palais occupait le centre du port dans une discrétion toute relative. Quelques tours s'élevaient dans le ciel avec des vitraux à chaque fenêtre, mais aucune enceinte ne séparait l'édifice du reste de la ville. Deux colonnes de marbre s'ouvraient sur une vaste place en forme de losange, couverte d'un sable à la blancheur immaculée qui contrastait avec le granit sombre de la capitale. Un bouquet de jets d'eau jaillissaient d'une fontaine. Un muret en pierre encadrait le bassin dont la surface laissait échapper des fumerolles de vapeur. Quelques personnes trempaient leurs pieds dans l'eau fumante.

« Elle est chaude, commenta Lex devant mon air ahuri. Plusieurs sources thermales débouchent dans la ville. Des bassins permettent aux citadins de profiter de leur chaleur.

— On peut essayer ? »

Mon compagnon ne daigna pas répondre. Il continua son chemin jusqu'à un bâtiment semblable aux autres, à l'exception d'une porte ornée de colonnes en marbre écarlate. Un domestique nous y accueillit. Il nous invita à le suivre dans un dédale de couloirs.

D'épais tapis couvraient le carrelage du sol. L'éclat du jour à travers les vitraux créait des vagues de couleur sur les murs. En dehors de quelques toiles et de tentures murales, la décoration était sobre. Je n'en admirai pas moins le premier palais qu'il m'eut été donné de visiter.

Nous patientâmes dans un grand hall, sous la surveillance d'un couple de statues et d'un tableau qui occupait le mur entier. Je n'avais jamais vu une aussi belle représentation du dieu Løk et de sa dulcinée Ida. C'était un chef-d'œuvre.

Sur un fond de fjord ensoleillé, mer de saphir et montagnes d'émeraude, un homme se tenait agenouillé devant une femme qui détournait le regard. Le soupirant avait un regard implorant et un visage éperdu d'amour. La belle Ida avait une grâce touchante. Je pouvais ressentir la gêne et le plaisir de cette jeune femme, effarouchée et troublée par les avances d'un dieu amoureux. Le peintre avait réussi à capturer la magie et la séduction de cet échange intime. Ida fuyait le regard de Løk, mais elle ne retirait pas la main qu'il tenait dans les siennes. Tout son corps criait qu'elle la lui abandonnait volontiers.

La religion monothéiste du Royaume Minéral m'avait toujours fasciné. J'avais vécu dans un royaume où les druides parlaient d'un panthéon rempli de centaines de dieux et de déesses, d'une mythologie débordante de nymphes, de satyres, de fées et de lutins. Le passage des saisons et les événements climatiques se justifiaient par un délire d'intrigues et de joutes divines. Leurs palabres donnaient vie chaque semaine à des héros de temps antiques et reculés.

Le Royaume Minéral était aussi sobre dans sa religion que dans son mode de vie. Les montagnards ne vénéraient qu'un seul dieu : Løk, un grand homme aux cheveux noirs et aux yeux d'azur, aussi bleus que l'eau du fjord qu'il avait choisi pour fonder son royaume.

Les légendes racontaient que Løk était apparu en plein cœur de l'été. Il était tombé amoureux d'Ida, une gardienne de troupeau qui menait ses bêtes dans les pâturages du Nord. Pour la conquérir, il écarta les montagnes et laissa la mer creuser un fjord dans cet écrin de roche. Il créa l'Astre Tigre pour offrir sa magie et sa protection au peuple d'Ida. Séduite, la jeune femme s'installa avec lui à l'abri du fjord d'Édelstener, dans une cité de verre et de pierre construite en son honneur.

Ce tableau évoquait la déclaration d'amour de Løk à sa belle, une divinité à genoux devant une simple mortelle. La religion du Royaume Minéral reposait sur cet amour inconditionnel qui avait transcendé toutes les barrières. Les prêtres du Cercle Tigre, les bonzes, prônaient l'équité, le partage des biens et des ressources en dépit du sexe et de la naissance.

Nous attendîmes longtemps avant que le roi ne nous accueille. Lex était inquiet. Des cernes creusaient ses yeux, un souvenir de ses abus de boisson et d'une journée passée à se ronger d'angoisse. Il craignait l'issue de cet entretien. Le roi Björn était un homme dangereux et puissant.

Nous fûmes enfin introduits dans la salle du trône. Mon cœur battait à tout rompre. Je suivis Lex dans cette pièce plus luxueuse que les autres. Comme lui, je m'inclinai devant le souverain et les conseillers qui l'entouraient. Le conseil de ma mère sonnait à mes oreilles : ne pas croiser le regard de la famille royale. Je ne me sentais pas à ma place sur ce tapis aussi écarlate que mes joues.

Le monarque laissa le silence se prolonger pour mieux nous observer, avant de prendre la parole.

« Relevez-vous », ordonna-t-il.

Je relevai le buste en gardant les yeux baissés avec humilité. Deux personnes entouraient le monarque, sans doute ses conseillers. Tous trois étaient assis dans des fauteuils en velours.

« Votre Majesté, déclara Lex de sa voix profonde, que la grâce de Løk soit sur vous et votre famille.

— Silex, le tança le roi Björn, ma famille se porterait mieux si vous exécutiez les ordres que l'on vous donne.

Expliquez-nous pourquoi votre mission a échoué aussi lamentablement. »

Lex déglutit avant de répondre. Je notai le prénom que le roi avait utilisé pour s'adresser à mon compagnon. Était-ce son véritable nom ?

« Votre Majesté, dit-il, nous avons acculé notre cible près du sanctuaire des druides de Viridys. Le prince Angelo et la princesse Amira étaient seuls et blessés. Nous pensions avoir le dessus, quand tout a basculé.

— Ces enfants devaient mourir ! »

Un frisson glacé me parcourut l'échine. Mes pensées étaient chaotiques. J'avais devant moi le commanditaire d'un double assassinat. Cet homme avait payé des mercenaires pour faire disparaître mon ami Angelo et la princesse Amira. Comment un roi pouvait-il être amené à une telle extrémité ?

*« L'éthique et la morale ne sont pas des critères pour l'exercice du pouvoir,* me souffla Ji'Vri. *La royauté est un droit de naissance. Les têtes couronnées ont leurs défauts, leurs secrets et leurs passions. Ne te fie pas au statut ou à l'habit d'un inconnu tant que tu ignores ses motivations. »*

J'écoutai Lex raconter en détail leur mésaventure.

« Ces adolescents n'ont pas invoqué un sortilège ordinaire, confia l'assassin. Ils se sont donné la main et une tornade de magie a pris naissance autour d'eux. La lumière était éblouissante. Des éclairs ont frappé les menhirs de la clairière et fracassé le dolmen central.

— Les druides jurent qu'ils ont détruit leur sanctuaire.

— Je peux en témoigner, Votre Majesté. Ils possèdent un pouvoir démoniaque. Ils s'en sont servis pour semer la mort et la désolation. »

Sa déclaration fut suivie d'un long silence. Les conseillers s'adressèrent au roi à voix basse.

« Comment ces enfants ont-ils pu détruire ce sanctuaire ? s'exclama finalement le roi Björn. Les temples résistent depuis des siècles au Jugement Dernier et à l'explosion des Astres. Votre témoignage doit être transmis aux prêtres du Cercle. Leur Concile s'est réuni sur l'Île Brumeuse pour traiter du cas de ces enfants. Rejoignez-les. Vous partirez demain matin. »

Lex s'inclina avec raideur.

« Bien, Majesté, dit l'assassin. Avant de vous quitter, permettez-moi de vous rappeler les pertes humaines que nous avons eues. Laissez-moi venger Robulus ! »

Le roi frappa d'un coup sec sur son siège.

« Vous avez échoué deux fois, Silex ! rappela-t-il sévèrement. Ces enfants auraient dû mourir pendant le Jugement Dernier ! J'ai dépensé une fortune pour ces assassinats ratés, malgré le soutien de la Main du Destin.

— Robulus était un frère pour moi.

— Et il était mon meilleur assassin. Une guerre entre le Royaume Végétal et le Sultanat Calorique aurait été une aubaine pour nos ventes d'armes… »

Le monarque soupira profondément.

« Votre témoignage m'effraie plus que vous ne l'imaginez, lâcha-t-il finalement. Les prêtres du Cercle ne parlent que de ces enfants qui ont détruit un sanctuaire par une explosion d'Impureté. Je refuse de dépenser d'autres diamants dans une mission désespérée.

— Votre Majesté, je…

— Il suffit ! Soyez heureux de ne pas être sanctionné pour votre incompétence ! »

Lex s'inclina à nouveau. Un tic nerveux agita sa joue. Il contrôlait sa respiration pour juguler la fièvre qui brûlait dans son cœur. Je devinais ses pensées meurtrières à la tension de son corps. Mission officielle ou non, il ne renoncerait jamais à sa vengeance.

Les conseillers du roi tinrent un conciliabule dont je n'entendis pas les mots. L'attente était pesante. Le monarque s'adressa soudain à moi :

« Jeune homme, Lex vous a présenté comme le frère du défunt Robulus. Êtes-vous un Impur ? »

Mon djinn souffla sur l'angoisse qui serrait ma gorge. Il m'apaisa en pensée et me pressa de répondre :

« Non, Votre Majesté. Je maîtrise la magie minérale qui fait briller ce fjord. Je souhaite devenir vif-passeur.

— Un beau métier, concéda le roi Björn. Allez-vous suivre les pas de votre frère ?

— Je ne veux tuer personne. »

Lex remua près de moi, mais resta silencieux.

« Assassin n'est pas une vocation pour quelqu'un d'aussi jeune, concéda le monarque. Vous aurez le temps de changer d'avis. »

Je refusais de comprendre ce qu'il insinuait. Mon djinn m'incita à la plus grande prudence. Je ne répondis pas.

« Ne gardez pas la tête baissée, me lança soudain le roi. Vous ne craignez rien. »

Je relevai la tête. Je pus enfin détailler mes interlocuteurs.

Le roi Björn était petit et trapu. Une impression animale de danger et de nervosité se dégageait de lui. Une barbe poivre et sel mangeait son visage, où ses yeux bleus étaient soulignés de cernes marqués. Il portait une couronne et un sceptre doré. Ses vêtements étaient dans les mêmes tons beiges, blancs et jaunes que les autres habitants d'Édelstener.

À sa droite se tenait une femme d'une sublime beauté, mince et élancée, aussi blonde qu'un champ de blé gorgé de soleil. Une couronne ornait ses cheveux liés par une tresse qui reposait sur son épaule. La reine Hildegarde avait des yeux en amandes, aux iris aussi verts que des émeraudes sans défaut. Un léger maquillage rehaussait la couleur de sa peau d'albâtre.

À sa gauche, un garçon d'une quinzaine d'années regardait ailleurs. Il était aussi blond que la reine, avec de grands yeux bleus et des joues bombées qui accentuaient ses traits juvéniles. Ji'Vri me souffla qu'il devait s'agir du prince Olaf. Je m'étonnais qu'il puisse participer à de telles conversations.

« La guilde des vif-passeurs est une belle institution, m'assura le roi. Elle est toujours à la recherche de nouveaux membres. Pouvez-vous me montrer votre Talisman Totem ? »

Je m'exécutai avec docilité. Je sortis le pendentif en forme de serpent qui ornait mon cou. Le roi me fit signe d'approcher. Je m'avançai près de la famille royale.

« Un talisman en œil-de-tigre, murmura-t-il avec plaisir. On ne peut pas rêver mieux pour amadouer le vif-argent. L'Astre Tigre est très réceptif à la pierre qui contient ses cendres. L'avez-vous observé de près ?

— Je n'ai pas encore visité le port.

— Le rituel d'intronisation dans la guilde n'aura pas lieu avant plusieurs jours. Admirez bien cet Astre flamboyant ! Vous solliciterez son pouvoir à chacun de vos voyages. »

Je hochai la tête. Alors que je reculais pour revenir aux côtés de Lex, la reine Hildegarde se pencha en avant.

« Attendez ! »

Je me figeai. La reine m'observait avec une expression à la fois surprise et choquée. Elle descendit de son siège en velours et s'approcha d'un pas souple et félin, comme une panthère aux muscles déliés – aussi belle que dangereuse. D'une main ferme sur mon menton, elle releva mon visage pour plonger ses yeux dans les miens.

« Vous êtes d'une rare beauté, me dit-elle. Cheveux noirs et regard d'azur, comme notre dieu Løk qui veille sur ce fjord. Quel âge avez-vous ?

— J'aurai seize ans dans quelques jours. »

Un tic nerveux agita sa mâchoire et ses sourcils se froncèrent. Un sourire fit cependant disparaître sa soudaine crispation. Sa bouche dévoila une rangée de dents d'une blancheur nacrée. Ses lèvres étaient d'un joli rose pâle.

« Profitez de votre jeunesse et de ses doux zéphyrs, murmura-t-elle. La vie a ses bourrasques et ses tempêtes. Parmi ses saisons, le printemps est hélas la plus courte. »

La reine regagna son trône. Elle croisa les mains sur son ventre avec satisfaction.

« Votre beauté est rafraichissante, déclara-t-elle. Je suis sûre que vous avez de merveilleuses anecdotes à nous raconter sur les us et coutumes du Royaume Végétal. Vous n'avez pas de famille ici, n'est-ce pas ? Si le roi y consent, vous serez nos invités jusqu'au rituel des vif-passeurs. »

Son mari l'observa avec étonnement. Elle lui murmura quelques mots à l'oreille. Il haussa les épaules et s'inclina devant le caprice de sa femme.

« Qu'il en soit ainsi », accepta-t-il.

Je jetai un regard étonné à Lex, qui ne s'attendait pas non plus à cette invitation. Au creux de mes pensées, mon djinn s'agita. Il me rappela que les femmes de pouvoir n'agissaient jamais par bonté d'âme. Quels secrets voulait-elle découvrir ?

# Chapitre VI

*En ce début d'automne, le roi avait ouvert les portes du palais à une poignée de décorateurs et d'artisans peintres, pour la première fois depuis la mort de la reine Olga. Après deux ans de veuvage, il avait plié devant l'avis de ses conseillers qui l'incitaient à se remarier. La nouvelle reine, Hildegarde de Breen, avait revu la décoration du palais et exigé la restauration des toiles qui ornaient ses murs.*

*Quelle chance extraordinaire ! L'Histoire avait marqué son passage par une série de portraits, de paysages de montagnes et de marines. J'avais tout loisir de parcourir les couloirs, les bureaux et les chambres où se nouaient toutes les intrigues du royaume. Je consacrais de longues journées à mon minutieux travail, en ne retrouvant mon mari et mon fils qu'à la tombée de la nuit, mais j'étais heureuse. Mon rêve de petite fille s'était réalisé.*

*Comme j'étais naïve…*

***Lupa Adellarte***
***« Couleurs restaurées »***

J'avais visité un grand nombre de résidences luxueuses, de pavillons, de maisons de maître et de villas. Ce n'était cependant que de brefs passages nocturnes pour dérober des diamants ou des objets de valeur… J'avais rarement pris le temps d'admirer leurs intérieurs.

Mon meilleur souvenir avait été le cambriolage de Dame Tamara, une femme sans titre qui avait connu son heure de gloire à la cour du palais Viridys. Elle vivait dans les beaux quartiers, à quelques pas du palais. Un redoutable chat gardait ses fenêtres… Chaque soir, l'ancienne gouvernante ensorcelait son animal de compagnie pour le rendre plus agressif.

Je n'avais jamais osé infiltrer sa maison principale. Dame Tamara possédait cependant un manoir à la campagne, à une distance raisonnable de la citadelle. Un grand parc d'aulnes entourait sa propriété. Un ruisseau le traversait dans une succession de petits ponts en pierre et de cascades.

J'avais eu un choc en entrant par la fenêtre d'une bibliothèque. Des fauteuils confortables entouraient une table en bois lustré, où des chandeliers en argent complétaient l'éclairage de la pièce. Les livres étaient un signe de richesse… Je n'avais jamais vu autant d'ouvrages que chez elle. Ils occupaient de pleines étagères, du sol au plafond, sur les quatre murs. Je m'étais attardé longtemps pour caresser ces reliures merveilleuses, sentir la douceur du cuir sous mes doigts, m'enivrer de son parfum, avant de continuer mon exploration jusqu'à la chambre où elle conservait ses bijoux.

Chaque pièce du manoir était meublée avec un goût exquis. Mon admiration pour cette femme n'avait cessé d'augmenter à mesure que je découvrais les trésors qu'elle avait collectionnés au fil du temps. Mon incursion m'avait dévoilé une série de tableaux de maîtres, de sculptures d'albâtre et de bibelots précieux. J'avais quitté le manoir avec une poignée de gemmes et des étoiles dans les yeux.

Je repensai avec nostalgie au plaisir que j'avais eu à entrer par effraction chez Dame Tamara. Cela semblait pourtant anodin quand je songeais à l'occasion rêvée de pouvoir visiter l'intérieur d'un palais, *en étant invité !* J'en avais encore le sourire aux lèvres.

Je m'étais souvent demandé à quoi ressemblait la vie d'un prince. Angelo m'avait caché la vérité sur son compte et nous n'avions jamais discuté des merveilles de son quotidien. Avait-il conscience de sa chance ?

Le palais d'Édelstener était d'une beauté subtile et épurée. Je m'habituai vite à la sobriété de sa décoration. Cette retenue mettait en valeur les meubles, les tapis et les tableaux qui agrémentaient les couloirs : aquarelles, marines ou portraits des rois et des reines qui s'étaient succédé. L'éclat des vitraux offrait un aspect magique à la pierre noire des murs. D'autres fenêtres, plus grandes, avaient des vitres transparentes pour laisser entrer la lumière du jour.

Je passai ma première journée à déambuler dans les couloirs en compagnie d'une vieille domestique aigrie, Ingeborg, une montagnarde qui m'ouvrait les portes de mauvaise grâce. En tant qu'invité de la reine, j'avais l'autorisation de visiter toutes les pièces du palais. J'ignorais cependant si Ingeborg ne m'accompagnait pas dans le seul but de vérifier que je n'emportais rien au passage.

Lex avait quitté le palais après notre entretien avec le roi Björn. Il devait rendre des comptes aux responsables de la guilde de vif-passeurs, dont les bâtiments se trouvaient près du marché. Mon compagnon m'avait laissé aux bons soins de la reine Hildegarde, qui m'avait à son tour confié à Ingeborg.

La taille de la bibliothèque royale surpassait largement celle de Dame Tamara. Elle occupait une tour entière. Les rayonnages de livres s'élevaient jusqu'au plafond, dans une profusion de cuir, de bois, de pierre et de papier. Un escalier central menait à des plateformes intermédiaires, comme les branches d'un arbre qui aurait poussé au milieu de la tour. Des érudits profitaient de la lumière du jour avant qu'elle ne disparaisse derrière les montagnes.

« Vous semblez surpris, murmura Ingeborg en me jetant un regard en biais.

— J'adore les bibliothèques…

— La reine ne vous a pas autorisé à emprunter un de ces ouvrages.

— Ce n'est pas la peine. Je ne sais pas lire. »

La domestique haussa les sourcils.

« Alors pourquoi diable souhaitiez-vous venir ici ? »

Elle ignorait l'attrait irrésistible que provoquaient chez moi les objets de valeur, qu'il s'agisse de bijoux, de tableaux ou de livres anciens. Pendant qu'elle me tournait le dos, je ne pus m'empêcher de prendre un ouvrage sur un rayonnage et de le glisser sous ma veste. Un vol sans enjeu, mais qui me remplit d'une satisfaction futile.

*« Très futile »*, grogna mon djinn.

Ingeborg me fit traverser plusieurs salons occupés par des nobles. Elle daigna m'expliquer du bout des lèvres qu'on pouvait deviner leur rang en observant la couleur des foulards qu'ils nouaient autour du cou. Le reste de leurs vêtements étaient blancs, jaunes et beiges. Les sujets du roi Björn imitaient la mode vestimentaire de leur souverain. S'il choisissait de porter du rouge, l'ensemble de la ville se ruinait pour acheter du linge de même couleur. Seuls les plus fortunés pouvaient changer régulièrement de garde-robe. Les vêtements étaient ainsi un symbole de richesse.

Je m'enfuis littéralement lorsqu'un aristocrate m'aborda pour amorcer une conversation. Je n'étais pas prêt à discuter avec eux comme si j'appartenais à leur monde. J'étais trop habitué à les détrousser… Nous finîmes bientôt par visiter les cuisines, au sous-sol, où je me sentais plus à l'aise. Quelques domestiques de la cour prenaient leur repas avant de retourner vaquer à leurs occupations.

Ingeborg grogna quelques mots. Elle me confia une grosse clé en bronze et m'abandonna sur place. Je regardai la montagnarde s'éloigner à pas vifs. Apparemment, la visite du palais était terminée.

« Pas commode, hein ? »

Le jeune homme qui m'avait apostrophé rangeait des étagères remplies de talismans et d'ustensiles de cuisine.

« Ingeborg n'est pas vraiment un modèle de douceur, se moqua-t-il. Qu'avez-vous fait pour mériter sa compagnie ?

— Rien de mal, j'espère. Je ne suis qu'un invité du palais. Je viens seulement d'arriver.

— Ça, je l'avais deviné. Ne le prenez pas mal, mais vous n'êtes pas habillé comme un gars du pays. Ni comme un aristocrate, d'ailleurs.

— Je viens du Royaume Végétal. Je viens passer le rituel des vif-passeurs. »

Le garçon me détailla de la tête aux pieds. Lui-même avait une vingtaine d'années et des traits charmants. Ses cheveux blonds étaient coiffés en queue de cheval. Il avait un visage fin et des yeux clairs. Je lus dans son regard un éclat d'intérêt et de reconnaissance.

Il me tendit une main rugueuse.

« Je m'appelle Døriel, se présenta-t-il. J'ai toujours vécu dans ce fjord. Je passe ma vie ici, entre les casseroles, les poêles et les fours… Je suis un des cuisiniers du palais.

— Ou plutôt la commère des cuisines ! », claqua une voix derrière nous.

Une femme d'une trentaine d'années entra sans crier gare. Mince et tonique, elle avait une silhouette avenante. Ses cheveux bruns et bouclés avaient un volume impressionnant. Son regard était aussi pétillant que son sourire.

« Voici la divine Hilda, la princesse du sous-sol, la reine des bas-fonds ! », la présenta Døriel avec amusement.

Elle lui envoya un coup de torchon sur l'épaule. Le jeune homme se défendit en riant.

« Je tente surtout d'assurer un service décent et de maintenir la propreté des tables, expliqua Hilda, pendant que ce malfrat salit toutes les cuisines !

— Et j'adore ça, susurra l'autre. Nous sommes complémentaires. »

La femme tenta de le frapper de nouveau, mais il évita le torchon. Il me mit la main sur l'épaule.

« Nous ferions mieux de sortir, dit-il. Elle peut être de très méchante humeur… »

Elle leva les yeux au plafond alors que nous quittions les cuisines.

« Ingeborg vous a laissé une clé ? demanda Døriel.

— Elle ouvre la tour de Løk. Je vais m'y installer pour quelques jours.

— Vraiment ? Ce n'est pas courant… C'est la plus ancienne tour du palais. Elle est restée fermée pendant des années à cause d'un accident. Je vais vous y emmener.

— D'accord, mais à une condition : que l'on se tutoie. Je n'appartiens pas à la noblesse. »

Il accepta avec un beau sourire.

Le cuisinier avait la conversation facile. Il me raconta une anecdote récente sur la visite du dirigeant du Royaume Aérien, le roi Falonys Pankarov, venu négocier de nouveaux accords commerciaux. Le roi Björn étant en voyage dans une ville éloignée, la reine Hildegarde avait accueilli l'étranger en son nom, mais celui-ci avait refusé de traiter une affaire aussi importante avec une femme. Vexée, la souveraine lui avait rétorqué qu'elle avait au moins assez de pouvoir pour le faire chasser du palais sans attendre le retour de son mari. Le roi étranger avait été mis dehors comme un malpropre.

Je me liai vite d'amitié avec Døriel, pour qui je ressentais une troublante affection. Il avait le franc-parler des gens du peuple et le bagout typique de sa profession. Il était aussi prolixe et enjoué qu'Ingeborg était laconique et maussade.

« Nous voici à l'entrée de la tour de Løk, indiqua-t-il d'un signe. C'est la plus petite du palais, mais elle a vue sur le port et le fjord. On raconte que notre dieu l'a construite en premier. Elle est dans l'alignement du pont qui mène à l'Astre Tigre. »

Il s'engagea dans l'escalier en colimaçon. Contrairement au reste du bâtiment, l'intérieur de la tour était en marbre veiné de vert. Un tapis beige cascadait entre les marches.

« Les chambres sont rarement utilisées, dit-il pendant notre ascension. Elles sont longtemps restées fermées après l'accident au cours duquel le prince Atik a péri.

— Je connais mal l'histoire du royaume. Qui était-il ?

— Le fils aîné du roi Björn, son héritier.

— La reine Hildegarde a dû être très affectée… »

Døriel ralentit sa marche et baissa la voix.

« Ce n'était pas son fils, souffla-t-il. La reine Hildegarde est la deuxième femme du roi Björn. Le prince Atik est l'unique enfant qu'il a eu avec sa première femme, la reine Olga. La pauvre s'est noyée, une nuit, en traversant le fjord.

— Elle nageait dans la mer, au milieu de la nuit ? L'eau devait être glacée ! »

Døriel me jeta un regard amusé.

« Nager dans l'eau froide peut être très plaisant, m'assura-t-il. Tu en jugeras bientôt par toi-même.

— Ça m'étonnerait… Mais je t'en prie, reprends ton histoire. Je t'ai interrompu. »

Le cuisinier poussa un soupir.

« La noyade de la reine Olga… Elle a disparu il y a une vingtaine d'années en laissant un jeune héritier, le prince Atik. Le roi Björn est resté veuf pendant deux ans, avant d'accepter de se remarier pour renforcer sa situation politique. Il s'est uni avec la plus belle et la plus riche de ses duchesses, Hildegarde de Breen, qui lui a donné un nouvel enfant, le prince Olaf. Hélas, le malheur a frappé à la porte du palais un an plus tard… Un violent orage s'est abattu sur la capitale. Un éclair a frappé le cadre métallique des fenêtres de la tour de Løk. Le choc a fait exploser les vitraux… La foudre a frappé le prince Atik et l'a tué sur le coup. Il avait dix ans. »

Nous arrivâmes au dernier étage, sous les toits. L'escalier débouchait sur une porte en bois gravée sur toute sa surface. Mon guide fit jouer la clé dans la serrure et l'ouvrit. Il émit un claquement de langue critique.

« Ils auraient quand même pu te donner la chambre d'en dessous, grinça-t-il entre ses dents.

— L'autre est pour Lex, mon compagnon de voyage. »

L'air de rien, Døriel vérifia l'état de la plus grande des fenêtres, en forme de losange. Des vitraux dans des tons de miel et de bleu formaient des bandes rectangulaires autour des vitres transparentes. Deux fauteuils étaient placés près de l'ouverture, comme pour mieux admirer la vue sur le fjord et l'Astre Tigre.

Le cuisinier me garantit qu'un talisman en cuivre couronnait le sommet de la tour pour absorber la foudre en cas d'orage. Je n'en menais pas large, même si l'ancienne chambre du prince Atik était propre et en bon état. Une cheminée dans un coin chauffait doucement la pièce. Les braises rougeoyantes montraient que des domestiques avaient préparé la chambre.

« Ça va aller ? s'inquiéta Døriel. Je regrette, je n'aurais pas dû te raconter tout ça…

— Je ne suis pas vraiment rassuré, avouai-je.

— C'est ma faute. Je te promets que notre prochaine rencontre sera plus agréable. Quand je ne suis pas aux cuisines, je me cache dans une maison près du port que je partage avec Hilda et deux autres cuisiniers. Tu n'auras aucun mal à la reconnaître, c'est la plus petite du quartier ! Il y a une mosaïque au-dessus de la porte qui représente un trois-mâts. N'hésite pas à venir, je serai ravi de te revoir. »

Il me lança son plus beau sourire. Deux jolies fossettes creusaient son visage.

Je dormis mal cette nuit-là. Des éclairs éclataient dans chacun de mes cauchemars et s'abattaient tout autour de moi. Ils me chassaient sans pitié et avec grand fracas. Je me réveillai plusieurs fois, couvert de sueur et le cœur battant.

J'hésitai à frapper à la porte de Lex qui dormait à l'étage inférieur. Il n'était cependant pas du genre à accepter dans la joie d'être réveillé pour calmer mes angoisses ridicules. Je renonçai aussi à remettre le pendentif de mon Talisman Totem qui trônait sur ma table de chevet. Mon djinn n'était toujours pas rétabli et je préférais le laisser se reposer. Le bijou se trouvait à côté du livre volé à la bibliothèque, dont j'avais seulement déchiffré le titre : *Les exploits de Mina et Tiristo*. Mon niveau de lecture était trop faible pour comprendre l'ouvrage dans sa totalité, à moins d'y consacrer de longues et pénibles heures de travail.

Je me levai au milieu de la nuit, alors que la lune haute illuminait le fjord et teintait les murs d'une clarté blafarde. Je secouai les braises qui rougeoyaient dans la cheminée et rajoutai du bois. J'observai les flammes gagner en vigueur et consumer joyeusement les bûches.

Je me réfugiai dans la salle d'eau annexée à ma chambre. Une baignoire circulaire occupait le centre d'une pièce plus grande que le séjour de ma maison familiale. Des statues blanches gardaient ses bords et invitaient au plaisir et au repos. Du linge propre était plié sur des étagères, près d'une collection de cristaux colorés et de sels parfumés.

Je me sentis coupable de bénéficier d'un tel luxe, alors que je n'étais qu'un voleur miséreux. Je n'avais même jamais pris de bain… Je remplis le bassin en marbre avec une certaine gêne.

L'eau chaude délassa mes muscles crispés et douloureux. Je laissai intacts les talismans qui permettaient de colorer ou de faire mousser l'eau. Étoiles de mer rugueuses, oursins en quartz, anémones mauves, rouges ou bleues… J'en voyais beaucoup pour la première fois. J'ignorais les sortilèges nécessaires pour solliciter leur pouvoir.

Je fermai les yeux et tentai d'éloigner les images violentes qui m'avaient empêché de dormir. Les malheurs du prince Atik avaient enflammé mon imagination. Je me forçai à repenser aux légendes de Løk et d'Ida, plus heureuses. Le couple avait vécu de douces années à l'abri du fjord. Certains poètes racontaient que la jeune femme était devenue immortelle par la grâce de son dieu et mari. Leurs poèmes témoignaient des siècles paisibles qu'ils avaient passés à développer la cité d'Édelstener et le Royaume Minéral.

Un jour, le créateur de l'Astre Tigre et sa dulcinée disparurent brusquement, en même temps que les autres dieux. Les druides reprochaient cette faute à Dohr'im, le fils du dieu du mensonge, mais les bonzes du royaume des montagnes ne reconnaissaient pas son existence. Pour eux, Løk et Ida avaient confié la protection du fjord à ses propres habitants. Ils avaient choisi en toute sérénité de s'éloigner du monde des hommes pour vivre avec leurs semblables.

Je m'étais toujours étonné de constater que plusieurs religions pouvaient cohabiter en paix. Leurs opinions et leurs croyances divergeaient sans cesse, mais les prêtres se respectaient et ne tentaient pas de traverser les frontières pour convertir d'autres fidèles. Une indépendance théologique était allouée à chacun des six Astres du monde. Chaque magie avait sa religion, ses dieux, ses valeurs et ses mythes fondateurs.

L'organisation du Cercle avait été créée pour rassembler toutes ces religions sous un même étendard. Un grand Concile était formé de druides, de marabouts, de sourciers, de bonzes, de chamans et de devins. Ses membres avaient pour mission de régler des différends ou de débattre d'idées métaphysiques. Les mauvaises langues reprochaient cependant aux prêtres du Cercle de se regrouper pour mieux interférer avec la politique des royaumes.

Je sortis de mon bain plus serein et reposé. L'eau chaude m'avait détendu le corps et l'esprit. Je me séchai et vidai le bassin grâce à une éponge en quartz. C'était l'un des rares sortilèges que je connaissais. Avec une pression de la main, je murmurai **« ÉPONGE »** en songeant à *la respiration liquide des récifs de corail.*

Je quittai la salle d'eau, une serviette en coton autour de la taille. Je comptais me réchauffer près de la cheminée et remettre mon Talisman Totem pour discuter avec Ji'Vri, quand je m'arrêtai net.

Un fantôme admirait le fjord.

Je manquai de lâcher ma serviette en voyant cette silhouette scintillante près de ma fenêtre. Mes cauchemars reprenaient-ils le dessus ?

« Prince Atik ? », murmurai-je.

L'autre se retourna lentement. Ce n'était pas le prince défunt revenu hanter le lieu de sa mort. Le fantôme avait une peau d'ébène et de magnifiques yeux dorés. Ses cheveux bruns, frisés, caressaient la soie d'une djellaba flamboyante.

Je restai confondu devant le spectre d'Amira Al'Malwib, la Princesse Noire. Elle me dévisagea de la tête aux pieds. Torse nu, je remontai ma serviette en rougissant.

« Que faites-vous ici ? », balbutiai-je.

Elle pencha la tête sur le côté.

« Je vous retourne la question, dit-elle gravement. Vous dormez avec mes ennemis.

— Vous savez que je souhaite devenir vif-passeur.

— Tous les candidats n'ont pas la chance de visiter le palais... La famille royale n'agit pas sans raison.

— Ne me mêlez pas à vos conflits politiques. D'ailleurs, le roi Björn a tenté de vous assassiner, mais il abandonne ses poursuites.

— Étrange nouveauté...

— La guerre entre votre pays et le Royaume Végétal n'est plus sa priorité. Le roi est inquiet du pouvoir que vous avez invoqué, Angelo et vous, pour détruire le sanctuaire des druides.

— Ses craintes sont fondées. »

La princesse fantomatique se détourna pour se rapprocher de la fenêtre. Elle contempla le fjord en silence. Ses doigts dessinèrent des boucles dans ses cheveux.

J'en profitai pour attraper mes vêtements et me rhabiller. Ma nudité m'embarrassait, même si Amira n'était présente que sous une forme spirituelle. Elle ne semblait absolument pas troublée de pénétrer sans prévenir dans ma chambre. Pourtant, personne n'appréciait l'intrusion d'un fantôme chez soi...

« Quel fjord magnifique ! s'exclama-t-elle. L'étreinte prodigieuse des montagnes et de la mer, deux extrêmes qui s'enlacent sous l'œil complice de l'Astre Tigre... Ce lieu a dû inspirer des générations de poètes. »

J'attisai les braises du feu pour me réchauffer et pour rassembler mes esprits. La Princesse Noire ne montrait aucun signe de vouloir s'en aller. Il était ardu de repousser un fantôme entêté. Cette vérité permettait aux exorcistes de louer leurs services à des prix exorbitants…

« Pourquoi me poursuivez-vous, princesse ? lançai-je d'une voix plaintive. Que voulez-vous ? »

Elle répondit en souriant :

« Avez-vous oublié les paroles des Oracles, sur la colline du Mausolée Blanc ? Vous êtes un Messager de Dohr'im, ce dieu trahi par les hommes et oublié de tous.

— Angelo et vous êtes les seuls dépositaires de sa magie. Les prêtres du Cercle sont d'ailleurs persuadés qu'il ne s'agit que d'Impureté.

— Et vous, qu'en pensez-vous ?

— Je ne suis qu'un voleur, pas un prêtre du Cercle… »

Elle fronça les sourcils.

« N'insultez pas votre intelligence, me tança-t-elle. La prêtrise n'est pas un gage de sagesse ou de discernement. Votre opinion compte autant que celle des lettrés. »

Gêné, je haussai les épaules.

« Vous avez invoqué une puissance spectaculaire, déclarai-je. L'apparition des trois Oracles me laisse penser que vous êtes bien les héritiers d'une magie disparue. »

Amira passa la main à travers la vitre, comme pour vérifier qu'elle n'était qu'un fantôme. Elle observa ses doigts jouer avec les courants d'air qui léchaient la tour de Løk. Sentait-elle la brise ou l'imitait-elle seulement ?

« Les prêtres ont tort, jura-t-elle dans un murmure. L'Impureté est une altération de l'énergie d'un Astre. Votre frère utilisait une variante toxique de magie végétale. Les hommes qui m'ont enlevée possédaient de même une affinité avec la magie calorique, mais impure, contaminée par une substance dont nous ignorons tout. Du moins, c'est ce dont le Grand-Vizir était persuadé… Il n'avait jamais rencontré d'Impurs pour vérifier ses théories.

— La magie de Robulus a toujours été un sujet tabou. Je sais seulement que ses “talents” étaient très appréciés.

— Ses sortilèges n'avaient pas la couleur vert émeraude de la magie végétale. Ils tiraient sur le violet. Angelo les trouvait extrêmement douloureux. »

J'étais toujours aussi troublé de savoir que la Princesse Noire était capable de voir les étincelles qui marquaient l'invocation d'un sortilège. Elle ne se rendait pas compte à quel point ce don était précieux. Je ne pouvais moi-même que deviner la magie qui circulait dans l'air, comme des reflets de lumière sur l'eau d'un lac. Je ne la voyais distinctement qu'à proximité d'un Astre, où les étincelles convergeaient en nombre.

« Et qu'en est-il de la vôtre ? demandai-je. Comment pouvez-vous être sûre qu'il ne s'agit pas d'une variante d'une magie existante ?

— C'est une certitude. Elle est blanche comme neige. Les étincelles de mes sortilèges s'envolent tout droit dans le ciel ; elles ne sont attirées par aucun Astre connu. J'apprends à peine à me servir de cette magie perdue et regardez ce qu'elle permet ! Je peux projeter mon âme pour voyager à travers le monde, alors que mon corps est paisiblement endormi. Cette magie est merveilleuse.

— Où êtes-vous, en ce moment ? »

Son visage se ferma. Son bref éclat de joie s'évanouit. Elle retrouva la mélancolie qui l'entourait depuis son arrivée.

« Vous souvenez-vous de l'arbre d'or du Mausolée ? murmura-t-elle. Vous avez ramassé une de ses feuilles avant de me la confier. Pendant que je voyageais dans les rivières de vif-argent, un sortilège s'est déclenché pour m'attirer dans un lieu isolé, où je me retrouve désormais piégée… Je pense que je n'ai pas quitté l'Île Brumeuse.

— N'avez-vous aucun moyen de faire demi-tour ?

— L'entrée des rivières souterraines se trouve au fond d'un lac de vif-argent aussi profond qu'opaque, sans compter que ma vision se trouble chaque jour davantage… Je suis en train de redevenir aveugle. »

Son aveu me glaça le sang. Je n'osais pas imaginer le désespoir qu'elle devait ressentir à l'idée de perdre la vue qu'elle avait miraculeusement retrouvée.

« La Quête s'est terminée il y a deux semaines, murmurai-je. Comment faites-vous pour survivre, seule et en plein hiver ?

— J'ai utilisé mes derniers talismans caloriques pour faire un feu, soupira-t-elle. Mon djinn me guide pour trouver des baies et des racines comestibles. Je mange peu. Je dors beaucoup. Mes jours ne sont pas en danger, même si la situation est difficile. »

Elle montra la chambre d'un geste du bras.

« Ces voyages oniriques me permettent de quitter la réalité qui m'entoure, avoua-t-elle. Ici, je ne sens ni le froid ni la faim. Je vous ai dit que je pouvais voyager à travers le monde. Ce n'est pas tout à fait exact. Je peux vous rejoindre car vous êtes un Messager de Dohr'im.

— Avez-vous demandé de l'aide à Angelo, dans ce cas ? Il ne vous laisserait pas dépérir ainsi !

— Je ne lui ai pas confié l'inconfort de ma situation… L'urgence n'est pas là. Mon isolement me permet de réfléchir à la quête qui nous attend et d'expérimenter la magie de Dohr'im. J'ai longuement discuté avec Angelo, mais sa colère à mon égard ne s'est pas encore apaisée. Il me reproche de l'avoir forcé à renoncer à son héritage… Je pense qu'il finira par accepter la situation et me pardonner mon ignorance. Il a trouvé une oreille attentive à qui se confier, sans oublier qu'il est accompagné par son cousin, un autre Rêveur, comme vous. »

Je me levai pour marcher avec nervosité. Cette rencontre me forçait à repenser au discours des Oracles. J'avais tout fait pour l'oublier. Mon avenir n'était-il pas auprès de la guilde des vif-passeurs ? Voilà où se dirigeaient mes rêves.

« Je ne peux pas participer à votre quête, rétorquai-je. Je ne suis pas un héros. Je n'ai aucun talent susceptible de vous aider.

— Dohr'im vous a choisi. N'avez-vous pas rêvé de notre naissance ? Il s'agissait d'un véritable souvenir. Que demander de plus que la volonté d'un dieu ?

— Je ne crois pas en votre dieu.

— Alors croyez en moi. Je suis l'héritière de ses pouvoirs. Cette magie perdue est merveilleuse. Aidez-moi à lui rendre sa splendeur ! »

Je m'assis dans le fauteuil en face d'elle. La lune était suspendue au-dessus du fjord. La mer était calme.

« Princesse, murmurai-je, vous découvrez à peine l'étendue de vos pouvoirs. Que savez-vous de la quête que vous devez entreprendre ? Comment pouvez-vous me demander de l'aide ?

— Mon djinn était l'Oracle d'un dieu disparu, tout comme celui d'Angelo. Vous étiez avec nous dans le Mausolée Blanc. Avez-vous oublié la menace insidieuse qui plane sur ce monde ? Les Astres renferment les cendres des Esprits Sauvages, des monstres qui ressuscitent chaque année sous forme de phénix. Nous devons lutter contre leur magie démoniaque, en retrouvant le sanctuaire de Dohr'im et en réveillant sa magie.

— Elle est elle-même dangereuse. Vous avez détruit un sanctuaire et tué mon frère !

— C'est vrai, avoua-t-elle en baissant les yeux. Je suis désolée que vous ayez perdu votre frère de cette façon. J'ai essayé d'arrêter Angelo avant qu'il ne le tue. Nos agresseurs commençaient à s'enfuir, mais nous étions entourés d'un pouvoir immense qui ne demandait qu'à s'éveiller… Angelo s'est laissé déborder. »

Ses aveux répondaient à une des questions qui me tourmentaient : ce n'était pas de la légitime défense. Ils auraient pu éviter la mort de Robulus. Étrangement, cette vérité ne m'apaisa pas autant que je l'aurais cru. Mon frère était mort en tentant d'assassiner deux adolescents. Il avait payé son crime de sa vie.

« Vous ne contrôlez pas votre don, commentai-je après un long silence. C'est ce qui m'effraie le plus.

— Nous apprendrons, avec le temps et la pratique. Je n'ai pas la volonté de détruire le monde, mais celle de le sauver. Nous vivons dans un mensonge. Nous nourrissons les Astres de notre magie, alors qu'ils cachent l'âme et les cendres des Esprits Sauvages. Les phénix rêvent de prendre leur revanche et d'anéantir la race humaine.

— Les Astres sont l'équilibre même de ce monde. Vous menacez leur existence et peut-être celle de leurs fidèles. Que se passera-t-il si vous les attaquez comme vous l'avez fait pour le sanctuaire des druides ?

— Je l'ignore, Rébus. Nous devons réfléchir à ces questions avec les autres Messagers de Dohr'im. »

Je secouai la tête.

« Je suis désolé, princesse, mais où sont-ils ? Vous m'invitez à rejoindre un groupe qui n'existe pas. Même Angelo refuse votre quête.

— Je n'ai pas encore su le convaincre, avoua-t-elle. Je lui ai imposé une situation dont il ne voulait pas, mais j'espère qu'il aura la force d'accepter les responsabilités qu'elle implique. J'ai besoin de lui pour trouver les autres Messagers. Nos ennemis ne tarderont plus à agir. Nous devons nous préparer. »

La Princesse Noire me fit un sourire timide.

« Je vous ai assez importuné, dit-elle. Je ne ferai pas la même erreur qu'avec Angelo. Le choix vous appartient ! Permettez-moi seulement de revenir vous voir. Je me sens seule, sur mon île.

— Qui puis-je prévenir pour vous venir en aide ? Vous allez mourir de faim ou de froid…

— À quoi bon survivre, si je suis la seule à me battre pour le retour d'une magie perdue ? La seule façon de m'aider est de réfléchir au rôle que l'on attend de vous… Prenez soin de vous, Rébus, et ne restez pas trop longtemps en compagnie d'assassins. Le roi Björn et la reine Hildegarde sont dangereux. Ils ne doivent pas apprendre que vous êtes un Messager de Dohr'im. »

Elle me fit un signe de la tête et disparut. Sa silhouette s'évapora comme un nuage de brume.

J'admirai le fjord silencieux. L'Astre Tigre brillait dans le port d'Édelstener. La magie minérale tourbillonnait sur elle-même. Des étincelles brunes s'envolaient pour le rejoindre comme un essaim d'abeilles lumineuses.

Mes pensées étaient troublées. Je n'étais pas encore prêt à aider cette belle princesse aux yeux d'or. Sauver le monde ? Je n'étais pas un héros, mais un voleur. J'avais trahi mon meilleur ami et failli causer sa mort… Non, je ne méritais pas ma place aux côtés des Messagers de Dohr'im.

Une ombre nageait dans la mer. Elle s'éloignait du port et traversait le fjord glacé, sous la lumière de la lune et de l'Astre Tigre. Mes yeux me jouaient-ils un tour ? Combien de fantômes allais-je encore voir cette nuit ?

# CHAPITRE VII

*Les baignades au clair de lune sont pleines de magie et de poésie. Le roi Björn et la reine Olga avaient coutume de nager dans l'immensité du fjord, sous le regard complice des étoiles.*

*Malgré la mort de sa femme ou peut-être en son hommage, le souverain continuait chaque soir de plonger dans l'océan glacé. Du haut de la tour d'Ida, où j'avais installé mon atelier, je l'observais en silence. La scène m'inspirait parfois quelques toiles mélancoliques.*

*Les étrangers étaient toujours surpris par la résistance au froid des montagnards. Bourrus et fiers, ces derniers ne leur avouaient jamais les sortilèges qui les aidaient en secret…*

***Lupa Adellarte***
***« Couleurs restaurées »***

Lex marchait d'un pas pressé le long des quais du port. Il accélérait pour toujours rester à deux pas devant moi. Je détestais sa manière d'exprimer sa frustration et sa mauvaise humeur. Je n'avais pourtant rien fait pour le mettre en rogne…

L'assassin m'avait réveillé à l'aube, alors que je venais seulement d'oublier les paroles de la Princesse Noire et de me rendormir. Nous étions descendus pour grignoter un rapide petit-déjeuner. Døriel était sorti des cuisines pour me saluer avec enthousiasme. Son tablier était taché de farine, d'œufs et de sucre. Il s'était levé tôt pour préparer des pâtisseries dont la cuisson embaumait l'atmosphère.

« Bien dormi ? m'avait-il lancé.

— Pas vraiment. J'ai rêvé du prince Atik toute la nuit… J'ai aussi vu la reine Olga traverser le fjord à la nage. »

Son beau visage s'était décomposé.

« Je regrette, s'était-il excusé. J'aurais dû me taire… Pour me faire pardonner, que dirais-tu d'une visite de la ville, cet après-midi ? Je te promets d'être plus agréable que la vieille Ingeborg ! »

Lex s'était penché avec une soudaine agressivité.

« Retourne à tes casseroles, avait-il grogné. Rébus n'a pas besoin de guide. »

Døriel m'avait jeté un regard surpris. Il avait haussé les épaules avant de battre en retraite. Il s'était cependant débrouillé pour que sa collègue Hilda me fasse parvenir sa spécialité, des sablés dorés en forme de roses des sables, ainsi qu'un beignet aux pommes brûlant et luisant de sucre. La serveuse à la tignasse brune m'avait lancé un clin d'œil amusé.

Les pâtisseries étaient exquises. Je les avais dévorées avant de quitter précipitamment la salle. Lex devait partir rejoindre l'Île Brumeuse, mais il souhaitait me présenter à un homme qui superviserait mon entrée dans la guilde des vif-passeurs.

Mon compagnon était d'une humeur massacrante. Son pas de course m'exaspérait. Je perdis patience en atteignant la première jetée du port.

« Dis-moi ce que tu me reproches, Lex », lançai-je.

Il se retourna brusquement.

« Je t'ai demandé de rester discret, gronda-t-il. Je te laisse seul quelques heures et voilà que tous les cuisiniers te saluent comme un des leurs ! Peux-tu me dire à quoi tu as passé ta journée ?

— J'ai visité le palais, me défendis-je. Ce n'est pas ma faute si les cuisiniers m'aiment bien.

— Tu l'as sûrement cherché… Comment veux-tu que je te protège si tu te promènes avec des inconnus ? »

Il se détourna et reprit son chemin.

« Nous aurions dû rester à l'auberge », grommela-t-il.

Je ne comprenais pas son agressivité. À qui pouvais-je me lier d'amitié en dehors de ces deux adorables cuisiniers ? La vieille Ingeborg ? Nous étions les invités du roi Björn et de la reine Hildegarde, mais je n'appartenais pas au monde de la noblesse. Lex ne pouvait pas me forcer à rester au palais et m'interdire de discuter avec les seules personnes susceptibles d'accepter un garçon sans fortune ni éducation.

L'air était glacé. Le soleil n'avait pas encore franchi les cimes des montagnes, mais le ciel s'éclaircissait dans un camaïeu de gris et de bleu. Une légère brise agitait la mer. Les embarcations amarrées le long des jetées chantaient une mélodie que je connaissais par cœur. Quelques marins s'affairaient près de bateaux de pêche. Ils chargeaient à leur bord des filets, des seaux et du matériel. Ils ne tarderaient plus à embarquer.

Je suivis Lex sur le pont de pierre qui traversait le port jusqu'au phare de l'Astre Tigre. La boule de magie lévitait au-dessus d'une colonne de marbre blanc. Elle formait un maelström de nuages d'or, d'ambre et de brun, comme un immense œil-de-tigre tourbillonnant. Ses mouvements émettaient des pulsations qui nourrissaient les croyances selon lesquelles un être vivant sommeillait en son sein. Amira et Angelo avaient-ils raison de craindre la puissance qui s'y dissimulait ?

Trois hommes chaudement vêtus nous attendaient au pied du phare. L'Astre formait un halo dans leur dos. Lex salua chacun d'eux. J'imitai ses gestes avec hésitation.

« Sois le bienvenu, Rébus, déclara celui qui portait une écharpe écarlate. Je suis Kerril, Haut-Passeur du royaume, et voici mes assistants. Tu souhaites donc rejoindre notre guilde et découvrir comment séduire l'Amante ? »

Je hochai la tête. « L'Amante » était le nom que les vif-passeurs donnaient au réseau de rivières de vif-argent. Il qualifiait l'amour et la dévotion des mages pour cette magie merveilleuse, mais aussi ses caprices et ses sautes d'humeur imprévisibles, qui influençaient la durée et la destination des voyages. La moindre maladresse, la moindre erreur de prononciation pouvait déclencher son courroux.

« Parfait, reprit l'homme. Tu n'auras que quelques jours pour te préparer au rituel d'intronisation qui testera ta volonté et ta loyauté. C'est court, mais Lex nous a loué tes talents pour manier des sortilèges subtils. »

Toujours en colère, mon compagnon ne répéta pas ses louanges. Son regard était dur. Un autre compliment aurait probablement brûlé ses jolies lèvres.

« Le rituel consistera à traverser le fjord à la nage, expliqua Kerril. Des plateformes flottantes baliseront un chemin circulaire qui partira de l'Astre Tigre et y reviendra.

— En combien de temps ?

— Deux heures environ. »

Une bouffée de désespoir m'envahit.

« Je mourrai de froid bien avant, notai-je.

— Nous allons t'apprendre un sortilège pour maintenir la chaleur de ton corps. L'objectif de ce rituel n'est pas de tuer les participants, mais de mettre leur volonté à l'épreuve. Des passeurs se tiendront sur les plateformes flottantes du parcours pour te fournir de nouveaux talismans, si tu réponds correctement à leurs questions. Sois attentif. Tu devras les convaincre que tu es digne de découvrir les secrets de la guilde. Le sortilège qui permet de maîtriser le vif-argent est précieux. Tu n'aurais jamais dû l'apprendre avant d'avoir réussi ce rituel. »

Kerril jeta un regard noir à Lex. L'assassin garda la tête haute. Quels interdits avait-il bravés pour me révéler le Quatrain Minéral ? Il m'avait aidé pour faciliter ma Quête et éviter que je sois contaminé par l'Impureté…

Je prenais seulement conscience de l'importance du cadeau de Lex. La guilde des vif-passeurs avait dû le punir pour cette trahison. Mon compagnon ne s'était jamais vanté d'avoir renié ses serments. Il s'était exposé pour m'offrir un poème et une promesse d'avenir. D'une certaine façon, il avait forcé la main de ses confrères : ils étaient obligés de m'accepter parmi eux.

*« Ils peuvent aussi t'éliminer pour éviter que tu révèles leurs secrets*, souffla Ji'Vri. *N'oublie pas que cette guilde est un repaire d'assassins.*

*— C'est peut-être ce que craignait Lex en m'incitant à la prudence et à la discrétion… »*

Ils avaient dû envisager cette solution pragmatique. Je pouvais remercier Lex d'être toujours en vie. Je ne devais pas prendre ses avertissements à la légère.

« Voici ce qui va t'aider à réussir ce rituel », reprit Kerril sans se douter de mes craintes et de celles de mon djinn.

Le Haut-Passeur me montra un talisman en quartz rose. Le bâtonnet de cristal avait des bords lisses et une pointe coupante. Il était gorgé de magie minérale.

« Un cristal de cette taille peut maintenir ta température corporelle pendant une dizaine de minutes, expliqua-t-il. Il t'en faudra plusieurs pour réussir le rituel. »

Il indiqua l'Astre qui brillait au-dessus de nous.

« Quand tu navigueras dans les rivières de vif-argent, entre les bras de l'Amante, la magie de ce fjord sera la seule lumière capable de te guider. C'est pour cette raison que nous devons mettre à l'épreuve ta loyauté. »

Kerril me confia le talisman.

« N'active son pouvoir que dans l'eau, expliqua-t-il. Frappe la surface de la mer avec ta paume en prononçant "**ÉROSION**". L'eau du fjord contient des milliers de particules minérales issues de la fonte des glaciers. La montagne est rongée dans un cycle de gel et de dégel qui n'aura jamais de fin. Sous l'érosion de l'eau et de la glace, ses rochers deviennent des cailloux, des galets, du sable, de fines particules… Tu dois imaginer la transformation à l'origine de l'eau pure et chargée de minéraux qui t'entoure. Essaye de ressentir *l'érosion de la roche par des joailliers aux doigts glacés.* »

Le talisman était à la fois simple et plein de promesses. Comment un bâtonnet de quartz rose pouvait-il recéler un tel pouvoir ? J'aurais aimé posséder le don d'Amira pour percevoir la magie qu'il contenait et qui ne demandait qu'à être libérée.

Je remerciai Kerril, qui me fournit quelques dernières recommandations avant de mettre fin à notre entretien. Il s'éloigna avec ses assistants, le long du pont en pierre.

« Je te remercie, Lex, soufflai-je. Je n'avais pas compris la chance que j'avais de connaître le Quatrain Minéral. Je te dois des excuses.

— J'ai juré à Robulus de te protéger, grommela-t-il. C'est un serment que je ne trahirai pas – même si tu ne me facilites pas la tâche.

— Tu n'étais pas obligé de sacrifier la confiance de tes pairs. Mon frère ne t'a pas demandé de trahir les secrets de ta guilde. Pour quelle raison l'as-tu fait ? »

L'assassin resta muet un instant, confus ou perturbé par un dialogue intérieur.

« Tu es un garçon très spécial », répondit-il finalement.

Il se racla la gorge avant de se reprendre :

« Tu me rappelles celui que j'étais, dix ans plus tôt. Je n'avais pas d'avenir et personne pour me protéger d'une vie cruelle. Je ne suis pas fier du chemin que j'ai dû suivre… Ton visage est un miroir dont le reflet me défie, me nargue et me provoque. Tes yeux bleus sont pleins d'un espoir insoutenable. »

Il fit demi-tour. Je l'observai s'éloigner sur le pont. Cet homme était un menteur, un assassin… et un protecteur.

Mon compagnon m'abandonna pour rejoindre l'Île Brumeuse, où se tenait le Concile du Cercle. Son témoignage sur la mort de Robulus pouvait influencer les décisions des prêtres concernant Angelo et Amira.

« Tu ne sors pas de cette chambre », m'avait-il ordonné avec force avant de partir.

Je fus pourtant bien obligé de descendre me restaurer lorsque le soleil atteignit son zénith. Lex ignorait quand il rentrerait au palais et je refusais de mourir de faim pour ne pas le froisser. Jusqu'à preuve du contraire, un déjeuner ne risquait pas de me tuer…

J'évitai la foule des aristocrates qui rivalisaient d'écharpes aux couleurs vives. Je longeai les murs en baissant les yeux pour ne pas attirer l'attention, jusqu'à l'entrée des cuisines d'où sortait une horde de valets en livrée bleue et blanche, les bras chargés de plats fumants et de pichets de Nectar'Miel. Ils arboraient un sourire de circonstance, comme s'ils étaient ravis de courir et de danser entre les convives de la salle.

Je découvris l'envers du décor en me glissant dans les cuisines. Les serveurs revenaient avec des piles de vaisselle sale en se plaignant des caprices des nobles et de leur impatience. Ils juraient auprès des cuisiniers qui n'avaient pas préparé leurs commandes. Ces derniers s'écriaient vertement et feulaient comme des chats échaudés. Les cuisines vibraient de colère et de frustration. Chacun se démenait avec une urgence et une violence que je n'avais jamais vues ailleurs.

Je m'apprêtais à faire demi-tour quand Hilda remarqua ma présence et donna un coup de coude à Døriel. Le cuisinier jeta un œil vers celui qui devait être son chef. Il attendit que celui-ci s'éloigne pour repousser sa poêle et courir jusqu'à moi.

« C'est la folie en ce moment, me dit-il le souffle haché. Mets-toi dans un coin et Hilda viendra te servir. Et reviens à la fin du service, d'accord ? »

Il me lança un clin d'œil. Il n'attendit pas ma réponse et s'empressa de retrouver ses poêles et ses casseroles. Comment ces gens parvenaient-ils à survivre dans cette ambiance étouffante ?

J'observai le ballet des serveurs pendant mon déjeuner. Ils sautaient d'une table à l'autre avec agilité. Leurs pieds les entraînaient en avant alors qu'ils tournaient la tête à droite et à gauche pour prendre une commande, rassurer un convive ou lancer une plaisanterie. Leurs mains étaient capables de porter une quantité d'assiettes qui repoussait les limites du possible. Ils avaient la pleine maîtrise de leurs gestes, comme moi lorsque je crochetais une serrure ou que j'escaladais un mur.

Les nobles étaient aveugles aux prouesses des danseurs qui les servaient avec tant de grâce et de dextérité. Ils étaient absorbés par leurs discussions qui s'attardaient surtout sur la principale industrie du royaume en période hivernale : la fabrication et la vente d'armes en tout genre, d'un simple poignard enchanté aux pointes de flèches les plus sophistiquées. Quelques alchimistes discutaient à voix basse de leurs dernières découvertes.

J'étais souvent trop loin pour surprendre toutes ces conversations. Je redoublai cependant d'attention en entendant le prénom d'Angelo. Deux montagnards commentaient les actualités du Royaume Végétal.

« Le prince Angelo va être déchu de son titre, confia l'un d'eux avec perplexité. Son Talisman Totem n'est pas un fruit entier. Tu imagines, il n'a trouvé qu'un *trognon de pomme* ! Le malheureux…

— Qui sera l'héritier du trône, alors ?

— Sûrement une de ses cousines, si les druides ne condamnent pas le reste de sa famille… »

Un verre se brisa un peu plus loin et déclencha une certaine agitation. Je rattrapai difficilement la conversation.

« …et les prêtres du Cercle pensent qu'il est responsable de la maladie de l'Astre Émeraude. La magie circule mal dans le royaume. Ils croient que l'Astre se meurt. »

Son interlocuteur fit un signe sur son front pour éloigner le mauvais sort, en traçant un cercle avec son doigt. La magie était sacrée. Un Astre ne pouvait pas perdre sa puissance et sa capacité d'attraction.

« Les druides affirment qu'il a détruit leur temple, reprit le premier. Et devine grâce à qui ? La Princesse Noire ! »

L'autre se signa une nouvelle fois.

« Celle qui a retrouvé la vue et trompé la mort par deux fois, murmura-t-il. Je savais que c'était une Impure !

— Elle a disparu depuis deux semaines, sans doute pour se cacher des prêtres du Cercle…

— Décidément, il s'est passé beaucoup de choses étranges au Sultanat Calorique. Il paraît même que la sultane commence à retrouver la mémoire… »

Je m'éloignai en songeant avec une pointe d'appréhension à la pauvre Amira. Il me sembla revoir ses magnifiques yeux d'or, qui s'étaient ouverts par la grâce d'un dieu oublié. Comment survivait-elle sur l'Île Brumeuse, seule et abandonnée de tous ? Aucune magie ne pourrait l'aider à tromper la mort une troisième fois.

D'un certain côté, je partageais la perplexité des montagnards. La puissance des Astres augmentait au fil des jours, jusqu'au Jugement Dernier où elle se relâchait brutalement. Elle ne *diminuait* jamais… Si Angelo et Amira étaient responsables de ce dérèglement, ils avaient commis un crime terrible.

Qu'avaient-ils provoqué en attaquant le sanctuaire des druides ? Et le savaient-ils seulement ?

L'air était frais et humide. Les rayons du soleil illuminaient le fjord et me réchauffaient le visage. La neige qui recouvrait les montagnes était toute brillante. Je marchais calmement, en écoutant Døriel me raconter les cancans des cuisines.

J'avais vite oublié les injonctions de Lex quand le cuisinier m'avait proposé une promenade le long du fjord, avant que la lumière du jour ne décline. J'étais heureux de découvrir que Døriel avait envie de se lier d'amitié avec un étranger en lui montrant la capitale et ses abords. Son intérêt semblait sincère – et je le partageais volontiers.

Quand je lui avais parlé du rituel des vif-passeurs, il avait affirmé qu'il pouvait m'aider à tester le sortilège du quartz rose. Beaucoup d'habitants d'Édelstener connaissaient cette formule. Nager dans la mer en toute saison était un loisir très apprécié, avec ou sans cristal pour se réchauffer. Ce royaume ne cessait de me surprendre.

La ville était assez étendue. Nous marchâmes longtemps avant de nous éloigner des habitations, dont les cheminées laissaient échapper des colonnes de fumée. Mon nouvel ami était d'une compagnie très agréable. Sans lui avouer mes talents de cambrioleur, je lui avais assuré que je n'étais pas un aristocrate. La situation m'avait fait penser à ma rencontre avec Angelo. Comme un miroir inversé, je refusais de reproduire les mensonges du prince sur sa condition.

« Je vais arrêter de te noyer avec mes histoires, me lança soudain Døriel. Je parle, je parle, et je ne sais rien de toi… Tu m'as dit que tu venais de Viridys ? C'est une jolie ville ?

— La citadelle a ses beaux quartiers, mais beaucoup de rues sont sales et mal entretenues. Elle est moins belle qu'Édelstener. Ce fjord sublime, ces innombrables vitraux, ces toits couverts de bijoux… Tu as de la chance de vivre dans cette ville merveilleuse !

— Oh, tu sais, on s'habitue à tout… J'aimerais bien voir autre chose.

— Tu n'as pas beaucoup voyagé ? »

Il secoua de la tête.

« J'ai passé mon enfance dans le nord du royaume, avoua-t-il, mais il faut prendre un bateau pour rejoindre ma ville natale et j'ai le mal de mer… J'y retourne rarement. Tu as de la chance, toi ! Tu dois voyager tout le temps !

— Pas du tout, le détrompai-je. Je veux justement devenir vif-passeur pour découvrir le monde. C'est la première fois que je pars de chez moi.

— J'espère que les étrangers que tu rencontres te font bonne impression. »

Il me fit un clin d'œil.

« Pour l'instant, je suis comblé, lui assurai-je en souriant. Un certain cuisinier du palais s'est avéré un hôte parfait.

— Tant mieux. J'avais des doutes, étant donné que ton compagnon ne semble pas vraiment m'aimer…

— Lex ? Ne lui en veux pas. Il se méfie des inconnus. Il m'a déconseillé de quitter le palais.

— Il n'a pas tort. La capitale a son lot d'impasses malfamées et de coupe-gorges. C'est un ami ou un membre de ta famille ?

— C'est compliqué… Disons que c'était un ami très proche de mon frère, qui est décédé il y a deux semaines. »

Døriel s'excusa de sa maladresse.

« Lex a juré de me protéger, expliquai-je. Comme c'est un vif-passeur, il m'a accompagné ici pour que je rejoigne à mon tour la guilde. »

Mon nouvel ami hocha la tête et changea vite de sujet. Il me raconta la dernière histoire d'amour désastreuse de sa collègue Hilda. La pauvre s'était amourachée d'un serveur qui la complimentait toujours sur ses cheveux.

« Je lui ai toujours dit que c'était louche, s'amusa Døriel. Elle n'a jamais réussi à les coiffer ! »

Nous discutâmes jusqu'à atteindre une berge à l'écart du chemin. Deux cabanes en bois étaient bâties au bord de l'eau. Leurs planches étaient peintes d'un rouge écarlate et d'un vert criard. Plusieurs canots gisaient à terre, sous un abri accolé au flanc des habitations. Døriel m'expliqua que ces cabanes de pêcheurs n'étaient utilisées qu'en été, quand les journées étaient longues et ensoleillées.

Mon djinn se matérialisa sous la forme d'un gros lézard ambre et or. Il se mit à ramper sur les galets.

*« Ils sont chauds »,* remarqua-t-il avec plaisir.

Le cuisinier délaça ses chausses en cuir et s'avança pour tremper ses pieds dans l'eau. Personne ne nageait dans le fjord, ni hommes ni fantômes. Je n'étais pas sûr de trouver moi-même le courage de le faire. De fines plaques de glace s'étaient formées près de la berge. Au cœur de l'hiver, le fjord entier pouvait geler et empêcher les navires de quitter le port.

« *Vois le bon côté des choses,* me souffla Ji'Vri. *Tu sauras très vite si tu as réussi à invoquer le sortilège du quartz rose…*

— *Très drôle… Et si j'échoue ? Aurai-je assez de force pour sortir de l'eau et me réchauffer ?*

— *Døriel sera là pour te soutenir.* »

Une pointe de douleur me piqua soudain le cœur. Mon djinn disparut dans un nuage étincelant. La douleur ne resta pas, comme un mal de tête passager.

« *Qu'est-ce que c'était, Ji'Vri ?* grimaçai-je.

— *Je n'aurais pas dû essayer de me matérialiser… Ça me demande trop d'énergie.*

— *Ton état empire. Ce n'est pas normal.*

— *Ça passera,* éluda-t-il. *Concentre-toi. Je ne voudrais pas t'effrayer, mais il faut absolument que tu réussisses le rituel de la guilde. On ne te laissera pas vivre si les Hauts-Passeurs n'ont pas confiance en toi. Lex t'a confié un secret dangereux. C'était un cadeau empoisonné.*

— *C'était aussi un cadeau précieux. Ne l'oublie pas.* »

Døriel revint vers moi avec l'air soucieux.

« Tout va bien, Rébus ? s'inquiéta-t-il.

— Ce n'est rien. Mon djinn n'est pas en forme. »

Je m'approchai du bord de la mer. La brise troublait à peine sa surface de faibles vaguelettes. J'y plongeai la main et la retirai aussitôt.

« Elle est glacée ! m'écriai-je.

— Frileux ! se moqua Døriel. Tous les habitants des royaumes du Sud sont comme toi ?

— Je ne vais jamais réussir à me baigner *avant* de lancer le sortilège pour me réchauffer.

— Ne pense à rien. Contente-toi de rentrer dans l'eau.

— Sans blague… Tu as d'autres conseils utiles ? »

Le cuisinier se contenta de m'observer d'un air goguenard. Je ne trouvais pas sa méthode très inspirante.

Je songeai aux raisons qui m'incitaient à me baigner dans un fjord en plein hiver. Devenir vif-passeur méritait-il cette folle expérience ?

Les rivières de vif-argent m'avaient toujours fasciné. Chaque matin, des milliers d'écoliers naviguaient dans les souterrains engloutis pour rejoindre l'Île Brumeuse et recevoir les enseignements des professeurs. Nous nous glissions dans des barques au milieu des mares argentées, qui ne tardaient pas à bouillonner et tourbillonner. Un courant surnaturel nous aspirait dans les profondeurs de la terre, pendant que nous dormions grâce au plus ancien poème du monde. Le voyage par vif-argent avait toujours été mon moment préféré dans mes journées d'école – notamment celui du retour.

Je rêvais d'influencer l'argent liquide qui submergeait les souterrains. Grâce à l'appui de la guilde, je pourrais occuper mes journées à voyager et transporter des marchands, des nobles, des artistes, des alchimistes… Je ne serais plus cantonné aux murs d'une citadelle que je connaissais par cœur. Je voulais devenir vif-passeur pour être libre de me déplacer, d'assouvir mon immense curiosité et de découvrir le monde.

*« Et tu tiens à la vie »*, compléta Ji'Vri.

Mon djinn était malade, mais il n'en restait pas moins d'un pragmatisme inébranlable.

Je délaçai en soupirant mes chausses en cuir, délicieusement fourrées de laine de mouton. Mes pieds se recroquevillèrent sur les rochers humides. Un frisson remonta le long de ma jambe comme un serpent de glace. Je frottai ma peau énergétiquement.

« Ça commence mal, murmurai-je.

— Le plus dur est de se lancer. »

Døriel enleva sa veste, son maillot de corps et son pantalon. Il ne garda qu'un pagne en coton blanc, son Talisman Totem et un bracelet autour de son poignet – une chaîne en argent avec une petite rose des sables cristallisée. J'admirai les muscles fins qui dessinaient son torse. Il avait un corps sec et tonique. Sa peau était pâle, sauf au niveau du cou et du visage. Ses cheveux blonds étaient noués dans son dos.

Le garçon s'avança vers la mer. Il se pencha pour se mouiller les avant-bras et la nuque, puis plongea sans la moindre hésitation. Sa tête émergea à quelques pas de la berge. Il s'essuya les yeux et me lança un grand sourire.

« Alors, tu viens ? »

Je ne pouvais pas me défiler. Je me déshabillai en tremblant et en serrant les dents. Heureusement, la berge du fjord était encore ensoleillée. Les rayons du soleil me réchauffaient un peu. Je mis un pied dans l'eau et le retirai aussitôt en grommelant tous les jurons de ma connaissance. Døriel rit à gorge déployée.

*« Ne le laisse pas se moquer de toi*, s'amusa mon djinn.

— *Tu ne ferais pas le malin, à ma place !*

— *Tout ce que tu sens, je le sens aussi… Dépêche-toi de plonger dans l'eau pour invoquer le sortilège. »*

Pour quelle raison voulais-je devenir vif-passeur, déjà ?

*« Rébus ! »*

Je soufflai profondément. Je bloquai ma respiration en entrant dans l'eau d'un pas décidé. Je manquai de m'évanouir sous sa morsure glaciale. Les galets glissaient sous mes pieds.

« Je ne sens déjà plus mes orteils, maugréai-je.

— Et encore, l'eau ne t'arrive même pas aux genoux ! »

Le montagnard était immergé jusqu'au cou. Il nageait en m'observant d'un sourire narquois. Je finis par prendre mon courage à deux mains pour me jeter dans l'eau. J'eus l'impression de recevoir un coup de poing dans le plexus. Le fjord était si froid !

Je ressortis la tête de l'eau en jurant à nouveau. Døriel s'esclaffa bruyamment.

« Bravo, le sudiste. Maintenant je peux t'avouer qu'il suffit d'avoir les pieds dans l'eau pour lancer le sortilège.

— Quoi ?! »

Je lui lançai une gerbe d'eau. Døriel rit de bon cœur et nagea vers moi. Je commençai à réciter le sortilège des *joailliers aux doigts glacés*… mais le cuisinier fut plus rapide. Il m'attrapa le bras pour me dérober le bâtonnet de quartz rose que je tenais dans la main. Je me débattis sans succès. Il avait plus de force que je ne l'imaginais. Il s'éloigna bientôt en agitant le cristal au-dessus de lui.

« Viens le chercher ! »

Je souris devant son insouciance et sa bonne humeur.

« Tu ne perds rien pour attendre ! », promis-je en plongeant dans sa direction pour récupérer mon talisman, coûte que coûte.

# CHAPITRE VIII

*Le roi Björn visitait souvent mon atelier avec une curiosité sincère et un émerveillement touchant. Il avait le sourire complice d'un amateur d'art qui comprenait ma passion et respectait mon travail. Il connaissait chacune des toiles qui décoraient son palais. Les voir restaurées le remplissait de joie.*

*Un jour d'orage, il m'apporta un tableau déchiré d'un air hésitant. Ce n'était plus mon roi qui venait d'entrer dans la pièce, mais un enfant penaud qui avait commis une maladresse. Il me demanda avec respect de sauver ce chef-d'œuvre, où le dieu Løk déclarait sa flamme à la séduisante Ida. Ses yeux bleus me juraient que c'était un accident.*

*Je le crus.*

***Lupa Adellarte***
***« Couleurs restaurées »***

L'hiver était une saison particulièrement calme pour les habitants d'Édelstener. Les journées étaient courtes et fraîches. Beaucoup de citadins ne sortaient de chez eux que le temps d'une promenade le long du port ou de quelques courses sous les arcades du marché. La ville entière vivait au rythme des livraisons de talismans en provenance de l'Empire Lumineux, qui illuminaient les rues et les habitations, et de ceux du Sultanat Calorique, plus chers, qui permettaient de lutter contre le froid.

Lex revint deux jours après son départ pour l'Île Brumeuse. Les prêtres du Cercle avaient prêté une oreille attentive à son témoignage. Leur Concile réunissait des représentants des six religions du monde. En particulier, l'Archidruide du Royaume Végétal s'était lamenté sur la destruction de son sanctuaire et l'étrange maladie de l'Astre Émeraude. La magie se délitait sans que les druides et les mages parviennent à enrayer cette catastrophe… Ils souhaitaient interroger les deux personnes soupçonnées d'Impureté en dépit de leur statut princier : Amira Al'Malwib et Angelo de los Calyptos.

Les deux accusés restaient introuvables. La princesse avait disparu à la fin de la Quête, tandis que le prince s'était échappé en douce du palais avec l'aide de ses cousins. Cette fuite ne m'étonnait pas de la part de mon ami, qui n'aurait jamais attendu patiemment que les prêtres viennent le sermonner ou l'emprisonner.

Lex me délaissa les jours suivants. Il les passa en compagnie des membres de sa guilde, aussi préoccupés que les prêtres du Cercle. Les voyages en vif-argent dépendaient de l'équilibre magique défini par les six Astres du monde et se trouvaient fortement perturbés par la maladie de l'Astre Émeraude. Plus le dérèglement persistait, plus les rivières argentées devenaient difficiles à contrôler. Les yeux du monde entier se tournaient vers le Royaume Végétal, en attente d'un dénouement.

J'eus vite fait le tour du palais sous le regard méfiant de la vieille Ingeborg. La domestique aigrie surveillait mes allées et venues avec la vigilance d'un oiseau de proie. Quels rapports impitoyables faisait-elle à la reine Hildegarde ? Je m'efforçai de ne voler aucun bibelot dans l'enceinte du palais. Heureusement, je trouvai rapidement une échappatoire à cette étroite surveillance et à la sensation d'enfermement qu'elle entretenait.

« À quoi penses-tu, Rébus ? »

Je me tournai vers Døriel. Nous étions allongés côte à côte sur la berge scintillante de givre. Les pieds dans l'eau salée du fjord, nous laissions le soleil nous sécher le corps. Le sortilège du quartz rose nous évitait de souffrir du froid tant que nos pieds étaient immergés. J'avais appris à contrôler la magie subtile qui empêchait la chaleur de mon corps de s'échapper.

« Je pense à mon royaume, avouai-je. Enfin, à celui que je viens de quitter… Je suppose que le Royaume Minéral deviendra ma patrie après le rituel de demain. »

Le cuisinier jouait machinalement avec la chaîne en argent qui entourait son poignet. Les mailles enserraient une rose des sables cristallisée qui s'éclairait au contact de ses doigts. Døriel m'avait raconté que ses parents lui en avaient fait cadeau, le jour de son départ pour la capitale. Ainsi, leurs pensées l'accompagnaient au quotidien.

« Tu verras bien où tu te sens chez toi, déclara Døriel. Personne ne peut en décider à ta place. Les vif-passeurs sont loyaux au roi Björn, mais ils ne sont pas forcément attachés à ces montagnes. La plupart vivent dans d'autres pays et voyagent au gré de leurs affectations. Le Royaume Végétal peut très bien rester ton "royaume de cœur".

— C'est un point de vue qui me plait ! Je veux prendre le temps de découvrir le monde avant de m'installer quelque part. Ce qui est sûr, c'est que j'adore ce fjord et cette ville multicolore !

— Pas de compliment sur ses habitants ? Tu as vu tous mes efforts pour te faire aimer mon pays ? »

Je ris doucement.

« Des efforts ? Je te prenais pour un garçon généreux et désintéressé ! »

Døriel se releva sur un coude.

« C'est le cas, mais je n'en attends pas moins un peu de reconnaissance… »

J'éclatai de rire.

« Si je te jette à l'eau, ça compte ?

— Pas sûr… Nos cristaux n'ont presque plus de magie. De toute façon, le temps se couvre. »

Je levai les yeux au ciel. Quelques nuages blancs s'accrochaient aux cimes des montagnes. Ils ne semblaient pas menaçants. Je me fiais cependant à l'expérience de mon ami. Il connaissait mieux que moi le climat du fjord.

Je n'étais pas pressé de rentrer. Le rituel d'intronisation devait avoir lieu le lendemain. J'étais prêt, mais l'angoisse me serrait la gorge en songeant à ses conséquences. Ma vie changerait complètement.

*« Ou elle s'arrêtera brutalement »*, déclara mon djinn comme un présage lugubre.

*ſ*

L'orage grondait au-dessus du palais. L'obscurité était déchirée par une série d'éclairs éblouissants et de craquements sinistres. Les vibrations secouaient les murs de la tour comme pour tenter de l'effondrer. Døriel avait vu juste. La pluie frappait durement les fenêtres et ses vitraux. Une armée de djinns en colère hurlait dans le vent et menaçait d'entrer dans ma chambre.

Je n'étais pas rassuré. Mon sentiment d'insécurité m'empêchait de dormir. J'étais dans un château de cartes pris dans une tempête… J'imaginais sans peine un éclair traverser la fenêtre pour me foudroyer dans mon lit. Qui pouvait se reposer dans une tour par un temps pareil ?

Mon cœur se pinça quand un éclair illumina la pièce et fit apparaître un fantôme contre les murs de pierre. Je gémis et crispai mes doigts sur les draps. C'était ridicule, mais je m'empressai de murmurer un sortilège pour éclairer les talismans qui se balançaient au plafond. Une lumière jaunâtre se diffusa dans la chambre.

Un spectre était bien là, accoudé à la fenêtre. Il observait les éléments qui se déchaînaient dans la nuit. La tempête ne troublait pas sa contemplation.

« Princesse Amira ? »

Le fantôme se retourna vers moi. Il était d'un blanc immaculé, de la tête aux pieds. Ses yeux n'avaient pas l'éclat doré de ceux de la Princesse Noire. Un garçon d'une dizaine d'années m'observait de son regard pâle et mélancolique.

« Prince Atik ? murmurai-je.

— Vous ne devriez pas rester là. Le piège se referme déjà sur vous. »

Le fantôme était-il revenu hanter les lieux de son décès ? Était-il apparu à cause de l'orage ? La tragédie l'avait frappé au cours d'une nuit semblable.

« Que voulez-vous ? demandai-je la voix tremblante.

— Vous prévenir du danger qui vous guette. Allez-vous mourir ce soir ? Demain ? Je ne serais pas contre un peu de compagnie, mais vous avez mieux à faire. Partez loin de la reine Hildegarde ou elle vous tuera comme les autres ! »

Un éclair illumina de nouveau la pièce. Quand je rouvris les yeux, le fantôme avait disparu.

Je n'avais pas besoin d'un deuxième avertissement pour m'enfuir aussitôt. Je m'habillai en vitesse, accrochai mon Talisman Totem autour du cou et quittai ma chambre. Je descendis quatre à quatre les marches de l'escalier jusqu'aux appartements de Lex.

Mon compagnon m'ouvrit avec un air surpris.

« Tu as peur de l'orage, Rébus ?

— Oui, surtout quand le fantôme du prince Atik vient me prévenir d'un danger imminent... Døriel m'a raconté son histoire. Je ne veux pas finir grillé comme lui.

— Le prince Atik ? Ton petit cuisinier ferait mieux de te lâcher et d'arrêter de dire des sottises. Ce n'est pas la foudre qui a tué ce gamin. »

Lex m'invita à entrer. Il ferma la porte derrière moi.

Sa chambre était plus sobre que la mienne, sans tapis ou tentures murales pour l'égayer un peu. Plusieurs bouteilles de Nectar'Miel étaient disposées sur une table au milieu de la pièce. L'assassin haussa les épaules devant mon regard accusateur. J'avais toujours pensé que Lex avait converti Robulus dans son amour débridé pour l'alcool. Quand je m'en étais ouvert à ma mère, elle m'avait rétorqué qu'on était le seul juge et arbitre de ses addictions. Il ne fallait jamais chercher d'autres responsables que soi-même. À nous de surmonter notre dépendance ou de demander de l'aide...

Je m'installai aussi loin que possible des fenêtres. Lex se servit un verre de la précieuse boisson ambrée. Ses arômes étaient délicieusement tentateurs, un parfum riche de miel et de fleurs de bruyère… J'avais cependant l'estomac trop noué pour ingérer quoi que ce soit.

Lex s'assit en face de moi et se massa les tempes.

« Je me souviens de ce drame, me confia-t-il. Je n'étais pas beaucoup plus âgé que le prince Atik lorsqu'il est mort. J'ai appris bien plus tard que l'orage n'avait été qu'un prétexte pour couvrir son assassinat. Tu te doutes que ton frère n'était pas le seul Impur à s'être découvert une vocation d'assassin. Quelqu'un a franchi les protections du palais pour escalader la tour de Løk et régler le sort du malheureux gamin.

— Son fantôme m'a laissé entendre que la reine Hildegarde avait commandité son assassinat…

— Le prince Atik était l'héritier du trône. Plus on a de pouvoir, plus on a d'ennemis ! Il faut parfois les éliminer avant qu'eux-mêmes ne nous attaquent.

— La reine aurait-elle pu le tuer ? »

Il haussa les épaules.

« Peut-être, admit-il. Hildegarde est la deuxième femme du roi Björn. La disparition du prince Atik a mis l'aîné de ses enfants, le prince Olaf, en première ligne pour la succession du royaume. Oui, la reine aurait pu le tuer, même si elle a versé autant de larmes que tout le monde. Son deuil était un des plus longs. Elle a refusé de porter d'autre couleur que le noir pendant toute une année. »

Je n'imaginais pas cette reine en train de payer les services d'un homme pour tuer son beau-fils. Une femme si belle et gracieuse !

« On ignore pour qui travaillait le tueur ? m'étonnai-je.

— Un assassin ne demande jamais l'identité de son commanditaire. On reçoit souvent des diamants par l'entremise d'un intermédiaire qui nous décrit le service à rendre. Peu importe les raisons. On exécute notre mission sans poser de questions, ce qui pourrait agacer le client ou nous attirer des ennuis supplémentaires. »

Je comprenais le secret qui entourait cette profession. Pourtant, ce mystère rendait opaque toute transaction.

Je laissai mes pensées dériver. La cheminée brûlait mal à cause de l'orage qui rugissait dans le fjord. Les bûches fumaient avec trop peu de flammes et de chaleur. Elles ne m'aidaient guère à éloigner les soucis qui tourmentaient mon esprit. Pourquoi le fantôme du prince Atik était-il apparu pour me prévenir ? Était-ce un mauvais tour de sa part ou une réelle menace ?

Lex finit son verre et s'assit à mes côtés. Il posa la main sur mon épaule.

« Ne t'inquiète pas, me rassura-t-il. Souviens-toi que je suis là pour te protéger.

— Merci, Lex. »

Je profitai de ce moment d'intimité pour lui faire part d'une autre question restée sans réponse.

« Je sais que tu n'aimes pas parler de toi, soufflai-je. Tes secrets n'appartiennent qu'à toi, bien sûr, qu'il s'agisse de ta famille ou de ton enfance… Je ne voudrais pas te rendre mal à l'aise. »

Mon compagnon s'écarta avec un sourire en coin.

« Tu tournes autour du pot, Rébus, se moqua-t-il. Arrête de douter et pose-moi franchement ta question. Au pire, je n'y répondrai pas. Ce ne sera pas la première fois. »

Je haussai les épaules.

« Pourquoi le roi t'a-t-il appelé "Silex" ? »

Il resta silencieux un moment. Je m'en voulus d'avoir insisté pour connaître ce détail.

« Je n'ai pas toujours été un assassin, me confia-t-il finalement. Il y a dix ans, j'ai trouvé mon Talisman Totem dans une pointe de flèche en silex. Tout le monde rêve de trouver son djinn dans une pierre précieuse… En vérité, le silex est un matériau idéal pour concentrer et invoquer la magie minérale. Les meilleurs mages du royaume ont des talismans en silex. »

Il se racla la gorge.

« Le roi Björn m'a fait venir dans son palais quand il a appris ma découverte. Il m'a invité à suivre une formation militaire pour rejoindre sa garde personnelle… Tu sais que tout le monde peut changer de prénom après avoir découvert son Talisman Totem, pour insérer quelques lettres ou modifier une syllabe. Les mages ont la tradition de le changer complètement. J'ai été rebaptisé "Silex". On m'a appelé ainsi jusqu'à ce que je fasse une erreur et que je perde mes privilèges, mes fonctions… et le droit de porter ce nom.

— Que s'est-il passé ? »

Il se leva et s'étira.

« C'est une autre histoire, jeune homme, éluda-t-il. Je n'ai pas envie d'évoquer ces souvenirs, surtout une nuit d'orage. Allons dormir un peu. »

Mon compagnon pressa légèrement la main sur mon épaule et s'éloigna du feu. Les murs vibraient toujours comme s'ils menaçaient de tomber. Je ressentais la même tension que les pierres frappées par la tempête.

∫

Un grand fracas nous réveilla en sursaut, comme un puissant coup de tonnerre. Lex bondit hors du lit dans un grognement animal et s'empara d'un couteau qui reposait sur la table. Mon cœur battait à tout rompre.

« Ça venait d'en haut, affirma Lex. Ne bouge pas. »

Torse nu, il disparut dans l'escalier. La pluie continuait à tomber dehors, dans un concert de percussions contre les carreaux des fenêtres. On ne distinguait ni la mer, ni l'Astre Tigre. Un frisson m'incita à m'habiller plus chaudement.

L'assassin revint avec un visage soucieux. Ses sourcils froncés se touchaient presque. Sa barbe noire renforçait la menace qu'il incarnait en permanence. Il ferma la porte à double tour.

« Le plafond de ta chambre est tombé, annonça-t-il gravement. Ton lit est enseveli sous un tas de pierres. Si tu étais resté là-haut, tu serais mort à l'heure qu'il est.

— Le fantôme du prince Atik m'a sauvé la vie…

— Pour cette fois. Cette tour est debout depuis des siècles. Elle est bien entretenue, car c'est un symbole important pour les habitants d'Édelstener. Ce n'était pas un accident. Cet effondrement était prémédité. »

Je déglutis en songeant à ce qu'il insinuait. Qui pouvait souhaiter ma mort ? Je n'étais ni un noble, ni un homme de pouvoir. En devenant vif-passeur, je ne représentais plus de danger pour la guilde et ses secrets.

*« Les hommes n'ont pas besoin de prétexte pour tuer,* murmura mon djinn. *Faire tomber un plafond est cependant curieux. Les assassins préfèrent généralement poignarder leurs victimes ou les empoisonner.*

*— Merci, Ji'Vri. Tu sais trouver les mots pour me rassurer. »*

Lex servit deux verres de Nectar'Miel et m'en tendit un. J'ignorais comment évacuer la tension de cette courte nuit. J'acceptai volontiers sa proposition.

Les rumeurs du drame enflammèrent le palais : l'orage avait fait s'écrouler une partie de la tour de Løk. Heureusement, l'invité étranger qui y séjournait avait été épargné. Les domestiques parlaient à voix basse et me jetaient des regards interrogateurs.

Hilda m'apporta un plateau rempli de beignets aux pommes pour mon petit-déjeuner. J'eus beau lui répéter que je n'avais pas l'appétit d'un ogre, la serveuse à la tignasse brune refusa de rapporter les pâtisseries en cuisine. Au contraire, elle revint bientôt avec une pile de crêpes fourrées. M'avait-elle bien regardé ? J'étais aussi sec qu'un arbre calciné. Quand elle s'approcha avec un saladier de fruits confits, je ne pus m'empêcher d'éclater de rire.

« Hilda ! Comment veux-tu que j'avale tout ça ?

— Tu n'es pas obligé de tout manger, s'empourpra-t-elle, mais tu as frôlé la mort ! Døriel et moi, nous sommes bouleversés. Personne ne devrait dormir dans cette maudite tour. On raconte qu'elle est hantée par le fantôme du prince Atik.

— Oh, je l'ai rencontré. Il est très sympathique, tu sais.

— C'est ça, fais-moi marcher ! »

Quelqu'un l'apostropha à quelques tables de moi. Elle s'excusa et s'éloigna à pas vifs et adroits.

J'étais déjà rassasié, mais je me sentis obligé de croquer dans un fruit confit dans le sucre, une sorte de prune que je ne réussis pas à identifier. La friandise était délicieuse.

Døriel quitta bientôt les cuisines pour me rejoindre. Le beau blond traversa la salle comme un rayon de soleil. Deux tasses fumantes à la main, il portait son traditionnel tablier couvert cette fois de farine et de pâte à pain. Il s'assit en face de moi et me tendit une boisson chaude à base de gentiane et d'autres plantes locales.

« Une tisane ? me moquai-je. Tu as épuisé les réserves de nourriture du palais ?

— Misère, ton humour a survécu à l'orage…

— Mon régime en a pris un coup, par contre. J'ai l'impression d'avoir mangé trois repas d'affilée.

— Et tu critiques ma tisane ? Elle va t'aider à digérer. Tu vois, je prends soin de toi. »

Je souris largement. Je montrai du doigt les beignets, les crêpes et les fruits confits.

« Bon, avoua le cuisinier, je me suis laissé emporter.

— Je n'osais pas le dire.

— Disons que tu l'as suggéré de façon très évocatrice… Au lieu de te moquer, dis-moi par quel miracle tu as pu échapper au pire ? »

Je haussai les épaules.

« Le fantôme du prince Atik m'a prévenu du danger.

— Impossible, il est mort depuis presque quinze ans ! »

En général, les fantômes ne restaient parmi les vivants que le temps de faire leurs adieux à leurs proches. Certains d'entre eux patientaient avant de suivre le chemin de l'au-delà, pour attendre leur mari ou leur femme, pour veiller sur leurs enfants ou pour se venger d'un assassin. Les victimes de mort brutale pouvaient errer des années avant de trouver la paix et partir vers le royaume des cieux.

« Ce n'était pas forcément lui, concédai-je. Il ne m'a pas confirmé son identité. Ce qui est sûr, c'est qu'un fantôme est apparu au milieu de l'orage et m'a conseillé de partir. Ses paroles étaient ambiguës… Je crois qu'il m'invitait surtout à quitter le palais. Il m'a mis en garde contre… »

*« Ne dis rien »*, fit Ji'Vri en coupant le fil de mes pensées.

Mon djinn avait raison. Je ne pouvais pas accuser la reine Hildegarde sous son toit, alors que j'étais son invité. Les citoyens du Royaume Minéral étaient connus pour leur loyauté. Je risquais de m'attirer des ennuis.

« …une personne dont je dois taire le nom, complétai-je. Peu importe qui. Je me suis dépêché de sortir de ma chambre pour rejoindre Lex.

— Ah, le brun ténébreux qui ne m'aime pas. »

Je levai les yeux au ciel.

« Ne dis pas ça, Døriel. Il ne te connaît pas, c'est tout.

— Ce n'est pas grave, tu sais. Je t'avoue qu'il me fait peur. Comment peux-tu avoir confiance en lui ? Il a l'air de vouloir tuer toutes les personnes qu'il croise ! »

Il ne se doutait pas à quel point.

« Bon, je retourne en cuisine, lança le garçon en reculant son siège. Je suis content de savoir que tu n'as rien. »

Avant de partir, il prit ma main dans les siennes et me regarda droit dans les yeux.

« Tu prends soin de toi, d'accord ? »

Le feu me monta aux joues. J'acquiesçai en silence, la gorge nouée. Je n'étais pas habitué à tant de sollicitude. En dehors d'Angelo et de Lex, je n'avais pas eu d'amis assez proches pour se soucier de moi.

Je suivis Døriel du regard. Étrange. J'avais dû quitter mon royaume pour retrouver le plaisir partagé de l'amitié. Ma vie de voyages commençait d'une façon agréable – si l'on excluait l'effondrement de ma chambre, qui avait failli m'ensevelir sous les décombres.

# CHAPITRE IX

*Je croisais de nombreux aristocrates dans les couloirs du palais. Je n'avais nul besoin de surprendre leurs conversations pour suivre les intrigues de la cour. Il me suffisait de visiter les cuisines en affichant le sourire innocent que mon mari trouvait irrésistible.*

*Les cuisiniers et les domestiques étaient l'âme de ce palais. Ils connaissaient tous les secrets qui se chuchotaient entre ces murs de pierre… Les rumeurs prenaient leur source au milieu de la vaisselle rutilante, des casseroles en cuivre et des fours brûlants.*

*J'ai vite appris que les vif-passeurs n'étaient pas tous des espions ou des assassins à la solde du roi. Certains obéissaient à une femme aussi belle que dangereuse : la reine Hildegarde. Autant les yeux du roi Björn étaient d'un bleu éclatant, une promesse de joie et d'humanité, autant ceux de sa nouvelle femme étaient d'un vert glacé, pleins de mépris et de menaces voilées.*

***Lupa Adellarte***
***« Couleurs restaurées »***

Je n'eus qu'une courte matinée pour me remettre de mes émotions. Des nageurs installèrent des plateformes flottantes dans le fjord pour préparer le rituel d'intronisation de la guilde des vif-passeurs. Ces radeaux semblaient très éloignés les uns des autres… Je doutais sérieusement de réussir à nager sur une telle distance, alors que la mer était encore agitée après le passage de la tempête.

Lex m'accompagna sur les quais du port. Une cinquantaine de personnes attendaient le début de la cérémonie. Elle était échelonnée sur plusieurs jours pour accueillir les centaines d'hommes et de femmes qui souhaitaient rejoindre la guilde. Je faisais partie des premiers groupes à concourir. J'ignorais si c'était une chance ou une pression supplémentaire.

Des tables avaient été dressées devant le pont de l'Astre Tigre. Les Hauts-Passeurs inscrivaient le nom des candidats en échange d'un brassard de couleur, une bande de soie à enrouler autour du bras. Je me rapprochai de Kerril, l'homme qui m'avait appris le sortilège du quartz rose. Ses traits tirés témoignaient d'une grande fatigue. Ses cheveux poivre et sel étaient décoiffés. J'aurais juré qu'il avait passé la nuit sous l'orage.

« Bienvenue, Rébus, me salua-t-il. Je suis heureux de te voir en pleine forme malgré le drame qui t'a affecté. »

Je le remerciai d'un signe de tête. Près de moi, Lex se pencha en avant.

« J'espère que la guilde n'est pour rien dans cette affaire, grogna-t-il à son confrère.

— Bien sûr que non, s'empourpra l'autre. Tous les candidats sont sous la protection de la guilde dès l'instant où ils montrent leur intérêt pour nous rejoindre.

— Me voilà rassuré.

— Tu es là pour veiller sur lui, non ? rétorqua l'autre vertement. Tout le monde n'a pas la chance d'avoir un puissant assassin pour le protéger. Si tu ne te sens pas à la hauteur, j'ai d'autres missions à te confier. Très loin. »

Mon compagnon serra les dents et se retira. Kerril me tendit un brassard rouge avec un numéro. Je n'avais qu'une heure à patienter avant de commencer le rituel.

« Réfléchis au nom que tu aimerais porter à l'issue de cette cérémonie, m'annonça le Haut-Passeur. Quand tu sortiras du fjord, tu prêteras serment devant l'Astre Tigre. Le roi Björn te baptisera pour commencer une nouvelle vie dévouée à l'Amante et à la gloire du Royaume Minéral. »

Je le saluai avant de m'éloigner. Changer de nom ? J'aimais assez le mien pour le garder… Dans le cas de Lex, le roi l'avait baptisé comme un mage destiné à rejoindre sa garde personnelle.

*« Qu'en penses-tu, Ji'Vri ?* questionnai-je.

*— Si tu tiens à marquer ton changement de vie, tu pourrais insérer quelques lettres de ton Talisman Totem dans ton prénom. Beaucoup le font en revenant de l'Île Brumeuse.*

*— C'est un serpent en œil-de-tigre. "Serpent" n'est pas très attrayant et "Tigre" est un peu arrogant.*

*— "Tigrus" ? "Serpentus" ?*

*— J'espère que tu plaisantes !* m'étouffai-je. *On dirait le nom d'une mauvaise taverne. »*

Mon djinn eut un rire mental.

*« C'est une très mauvaise idée*, tranchai-je. *On ne va rien changer du tout. »*

Je m'assis sur les quais en observant les dix premiers candidats franchir le pont qui traversait le port. Ils se mirent à l'eau près du phare où brillait l'Astre Tigre. Sur un signal inaudible depuis ma position, le petit groupe se mit à nager vers la première plateforme.

La vitesse n'était pas un critère de sélection, mais les plus rapides pouvaient choisir le lieu de leur formation de vif-passeur. Lex m'avait raconté que certains instituts étaient basés dans l'extrémité nord du royaume où le climat était particulièrement rude. Mieux valait nager vite pour choisir une région plus clémente et agréable à vivre…

Quelques badauds s'étaient approchés pour mieux voir. Certains utilisaient une longue-vue en bois pour suivre les candidats. Je regrettais de ne pas en posséder. Le verre était un matériau trop cher pour ma bourse.

« Tiens, fit Lex en me tendant un cristal. C'est beaucoup plus pratique à transporter. »

Il s'agissait d'un talisman sphérique, une boule de quartz jaune. Elle était assez lourde dans la paume de ma main.

« C'est un noyau d'avocat cristallisé, expliqua mon compagnon. Il est rempli de magie lumineuse. Il n'a l'air de rien, mais tu verras que sa forme particulière le rend très utile pour des jeux de lumière et des déformations optiques. Il suffit de connaître les formules adéquates. »

Il se pencha à mon oreille pour me souffler le sortilège. Je le mémorisai avec attention. Chaque mot avait son importance. En l'occurrence, les poètes s'étaient extasiés sur un fruit dont l'unique pépin avait une taille si démesurée qu'on le confondait avec un noyau. Je murmurai **« AVOCAT »** en songeant à *la folie des grandeurs d'un fruit orgueilleux*.

La surface du noyau d'avocat se mit à briller de mille reflets. Le talisman devint transparent, comme une bulle d'eau solidifiée. Je le plaçai devant un œil tout en fermant l'autre. En déplaçant légèrement la position de mes doigts, je pouvais contrôler l'agrandissement de l'image.

« C'est incroyable, merci, Lex ! le remerciai-je avec gaieté. Je peux voir jusqu'au bout du fjord ! »

J'observai les candidats s'échiner à nager jusqu'aux plateformes flottantes. Des Hauts-Passeurs leur posaient des questions et leur donnaient des bâtons de quartz rose pour poursuivre leur épreuve. Je vis deux personnes échouer à la troisième épreuve et faire demi-tour pour regagner les quais du port d'un air piteux. Leurs familles les récupérèrent en pleurs et les entraînèrent loin de nous.

Une rumeur agita soudain la foule. Les Hauts-Passeurs qui gardaient le pont se levèrent pour s'incliner avec respect devant le roi Björn et la reine Hildegarde. Tous les deux étaient vêtus de pourpre et de rayures dorées. Des murmures parcoururent l'assemblée devant cette nouvelle mode vestimentaire. Les citadins ne tarderaient pas à se ruer au marché pour adapter leur garde-robe.

Des sièges furent amenés pour installer le couple royal près du pont. Des domestiques apportèrent des longues-vues pour leur permettre d'observer le déroulé de la cérémonie. Des ministres les assistaient pour commenter l'identité des candidats, leur parcours et leur potentiel.

Un arc de lumière rouge traversa soudain le ciel pour indiquer le départ imminent du prochain groupe. Mon cœur se mit à battre à toute vitesse. Je rendis le noyau d'avocat à Lex.

« Ne t'inquiète pas, me rassura-t-il. Tu nages très bien. Même si les questions te paraissent étranges, contente-toi d'y répondre avec sincérité. »

J'acquiesçai, la gorge nouée. Lex me tapota l'épaule et me poussa doucement en avant. Je m'approchai du pont.

Les Hauts-Passeurs annoncèrent les noms des candidats qui m'accompagnaient. Chacun à leur tour, mes camarades s'avancèrent et s'inclinèrent devant les dirigeants du royaume. La reine Hildegarde leur souriait et leur souhaitait bonne chance. Les adolescents s'agenouillaient devant elle et lui baisaient la main avec respect.

Je les imitai bientôt, la tête baissée. La recommandation de ma mère tournait dans mon esprit : *« Ne regarde jamais la famille royale dans les yeux ! »* L'avertissement du fantôme ajoutait une touche d'angoisse à la peur qui serrait déjà mon ventre : *« Fuyez ou elle vous tuera comme les autres ! »*

« Bonne chance, jeune homme, commenta le roi Björn avec gentillesse. Je regrette que votre séjour au palais ait failli se terminer de façon aussi dramatique. Vos réflexes de survie sont tout à votre honneur. Nagez sans arrière-pensées ! Vous avez déjà l'étoffe d'un vif-passeur. »

Je le remerciai d'un hochement de tête.

« Gardez la tête haute ! renchérit la reine Hildegarde. Laissez le monde admirer vos talents et vos yeux magnifiques. »

Un mince sourire barrait son visage. Son regard avait un éclat métallique qui me fit froid dans le dos.

Elle me tendit la main d'un geste gracieux. Je m'agenouillai humblement et l'embrassai. Sa peau était glaciale. J'eus l'impression que mes lèvres se gelaient à son contact.

Je franchis bientôt le pont pour rejoindre les autres candidats sous la lumière de l'Astre Tigre. La magie tourbillonnait dans des tons de noisette, d'ambre et d'or. Une vibration nous entourait d'un vrombissement permanent. Des vif-passeurs nous donnèrent un bâtonnet de quartz rose et nous invitèrent à saluer l'Astre avant de nous déshabiller.

Des marches creusées au pied du phare permettaient de descendre jusqu'au niveau de la mer. Elles étaient humides et glissantes. Je murmurai **« ÉROSION »** dès que mes pieds nus touchèrent l'eau glacée du fjord. Le sortilège remonta le long de mon corps comme un vêtement aux mailles fines qui enserrait ma peau et l'immunisait contre le froid.

Je me glissai dans l'eau en compagnie de mes camarades. Comme eux, j'attendis le signal du départ, sous la lumière vibrante de l'Astre Tigre. Un bref coup de sifflet marqua le début du rituel.

*« Courage, Rébus ! »*, me lança Ji'Vri d'un ton résolu.

Je m'élançai en direction du premier radeau. Un mât hissait un drapeau frappé de l'emblème du Royaume Aérien, trois plumes grises en triangle.

Lex m'avait expliqué que ce rituel était hautement symbolique. Les vif-passeurs utilisaient le Quatrain Minéral pour voyager dans le monde, un sortilège qui reposait sur l'équilibre formé par six boules de magie tourbillonnantes. Cette cérémonie nous forçait à nager en cercle, de royaume en royaume, de magie en magie. Elle commençait et s'achevait au niveau de l'Astre Tigre.

Je nageai une vingtaine de minutes avant d'atteindre la plateforme. Je n'avais pas l'habitude de lutter contre autant de vagues. Tous mes camarades étaient déjà repartis en direction de la deuxième étape. Je me hissai sur le radeau de bois. Le sortilège du quartz rose se dissipa. Un homme me tendit une gourde d'eau et une serviette épaisse pour me réchauffer.

« Reprenez votre souffle, me dit-il gentiment. Ce n'est pas une course. C'est une épreuve d'endurance. »

Il laissa passer quelques secondes avant de me poser une simple question :

« Si votre supérieur vous demandait de trahir un de vos proches, le feriez-vous ? »

Mon cœur s'arrêta. Mon esprit se fixa sur le visage souriant d'Angelo, aux yeux pétillants comme deux saphirs. Angelo, mon meilleur ami, que j'avais trahi pour me venger d'un mensonge.

Lex m'avait recommandé d'être sincère. Par ailleurs, la guilde était forcément au courant du piège auquel j'avais participé pour causer la perte du prince.

« Ça dépend, répondis-je.

— Précisez votre pensée. Vous devez obéissance à votre supérieur. »

Je soupirai.

« J'ai déjà trahi un de mes amis, mais je l'ai regretté.

— Vous a-t-il pardonné ?

— Pas encore.

— Et vous, vous êtes-vous pardonné ? »

Je réfléchis un instant. Non, je me sentais responsable des ennuis qu'il avait eus par la suite. Mon frère l'avait ligoté au milieu de la Forêt des Fées, alors que le Jugement Dernier approchait… Il avait failli mourir par ma faute. J'avais honte de l'avoir trahi, aveuglé par ma colère et ma déception.

« Pas encore, soupirai-je finalement.

— Alors profitez de ce rituel pour vous libérer de vos remords. Vous ne changerez pas votre passé. Il mérite moins d'importance que vous ne le pensez. Occupez votre énergie à améliorer le présent et penser à l'avenir. »

Le Haut-Passeur me tendit un talisman en quartz rose. Un peu perplexe, je me remis à l'eau. En quoi avais-je bien répondu à ses questions ? Que cherchait-il à savoir ?

*« Peu importe, Rébus,* murmura mon djinn. *L'important est d'arriver au bout de cette cérémonie.*

*— Si possible, pas en dernière position ! Je n'ai pas envie de passer deux ans sur la banquise… »*

Je nageai vers le deuxième radeau. Je réussis à avancer plus facilement entre les vagues. Il fallait profiter des creux et des bosses pour alterner ralentissements et efforts plus vifs. Je rattrapai une partie de mon retard, même si j'arrivai au niveau de la plateforme flottante alors que le dernier candidat la quittait.

Je grimpai sur les rondins de bois. C'était rassurant de sentir un plancher dur qui soutenait mon poids. Un drapeau vert claquait dans le vent. Deux feuilles d'eucalyptus entrecroisées étaient cousues sur le tissu.

« Avez-vous déjà volé un de vos proches ? », me demanda le Haut-Passeur après m'avoir tendu une serviette.

Je soupirai.

« Oui. »

J'espérais qu'il s'agissait seulement d'un test de sincérité et non d'un test de moralité. Personne ne les avait donc avertis que j'étais un voleur notoire ? J'avais un besoin incontrôlable de voler, qu'il s'agisse d'un bijou ou d'une petite cuillère. Même si je rendais parfois le résultat de ces larcins, je n'en ressentais pas moins un profond sentiment de satisfaction. Voler me *rassurait.*

« Si votre supérieur vous demandait de voler la famille royale, qui choisiriez-vous comme cible ? reprit-il. Le roi Björn ou la reine Hildegarde ? »

Je le regardai avec effarement. Comment pouvait-il me poser une telle question ? Je n'étais pas stupide. Je ne comptais voler ni l'un ni l'autre, car je tenais à rester en vie. Je ne savais absolument pas comment lui répondre sans m'attirer des ennuis.

« Pourquoi voudrait-il les voler ? », tentai-je.

Le Haut-Passeur fit la moue.

« Je crois que vous allez me rendre votre brassard, dit-il avec un soupçon de regret dans la voix. En toute circonstance, l'ordre d'un supérieur ne se discute pas. Il s'exécute. »

Il tendit le bras, mais je reculai en m'écriant.

« Attendez ! Je choisirais la reine Hildegarde ! Elle se rend chaque jour au temple, à l'autre bout de la ville. Personne ne garde ses appartements. Je sais même où les clés du palais sont cachées. »

L'homme haussa les sourcils.

« On dirait que vous avez déjà réfléchi à la question… »

Un sourire éclaira son visage. Il me donna un nouveau bâton de quartz rose. Je pus respirer à nouveau. J'avais failli échouer à cette maudite épreuve.

« Continuez à nager, me dit-il, et rappelez-vous que l'obéissance est une des valeurs de la guilde. Évitez de poser trop de questions à votre supérieur. »

Je me glissai dans l'eau et repris mon chemin. Ce rituel était très perturbant. Trahir ? Voler ? Je n'étais pas prêt à tout faire au nom de la guilde.

Je voulais devenir vif-passeur pour voyager et oublier mon enfance miséreuse. Je ne comptais pas rester un voleur toute ma vie. Était-ce le seul de mes talents qui les intéressait ? Au fond de moi, je savais que je méritais mieux. Mes larcins m'offraient l'excitation que j'espérais trouver dans mon métier de vif-passeur. Pour exaucer ce vœu, je devais commencer par rejoindre leur guilde. Jusqu'à quel point étais-je prêt à rentrer dans leur jeu ?

Je nageai en redoublant d'ardeur. Je fus rassuré de dépasser deux personnes qui faiblissaient sous l'assaut des vagues qui roulaient dans le fjord. Non, je n'étais pas condamné à passer deux années sur la banquise avec une colonie de phoques et une famille de pingouins.

Je me hissai sur le troisième radeau avec un soupir de soulagement. Un drapeau rouge montrait le piment stylisé du Sultanat Calorique. Une femme était assise sur une chaise rembourrée. Derrière elle, trois candidats attendaient dans une barque attachée non loin de la plateforme. Ils avaient échoué à l'épreuve.

La juge était habillée chaudement. Elle était trapue et ridée comme une pomme. Son air crispé montrait qu'elle n'avait aucune envie de prolonger cette journée. Elle m'indiqua d'un signe le tas de serviettes sèches devant elle. J'en pris une en frissonnant.

« Si votre supérieur vous demandait de tuer un voyageur, le feriez-vous ? », demanda-t-elle.

J'en restai bouche bée. Mon regard se posa avec angoisse sur la barque remplie de candidats recalés.

*« C'est une blague ?* demandai-je à Ji'Vri. *Quel genre de candidats recherchent-ils, exactement ?*

*— C'est une épreuve de loyauté. Le juge précédent t'a laissé entendre qu'il ne fallait pas remettre en question les ordres d'un supérieur…*

*— Ce n'est pas une raison pour renoncer à mes valeurs. Jamais je ne tuerai quelqu'un pour eux !*

*— Je suis d'accord avec toi,* souffla mon djinn. *Nous sommes devant une impasse… »*

Je décrochai mon brassard et le tendis à la femme.

« Je suis désolé, déclarai-je avec amertume, mais jamais je ne tuerai quelqu'un, même si le roi me le demandait. »

La juge haussa les sourcils. Elle se pencha en avant.

« Gardez votre brassard, souffla-t-elle. Vous vous trompez sur le sens de ce rituel. Nous vous demandons d'être loyal *envers le voyageur* que vous allez accompagner sur les rivières de vif-argent. Vous avez raison en refusant de commettre un tel crime. Il ne faut pas obéir sans réfléchir, surtout si cela met en danger la sécurité des voyageurs.

— Je peux trahir et voler un client, mais pas le tuer ?

— Aucun des trois. La charte de la guilde interdit ce genre de comportement. Vous ne l'avez donc pas lue ? »

Mes joues s'empourprèrent. Je n'osais pas lui avouer que je ne savais pas lire.

« Les questions précédentes n'étaient pas éliminatoires, reprit-elle. Elles ne visaient qu'à vous déstabiliser. Vous devez obéir à votre supérieur à condition qu'il respecte notre charte. Nous ne cherchons pas à recruter des mercenaires, mais des vif-passeurs intègres et intelligents. »

Elle me tendit un bâton de quartz rose.

« Félicitations, me sourit-elle. Vous avez réussi cette épreuve, contrairement à nombre de vos camarades. À croire que le monde regorge de potentiels assassins ! »

Je trempai les pieds dans l'eau pour invoquer le sortilège de chaleur. J'avais le sentiment d'avoir été manipulé. J'étais cependant rassuré par les paroles de cette femme.

Je nageai en direction du quatrième radeau. J'étais au plus profond du fjord, à l'extrémité du cercle formé par les plateformes flottantes. Je distinguais à peine les quais du port. Seul l'Astre Tigre continuait à veiller sur moi.

Je commençais à ressentir de la fatigue. La houle continuait son œuvre d'usure, sans pitié pour mes muscles endoloris. Mes épaules me brûlaient.

Une vague plus haute que les autres me força à plonger la tête sous l'eau. Une sensation de froid me frappa le visage et la nuque. Je hoquetai de surprise.

*« Que se passe-t-il ? »*, m'étonnai-je.

Mes lèvres et mes joues étaient devenues glacées. Brusquement, le sortilège du quartz rose se dissipa et le froid me coupa le souffle.

*« Ji'Vri, ce n'est pas normal !*

*— Essaye d'invoquer à nouveau le sortilège ! »*

La formule n'eut aucun effet. Pourtant, le talisman ne pouvait pas s'être déchargé aussi vite…

*« Je sens que le cristal contient encore des réserves de magie,* m'assura mon djinn. *Réessaye ! »*

Je m'exécutai. Sans succès.

La mer était glacée. Le fjord me parut soudain immense et hostile. J'étais loin des berges et à mi-chemin entre deux radeaux. Je mourrais de froid bien avant de les atteindre. Mon corps s'engourdissait à toute vitesse.

*« Lance un signal de secours ! »*, s'écria mon djinn.

Mes lèvres étaient gelées. Je n'avais plus la force de les ouvrir. J'étais incapable d'articuler correctement le moindre sortilège. Parfois, la pensée suffisait à activer un sort, mais il fallait faire preuve d'une grande concentration. Or, je n'étais ni calme, ni détendu.

*« Nous n'avons qu'une seule solution,* murmura Ji'Vri d'une voix douce. *Nous devons fusionner nos esprits. Les djinns sont des*

*êtres magiques. Je peux utiliser mon énergie vitale pour me matérialiser, mais aussi pour lancer un sort à travers toi.* »

Fusionner nos esprits ? Cela signifiait renoncer à la moindre intimité… Pour toujours. Mon djinn aurait accès à la totalité de ma mémoire. N'était-ce pas un peu trop tôt pour l'envisager ?

Quelques semaines en sa compagnie m'avaient prouvé que je pouvais avoir confiance en lui, mais j'avais conservé certains verrous pour protéger mes souvenirs, mes secrets enfouis, mes peurs les plus intimes… Étais-je prêt à lui dévoiler la nature de mon âme, si imparfaite ? Je craignais le jugement de ce djinn si noble, défenseur d'une éthique élevée et de valeurs morales.

« *Je comprends ton hésitation,* reprit le génie, *mais nous n'avons pas le choix. Plus le temps passe, plus ton corps se refroidit.* »

Je capitulai.

« *J'ai toute confiance en toi,* déclarai-je, *mais seras-tu capable d'y survivre ? Tu es déjà souffrant… Si ta magie s'épuise, tu risques de disparaître pour de bon…*

— *C'est ce qui arrivera si nous n'agissons pas.* »

Je frissonnai dans l'eau. Ji'Vri avait raison, même si j'avais peur qu'il perde toute son énergie vitale pour essayer de me sauver. Pouvions-nous vivre l'un sans l'autre ? Je ne voulais pas renoncer à mon djinn totem.

« *Sois prudent* », l'implorai-je.

Je me mis sur le dos pour flotter à la surface de l'eau. Je fermai les yeux en calmant ma respiration. Je baissai la garde de mon esprit pour lui en laisser le contrôle. Pour un instant et pour toujours.

Ji'Vri se glissa sous ma peau. La sensation était étrange. Chaque battement de mon cœur propulsa son essence dans mes veines, comme un doux sédatif qui engourdissait les tissus de mon corps glacé.

Sa magie se mêla à mon sang.

Son esprit fusionna avec le mien.

Ma conscience fut emportée loin du monde réel. L'esprit de Ji'Vri m'apparut comme une vallée ensoleillée entourée de montagnes, une vaste étendue d'herbe où serpentait un torrent. J'étais entouré de boutons d'or et de narcisses. Le ciel était doré au lieu d'être bleu. La lumière vibrait, pleine et entière. Des insectes crissaient joyeusement.

Un aigle majestueux se posa près de moi. Son plumage brun était strié d'ambre. Ses yeux avaient la couleur et l'éclat de l'or.

*« Bienvenue dans mon monde intérieur, Rébus,* fit la voix de mon djinn. *Bienvenue chez toi. »*

Son esprit était d'une profonde sérénité. Comment pouvait-il apprécier la dureté de la réalité ? Comment tolérait-il les doutes et les tourments qui agitaient sans cesse mes pensées ?

*« Ne sois pas si dur avec toi-même,* murmura Ji'Vri. *Tu as le temps de trouver la paix, à ton tour.*

*— À condition que je survive… Je vais mourir de froid ou me noyer dans le fjord.*

*— Regarde dans l'eau. »*

Je m'approchai du torrent qui bruissait dans l'herbe. L'eau était claire et limpide. Des galets ronds avaient été polis au fil du temps. Des images flottaient à la surface. Elles descendaient des montagnes et se laissaient emporter par le courant, comme les motifs d'une tapisserie délicate et riche de couleurs. Je m'agenouillai et penchai la tête au-dessus de l'eau. C'était un mélange de souvenirs et de visions du monde réel.

Mon corps flottait au milieu d'un fjord, dans un halo de magie brune. Un fanal s'échappait de mon cœur comme un mât de lumière à l'assaut du ciel. Des flammes dorées crépitaient autour de cette ligne étincelante. Ji'Vri brûlait sa vie pour sauver la mienne.

C'était plus qu'un signal de détresse. C'était une preuve que les djinns et les hommes partageaient leur vie.

Une barque luttait contre les vagues et se rapprochait de moi. Des Hauts-Passeurs venaient à mon secours. Ils me hissèrent bientôt à bord et m'entourèrent de vêtements chauds. La magie de Ji'Vri cessa de diffuser sa lumière. J'eus une pointe d'inquiétude en la voyant s'éteindre.

*« Je ne t'abandonnerai pas, Rébus,* murmura mon djinn. *Repose-toi, maintenant. Reposons-nous. »*

J'étais sain et sauf. Je suivis son invitation et m'allongeai dans l'herbe, les bras croisés sur mon ventre. L'aigle vint se blottir contre mon flanc. Il posa la tête sur mon torse.

Le chant de l'eau me berçait. Mon regard se perdit dans les nuages. Loin du monde et de ses tourments, je m'endormis en paix.

# Seconde partie

# Fugitifs

# Intermède

La musique avait changé. Concentrée sur sa sculpture, Sulménie prit soudain conscience des nouvelles notes qui résonnaient dans les grottes.

« C'est impossible », murmura-t-elle le cœur serré.

Elle lâcha ses outils et se précipita auprès de sa sœur endormie. Euterpe caressait sa harpe enchantée de ses doigts. Un sourire triste était apparu sur son visage. Son œuvre était plus mélancolique que jamais.

*« Kléio !* appela-t-elle en pensée. *Notre sœur a changé de partition. Elle a commencé à jouer… un requiem. »*

La sculptrice s'appuya avec perplexité sur les parois cristallines de la grotte. Une grande fatigue pesait sur ses épaules. Suspendu dans les airs, le Sablier Brisé perdait le peu d'ivoire qui le remplissait encore. Le sable blanc coulait en une fine cascade sur le sol.

*« La vie de Dohr'im s'échappe,* annonça-t-elle avec amertume. *Que se passe-t-il ?*

— *Le temps est venu, ma sœur,* soupira Kléio. *Les Messagers vont terminer la lutte que nous avons commencée.*

— *Ce ne sont que des enfants ! Ils ne sont pas prêts !*

— *Ils ne le seront jamais… Notre temps est compté. Ils doivent agir, quel qu'en soit le prix.*

— *Et si les Rêveurs refusent ? Où trouveront-ils le courage d'affronter les dernières prophéties qui les concernent ? »*

Sa sœur ne répondit pas. Sulménie partageait son inquiétude. Elle jeta un regard éploré aux six joyaux tombés du plafond. Ils représentaient chacun une âme, un rêve, un dernier espoir.

# CHAPITRE X

*J'ai toujours aimé les marines, ces toiles où la peinture tente de reproduire les milliers de nuances que peut prendre la mer. Profondeurs bleu nuit ou turquoise, vagues indigo frangées d'écume blanchâtre, milliers de saphirs emportés par les flots…*

*Le palais regorgeait de ces chefs-d'œuvre. Je pouvais rester des heures à les admirer, inconsciente du monde qui m'entourait. Des générations entières d'artistes s'étaient relayées pour peindre les fjords, les îles de la Mer des Paillettes et les ports du royaume.*

*Le roi Björn partageait mon goût pour ces précieuses toiles. Nous avions de longues discussions sur les couleurs à choisir pour restaurer ces œuvres, sur la lumière qu'avait voulu révéler l'artiste… Le roi me rendait visite de façon presque quotidienne. Plusieurs mois après mon arrivée, je pris conscience que son obsession n'était pas uniquement tournée vers mon art.*

**Lupa Adellarte**
***« Couleurs restaurées »***

Je m'éveillai dans une chambre en bois, étroite et sobre. Les planches couvraient le sol, les murs et le plafond. J'avais le sentiment de me trouver dans la cabane d'un garde forestier.

Un léger vertige troubla mon équilibre quand j'essayai de me lever. Mes vêtements étaient pliés au pied de mon lit. Je commençai par attacher mon Talisman Totem autour du cou, ce serpent en œil-de-tigre dont le djinn m'avait sauvé la vie. Nos esprits avaient fusionné, mais le contact du bijou avec ma peau restait nécessaire pour échanger nos pensées.

*« Bienvenue dans le monde réel*, me salua mon djinn.

— *Je te remercie. La sérénité de ton monde intérieur m'a apaisé.*

— *Tant mieux. Maintenant que nos esprits ont fusionné, tu pourras t'y réfugier quand tu le souhaites. Nous n'aurons plus de secrets l'un pour l'autre.* »

Un picotement enflamma mes joues.

*« N'aie pas honte,* murmura Ji'Vri. *Tu n'as rien à cacher ou à te reprocher. Tu es bien plus noble que tu ne le crois.*

— *Je suis un vulgaire voleur… Je suis loin d'être irréprochable.*

— *Personne ne te le demande. Tu es aussi capable de changer. Tu as la vie pour apprendre et évoluer !* »

Une pointe de douleur traversa les pensées du génie. Il l'étouffa vite, mais je la reconnaissais désormais. Une maladie inconnue le rongeait depuis des jours.

*« Tu es affaibli, Ji'Vri,* m'inquiétai-je. *Tu as utilisé tes forces pour me sauver. Es-tu capable de te matérialiser ?*

— *J'en doute… Je ne m'y risquerai pas.*

— *Alors repose-toi.* »

Je sentis le soulagement et la fatigue de mon djinn.

*« Tu ne crains plus rien pour l'instant,* confirma-t-il. *Préviens-moi en cas de besoin.* »

Il s'écarta de mes pensées et se recroquevilla dans son talisman avec un empressement qui me pinça le cœur. Quels sacrifices avait-il faits pour me sauver ? Quel prix devait-il payer ?

La pièce se mit à tanguer. Je repris mon équilibre en m'appuyant sur le mur. Quelle cabane étrange… Je sortis dans un couloir vide et étroit, tout en bois lui aussi. Au fond, un escalier montait de façon abrupte. Il se terminait par une porte qui débouchait sur l'extérieur. Je poussai les battants et compris enfin où je me trouvais.

J'étais sur un bateau.

Le roulis faisait tanguer le navire. Il longeait de hautes montagnes sur sa gauche, *« à bâbord »* comme disaient les marins, sous un ciel cotonneux. Quelques vagues molles agitaient la mer.

Nous avions quitté Édelstener.

L'équipage était occupé à remonter des filets de pêche à l'arrière du navire. Trois hommes triaient les poissons capturés, pour en garder certains et rejeter les autres à la mer. Ils assommaient les plus gros pour les stocker dans un tonneau rempli de glace.

Deux hommes se trouvaient à l'avant, près du gouvernail. Je m'approchai de Lex et de celui que je devinais être le capitaine du bateau, d'après le bonnet rouge qui enserrait sa tête. Mon compagnon de voyage m'entendit arriver et se tourna vers moi.

« Bon, tu es réveillé, me salua-t-il d'un hochement de tête. Tu nous as fait peur, tu sais.

— Où sommes-nous ?

— Bienvenue sur le *Pourfendeur*, lança le capitaine avec un sourire jaunâtre. Il commence à vieillir, mais c'est un rafiot solide. Il a survécu à plus d'une tempête. »

Il s'excusa et reprit sa navigation. Lex m'entraîna à l'écart, près du bastingage qui courait le long du pont. Il s'accouda sur la barrière de bois.

« Je ne m'attendais pas à me réveiller sur un bateau, remarquai-je avec perplexité.

— Tu es resté inconscient toute la journée d'hier. Tu étais en danger. Nous avons quitté Édelstener avant l'aube. Nous n'avons averti personne de nos plans. »

Je songeai à Døriel et Hilda, qui devaient s'interroger sur ma disparition.

« Pourquoi cette croisière ? m'étonnai-je.

— Tu me le demandes vraiment ? Tu as failli te noyer, sans raison ! Tu n'es peut-être pas aussi aguerri que les habitants du fjord, mais tu es un très bon nageur. Je n'ai pas cessé de te surveiller pendant ton épreuve. Ce n'est pas une crampe qui a failli te tuer.

— Le quartz rose a arrêté de me protéger. Mes lèvres étaient trop gelées pour prononcer le moindre sortilège.

— Comme par hasard, au moment où tu étais le plus éloigné des berges… »

Mon compagnon serra les poings.

« Ce n'était pas un accident, jura-t-il. D'abord, ta chambre s'écroule, puis tu manques de te noyer ? Quelqu'un veut te tuer.

— Je ne vois pas pourquoi.

— Je suspecte la guilde d'y être impliquée d'une façon ou d'une autre. Les assassins n'avertissent pas toujours les Hauts-Passeurs de leurs missions. Ils ont une certaine marge d'indépendance qui leur évite de rendre des comptes à leurs supérieurs. J'en suis le premier exemple. »

Il soupira bruyamment.

« On cherche peut-être à m'atteindre à travers toi, me confia-t-il. Je n'ai plus les mêmes soutiens qu'autrefois. Le roi lui-même a remis en question mes compétences. Je n'ai pas que des amis dans la capitale, loin de là… »

Mon regard se porta sur l'équipage qui s'affairait non loin de nous. Lex devina mon inquiétude.

« Tous ces gars sont dignes de confiance, m'assura-t-il. Le capitaine fait partie de mon *écaille*. »

Il remarqua ma grimace d'incompréhension. Ses yeux d'onyx me transpercèrent.

« Il va falloir que nous ayons une longue discussion, marmonna-t-il. Je crois que le moment est arrivé, puisque tu n'as pas réussi le rituel du vif-passage.

— Je n'osais pas te le demander…

— Ton échec est une raison de plus pour ne pas s'attarder dans la capitale. La guilde ne peut plus garantir ta protection – si elle a vraiment essayé de le faire. »

L'espoir qui m'habitait s'éteignit brusquement. J'avais échoué… C'était injuste. Quel avenir me restait-il ?

Lex posa la main sur mon épaule.

« Ce n'est pas grave, Rébus. Les prochaines sélections auront lieu dans six mois. D'ici là, je m'occuperai de toi. J'ai encore des choses à t'apprendre. »

Il contempla les côtes montagneuses. L'entrée des fjords se cachait derrière les replis de la roche. Un bateau de pêche sembla brusquement surgir de la falaise et avança dans notre direction.

« Avant que nous partions en voyage, j'ai une mission à terminer, avoua-t-il.

— Est-ce que ça concerne mon frère ? »

Mon compagnon acquiesça. Ses yeux avaient pris un éclat métallique.

« Son meurtre sera vengé, Rébus. Ses assassins le découvriront bientôt. »

L'ancre fut jetée pour attendre l'autre bateau. Alors que Lex s'éloignait pour rejoindre le capitaine, un halo de magie se condensa à mes côtés. Avec surprise, je découvris une jeune femme à la peau d'ébène, aux yeux d'or et aux longs cheveux frisés. Sa djellaba était d'un rouge écarlate.

« Bonjour, Rébus, déclara la princesse Amira. Je suis très heureuse que vous ayez survécu à cette tentative de noyade. »

Je la regardai d'un air ébahi.

« Que faites-vous ici ? m'étonnai-je.

— Je vous accompagne, répondit-elle avec simplicité. Vous n'avez pas pris en compte mes avertissements à propos de la famille royale… Vous n'auriez pas dû rester si longtemps entre les murs de cette ville.

— Voyez vous-même : nous l'avons quittée. Nous sommes au beau milieu de la mer.

— Et je me demande pourquoi… Vous auriez mieux fait de fuir la compagnie de ces assassins, Rébus. Que manigancent-ils encore ? »

J'étais incapable de lui répondre. Je jetai un regard derrière elle. Deux marins discutaient sans remarquer la princesse.

« Suis-je le seul à vous voir ? m'étonnai-je.

— Vous ne voyez qu'une projection de mon esprit, expliqua-t-elle. J'ai choisi de me cacher des autres, mais rien ne m'empêche de me dévoiler à eux.

— Vous pourriez les espionner en toute discrétion, comme certains fantômes s'y amusent… »

Amira eut un sourire resplendissant.

« Quelle idée excellente, approuva-t-elle. Rébus, vous êtes plein de ressources. »

Je haussai les épaules avec gêne. Ma proposition était loin d'être noble. C'était celle d'un voleur qui aimait l'ombre et le secret…

En silence, nous observâmes le navire se rapprocher de nous. Une barque fut mise à l'eau avec deux hommes à son bord. Ils ramèrent vers nous et se hissèrent sur le pont.

Les nouveaux arrivants, des jumeaux, avaient la carrure de deux géants sortis d'un affreux cauchemar. Musclés comme des taureaux, ils partageaient la même grimace menaçante. Leur cou disparaissait sous leurs trapèzes démesurés. Mon regard s'attarda sur les pendentifs qu'ils portaient autour du cou : deux morceaux de silex en forme de dard pointu. Je n'avais jamais vu deux Talismans Totems identiques. Je préférais ignorer de quel animal affreux ces dards étaient issus – sans doute un frelon géant ou un monstre des abysses ?

Lex et le capitaine les saluèrent en empoignant leurs avant-bras. Les géants eurent un léger mouvement des lèvres qui devait passer pour un sourire. À leurs côtés, Lex semblait presque mince, en dépit de son corps athlétique. Il m'invita à me rapprocher et me présenta d'un geste de la main :

« Camarades, je vous présente le frère cadet de Robulus.

— C'est un Impur ? grogna l'un des géants.

— Non. Il a d'autres talents. Il est sous ma protection. »

Les deux hommes me serrèrent l'avant-bras pour me saluer. Leur poigne était ferme, mais ils ne me broyèrent pas le bras comme je le craignais.

« Rébus, reprit mon compagnon, voici Karyb et Kylias, les deux autres membres de notre *écaille*.

— Quatre héros de nouveau réunis ! se félicita le capitaine. Nous devons fêter ça ! »

Les jumeaux grommelèrent leur accord. Ils le suivirent en direction de la cabine du capitaine, au centre du navire. Ce refuge était destiné à concevoir des plans de bataille, mais aussi à se prélasser avec quelques bouteilles de Nectar'Miel.

Avant de les rejoindre, Lex me prit à part et répondit à certaines de mes questions. Derrière lui, la princesse Amira se rapprocha pour surprendre notre conversation.

« Le roi Björn a fondé notre groupe il y a sept ans, m'expliqua-t-il, selon les principes du losange, une forme puissante pour l'invocation de la magie minérale. Une *écaille* est constituée de quatre assassins, autrefois soldats et déchus de leur titre, à qui le roi a offert une deuxième chance… Un peu comme une formation militaire destinée aux éléments les plus instables. Il n'y a aucune hiérarchie entre nous ; un losange a quatre côtés égaux, mais des angles variables. Chacun est libre d'agir comme bon lui semble. Seule une mission stratégique peut motiver la réunion des quatre éléments du losange. Notre efficacité est alors redoutable. »

Lex soupira.

« Je ne comptais pas te mêler à cette affaire, avoua-t-il. Je pensais te laisser aux bons soins de la guilde, le temps de ta formation. Malheureusement, tu n'étais pas en sécurité à Édelstener. J'ai préféré t'emmener.

— Où allons-nous ?

— Retrouver une légende ! J'ai réalisé plusieurs missions pour le compte d'une mystérieuse magicienne. C'est elle qui a conseillé au roi Björn de capturer et de tuer ton ami Angelo, juste avant le Jugement Dernier. Elle a aussi commandité l'attaque du sanctuaire des druides, qui s'est soldée par la mort de Robulus… »

Il cracha sur le pont.

« Notre échec n'est pas de son goût, grommela-t-il. Elle a ordonné au roi Björn de lui confier les talents de ses meilleurs assassins. Je regrette d'avoir dû t'embarquer dans cette galère… Une femme assez puissante pour donner des ordres à un souverain est particulièrement dangereuse. On appelle cette sorcière "la Main du Destin", car ses victimes ne survivent jamais très longtemps à ses complots. D'autres la connaissent sous le nom de Thaleia. »

ʃ

La Mer des Paillettes tirait son nom des particules de magie diluée dans l'eau, qui faisaient miroiter sa surface. La coque des bateaux était striée de ces minuscules cristaux.

Comme tous les talismans, ces paillettes étaient créées pendant le Jugement Dernier, lorsque la tempête magique s'abattait sur la terre et tentait de traverser la mer pour gagner l'Île Brumeuse. L'eau salée formait une barrière naturelle qu'aucun phénix n'avait jamais réussi à franchir. La magie rugissante ne parvenait qu'à cristalliser le sel dissous dans l'eau.

Seuls les mages du Royaume Aquatique chantaient des poèmes pour utiliser ces minuscules talismans et propulser leurs navires. Pour les autres navigateurs, ces paillettes étaient inoffensives. Elles rappelaient seulement la colère des dieux qui explosait lors du Jugement Dernier.

Les jours suivants, Lex passa beaucoup de temps avec les autres membres de son *écaille*, dans la cabine du capitaine. La princesse Amira revint plusieurs fois et traversa les murs pour surprendre leurs conversations. Elle resta évasive sur les informations qu'elle avait obtenues, mais son attitude changea de façon sensible. Sa mélancolie fit place à une détermination mêlée de rage. Le plan des assassins avait réveillé son esprit combattif.

Je fis quelques parties de cartes avec les hommes de l'équipage, mais ils étaient rudes et n'avaient pas la conversation facile. Je passai la majorité de mes journées à contempler, seul et morose, les paysages qui défilaient sous nos yeux. Mon djinn était trop faible pour me tenir compagnie.

Je regrettais d'avoir quitté Édelstener sans faire mes adieux à Døriel et Hilda. Hélas, Lex avait raison : le danger rôdait dans la capitale du Royaume Minéral. Le fantôme qui m'était apparu au beau milieu de l'orage m'avait invité à me méfier de la belle reine Hildegarde. Était-elle impliquée dans ma noyade ? J'avais embrassé sa main avant de commencer le rituel des vif-passeurs... Son sourire glacial n'avait pas témoigné de la moindre bienveillance à mon égard. Avait-elle ensorcelé mes lèvres ?

Malgré les deux accidents qui avaient failli me coûter la vie, je gardais un souvenir ému de ces quelques jours hors du temps, passés dans un fjord enchanteur et en excellente compagnie. J'avais goûté aux plaisirs de la vie de palais comme l'aristocrate que je n'avais jamais été, en touchant du doigt le quotidien d'Angelo et d'Amira. Je m'étais senti chez moi dans cette ville qui regorgeait de trésors, avec des bijoux sur ses toits, des vitraux sur ses façades et des lingots d'or dans ses rues... Aucun voleur ne pouvait rêver mieux qu'une cité comme Édelstener.

Nous laissâmes les montagnes derrière nous, tandis que nous mettions cap au sud. Heureusement, aucune tempête ne gêna notre avancée durant ces quelques jours en pleine mer. Je m'étais habitué au roulis incessant du navire, mais j'éprouvais un sentiment d'impuissance lorsque les vagues se creusaient davantage. Je craignais les désagréments d'un climat capricieux.

Nous parvînmes enfin aux premières îles d'un archipel qui en comptait des centaines, la plus importante étant l'Île Brumeuse. Certaines ne formaient qu'un amas de rochers qui pointaient au-dessus de l'eau. D'autres étaient recouvertes d'une végétation touffue, d'arbustes desséchés ou de ronces. Pour la plupart d'entre elles, aucune plage n'aurait permis à notre navire d'accoster.

Je tentai d'appeler Ji'Vri pour lui montrer ce que je voyais, mais mon djinn ne répondit pas et je n'insistai pas. Il n'avait plus quitté son talisman depuis qu'il m'avait sauvé la vie. Avait-il seulement besoin de récupérer ses forces après cette débauche d'énergie ? Je sentais que ses blessures étaient graves. J'espérais que sa vallée ensoleillée lui permettait de se ressourcer en paix.

Lex quitta la cabine du capitaine lorsque le soleil commença à descendre vers l'horizon. Il me tendit une choppe fumante de Nectar'Miel. Les arômes sucrés me chatouillèrent le nez.

« Nous arriverons demain matin à notre destination, annonça-t-il. Nous sommes enfin d'accord sur la manière de procéder. Thaleia nous aidera à terminer la mission qu'elle nous a confiée, à ton frère et moi.

— Assassiner Amira et Angelo ? »

Il fronça les sourcils.

« Ne fais pas semblant d'être choqué, rétorqua-t-il. Ils sont loin d'être innocents. Ces meurtriers ont tué ton frère de sang-froid ! Leur crime ne restera pas impuni.

— Tu as toi-même tenté de les tuer…

— Justement. Je sais qu'un assassin n'a pas de morale. Tuer est un acte qui nous change à jamais. Il nous fait renoncer à notre humanité.

— Comment peux-tu dire ça, alors que tu en as fait ta profession ? »

Il haussa les épaules avant de répondre :

« Un bon assassin se débrouille pour rester en vie et échapper à d'éventuelles vengeances. Ça n'enlève rien à la gravité de ses actes. Si je suis assassiné un jour, ce ne sera que justice… »

Une courte barbe noire lui mangeait le visage. Mon regard s'attarda sur ses joues taillées à la serpe et ses yeux où brûlait une flamme inquiétante. Une certaine beauté se dégageait de la dureté de ses traits, un charme ténébreux… et dangereux. Le message était clair : mieux valait s'en écarter avant de ne plus pouvoir se libérer de son étreinte.

Je n'acceptais pas son raisonnement. Tous les crimes ne se ressemblaient pas. Leur gravité dépendait du contexte qui avait conduit à leur exécution.

« Amira et Angelo ont tué Robulus alors qu'il essayait de les tuer, plaidai-je en leur faveur. Je leur en veux de m'avoir privé de mon frère, mais ça ne fait pas d'eux des meurtriers pour autant. J'aurais fait la même chose à leur place.

— Ça m'étonnerait, Rébus ! Je les ai vus à l'œuvre. Ils ont réveillé un pouvoir effrayant qu'ils sont les seuls à posséder. Ils ont détruit un sanctuaire inviolable !

— Ils auraient pu utiliser d'autres armes pour arriver à la même fin, à savoir survivre. Vous les avez acculés... Qu'auraient-ils pu faire d'autre ?

— Tu te trompes. Quand ils ont invoqué leur pouvoir pour détruire le temple, nous avons compris que notre magie était dérisoire devant la leur. Nous avons battu en retraite. Ils auraient pu nous laisser partir, mais ils ont volontairement choisi de tuer Robulus. »

Mon frère avait été un criminel. J'avais toujours su que la prison ou la mort l'attendraient au bout de son chemin. Robulus connaissait les risques de son métier. Amira et Angelo n'avaient pas agi avec justice, mais je ne pouvais pas leur reprocher d'avoir réussi à survivre à une tentative d'assassinat.

Je n'osais pas faire part de mes réflexions à Lex. Rien ne pouvait adoucir son désir de vengeance.

« Je sais très bien d'où vient ton hésitation, me lança-t-il. Tu étais ami avec ce maudit prince. Comment peux-tu lui pardonner la mort de ton frère ?

— Son amitié me manque », avouai-je.

Lex eut un geste agacé avant de lâcher sèchement :

« Désolé, mais tu n'auras pas l'occasion de revoir ton petit aristo. Je ne te mettrai pas en danger en t'emmenant. Tu resteras sur l'île de Thaleia pendant que nous irons lui faire la peau. »

Il but sa chope d'un trait et fit demi-tour d'un air rageur. Sa réaction était excessive. Quelle mouche avait piqué mon compagnon de voyage ?

∫

L'aube se leva sur une mer calme, aussi scintillante qu'à l'accoutumée. Le vent avait presque disparu. L'équipage déploya toutes les voiles du navire pour continuer à le faire avancer. Nous naviguâmes à travers un archipel de petites îles inhabitées et de rochers couverts de verdure.

Le capitaine ne lâcha pas son gouvernail de la matinée. Il se concentrait sur un talisman mauve en forme de poulpe cristallisé, dont les tentacules s'animaient pour lui indiquer la direction à suivre. L'homme était d'une prudence extrême, comme s'il craignait d'abîmer son vaisseau sur d'invisibles écueils.

Je compris son attitude lorsqu'une barrière de roche jaillit brusquement de la mer. Deux énormes crocs de basalte déchirèrent la surface de l'eau et se dressèrent devant nous. Deux lignes rocheuses partaient de ces blocs pour former un arc de cercle gigantesque. D'où venait cette improbable muraille ?

Le capitaine hurla des ordres à l'équipage pour réduire la voilure. Le navire ralentit.

À mes côtés, Lex était tendu.

« Les Dents, annonça-t-il. Cette mâchoire de pierre n'est sur aucune carte. On raconte que ces rochers apparaissent de façon aléatoire dans cette région de l'archipel, trop rapidement pour permettre une manœuvre d'évitement. Nombreux sont les navigateurs qui se sont échoués. »

Notre vaisseau dérivait vers les deux blocs saillants des Dents, aussi massifs que dangereux. Le capitaine maintenait son gouvernail. Pourquoi n'avait-il pas ordonné de jeter l'ancre ?

Il appela soudain les deux jumeaux monstrueux. Karyb et Kylias trainèrent un coffre en bois à l'avant du bateau. Ils firent jouer une grosse clé dans la serrure. Je m'approchai pour voir son contenu, mais Lex me retint d'une main.

« Tu préfères ne pas savoir », m'assura-t-il sombrement.

Les deux hommes vidèrent le coffre par-dessus la proue, en psalmodiant un sortilège. Des formes indistinctes et noires tombèrent dans la mer.

Plus personne ne parlait.

Les rochers se rapprochaient dangereusement.

Les formes noires se déplacèrent à la surface de la mer, comme animées d'une vie propre. On aurait dit des bébés phoques ou de petits pingouins qui nageaient en direction de l'imposante muraille. Des glapissements stridents me glacèrent le sang lorsqu'ils y parvinrent, comme s'ils étaient *mangés* par la pierre.

Je n'avais plus la moindre envie de savoir ce qui se passait vraiment.

Les mystérieuses formes se consumèrent au contact des Dents. Une brume de spectres blanchâtres se forma et enveloppa les crocs de basalte comme une couche d'émail fantomatique.

La barrière de roche frémit.

Une vibration sourde traversa le pont du navire comme un grondement de plaisir.

« Déployez les voiles ! », hurla le capitaine.

L'équipage obéit à cet ordre insensé. Les rochers étaient plus près que jamais. Le capitaine dirigeait son gouvernail droit vers eux.

Au moment de l'impact, la proue disparut cependant à l'intérieur des rochers. Le navire s'enfonça sans dommage dans la muraille, comme si elle n'était qu'une projection de notre esprit.

« C'était une illusion ? murmurai-je à Lex.

— En partie… On raconte que, sur l'île de Thaleia, certaines illusions peuvent faire des dégâts bien réels. Tu ne sauras jamais ce qui est réel et ce qui ne l'est pas. Sois prudent et reste sur tes gardes. »

Une bouffée d'air chaud me frappa le visage. De l'autre côté de la muraille, la température était aussi élevée qu'insolite. Nous avions quitté l'hiver pour retrouver la chaleur de l'été. Je me débarrassai des vêtements qui m'avaient protégé du froid pendant notre voyage en mer.

Une île tropicale apparut devant mes yeux ébahis. Le relief d'une colline était dessiné par le cône d'un volcan éteint. Ses flancs dénudés étaient de la même couleur noire que la muraille des Dents. Sa base se perdait dans une végétation luxuriante dont les arbres exotiques se dressaient à l'assaut du ciel, dans une explosion de feuilles et de couleurs qui n'avaient pas lieu d'être en plein hiver. Cette île improbable était entourée d'un lagon turquoise, à l'eau si transparente qu'on distinguait sous sa surface un monde de corail et de fleurs sous-marines.

Comment qualifier cette vision inattendue ?

Incroyable.

Sublime.

Merveilleuse.

Le capitaine jeta l'ancre dans le lagon. Des barques nous permirent de rejoindre une plage dorée, léchée par les vagues et bordée de cocotiers, de palmiers et d'immenses fougères. Je pris une poignée de sable pour le sentir couler entre mes doigts. Il était fin et brûlant.

« Soyez les bienvenus ! », lança une voix chaleureuse.

Une femme s'avança vers nous d'une démarche aérienne. Ses sandales ne s'enfonçaient pas dans le sable, comme l'aurait fait une déesse survolant son royaume. Grande et élancée, les cheveux blonds et légèrement frisés, elle était drapée d'une tunique en soie turquoise qui dénudait une de ses épaules. Les saphirs de ses yeux s'attardèrent sur chacun de nous. Elle m'offrit un sourire étincelant. Je ressentis une bouffée de chaleur devant cette femme magnifique.

« Nous vous remercions de votre accueil, commença Lex en se raclant la gorge. Nous venons pour… »

Thaleia leva la main pour l'interrompre.

« Nous parlerons affaires plus tard, assura-t-elle. Cette île est un lieu de repos. Commencez par vous détendre ! Nous avons organisé un banquet pour fêter votre arrivée. »

Elle nous invita à la suivre. Nous remontâmes la plage avec fascination, derrière cette magicienne qui flottait littéralement sur le sable. Un chemin de pierre et de bois nous mena jusqu'à une bâtisse nichée dans la jungle.

L'habitation dominait le lagon et s'étirait dans une succession de parois de bambous et de nattes en osier tressé. Les fenêtres étaient réduites à des cadres en bois sans vitre, à peine occultées par des voiles transparents qui ondulaient sous la brise. Une large terrasse s'ouvrait devant l'entrée et permettait d'admirer la vue sur la mer. Une table était recouverte de fruits multicolores, de poulets rôtis et de poissons enroulés dans des feuilles de palmiers. Un auvent de tissu nous protégeait des rayons du soleil.

Thaleia claqua des mains et une nuée de serviteurs sortit du bâtiment. Les hommes étaient torses nus, avec un visage avenant et une peau aussi dorée que le sable de la plage. Leur silhouette musclée était trop parfaite pour être réelle. Ces demi-dieux nous proposèrent des jus de fruits exotiques qui m'étaient inconnus.

« Mes sœurs nous rejoindront ce soir, annonça Thaleia en s'asseyant sous la terrasse. Profitons de cette journée pour festoyer ! »

Le capitaine s'installa à ses côtés. Il soupira de plaisir en regardant s'éloigner un des serviteurs.

« Quelles femmes superbes ! murmura-t-il. Votre île est un paradis. Vous êtes une merveilleuse magicienne. »

Notre hôtesse accepta son compliment avec un sourire éblouissant. La remarque du capitaine était étrange. Ne voyions-nous pas les mêmes choses ? Il n'y avait aucune femme parmi les serviteurs…

L'avertissement de Lex me revint en mémoire : nous étions entourés d'illusions. Ma méfiance ne m'empêcha pourtant pas de profiter du banquet. J'essayai d'oublier la menace qui planait sur ce décor somptueux.

# Chapitre XI

*Le roi Björn se trouvait à nouveau à mes côtés. Sans qu'il l'eût proclamé comme tel, mon atelier était devenu son refuge, un lieu à l'abri des intrigues du palais. Il griffonnait un portrait au fusain, en traits rapides et furieux. Sa colère fermait son beau visage.*

*Sa nouvelle femme ne ratait aucune occasion de défier son pouvoir et interférer avec sa politique. Maîtresse du palais, elle n'hésitait pas à saisir les gardes pour des jugements hâtifs et impitoyables. Cette fois, elle avait profité de l'absence du roi pour ordonner l'exécution publique d'un barde en provenance du Royaume Végétal. Le pauvre musicien avait eu l'affront de chanter des louanges à propos de la reine Granada de los Calyptos.*

*Ce châtiment avait provoqué un incident diplomatique, alors que le roi Björn tentait de négocier les premières livraisons agricoles du printemps. Les neiges de l'hiver n'avaient toujours pas fondu et maintenaient le royaume des montagnes dans une situation difficile.*

**Lupa Adellarte**
**« Couleurs restaurées »**

∫

Le climat tropical de l'île était humide et pesant. Je transpirais à grosses gouttes malgré les rafraîchissements que proposaient les serviteurs de Thaleia. Les fruits juteux apaisèrent ma soif, mais cette ambiance estivale me mettait mal à l'aise. Où donc s'était enfui l'hiver ?

Je m'éloignai discrètement du banquet pour descendre au niveau de la plage. Le lagon formait un écrin de nacre, de turquoise et d'or. L'eau transparente laissait admirer les reliefs sous-marins et les poissons multicolores qui nageaient sous la surface. Le *Pourfendeur* avait jeté l'ancre devant la barrière de corail qui protégeait ce sanctuaire. Le vaisseau était immobile et silencieux, abandonné par son équipage. Plus loin, les récifs des Dents formaient une deuxième barrière qui encerclait l'île entière. La roche était noire et distordue en pointes acérées.

L'eau du lagon avait une température aussi tiède qu'agréable. Quel sortilège pouvait être à l'origine de ce miracle ? Mon corps me jouait-il des tours ? Je ne perdis pas de temps à m'interroger davantage. Je me défis de mes vêtements avec un soupir d'impatience. Contrairement au fjord glacé d'Édelstener, je n'eus pas besoin de quartz rose pour plonger dans cette mer sublime.

Je nageai jusqu'à la barrière de corail pour l'observer de plus près. Les sécrétions calcaires s'étaient accumulées au fil du temps pour former un massif gigantesque. Elles abritaient une multitude d'animaux colorés qui s'agitaient dans le courant. La tête sous l'eau, je vis avec émerveillement un banc de poissons argentés danser entre les tentacules d'anémones mauves, vertes ou écarlates. La faune insouciante évoluait sur un fond de sable et de rochers baignés de lumière.

Le soleil chauffait mes épaules et mon visage. En fermant les yeux, j'avais l'impression de revivre les après-midis paisibles passés en compagnie de Døriel. Je pouvais presque entendre mon ami me raconter en riant les derniers ragots du palais. Je regrettais d'avoir dû le quitter sans un adieu. Le cuisinier avait-il compris l'urgence de mon départ ? Il avait sûrement deviné un lien entre ce qui m'était arrivé pendant l'épreuve des vif-passeurs et ma soudaine disparition.

Quand je regagnai le rivage, un homme d'une trentaine d'années m'attendait sur la plage. Assis dans le sable, il avait de beaux cheveux bruns qui lui tombaient sur les épaules et qui dissimulaient le cordon de son Talisman Totem, un coquillage en nacre. Des vêtements amples soulignaient son apparence décontractée.

Le serviteur se présenta sous le nom de Manuil. Il me tendit une plume de paon en quartz et des vêtements propres, en lin blanc, plus légers que ceux que je portais à mon arrivée. Je sollicitai la magie du cristal pour me sécher rapidement. Je songeai à *un oiseau peintre qui prépare sa palette de couleurs* en murmurant **« PAON »**. Je me rhabillai tandis que l'homme observait la surface étincelante du lagon.

« C'est un lieu paradisiaque, remarquai-je bientôt. Fait-il toujours aussi chaud ?

— Nous ne connaissons qu'une seule saison, confirma-t-il. Notre maîtresse aime la chaleur et l'humidité. Elle a toujours été nostalgique de la Jungle d'Émeraude dont elle est originaire.

— Elle est donc responsable de ce climat tropical ? »

Manuil rit avec indulgence.

« Et de bien plus que cela, confia-t-il avec admiration. Elle a enchanté cette île pour la façonner selon ses désirs, à partir de simples rochers. Tout est sa création : les récifs des Dents, le lagon et sa barrière de corail, la jungle touffue, le volcan en son centre… Notre maîtresse n'est pas une femme ordinaire. Les dieux lui ont offert de précieux dons.

— Tous les habitants de cette île sont à ses ordres ?

— Oh, nous ne sommes pas ses esclaves. Je lui ai donné ma vie il y a bien longtemps… C'est un honneur de la servir. Nous la vénérons pour ses talents et les merveilles qu'elle apporte à ce monde. »

Mon regard se perdit dans la contemplation du lagon bleuté. Les révélations de Manuil étaient déroutantes. Les seuls dieux à qui j'avais adressé mes prières vivaient dans un monde inaccessible et lointain, sans doute au milieu des étoiles… Leurs pouvoirs ne se manifestaient plus ici-bas. Par ailleurs, les avertissements de Lex ne m'invitaient pas à croire en la divinité de Thaleia.

« De nombreuses rumeurs circulent à son sujet, avouai-je. On raconte que le danger la suit comme son ombre.

— C'est une puissante magicienne, mais ne sois pas inquiet. Seuls ses ennemis ont des raisons de la craindre. »

Il se releva et me proposa de nous mettre à l'ombre. Le beau serviteur me prit la main pour remonter la plage. Un instant troublé par son geste, je compris que celui-ci n'avait aucune ambiguïté. Tactiles, les îliens ne partageaient pas la même définition de l'intimité et de la pudeur.

« Tu es en sécurité ici, murmura-t-il en chemin. Je suis sûr que tu apprendras à aimer la magie de cette île ! »

Je me surpris à vouloir le croire, juste pour quelques heures, en quittant ce lagon aussi sublime qu'improbable. Il serait toujours temps de m'inquiéter plus tard.

∫

Manuil m'accompagna tout au long de cette journée ensoleillée. Nous avions plus d'affinités que le hasard le permettait. Sa sympathie était-elle une autre illusion de cette île fabuleuse ?

Le serviteur me fit visiter les abords de la résidence de Thaleia où somnolaient les membres de l'équipage. Des bungalows hébergeaient les autres habitants de l'île, qui semblaient tous aussi dévoués envers leur maîtresse. Ils entretenaient en son honneur un temple en bois, ouvert aux quatre vents. Un tapis de fleurs multicolores était disposé autour d'une statue à son effigie. Des encens et des bougies parfumées brûlaient en continu. Les îliens venaient se recueillir ou chanter des louanges à son attention.

Leur dévotion était surprenante, étant donné que Thaleia vivait à leurs côtés. Manuil m'expliqua que leur maîtresse voyageait souvent pour répandre ses bienfaits sur le monde ou se ressourcer dans la Jungle d'Émeraude, auprès des Amazones, ses sœurs de cœur. Elle s'absentait pour de longues périodes. Ses protégés priaient pour que les dieux veillent sur elle.

Le serviteur m'entraîna dans les profondeurs de la jungle pour me faire découvrir ses secrets. Je ne reconnus aucune des essences exotiques qui formaient un rempart de feuilles contre l'assaut brûlant du soleil. De grandes fougères côtoyaient des palmiers, des cocotiers et de grands arbres aux troncs envahis de lianes rugueuses. La lumière traversait difficilement la canopée pour créer des jeux d'ombres sur le sol. Un souffle d'air humide circulait entre les arbres. Je me sentais minuscule dans cette jungle si dense, même en compagnie de Manuil. Je ne pouvais cependant nier la curiosité qui m'avait gagné.

« Peut-on marcher jusqu'au volcan ? demandai-je à mon guide.

— Il est éteint, s'amusa-t-il. Tu ne verras ni fumée ni coulée de lave.

— Ça me va... Je ne voudrais pas mourir aujourd'hui.

— La mort n'est qu'un passage, rétorqua-t-il avec un sourire énigmatique. Certaines fins sont aussi des débuts. »

Je le dévisageai avec surprise.

« Te voilà bien philosophe, m'étonnai-je.

— La vie sur cette île n'est pas toujours aussi douce qu'elle semble l'être. Pour vivre heureux, il faut accepter que notre dernière heure puisse sonner sans prévenir. Il faut profiter du temps qui passe et des rencontres que nous faisons.

— Je n'ai aucune envie de penser que ma vie peut brusquement s'arrêter...

— Pardonne-moi, je n'aurais pas dû insister. »

Il marqua un temps d'arrêt pour observer le ciel. La lumière commençait à décliner.

« Nous devrions rebrousser chemin, annonça Manuil. La nuit ne va plus tarder à tomber.

— Et le volcan ? »

Le serviteur eut une grimace.

« Crois-moi, tu n'aimerais pas te retrouver dans cette jungle en pleine obscurité, déclara-t-il. Je serais incapable de te protéger contre ses dangers.

— Promets-moi de m'y emmener demain, alors. »

Il hocha la tête de gauche à droite.

« Rébus, ne crois jamais les promesses qu'on peut te faire, murmura-t-il. Seuls les actes comptent.

— J'ai l'impression que tu ne tiens pas à te rapprocher de ce fameux volcan…

— Demain sera un autre jour. Patience ! Tu as encore le temps de décider des activités que tu souhaites mener. Je n'ai qu'un seul conseil à te donner : profite de tous les levers de soleil que tu auras la chance de vivre. Chaque jour est un cadeau. »

Manuil fit demi-tour et m'entraîna avec lui. Il changea de sujet. Volubile, il me raconta tout ce qu'il savait sur la végétation qui nous entourait. La jungle cachait de véritables trésors. Il me fit goûter des fruits exotiques hérissés de piquants, à la chair pulpeuse et translucide.

J'avais le sentiment que son enthousiasme n'était qu'une façade, qu'une diversion pour empêcher ses pensées de se tourner dans une direction difficile. Que me cachait-il ? J'ignorais ce qui tourmentait mon guide.

En sortant de la jungle, mes propres angoisses me rattrapèrent brusquement. Lex était d'une humeur exécrable. Furibond, il agrippa mon bras et me prit à partie violemment.

« Où étais-tu passé ? lança-t-il avec colère. Je t'avais dit de ne pas t'éloigner !

— C'est une île, Lex. Où veux-tu que je disparaisse ?

— Ce n'est pas une raison pour faire confiance à n'importe qui ! »

Il foudroya mon guide du regard. Manuil s'excusa en s'inclinant humblement et nous laissa seuls. Je ressentis de la peine pour cet homme qui m'avait offert sa présence et son entrain. Cette journée d'insouciance m'avait permis d'oublier mon échec à l'épreuve des vif-passeurs et ma frustration d'avoir perdu toute promesse d'avenir.

« Comment veux-tu que je te protège ? reprit l'assassin. Tu profites de la moindre occasion pour t'échapper !

— Je ne t'appartiens pas, Lex ! Je suis assez grand pour me débrouiller tout seul.

— Tu fanfaronnais moins quand tu es sorti tout bleu du fjord d'Édelstener !

— C'est mon djinn qui m'a sauvé, pas toi. Sans lui, je serais mort bien avant que tu n'arrives. »

C'était une attaque mesquine, mais ses critiques me mettaient hors de moi. Lex se raidit. Je crus un moment qu'il allait me frapper pour me punir de mon insolence. Il se détourna simplement pour rejoindre le reste de l'équipage, sans un mot.

Je m'isolai jusqu'à ce que la nuit tombe. Les serviteurs illuminèrent la résidence de Thaleia par des centaines de bougies, le long des fenêtres et des cloisons boisées. Ils suspendirent des lampions colorés au-dessus de la terrasse. En contrebas, un grand feu de bois fut allumé sur la plage et des poissons furent mis à griller pour le dîner.

L'équipage du *Pourfendeur* s'attabla autour d'un véritable festin. D'après leur conversation, des servantes à la poitrine opulente leur servaient du Nectar'Miel et leur tenaient compagnie, même si je ne voyais que quelques serviteurs circuler entre les tables. Étais-je devenu insensible aux illusions de la fête ? Je n'arrivais pas à profiter du banquet.

L'assemblée riait à gorge déployée, à l'exception de Lex qui mangeait en silence, l'humeur ombrageuse. Sa colère me transperçait depuis l'autre bout de la table. Manuil me frôla un instant pour me servir une boisson exotique, mais il s'enfuit rapidement en croisant le regard du tueur. Mon nouvel ami ne se risqua pas à revenir de la soirée.

Un mouvement agita soudain l'assemblée. Thaleia se leva d'un bond avec un sourire joyeux. La lueur des lampions fit briller la soie de sa tunique.

« Mes sœurs ! », s'écria-t-elle avec enthousiasme.

Elle courut se jeter dans les bras de deux jeunes femmes qui sortaient du couvert de la jungle, une lanterne à la main et accompagnées de servantes. Les nouvelles venues avaient les mêmes cheveux longs et dorés que la maîtresse de l'île. L'une avait les yeux bleu turquoise, l'autre bleu outremer. Un simple voile de soie protégeait leur peau.

Thaleia nous présenta ses invitées avec gaieté :

« Je vous prie d'accueillir mes deux sœurs, Melpomène et Terpsichore.

— Mel et Sissi, pour les intimes », sourit celle aux yeux turquoise.

L'équipage du *Pourfendeur* acclama son annonce en frappant bruyamment sur la table. Les hommes, la plupart éméchés, étaient ravis de rencontrer d'aussi belles créatures. Même les deux jumeaux monstrueux eurent le visage coupé par un sourire rectiligne. Les magiciennes étaient ravissantes, le visage fin et gracieux. Leurs gestes étaient empreints d'une noblesse que je n'avais eu l'occasion d'admirer qu'au palais d'Édelstener, auprès de la reine Hildegarde et de ses courtisanes.

Le souvenir de la compagne du roi Björn altéra le plaisir que je ressentais à la vision des trois sœurs. Était-ce une simple coïncidence ? Une menace semblable planait dans le bleu de leurs iris, un éclat féroce qui brillait dans la nuit. Je n'oubliais pas que Thaleia, surnommée *la Main du Destin*, contrôlait un réseau d'assassins. Sa beauté surnaturelle dissimulait une volonté impitoyable. Qu'en était-il de ses sœurs, qui apparaissaient au plein milieu de la nuit, quelques vêtements légers sur le dos, en sortant d'une jungle réputée dangereuse ?

Je fronçai les sourcils. Je secouai la tête comme pour chasser une poussière. Non, ces magiciennes n'étaient pas ingénues. Je ne devais pas me tromper sur l'illusion qu'elles entretenaient.

Je repris mon dîner avec une certaine vigilance. L'équipage bruyant était accaparé par le festin et l'alcool qui coulait à flots. Les trois femmes baissèrent la voix et se plongèrent dans une conversation que je brûlais d'envie d'entendre. Je risquais de les irriter si elles me surprenaient en train de les espionner…

Mon cœur se mit à battre plus fort. Il suffisait de ne pas se faire prendre.

Discrètement, je saisis un talisman dans la bourse accrochée à ma ceinture, un morceau d'écorce de chêne cristallisé. Je songeai au *murmure des arbres sages* et chuchotai **« ÉCORCE ».** Une étincelle brune s'échappa de ma paume et traversa le quartz.

Le bruit de l'assemblée devint assourdissant. Je grimaçai et réglai le volume sonore en masquant la surface du cristal. Je me concentrai sur les voix des trois magiciennes.

« Le vif-argent est agité, affirma Melpomène. Nous avons eu du mal à arriver jusqu'ici.

— Ce lieu est un sanctuaire, rappela Thaleia. Le chemin d'accès change à chaque nouvelle lune.

— Tu as oublié de nous prévenir du sortilège qui protège le vif-argent. Une servante a eu l'audace de sortir de la mare avant nous. Un palmier a craché un éclair et l'a foudroyée. »

Thaleia posa la main sur son bras.

« Mel, je suis désolée, dit-elle d'un ton peiné. Tu sais à quel point je déteste les intrus. Le vortex attire souvent des vif-passeurs en quête d'aventures. C'est toujours un calvaire de se débarrasser de cette vermine.

— Les feux-follets ne suffisent-ils pas à les éloigner ?

— Si seulement ces maudits spectres avaient une quelconque utilité… Ils ne cessent de grignoter mes illusions ! Je consacre une bonne partie de mes journées à réparer les dégâts qu'ils ont causés pendant la nuit. »

Thaleia renifla avec agacement et lissa ses cheveux en arrière.

« Et toi, Sissi ? demanda-t-elle. Quelles nouvelles ramènes-tu de Guazu ?

— Aldirus est toujours à ma botte, confia-t-elle avec un clin d'œil. Quand je danse pour lui, il en oublie jusqu'à son nom ! Les hommes sont si faciles à manipuler… »

Le sourire de Terpsichore se ternit.

« Je n'ai pas que de bonnes nouvelles, cependant, reprit-elle. Le Royaume Aquatique connaît les mêmes difficultés que le reste du monde avec le vif-argent. Certaines caravanes se perdent, d'autres arrivent à la mauvaise destination… Les vif-passeurs sont dépassés par la situation. Les perturbations liées à la destruction du Sanctuaire Végétal sont plus graves que nous ne le pensions. Avons-nous agi trop tôt ?

— Ce n'est qu'une étape, murmura Thaleia. Gardez confiance. Quand l'arbre des druides fleurira, la magie des Esprits Sauvages sera libérée et nous pourrons ressusciter les golems. Notre attente prendra bientôt fin. »

Ses deux invitées acquiescèrent en souriant.

« Nous sommes proches du but, conclut-elle. Il ne nous reste plus qu'une menace à éliminer. »

Thaleia se tourna soudain vers moi. Son regard bleuté me transperça l'âme.

Je plongeai dans mon assiette en rougissant. Je m'empressai de rompre le sortilège qui me permettait de les espionner. Mon talisman disparut dans les plis de mes vêtements.

Leurs paroles me troublaient profondément. La princesse Amira m'avait rappelé que les Astres renfermaient l'âme et les cendres des Esprits Sauvages. Quand les phénix se réveillaient, chaque année, leur magie brûlait le monde dans un véritable cataclysme. Qui pouvait souhaiter libérer leur magie ?

Les festivités se poursuivirent sans mon concours. J'étais incapable de m'abandonner à la gaieté ambiante. Tous les hommes de l'équipage du *Pourfendeur* étaient ivres, notamment leur capitaine qui caressait une femme d'une façon tout à fait déplacée, même pour une communauté aussi tactile. Il finit par se lever et disparaître dans la résidence en sa compagnie.

Le banquet se prolongea tard dans la nuit. Alors que la lune brillait haut dans le ciel, Thaleia nous invita à rejoindre la plage avec ses sœurs. Je voulus m'éclipser, mais notre hôtesse insista pour que je les accompagne. Les trois magiciennes quittèrent la terrasse pour descendre le sentier jusqu'à la mer. Je les suivis avec Lex et les jumeaux Karyb et Kylias. Les autres membres de l'équipage restèrent en compagnie des servantes qui resservaient en nectar les plus vaillants d'entre eux.

Un grand feu de bois brûlait sur la plage. La flambée s'élevait à l'assaut du ciel en flammes rougeoyantes. Quelques serviteurs l'entretenaient en jetant régulièrement de nouvelles bûches. Je reconnus la silhouette musclée de Manuil, torse nu, qui transpirait sous l'effort. Il s'essuya le visage d'une main fatiguée. L'éclat du brasier offrait des reflets mordorés à son coquillage en nacre.

Le sourire de Thaleia se fana lorsqu'elle se rapprocha du feu. Ses traits devinrent graves et sérieux. Les serviteurs croisèrent les mains devant eux et inclinèrent la tête. Sans un regard pour eux, la magicienne jeta une poignée d'herbes dans les flammes. Ses lèvres murmurèrent une incantation et une épaisse fumée noire s'échappa en grésillant. Melpomène et Terpsichore imitèrent son geste. La fumée s'éclaircit peu à peu, jusqu'à devenir d'un blanc immaculé.

« Le rituel est bien trop rapide, s'irrita Thaleia. Maudits soient ces enfants ! Leur magie se renforce. Il est temps de les empêcher de nuire. »

Elle lissa ses cheveux blonds avant de me lancer un sourire carnassier, où la rage et la haine se disputaient à la morsure de la vengeance.

« Approche, Rébus, susurra-t-elle. Sais-tu ce que nous allons faire ce soir ? »

Effrayé, je fis non de la tête.

« Nous allons trouver où se cachent les assassins de ton frère, affirma-t-elle, en commençant par le prince qui a trahi votre amitié.

— Angelo ? »

Elle acquiesça. Je déglutis avec difficulté.

« Qu'allez-vous lui faire ? demandai-je d'une voix enrouée.

— Voyons, Rébus… Nous allons le traquer pour venger ton frère.

— Mon frère n'a eu que ce qu'il méritait. »

Je n'avais pas prévu de répondre ça. Cependant, mes paroles reflétaient exactement mes pensées. Malgré la peur qui me serrait le ventre, je ne pouvais pas donner raison à celle qui avait ordonné la mort de mon ami.

Ma remarque jeta un froid dans l'assemblée. Lex s'approcha avec colère.

« Comment oses-tu dire ça ? rugit-il. Il a été assassiné !

— Angelo et Amira n'ont rien demandé, rétorquai-je. Vous avez essayé de les tuer. Ils se sont seulement défendus !

— Ils ont tué Robulus !

— C'était un assassin. Il aurait dû mourir depuis longtemps. »

Je vis trop tard le poing de Lex traverser l'espace qui nous séparait pour s'abattre sur mon visage. Le choc me fit tomber à la renverse. La douleur envahit ma joue et un goût de sang se répandit dans ma bouche.

« Retire ce que tu viens de dire ! », jura Lex.

Je me relevai d'un coude et le défiai du regard. Comment avait-il osé me frapper ? Je restai muet devant sa violence. Son geste annulait tous ses beaux discours sur la protection qu'il m'accordait…

Thaleia empêcha Lex de me frapper une seconde fois.

« Vous règlerez vos comptes plus tard, trancha-t-elle. Je supposais que Rébus souhaitait venger son frère, mais sa naïveté stupide ne changera rien à nos plans. Le sacrifice permettra d'invoquer ses souvenirs d'Angelo et de guider nos pas. Le prince regrettera bientôt d'avoir fugué toute son enfance pour se lier d'amitié avec un petit voleur des faubourgs… »

Elle adressa un sourire joyeux à ses sœurs.

« Ne perdons pas plus de temps, lança-t-elle. Mel, Sissi, qui choisissez-vous, cette fois ? »

Les deux femmes se regardèrent et gloussèrent dans la nuit. Elles s'approchèrent des serviteurs qui attendaient près du feu, le regard baissé. Lentement, elles admirèrent les hommes sous toutes leurs coutures. Leurs doigts glissaient le long de leur menton, leur faisant relever la tête, ou caressaient leur torse. Je n'osais pas comprendre ce qu'elles s'apprêtaient à faire.

« Celui-ci ! »

Melpomène et Terpsichore choisirent un homme au visage avenant et aux fossettes marquées. Le serviteur les suivit docilement.

« Es-tu prêt à mourir pour ta maîtresse ? demanda Thaleia en caressant sa joue.

— Je le suis. »

Elle lui tendit un poignard en obsidienne. L'éclat des flammes courait le long de la lame. J'étais effrayé par ce qui se déroulait sous mes yeux. Quel horrible rituel ces femmes étaient-elles en train d'organiser ?

« Attendez ! »

Lex s'avança d'un pas. Les trois sœurs le regardèrent avec surprise.

« Votre sortilège serait-il plus efficace si vous sacrifiez un ami de Rébus ? demanda-t-il.

— Tu m'es trop précieux pour mourir ce soir, rétorqua Thaleia.

— Je ne pensais pas à moi, mais à lui. »

Il tendit le bras vers Manuil. Mon cœur cessa de battre.

« Ce serviteur a passé la journée avec Rébus, expliqua l'assassin. Il s'est lié d'amitié avec lui. »

Thaleia se rapprocha de Manuil. Elle releva son menton d'un doigt et fixa ses yeux émeraude.

« Intéressant, murmura-t-elle. Est-ce vrai ?

— Non ! m'écriai-je à sa place. Laissez-le tranquille ! »

Le serviteur hésita à répondre. La magicienne accentua sa pression. Il hocha la tête.

« Formidable, sourit-elle. Je te félicite. Tu m'as bien servi. Es-tu prêt à mourir pour ta maîtresse ? »

Manuil hocha une nouvelle fois la tête. Thaleia le lâcha et lui tendit le poignard en obsidienne. Il me sourit tendrement, le regard humide.

« Ce n'est pas ta faute, Rébus, déclara-t-il. J'ai choisi mon destin il y a longtemps… À toi de faire tes choix, maintenant. Salue le volcan pour moi. »

Il se rapprocha du feu d'un air décidé. Il plongea la main et la lame dans le brasier. Sa mâchoire se crispa à cause de la brûlure. Je criai pour arrêter cette horrible cérémonie, mais Karyb me tordit le bras dans le dos et me força à m'agenouiller. Sa poigne m'empêcha de bouger. Impuissant, j'écoutai les trois sœurs psalmodier dans la nuit :

*« Mystérieuse amie au lumineux sourire,*
*Ta clarté adoucit soirées et souvenirs. »*

Elles répétèrent le poème plusieurs fois. Des rayons de lune descendirent du ciel et prirent la forme d'un brouillard étincelant, un tourbillon blanchâtre qui s'enroula au-dessus de moi. Sa luminosité augmenta sous l'influence des magiciennes.

Manuil était le seul à ne pas regarder la scène. La main léchée par le feu, le serviteur était hypnotisé par le brasier. Son apparence se modifia peu à peu : ses muscles perdirent leur vigueur, sa peau devint flasque et plissée, ses cheveux grisonnèrent. Son corps subissait un vieillissement accéléré. Je compris alors que son apparence n'était qu'une illusion supplémentaire de cette île. Il était bien plus âgé que je ne l'avais imaginé.

Derrière lui, Thaleia leva lentement le bras ; le serviteur exécuta le même geste, comme une marionnette. Le poignard en obsidienne étincelait dans la nuit. Soudain, Manuil se planta la lame dans le cœur et bascula dans un linceul de flammes. Je lâchai un gémissement horrifié.

Une fumée noire se dégagea du corps de Manuil. Ses volutes s'élevèrent dans le ciel et s'attaquèrent au brouillard qui s'était condensé au-dessus de moi. En noir et blanc, un décor fantomatique se dessina dans les airs. Le serviteur était assis sur la plage, là où je l'avais vu pour la première fois, tandis que je sortais du lagon. La scène tremblota, s'assombrit, puis fut remplacée par l'image d'un grand bûcher – celui qui brûlait devant moi.

Une main me serra l'épaule méchamment.

« Les morts ne m'intéressent pas, siffla Thaleia près de moi. Où as-tu vu le prince Angelo pour la dernière fois ? »

La magie dessina une nouvelle scène à partir de mes souvenirs. Les ruines d'un mausolée jaillirent dans l'obscurité. Un arbre immense s'élevait entre les pierres.

« Le Mausolée Blanc ! s'étonna Melpomène. Comment peut-il connaître ce temple ? »

À la simple pensée du Talisman Totem que j'avais découvert dans les ruines, le décor changea encore. Les silhouettes fantomatiques des Oracles prirent forme au-dessus de moi. Les trois femmes tenaient chacune un luth, un pinceau ou un télescope.

« Voyez-vous comme moi ? s'écria Terpsichore avec horreur. Ces harpies ont survécu !

— Et ce gamin les a rencontrées, gronda Melpomène.

— Voilà qui change tout, conclut leur sœur. Rébus, tu as bien caché ton jeu… Nous nous occuperons de toi plus tard. Montre-nous où se cache le prince Angelo. »

Alors que je pensais à mon ami, les volutes de fumée se mélangèrent et s'assombrirent encore. La vision se stabilisa avec une terrifiante précision. Angelo discutait avec un groupe de femmes devant une grande hutte en bois. Une jungle tropicale s'élevait derrière eux. Le jeune homme releva la tête. Troublé, il croisa mon regard sans me voir.

« Ne détourne pas les yeux, Rébus, murmura Thaleia. C'est la dernière fois que tu le vois en vie. »

# Chapitre XII

*Le printemps arriva sans prévenir. Les glaciers commencèrent à fondre, nourrissant de joyeuses cascades qui dévalaient les flancs du fjord d'Édelstener. L'eau disparaissait en nuages bien avant de toucher la surface de la mer.*

*La promesse des beaux jours rendait le roi euphorique… et entreprenant. Aucun jour ne passait sans qu'il me touche le bras, la main ou la taille sous un prétexte quelconque. Frôlements anodins, gestes d'affection ?*

*Les portraits de ses ancêtres nous dévisageaient avec sévérité. Ils n'étaient pas dupes. Je savais, au fond de moi, que je devais mettre fin à toute ambiguïté et éloigner le roi, alors que mari et enfant attendaient chaque soir mon retour du palais.*

*Pourtant, je n'en fis rien.*

***Lupa Adellarte***
***« Couleurs restaurées »***

∫

Le brasier avait perdu sa vigueur. Les braises rougeoyantes grésillaient en libérant un peu de fumée, mais plus de flammes.

J'avais veillé sur le corps de Manuil longtemps après le départ des trois magiciennes et du groupe d'assassins. Mes larmes avaient séché sur mon visage. L'innocence n'était-elle jamais récompensée ? J'avais prié pour la paix de son âme.

Son sacrifice n'avait été qu'un terrible avant-goût de cette soirée d'horreur. Grâce à mes souvenirs et à une magie maléfique, Thaleia avait découvert où se cachait Angelo. La fumée lui avait fourni des visions précises de la mare de vif-argent la plus proche. Le prince s'était réfugié sur une île qui n'existait sur aucune carte, où une communauté de femmes vivait en autarcie, loin des yeux du monde.

« Les Filles de la Lune, avait murmuré la magicienne avec malveillance. Maudites sorcières, voici donc votre sanctuaire ! Nous allons mettre fin à vos manigances. »

La femme avait lissé ses beaux cheveux en arrière, avant d'adresser un sourire mielleux à Lex et aux jumeaux monstrueux qui l'accompagnaient.

« Que votre *écaille* se prépare, avait-elle annoncé. Demain, vous vengerez Robulus. Massacrez toutes les prophétesses qui croiseront votre route ! »

Les assassins s'étaient inclinés devant elle. Lex avait croisé mon regard avec colère, comme pour me défier d'intervenir. J'étais resté muet, la nuque raide, le cœur trop bouleversé pour ressentir la moindre haine. La mort de Manuil et le sort qui attendait Angelo m'avaient comblé de désespoir. La fatalité avait dispersé toute volonté de lutte.

Les assassins avaient quitté la plage. Avant de les rejoindre, Thaleia s'était penchée vers moi en soupirant :

« Ta tristesse est pitoyable, avait-elle déclaré. À quoi bon s'attacher à un homme qui n'avait rien à t'offrir ?

— Vous avez tué un innocent. Et vous vous apprêtez à en tuer d'autres.

— Manuil m'a donné sa vie des années auparavant, alors qu'il n'était qu'un adolescent. Ne crois pas que son sacrifice me laisse indifférente. Je déteste perdre ce que je possède. Quant aux Filles de la Lune, elles sont tout sauf innocentes. Elles ont commis leur lot d'atrocités, au nom d'un dieu disparu qu'elles sont les seules à vénérer. »

Elle avait échangé un regard avec Melpomène et Terpsichore. Leur visage était figé dans une grimace haineuse. Les trois sœurs s'étaient enfin éloignées.

Le silence avait repris ses droits sur la plage. Seules les bûches craquaient dans la nuit.

Combien de temps étais-je resté à fixer le brasier ? Mon souffle était court et saturé de fumée. J'étais resté prostré dans le sable, les yeux secs et douloureux.

Il était temps d'agir. Je me relevai et m'approchai du tas de cendres où rougeoyaient des braises. La magie avait consumé le corps de Manuil pour nourrir le sortilège des magiciennes. Je frissonnai en apercevant les reflets sombres de la lame d'obsidienne qui avait emporté sa vie. Ce n'était pas cet objet maléfique qui m'intéressait. Je tendis la main pour récupérer un pendentif, un coquillage en nacre abîmé par les flammes.

Un frisson me parcourut quand mes doigts se refermèrent sur le Talisman Totem de Manuil. Une pulsation animait le précieux bijou, une vibration sourde et lancinante. Le djinn de la victime était enfermé dans cette prison cristalline.

Une porte dans mon esprit s'ouvrit doucement. Je sentis la présence de Ji'Vri se manifester. Un tourbillon de magie dorée se condensa devant moi. Mon compagnon prit la forme d'un chaton recroquevillé dans le sable.

*« Courage, Rébus,* souffla mon djinn d'une voix faible. *Ne laisse pas l'horreur de ce sacrifice noyer ton cœur dans la haine. Ne fais pas ce cadeau à ces sœurs maléfiques.*

— *Ji'Vri ! »*, m'écriai-je.

Je ramassai le chaton dans mes bras. Il était plus léger que jamais. Mon djinn n'avait même plus la force de maintenir l'illusion de son poids.

*« Tu devrais te reposer,* murmurai-je avec inquiétude.

— *Tu as besoin de moi,* répondit-il. *Cette cérémonie était terrifiante. »*

J'acquiesçai lentement.

*« Comment ont-elles pu assassiner cet homme de façon aussi atroce ?* soupirai-je. *Manuil était innocent…*

— *Tous les habitants de cette île sont prêts à mourir pour une femme qu'ils vénèrent comme une déesse vivante. Manuil n'était qu'un instrument pour ces sorcières. »*

La dévotion des îliens les aveuglait sur la cruauté de Thaleia. Qui pouvait honorer un dieu qui exigeait des sacrifices humains ? Ces rituels ne devaient pas être exceptionnels. Manuil savait qu'il risquait de mourir ce soir. Ses sous-entendus sur la brièveté de la vie prenaient un tout autre sens.

*« Je veux lui rendre un dernier hommage »*, murmurai-je.

Ji'Vri acquiesça en silence.

*« Un djinn ressent la douleur de son compagnon avec beaucoup d'acuité,* confia-t-il. *Celui de Manuil doit être ébranlé par la violence de sa mort. Il faut l'aider à trouver la paix.*

*— Une mare de vif-argent est cachée sur cette île. Je vais l'immerger dans la magie.*

*— Ce n'est pas tout, Rébus. Il faut que tu partes d'ici. Ces trois magiciennes peuvent se servir de toi et te mettre en danger. Les assassins qui les entourent ne peuvent rien t'apprendre, contrairement à ce que t'a promis Lex. Il est temps de les quitter. »*

Je hochai la tête. Mon djinn partageait mes pensées les plus profondes. Il savait que j'étais arrivé aux mêmes conclusions.

J'aurais dû quitter Lex pour rejoindre la guilde des vif-passeurs, mais l'interruption de l'épreuve avait fait échouer mes plans d'avenir. L'assassin avait promis de veiller sur moi en attendant les prochaines sélections. Il avait juré de me tenir à l'écart des ennemis invisibles qui avaient tenté par deux fois de m'assassiner dans le fjord d'Édelstener. Hélas, n'était-il pas le premier dont je devais me méfier ? Ne m'avait-il pas frappé au visage, sur cette plage maudite ?

Son influence était néfaste. Je ne pouvais plus tolérer son tempérament violent et autoritaire. Sa compagnie risquait de tuer le peu d'innocence que je possédais encore. Lex était impitoyable. Mes valeurs morales ne survivraient pas aux meurtres et aux exactions qui pimentaient son quotidien. Je devais m'éloigner de lui.

Manuil était sans doute condamné à être sacrifié un jour ou l'autre, comme tous les serviteurs de Thaleia, mais Lex avait précipité sa mort. Il l'avait désigné dans le seul but de me faire souffrir. Par son acte cruel, Lex avait brisé les derniers liens d'affection qui me rattachaient à lui. Il n'était à mes yeux plus qu'un assassin comme un autre. Je refusais d'écouter ses leçons et d'en perdre mon humanité.

*« Je vais partir,* lançai-je à mon djinn. *Repose-toi, Ji'Vri. »*

Le chaton disparut dans un éclat de lumière. La porte de son esprit se referma. Son état ne s'était pas amélioré. Je sentais qu'il m'épargnait la souffrance et la fatigue qui le tenaillaient.

J'admirai les alentours avec un soupir. Les étoiles brillaient dans le ciel dégagé. La lune se reflétait dans le lagon de cette île magnifique. La nature semblait ignorer le terrible sacrifice qui venait d'avoir lieu.

Je longeai le rivage d'un pas décidé. Je refusais de regagner la résidence éclairée qui dominait la mer, ce repaire d'une femme cruelle qui était autant une magicienne qu'une meurtrière. Il était temps de rentrer chez moi. Les sœurs de Thaleia étaient venues sur cette île en voyageant dans les rivières de vif-argent ; je devais retrouver cet accès caché dans la jungle.

Je remontai la plage. Je sortis un talisman en quartz jaune et activai son pouvoir. Je murmurai **« MAÏS »** en songeant à *la lumière craquante d'une pépite d'or.* Le grain de maïs cristallisé émit un faisceau de lumière que je projetai au sol pour guider mes pas.

Je ramassai quelques cailloux à la limite des arbres et du sable. Je n'avais pas besoin de cristaux pour trouver la mare de vif-argent. La magie minérale qui circulait dans mon sang était suffisante. Je murmurai **« CAILLOU »** en songeant à *la gravité d'une mauvaise chute.* Un halo de magie brune entoura ma paume. Je pris un caillou dans ma main avant de le lancer devant moi en me concentrant sur mon objectif. La pierre ne tomba pas à la verticale, mais plus à gauche, comme déviée par un souffle d'air invisible. Je suivis la direction qu'elle m'indiquait.

Je m'enfonçai sous le couvert des arbres en lançant régulièrement des cailloux pour corriger mon chemin. Je perdis toute notion de temps. Très vite, la jungle se referma sur moi.

∫

La faune nocturne émettait une série de cliquetis, de frottements, de couinements stridents. Je gardais un talisman calorique dans ma main gauche pour effrayer une éventuelle bête sauvage trop curieuse. Je refusais de céder à la panique. Je voulais prouver que j'étais assez courageux pour me débrouiller seul, sans l'aide de personne pour me protéger, en particulier d'un assassin cruel.

La végétation était trop dense pour avancer en ligne droite : je devais souvent éviter des troncs immenses ou envahis de lianes. Les rayons de la lune traversaient difficilement la canopée et n'éclairaient pas toutes les racines qui dépassaient du sol. Malgré ces difficultés, chaque pas qui m'éloignait de Lex m'offrait un indescriptible sentiment de liberté. Partir était un choix qu'il fallait assumer pleinement.

Soudain, des dizaines de lueurs apparurent autour de moi. Des flammes blanches voletaient entre les arbres. Certaines s'accrochaient aux branches, tandis que d'autres tourbillonnaient en cercle.

Était-ce un sortilège ? Étais-je poursuivi ?

Les feux-follets semblaient animés d'une vie propre. Ils n'étaient pas agressifs, plutôt curieux de rencontrer un voyageur en pleine nuit. Deux orbes fantomatiques d'un blanc intense, immaculé, se rapprochèrent de moi en traversant les airs. Des flammèches les entouraient d'un pelage embrasé.

Un étrange phénomène se produisit lorsqu'ils furent à ma hauteur. Une sensation de froid me traversa le corps et je serrai les bras autour de mon torse en frissonnant. Soudain, le décor changea brusquement : la jungle disparut et fut remplacée par un chaos de rochers sombres et déchiquetés, sans la moindre trace de végétation.

« Disparaissez ! », m'écriai-je apeuré, en chassant de la main les orbes enflammés.

J'invoquai la magie de mon talisman calorique en criant **« POIVRE »** et en songeant *à une plaisanterie épicée*. Une étincelle traversa ma paume et le cristal. Un éclair écarlate jaillit en direction des feux-follets.

Les spectres exécutèrent une danse d'adieu avant de prendre leur envol. La jungle réapparut lorsque j'avançai de quelques pas. La nuit retrouva sa chaleur tropicale. Stupéfait, j'eus un regard en arrière : quelques rochers noirs dépassaient du sol, là où je m'étais tenu un peu plus tôt. En cet endroit précis, les feux-follets avaient grignoté toute trace de végétation, comme un accroc dans la toile immense de la jungle. Cette île n'était-elle donc qu'un tissu d'illusions ? Je repris ma marche en espérant ne pas recroiser ces mystérieuses créatures. J'avais hâte de quitter l'antre de Thaleia.

Les bêtes sauvages ne devaient pas être assez affamées pour me chasser ; je n'en rencontrai aucune avant d'arriver à destination. Je soupirai de soulagement en débouchant sur une mare qui étincelait sous les rayons de la lune, au milieu d'arbres gigantesques. La magie liquide était agitée par le vent. Je m'inquiétai un peu tard du sortilège de protection dont s'étaient plaintes Melpomène et Terpsichore, les sœurs de Thaleia… Par chance, aucun éclair ne me foudroya lorsque je m'approchai des vagues argentées. Le sort ne devait menacer que les inconnus qui débarquaient sans prévenir sur cette île.

« Rébus ? »

Je sursautai en entendant mon prénom. Je me retournai pour faire face à un spectre que je reconnus avec un pincement au cœur. L'homme était entouré de brumes.

« Manuil ! », m'exclamai-je avec émotion.

Les fantômes apparaissaient parfois plusieurs heures après leur mort. En général, ils s'envolaient vite rejoindre leur famille et leurs proches, pour une ultime discussion. Je ne m'attendais pas à le revoir.

« Ne sois pas triste, me dit-il avec un sourire paisible. Mon heure était venue.

— Tu es mort par ma faute, me lamentai-je. Lex t'a choisi pour me blesser. Tu n'étais pas censé mourir ce soir.

— J'ai donné ma vie pour une déesse que je vénérais.

— Elle t'a trompé ! Thaleia n'est pas une déesse. Ce n'est qu'une puissante magicienne. »

Manuil désigna la jungle qui nous entourait.

« Aucun homme, aucune femme n'a le pouvoir de maintenir les illusions de cette île, rétorqua-t-il. Elle est bien plus qu'une magicienne, même si ses desseins m'échappent.

— Elle a exigé ton sacrifice pour trouver la cachette de mon ami et le pourchasser… »

Manuil fronça les sourcils et croisa les bras.

« Pendant la cérémonie, j'ai senti que tu étais très proche de ce garçon, avoua-t-il. Le lien qui vous unit est d'une grande force.

— C'était le cas autrefois, mais malheureusement notre amitié s'est éteinte.

— Vas-tu le laisser mourir ? »

J'eus un soupir d'impuissance. Comment pouvais-je contrer Thaleia et les assassins qu'elle avait engagés ?

« Tu n'étais pas en mesure de me sauver, poursuivit Manuil avec douceur. Par contre, tu peux encore prévenir ton ami du sort qui l'attend. »

Le fantôme avait raison. J'avais été témoin des visions que la magie de Thaleia avait invoquées pour dévoiler l'emplacement de l'île des Filles de la Lune. Tout comme Lex, je pouvais utiliser le Quatrain Minéral pour influencer le vif-argent et m'y rendre.

Je baissai la tête avec honte. Je n'avais pas songé à aider ce prince qui m'avait renié. J'étais persuadé que ma présence était la dernière chose qu'il souhaitait. Je n'étais pas un sauveur, mais un voleur et un lâche.

« Je ne suis pas un héros, marmonnai-je. Je ne suis que le complice d'un assassin…

— Ta vie t'appartient, Rébus. Fais les choix qui te semblent justes. Il n'est jamais trop tard pour changer. »

Quand je relevai les yeux, Manuil avait disparu. Le fantôme s'était évanoui dans les airs.

Il avait raison. Je n'étais pas défini par ma naissance, mon éducation ou mon statut social. J'étais libre de choisir comment vivre les jours qu'un destin capricieux distillait goutte à goutte. Ma vie pouvait s'arrêter brusquement. J'avais le droit d'agir comme bon me semblait. Et j'avais le droit de changer d'avis.

« Merci », murmurai-je dans la nuit.

Quand la marée agita la mare de vif-argent, je prononçai quelques paroles en hommage à Manuil avant d'immerger son Talisman Totem. Un halo étincelant l'entoura tandis qu'il disparaissait dans les profondeurs.

Je me glissai à mon tour dans le liquide argenté en invoquant la Rime Ancestrale pour protéger mon voyage :

*« Je brûle et m'éblouis dans le chant des sirènes,*
*Je rêve du parfum des cités souterraines. »*

Je devais attendre d'être immergé dans les rivières souterraines pour invoquer le Quatrain Minéral, car Lex m'avait mis en garde : le poème était trop puissant pour être invoqué à voix haute. Seul le roi Björn le chantait pour réveiller l'Astre Tigre, au lendemain du Jugement Dernier.

Un tourbillon se forma bientôt. Avant de me faire emporter par les vagues, j'entendis un *« Merci »* traverser les airs. J'espérais que Manuil et son djinn trouveraient la paix. Au-dessus de la jungle, l'aube se levait et colorait le ciel de longues écharpes roses et jaunes. Mon cœur se remplit de joie. Le soleil me rappelait une vérité simple et merveilleuse : j'étais vivant.

*« Chaque jour est un cadeau »*, songeai-je en souriant.

ʃ

Ma sérénité ne résista pas longtemps à l'inconfort de mon voyage. La magie m'enveloppait dans un cocon protecteur, mais les rivières souterraines étaient agitées. Des courants contraires m'emmenaient dans des galeries qui m'obligeaient à faire de grands détours.

La pulsation des six Astres du monde vibrait tout autour de moi. Pour arriver à bonne destination, je récitais régulièrement le Quatrain Minéral dans ma tête ; le poème m'aidait à contrôler l'influence de l'Astre Tigre, comme un aimant dont je modifiais le magnétisme pour m'en écarter ou m'en approcher. Pour guider le sortilège, je songeais aussi précisément que possible au décor de ma vision : une jungle tropicale, des huttes en bois, une communauté de femmes… et un prince.

Le soleil était haut dans le ciel quand je sortis enfin à l'air libre. L'île des Filles de la Lune se situait dans l'archipel de la Mer des Paillettes, à une distance assez faible de celle de Thaleia, mais le voyage avait duré longtemps. Une jungle touffue entourait la mare de vif-argent et la température était élevée. Je soupçonnais les femmes qui vivaient là d'utiliser des illusions semblables à celles que je venais de quitter.

Quand je me hissai sur la berge, je compris aussitôt mon erreur.

Une alarme stridente se mit à sonner. Un éclair blanc jaillit d'un palmier et me projeta sur le côté, me laissant paralysé et honteux de mon imprudence.

Un dispositif de protection contrôlait les arrivées impromptues par vif-argent. Je devais bénir les Filles de la Lune de ne pas être aussi expéditives que Thaleia. Le sortilège aurait pu me tuer…

Je restai dans une position inconfortable jusqu'à ce qu'un groupe de femmes s'approche avec précaution. Elles étaient vêtues de robes légères, dans différents tons de blanc, de beige et de crème. Un sceptre brillant prolongeait leur bras. La menace était tangible.

« Qui êtes-vous ? interrogea l'une d'elles. Comment êtes-vous arrivé jusqu'ici ? »

Elle libéra le sortilège qui m'empêchait de répondre. Je levai les mains en l'air pour les rassurer sur mes intentions.

« Je me nomme Rébus, me présentai-je. Je suis un ami du prince Angelo. Je viens vous prévenir d'un danger imminent. Un groupe d'assassins s'apprête à débarquer sur votre île. »

Les femmes resserrèrent leurs rangs. La plus âgée d'entre elles s'avança d'un pas et me menaça de son sceptre.

« Expliquez-vous ! jura-t-elle. Personne ne connaît ce lieu. D'où venez-vous ?

— Connaissez-vous une certaine Thaleia, que l'on surnomme aussi la Main du Destin ? »

Un hoquet de surprise agita le groupe. La magicienne ne leur était pas inconnue.

« Elle a invoqué une magie rituelle pour découvrir votre sanctuaire, continuai-je. Ses assassins ont pour mission de tuer le prince et toutes les prophétesses qu'ils croiseront. »

Les femmes conversèrent avec agitation. Elles semblaient affolées par mes révélations. Leurs visages étaient graves.

« Suivez-nous, m'ordonnèrent-elles. La doyenne doit entendre votre avertissement et vous interroger. »

Je me relevai maladroitement. On me noua les mains dans le dos avec une corde enchantée qui ne me laissait aucune liberté de mouvement. Il était inutile de songer à m'échapper ou récupérer un talisman dans ma bourse.

Nous nous enfonçâmes dans la jungle d'un pas vif. Quelques bungalows étaient construits non loin de là. Deux femmes du groupe rentrèrent pour se saisir d'un sac de cristaux et revenir surveiller le vif-argent. Elles prenaient la menace très au sérieux.

Un chemin de terre traversait la végétation luxuriante. Des pierres moussues balisaient le sentier à intervalles réguliers. Autour de nous, les arbres gigantesques se dressaient vers le ciel dans un chaos de branches, de lianes et de feuilles dentelées. Des touches de couleur se distinguaient dans le paysage. Des fleurs écarlates étaient butinées par des colibris vrombissants. Des fruits jaunes pendaient aux arbres dans des formes étonnantes.

La faune de la jungle était bruyante. De nombreux oiseaux se cachaient dans le feuillage et pépiaient joyeusement. Des singes bondissaient pour nous suivre. Ils semblaient se moquer de notre passage par des cris stridents. Craquements, frottements, bourdonnements… Le paysage sonore était étourdissant.

Nous traversâmes un village de bois et de palmes séchées. Des dizaines de femmes étaient occupées à cuisiner, raccommoder des filets de pêche ou fendre des bûches. Il n'y avait aucun homme parmi elles. Elles portaient toutes les mêmes tuniques en coton. Une légère odeur salée indiquait que la mer n'était pas loin.

Mes guides ne ralentirent pas. Elles me pressèrent vers le sentier qui ressortait du village et s'enfonçait au cœur de la jungle. Je transpirais malgré l'ombre de la canopée. L'humidité et la chaleur ne facilitaient pas cette marche forcée. Les odeurs sucrées des fleurs exotiques caressaient mes narines.

J'entendis la cascade bien avant de la voir. Le sentier déboucha bientôt sur un espace dégagé. Un torrent dévalait une paroi rocheuse pour se jeter à ses pieds, dans un bassin plein de remous et entouré de grandes fougères. Quelques personnes se baignaient dans l'eau claire. Elles riaient et s'éclaboussaient avec insouciance.

Un feu de bois brûlait au milieu des galets, où fumait une marmite léchée par les flammes. La faim fit gronder mon ventre.

Deux personnes surveillaient le feu, à l'ombre d'un arbre qui tendait ses branches vers la cascade. Une femme à la peau ridée était assise sur un tabouret rudimentaire. Un croissant de lune doré était peint sur son front. L'éclat brillant de ses yeux démentait l'âge de la doyenne de l'île.

Angelo se trouvait à ses côtés. Le prince portait un pantalon en lin blanc et un maillot de corps assorti. Ses cheveux blonds étaient coupés court depuis l'accident du Suprême, où des djinns haineux avaient tenté de l'immoler par le feu. J'observai les traits de son visage et ses yeux bleus avec une certaine amertume, car ce n'étaient pas ceux qu'il m'avait montrés pendant de nombreuses années… Je l'avais longtemps connu sous le déguisement qui lui permettait de parcourir les rues de la citadelle incognito.

« Rébus ! », s'exclama-t-il en se levant.

Je stoppai net, hésitant. Il m'avait déjà montré son agressivité pendant les épreuves du Suprême. Mon cœur se mit à battre plus vite.

« Que fais-tu là ? reprit-il. N'aie pas peur, je ne vais pas te sauter dessus.

— La dernière fois que je t'ai vu, tu n'étais pas de très bonne humeur… »

Une des femmes qui m'accompagnait mit fin à notre échange avec une certaine brusquerie :

« Nous ne sommes pas là pour fêter vos retrouvailles, dit-elle gravement. Doyenne Maïa, ce jeune homme a utilisé les rivières de vif-argent pour nous rejoindre. Il affirme que Thaleia nous envoie une poignée d'assassins. »

La réalité nous rattrapa brusquement. Des meurtriers s'apprêtaient à fondre sur cette île tropicale… La doyenne fronça les sourcils et se redressa avec une soudaine vigilance.

# CHAPITRE XIII

*Rayons d'or et milliers d'étoiles dans les vagues du port…*

*Le printemps nous offrait une lumière joyeuse et une douceur bienvenue, qui faisait fondre peu à peu la neige et la glace dans les fjords. L'hiver avait été rude. Le prix des denrées alimentaires avait atteint un niveau insoutenable. Le couple royal avait mené d'âpres négociations avec le Royaume Végétal pour nous offrir un répit. En cuisine, les rumeurs prétendaient que les caisses du palais étaient vides et qu'un miracle était nécessaire pour relancer l'économie du royaume.*

*Pour tromper le marasme de la cour, le roi décida d'organiser une croisière dans le labyrinthe de fjords qui entourait la capitale. Je n'étais qu'une artiste, pas une courtisane… L'invitation me surprit et gonfla mon cœur d'une indicible chaleur.*

***Lupa Adellarte***
***« Couleurs restaurées »***

« Lex est accompagné de trois complices, complétai-je à l'attention de la vieille femme. J'ai vécu avec eux pendant plusieurs jours. Ils sont dangereux et impitoyables.

— Comment peux-tu continuer à fréquenter Lex ? s'exclama Angelo. C'est un sadique !

— C'est terminé. J'ai pu constater à quel point il était violent et cruel.

— Il était temps de t'en rendre compte… »

La doyenne nous interrompit soudain en levant la main. Elle ne s'était toujours pas exprimée.

« Rébus, je te remercie d'être venu jusqu'à nous, dit-elle d'une voix profonde. Tu nous offres un répit pour nous permettre de fuir. Nous allons organiser notre exode.

— Doyenne Maïa, vous n'y pensez pas ! s'inquiéta l'une des Filles de la Lune. Nous sommes capables de nous défendre !

— Nous ne sommes pas de taille à lutter contre Thaleia. Elle ne se contentera pas d'envoyer quatre assassins pour nous éliminer. Elle utilisera chaque jour de nouvelles ruses pour nous nuire. Ses sortilèges auront tôt fait de détruire notre communauté. Nous devons quitter ce sanctuaire.

— Nous sommes là depuis des siècles. Nous ne pouvons pas abandonner les grottes prophétiques !

— Elles sont mieux protégées que tu ne le crois. Leurs galeries s'ouvriront là où nous établirons notre nouveau sanctuaire… Que toutes les Filles se regroupent au village. Nos guerrières nous défendront pendant que nous rassemblons nos affaires. Nous partirons dès la tombée de la nuit. »

L'autre hocha la tête avec raideur. Elle se détourna d'un pas vif et s'éloigna avec ses consœurs. La doyenne se tourna vers moi.

« Rébus, dit-elle, tu as renié des compagnons qui ne pouvaient t'apporter que douleur et frustration, mais qui donnaient un sens à ta vie. C'est un acte courageux. Personne ne doit te juger sur l'influence qu'ils ont eue. Ton passé est derrière toi. N'en garde pas d'amertume. »

Elle murmura un sortilège et la corde qui entravait mes mains tomba au sol. Je frottai mes poignets endoloris. Le sang reprit sa circulation dans un fourmillement désagréable – la liberté avait un prix.

Les paroles clairvoyantes de la doyenne avaient apaisé ma fébrilité. Comment avait-elle deviné les doutes qui tourmentaient mon esprit ? Près d'elle, Angelo m'observait d'un air songeur. Le prince avait mûri depuis notre dernière rencontre. Son visage était plus grave et sérieux qu'à l'accoutumée.

« J'ai une requête à te soumettre, reprit la vieille femme d'un ton affable. Pourrais-tu me montrer ton Talisman Totem ? Angelo a affirmé que tu l'avais trouvé dans le

Mausolée Blanc… Ce n'est jamais arrivé. Je suis curieuse d'en savoir plus. »

Je décrochai le serpent en œil-de-tigre qui ornait mon cou. J'avais toute confiance dans cette femme qui incarnait la sagesse et la gentillesse. Je lui tendis avec simplicité. Elle soupesa le bijou et l'observa avec intérêt.

« Magnifique, murmura-t-elle. Un œil-de-tigre sans le moindre défaut.

— Il brillait davantage lorsque je l'ai trouvé sur l'Île Brumeuse, avouai-je. Il se ternit chaque jour de plus en plus… Mon djinn est malade. Il n'a même plus la force de se matérialiser. »

La doyenne fronça les sourcils.

« C'est étrange, murmura-t-elle. Ce génie était assez puissant pour se cristalliser dans un sanctuaire aussi sacré que le Mausolée Blanc. Depuis quand est-il souffrant ? »

Je leur racontai ma mésaventure dans le fjord d'Édelstener et l'intervention de Ji'Vri pour m'éviter la noyade. Mon djinn avait utilisé ses dernières forces pour me maintenir à la surface et me protéger du froid.

« Vos esprits ont fusionné, releva la doyenne avec admiration. C'est la preuve d'une confiance absolue. Un tel événement ne devrait être possible qu'après des années de vie commune.

— Ji'Vri était déjà fatigué avant ce jour, avouai-je. Tout a commencé quand j'ai infiltré le palais Viridys pour récupérer le Talisman Totem de mon frère. »

Angelo poussa un cri d'orfraie.

« Tu plaisantes, j'espère ? s'exclama-t-il. Tu as cambriolé mon palais ?

— Le djinn de mon frère était piégé à l'intérieur du cristal. Il aurait pu rester des années dans ces sous-sols lugubres. Même les Impurs ont le droit de trouver la paix.

— Quand même, c'était osé… C'est peut-être sa magie empoisonnée qui a contaminé ton génie.

— Mon frère ne m'aurait jamais causé le moindre tort. »

La vieille femme leva la main avec apaisement.

« Son commentaire était maladroit, admit-elle, mais il mérite d'être étudié. Seule l'Impureté a du pouvoir sur les djinns, les phénix et les dieux.

— Son talisman m'a brûlé quand je l'ai touché, avouai-je.

— Il aurait pu t'arriver bien pire pendant ce cambriolage, s'inquiéta Angelo. De puissants sortilèges protègent le palais.

— Merci, je m'en suis aperçu. Deux serpents géants sont sortis du gravier. Ils ont bien failli m'avaler tout cru. »

Le prince me regarda avec de grands yeux.

« Tu as vu les gardiens des jardins ? lança-t-il avec émerveillement. Je pensais que ce n'était qu'une légende !

— Un mur de flammes est aussi apparu sur l'enceinte du palais. J'ai perdu quelques vêtements dans l'affaire. Je l'ai échappé belle.

— Ma mère est terrifiante. Elle n'a pas lésiné sur les moyens pour protéger ses jardins… Et encore, tu as évité les koalas enragés ! Ils m'ont déjà pris en chasse plus d'une fois – et crois-moi, un koala enragé, ça court vite. »

Il m'adressa un sourire complice, que je lui rendis avec une légère hésitation.

« Tu ne sembles plus en colère contre moi, lui lançai-je.

— J'ai eu le temps de me calmer, répondit-il en haussant les épaules. Les Filles de la Lune m'ont aidé à comprendre mon comportement et à assumer mes responsabilités. Je n'aurais pas dû te faire autant de reproches.

— Vraiment ? m'étonnai-je sans oser y croire.

— J'ai cru que tu m'avais trahi quand Robulus et Lex m'ont capturé, mais j'étais le seul responsable de cette situation… Je n'aurais pas dû accepter l'aide de ton frère pour m'enfuir du palais. Je n'ai eu que ce que je méritais. »

Ses paroles m'enlevèrent un poids du cœur. Sa réaction était bien plus douce que je l'avais imaginée.

« Tu m'as vraiment pardonné ? déclarai-je avec émotion.

— Tu n'as rien à te reprocher, Rébus. J'avais trop d'émotions à gérer pour m'en rendre compte… J'espère qu'il n'est pas trop tard pour redevenir amis. Est-ce que toi, tu es prêt à me pardonner mes mensonges ? »

Son regard était plein d'espoir.

« Je t'ai pardonné depuis longtemps, répondis-je en souriant. J'ai compris pourquoi tu as gardé le secret sur ton identité. J'ai été blessé par ta réaction pendant le Suprême, mais nous avons vécu trop de choses ensemble pour ne pas tenter de reconstruire notre amitié.

— Merci, Rébus…

— Bien sûr, il faudra que je m'habitue à tes cheveux blonds. Est-ce que je devrai aussi t'appeler *prince* ?

— Par pitié, non, s'amusa Angelo. Et mes cheveux devraient être beaucoup plus longs si une poignée de djinns caloriques n'avaient pas essayé de me carboniser. Le Suprême a été un échec complet ! Sans compter la corruption de ma magie et de mon Talisman Totem… »

Il pointa du doigt le bijou qui pendait à son cou, un trognon de pomme en ambre – un fruit incomplet qui l'avait forcé à renoncer à son héritage princier.

Une explosion retentit soudain dans la jungle et une nuée d'oiseaux s'envola à tire-d'aile au-dessus de la canopée. Les îliens qui se baignaient dans la cascade arrêtèrent leurs jeux.

Le bruit dissipa la joie que j'avais ressentie en discutant avec Angelo. Je savais malheureusement ce qu'il signifiait.

« Ils arrivent, annonça la doyenne d'un ton lugubre.

— Les assassins de Thaleia en ont après Angelo et vos prophétesses, lui rappelai-je. Ils épargneront sûrement les autres habitants.

— Rébus, tu sous-estimes la perversité de cette sorcière… *Toutes* les femmes qui vivent sur cette île sont des prophétesses. L'étude des prophéties est la raison de vivre des Filles de la Lune. Cette maudite Thaleia a ordonné le massacre de notre communauté. »

La vieille femme se releva avec difficulté. Angelo lui tendit son bras, mais elle refusa son aide.

« Restez en dehors de ce combat, ordonna-t-elle avec force. Thaleia nous pourchasse depuis des siècles… Nous allons lutter pour notre liberté et pour la vôtre. Votre vie est trop précieuse pour être gâchée. Vous devez vous enfuir et rejoindre la Gardienne des grottes prophétiques.

— Vous disiez que je n'étais pas encore prêt à la rencontrer, s'étonna Angelo.

— Nos conversations me laissent penser le contraire. Tu es sur cette île depuis deux semaines et ta colère s'est envolée. Tu as fait le deuil de la magie de ton enfance, celle du Royaume Végétal, et de tout ce qu'impliquait ton héritage princier. Tu es maintenant prêt à embrasser ton destin pour découvrir les secrets de la magie de Dohr'im.

— D'une certaine façon, admit-il dans un murmure. Grâce à vous, j'ai aussi compris que j'avais reporté la violence de mes sentiments sur mon meilleur ami, en l'accusant injustement, alors que je lui avais menti en tout premier lieu… »

Il m'adressa un sourire sincère. J'étais heureux de constater que son ancienne rancœur s'était estompée. Ces quelques jours sur cette île avaient apaisé sa tristesse et sa douleur. Les Filles de la Lune avaient réussi l'impossible : elles avaient soufflé sur les braises de notre amitié. Charge à nous, désormais, d'en nourrir le feu.

La doyenne se tourna vers moi :

« Rébus, j'ose espérer que la Gardienne sait comment soigner ton djinn. J'ai bien peur qu'il ne soit pas seulement malade, mais mourant. L'Impureté est un poison aussi lent que mortel. »

Elle ne nous laissa pas argumenter.

« Contournez la cascade, nous lança-t-elle, et remontez à sa source pour trouver l'entrée des grottes. C'est votre seule chance ! Adieu. »

Elle tapota la joue d'Angelo et me fit un signe de la tête. Elle s'éloigna sur le sentier qui s'enfonçait dans la jungle en direction du village. Les baigneuses sortirent de l'eau, se rhabillèrent et coururent la rejoindre. Une dernière personne quitta le bassin et se hissa sur la berge.

Le temps sembla s'arrêter.

Hébété, j'admirai le jeune homme torse nu qui s'approcha de nous. À la vingtaine d'années, il avait la peau bronzée et de beaux cheveux blonds, détrempés, qui gouttaient sur ses épaules. Ses yeux émeraude pétillaient sous les rayons du soleil. Ses traits avaient un charme saisissant.

Une soudaine pudeur me poussa – enfin – à détourner le regard en rougissant. Qu'est-ce qui m'avait pris de le détailler avec autant d'insistance ?

« Dépêche-toi, Tim ! s'écria le prince à mes côtés. Nous devons partir ! »

L'inconnu se sécha et récupéra ses vêtements. Il s'habilla avant de nous rejoindre. Il me salua d'un sourire timide, sans faire de remarque sur l'embarras qui me chauffait encore les oreilles.

« Je suis le cousin d'Angelo, se présenta-t-il.

— Je suis Rébus, son ami.

— Depuis quand a-t-il des amis ? Qui peut supporter ses blagues douteuses ? »

L'intéressé haussa les yeux au ciel.

« Ce n'est pas le moment de plaisanter, Tim ! s'écria-t-il. Des assassins sont à nos trousses !

— Quel rabat-joie… toujours en train de dramatiser.

— Je lui dis tout le temps, dis-je en souriant.

— Pitié, Rébus, n'entre pas dans son jeu, se lamenta le prince. Je sens que je vais regretter que vous vous soyez rencontrés, tous les deux. »

Je pensais exactement l'inverse. Tim me lança un clin d'œil complice.

La densité de la jungle ralentissait notre progression. Nous remontions le torrent avec la frustration d'une avancée trop lente. Les fougères touffues, les rochers glissants et les racines des arbres formaient autant d'obstacles à notre route. La végétation nous obligeait à multiplier les détours.

Le rugissement de la cascade s'était éteint derrière nous. De nouvelles explosions avaient sorti la jungle de sa torpeur en incitant des nuées d'oiseaux à prendre leur envol. Dans cette partie de l'île, la faune s'était vite désintéressée de ce lointain vacarme. Les insectes avaient repris leurs stridulations insouciantes. Une colonie de singes nous avait suivis depuis les hauteurs, avant de s'éloigner en cris moqueurs.

Depuis combien de temps marchions-nous dans cette chaleur étouffante et humide ? Nos vêtements étaient trempés de sueur. Le paysage se répétait inlassablement, en méandres envahis de mousse et de plantes tropicales. Angelo et Tim haletaient devant moi. Nous gardions le silence pour préserver notre souffle.

J'avais hésité à m'enfuir à leurs côtés, car je n'étais pas la cible des assassins qui s'étaient infiltrés sur cette île… J'étais simplement venu prévenir Angelo et les Filles de la Lune d'une attaque imminente. D'un autre côté, je craignais de recroiser le chemin de Lex. Il n'avait sûrement pas apprécié mon rôle dans l'avertissement de ses victimes.

La lâcheté et la peur n'étaient pas les seules raisons qui motivaient ma fuite. La souffrance de Ji'Vri me piquait d'une douleur sourde. Si une mystérieuse Gardienne était capable de le soigner, je devais la rencontrer au plus vite. La maladie de mon djinn m'inquiétait d'autant plus que la doyenne semblait catégorique sur son état critique. Comme je regrettais de l'avoir exposé à l'Impureté de mon frère ! Je priais pour que son sanctuaire intérieur lui permette de résister au poison.

Le chemin quitta enfin la jungle. Nous stoppâmes notre avancée avec soulagement, en contemplant une montagne aux parois abruptes qui se perdaient dans le ciel. Les arbres nous avaient empêchés de la voir plus tôt. Des fougères arborescentes et des lianes escaladaient la roche en longues traînées brunes et vertes.

Un torrent d'eau claire s'échappait d'une grotte. Au-dessus de l'entrée, un symbole était gravé dans la pierre : un croissant de lune entouré de six étoiles. La caverne amplifiait le bruit des remous du torrent qui sinuait dans un tapis de galets blancs.

« Nous sommes arrivés, annonça Angelo. Il ne nous reste plus qu'à entrer.

— Tu veux vraiment explorer cette grotte obscure ? lança Tim en se tenant les côtes. On t'attend là. »

Le prince n'eut pas l'occasion de répondre. Des éclats de voix surgirent de la jungle derrière nous. Un éclair traversa l'air à l'horizontale et frappa un rocher. Une bouffée de fumée noire s'en échappa.

« J'ai changé d'avis, souffla Tim. On y va ! »

L'angoisse me noua le ventre. Nous nous mîmes à courir en direction de la grotte. En quittant la protection des arbres, nous étions malheureusement à découvert.

Un nouvel éclair frappa Angelo dans le dos et le fit tomber à la renverse. Tim se précipita à ses côtés.

« Vite, relève-toi ! lui ordonna-t-il en l'aidant.

— Je ne sens plus mes jambes », se plaignit-il avec une grimace de douleur.

Je m'agenouillai près de lui. Un sortilège entourait ses jambes d'une pellicule de magie minérale, comme une fine couche de poussière grisâtre. Je cherchai un talisman dans ma bourse pour le libérer.

Un cri m'en dissuada.

« Recule, Rébus ! »

Lex se tenait à quelques pas de nous. Avec horreur, j'aperçus des traces de sang sur ses vêtements. La transpiration faisait luire les muscles de ses bras et renforçait l'impression de danger que sa posture dégageait.

L'assassin brandissait son Talisman Totem devant lui ; sa pointe de flèche en silex brillait d'un éclat obscur.

Je le dévisageai d'un œil noir.

« Tu n'as pas tué assez de monde aujourd'hui ? lui lançai-je violemment. Tu n'as pas eu ton lot de victimes ?

— J'ai gardé le meilleur pour la fin, rétorqua-t-il avec un rictus. Pousse-toi de mon chemin. C'est ce maudit prince qui m'intéresse.

— Ah, ce bon vieux Lex ! lança Angelo en se redressant sur un coude. Les Éternels existent encore ? Il faudrait vous trouver un autre nom. Le dernier Éternel que j'ai croisé n'a pas fait long feu ! »

L'autre perdit son sourire et avança d'un pas. Je levai la main vers Angelo pour le faire taire.

« Ce n'est vraiment pas le moment d'en rajouter, grondai-je. Laisse-moi le calmer. »

Je me tournai pour implorer notre agresseur :

« Lex, la mort d'Angelo ne ramènera pas Robulus à la vie. Laisse-nous partir.

— Depuis quand tu t'inclus dans ce “nous” ? Tu n'as rien à faire avec eux !

— C'est mon choix. Je suis assez grand pour ne pas avoir à me justifier.

— Tu es sous ma protection ! C'est à moi de décider ce qui est bon pour toi. »

Son attitude possessive me remplit de colère.

« Pour qui tu te prends ? me récriai-je. Tu m'as peut-être protégé jusqu'à présent, mais ma vie m'appartient !

— Tu es incapable de survivre sans mon aide.

— Ne fais pas semblant d'être un héros… Tu as tout fait pour que Manuil soit tué.

— C'était un esclave, Rébus. Thaleia en sacrifie un à chaque pleine lune pour réveiller le volcan et renouveler les sortilèges de l'île. Ils savent très bien que leur espérance de vie n'est jamais très longue.

— Je m'étais lié d'amitié avec lui. Tu l'as volontairement choisi pour me blesser. Sans toi, il serait toujours en vie ! »

Je désignai Angelo et Tim derrière moi :

« Je préfère m'enfuir avec eux plutôt que de passer un jour de plus en ta compagnie ! »

Lex fit une grimace et avança d'un pas menaçant.

« Bien joué, Rébus, marmonna le prince. Il est beaucoup plus calme maintenant. »

Je le fis taire d'un geste.

« Lex, m'écriai-je, tu dois accepter la mort de Robulus. La vengeance ne le fera pas revenir.

— Je ne suis pas stupide. Et pourtant, tu n'imagines pas le plaisir que je vais avoir à torturer son meurtrier ! »

Il invoqua un éclair qui claqua aux pieds du blessé.

Je me dressai devant Angelo et Tim.

« Alors tu devras me torturer aussi, affirmai-je.

— Si tu veux… »

Il me décocha un sortilège qui lacéra mon épaule. Une douleur fulgurante m'envahit et un filet de sang se mit à goutter le long de mon bras. La blessure était superficielle, mais la menace était bien réelle.

« Maintenant recule, Rébus », gronda-t-il.

J'ignorai mon épaule lancinante. Je lui fis face une nouvelle fois.

« Tu as juré à mon frère de me protéger, déclarai-je d'une voix blanche. Tu es un parjure !

— Je le fais pour te protéger ! cria l'assassin. Angelo a tué ton frère d'un simple sortilège. Ton ami est un monstre ! Sa magie est bien pire que de l'Impureté ! »

Un voile émeraude se dressa soudain entre nous, comme un rideau diaphane suspendu dans les airs. Le tissu avait l'aspect de la soie et chatoyait au soleil. Derrière moi, Tim avait profité de mon dialogue avec Lex pour invoquer un sortilège protecteur. Le cousin d'Angelo me lança un regard inquiet. Il savait que notre répit n'était que temporaire.

« Vous croyez que ça va m'arrêter ? se moqua l'assassin. J'ai passé ma vie à défaire des sortilèges de ce genre. Mes victimes se protégeaient aussi, mais devinez quoi ? Elles n'ont jamais survécu. »

Il projeta une boule de feu sur le voile de magie végétale, qui se consuma à son contact. Des trous enflammés allèrent en s'élargissant. En quelques secondes, le tissu enchanté se désagrégea dans un bruissement.

Tim invoqua une nouvelle barrière éblouissante, sous la forme d'un mur de branches tressées comme un panier d'osier. Le sortilège forma un dôme de bois qui encercla et enferma notre adversaire. Sa prison l'empêchait de continuer à nous ensorceler.

Tim haleta sous l'effort. Une forte odeur de tilleul se mit à embaumer l'air. En voyant Son Talisman Totem pulser d'une lumière intense, je compris qu'il utilisait la magie de son djinn et celle qui coulait dans ses veines. Il ne pourrait pas tenir ainsi longtemps.

Lex rivalisa d'inventivité pour casser le mur enchanté. Une hache en silex s'abattit sur la barrière et la traversa en projetant au sol des éclats de bois. Les chocs se répercutèrent jusque dans mon corps. Chaque branche coupée repoussait aussitôt.

Lex et Tim luttaient à armes égales. Leurs volontés s'affrontaient dans un combat où l'endurance était la clé de la victoire. Hélas, mon ancien compagnon était prêt à jeter toutes ses forces dans cette bataille. Je savais qu'il avait l'avantage de l'expérience et de la pugnacité.

Angelo ne pouvait pas intervenir. Depuis les épreuves du Suprême, le prince n'avait plus la maîtrise de la magie végétale. La magie de Dohr'im coulait désormais dans ses veines. Ses longues études ne lui servaient plus à rien… Ses formules ne fonctionnaient plus.

*« Le choix t'appartient, Rébus,* murmura une voix dans mon esprit. *L'équilibre est instable. Tu peux faire pencher la balance dans un sens comme dans l'autre.*

— *Ji'Vri !* répondis-je. *Comment te sens-tu ?*

— *Peu importe… Choisis ton camp. Et choisis vite !*

— *J'ai déjà choisi. »*

Je plongeai la main dans ma bourse. Le premier cristal que je sentis était un talisman aquatique, un oursin en quartz bleu. Il ferait l'affaire. Je murmurai **« OURSIN »** en songeant *aux piqûres glacées d'une pêche insouciante*. Je serai le poing avant de l'ouvrir brusquement.

Des lances de glace s'enfoncèrent dans l'ouverture que Lex agrandissait à coups de hache. L'assassin s'écarta vivement et recula contre les parois de sa prison. La magie bleutée grossit dans un craquement sinistre. La glace combla les trous creusés dans la protection de Tim.

Lex poussa un juron sonore. Une des lances avait dû le blesser.

« Tu es un traître, Rébus ! rugit-il d'une voix sourde. Que ton frère me pardonne ! Mon serment n'a plus de sens. Tu regretteras ton choix. »

Il émit un sifflement strident. En réponse, trois autres se firent entendre depuis la jungle. Ses complices n'étaient plus très loin. Les jumeaux monstrueux et le capitaine du *Pourfendeur* m'avaient déjà montré l'étendue de leur cruauté. Nous avions peu de chance de remporter cette victoire.

Je m'agenouillai auprès d'Angelo. Son cousin essayait de le soigner. Des vagues de magie émeraude glissaient sur sa peau et l'enveloppaient de puissance.

« De combien de temps as-tu besoin ? l'implorai-je. Nous devons nous enfuir !

— Ce serait trop long de le guérir, soupira Tim. La blessure d'une de ses jambes est superficielle, mais l'enchantement a touché l'os de l'autre.

— Alors soigne la première. Nous aiderons Angelo à rejoindre la grotte. »

Les deux garçons me jetèrent un regard étrange.

« Je n'ai pas vraiment envie d'être boiteux, avoua le prince, mais c'est une bonne idée. »

Tim approuva d'un hochement de tête. Il s'affaira avec concentration. Bientôt, je l'aidai à relever le prince qui grimaça de douleur. Nous nous plaçâmes de part et d'autre de lui, tandis qu'il posait ses bras sur nos épaules.

Lex n'avait pas attendu l'arrivée de ses complices pour couper les lances de glace qui le maintenaient prisonnier. D'un geste, je renouvelai mon sortilège jusqu'à épuisement de l'oursin en quartz. Lex devait se contorsionner pour ne pas être écrasé par la magie. L'assassin émit une litanie de jurons à mon attention.

« Prêt ? demandai-je. On y va ! »

Nous aidâmes Angelo à remonter le long du torrent à cloche-pied. Notre progression sur les galets fut pénible. La chaleur était écrasante. Malgré nos précautions, le prince gémit à chacun de ses sauts.

La pénombre et la fraîcheur de la caverne nous arrachèrent un soupir de soulagement. Nous ne ralentîmes pas pour autant. Nous savions que les assassins seraient bientôt là.

Le long des parois, une bande de roche brute était exempte de galets. Notre avancée fut brusquement facilitée. Le sol plat diminuait les souffrances d'Angelo.

La pente remonta légèrement. Nous nous enfonçâmes lentement dans les profondeurs de la montagne. L'obscurité se renforçait à mesure que nous nous éloignions de l'entrée de la caverne.

« Arrêtons-nous un moment, proposai-je. Nous devons éclairer notre chemin. »

Nous déposâmes Angelo au sol. Il souffla bruyamment. Tandis que je récupérais un talisman lumineux, Tim fit des moulinets avec ses épaules pour les soulager. J'invoquai un sortilège pour créer un peu de lumière autour de nous.

L'intérieur de la caverne était couvert de gravures rupestres. Les parois de pierre étaient illustrées de peintures ou de textes indéchiffrables. L'érosion avait abîmé les couleurs et le contour des dessins. Les lignes d'écriture devaient être illisibles depuis longtemps. La profusion de lettres, de courbes et de lignes était intimidante. On devinait une activité humaine qui datait de plusieurs siècles, voire de plusieurs millénaires.

Des stalactites pendaient au plafond. Les pics de pierre pointaient vers le sol et luisaient d'humidité. La caverne était hérissée de ces aiguilles minérales.

« Merci, Rébus, souffla Angelo. Nous aurions pu mourir sans ton aide. »

Son cousin hocha la tête.

« Ça ne devait pas être simple de renier Lex, ajouta Tim avec douceur, mais tu as bien fait de tourner la page. Il n'avait plus rien à t'offrir. »

Leurs remerciements me touchèrent, mais ils ne suffirent pas à apaiser mes angoisses.

« Nous ne sommes pas encore sauvés, leur rappelai-je. Ce sont des chasseurs et nous sommes leurs proies.

— Ton sortilège a inversé les rôles, s'extasia Tim. Tu as bien failli embrocher ce sadique !

— Il était prisonnier comme un ours dans sa cage, s'amusa le prince. J'ai adoré ça ! »

Mon enchantement glacé l'avait sûrement blessé, mais je ne regrettais pas mon geste désespéré – et légèrement vindicatif. Lex n'aurait pas hésité à tuer mes compagnons. Je ne ressentais pas de pitié à son égard, seulement une profonde amertume d'avoir vécu si longtemps sous son influence. La lâcheté et la peur m'avaient tenu sous sa coupe… J'avais pris une décision importante pour mon avenir, ma liberté et ma sérénité.

« On continue ? proposai-je. Si la Gardienne se cache dans ces grottes, j'espère qu'elle est en mesure de nous protéger.

— Allons-y, soupira Angelo, mais je crains que ce ne soit une impasse… »

Nous le portâmes à nouveau. Aucun bruit derrière nous n'annonçait le retour des assassins. Je me méfiais cependant de leurs ruses. Ils pouvaient masquer le bruit de leurs pas et la lumière qu'ils utilisaient.

Le torrent chantait dans l'obscurité et remplissait la caverne d'une humidité rafraîchissante. Nous le suivîmes jusqu'à parvenir à un embranchement qui donnait accès à deux grottes sombres et de taille semblable. Après un court débat, nous choisîmes de remonter le torrent qui coulait dans la grotte de gauche. La pente s'accentua encore.

D'autres embranchements apparurent tout au long du chemin. Les grottes semblaient se subdiviser en des dizaines de chemins de pierre. Plus nous avancions, plus les gravures rupestres étaient en bon état de conservation. Certains textes étaient lisibles. L'humidité des parois n'avait pas encore abîmé ces œuvres d'un autre temps.

Après une marche forcée d'une durée indéterminée, nous fîmes malheureusement face à une impasse : la grotte s'était effondrée et un éboulis de pierre montait jusqu'au plafond. L'eau sortait de la roche et formait la source du torrent que nous suivions depuis l'entrée de la caverne.

« Nous n'irons pas plus loin, soupira Angelo avec angoisse. Le chemin est impraticable.

— Nous pourrions déblayer le terrain ? proposa son cousin. Si l'eau arrive à passer, la caverne se poursuit sûrement.

— Je ne connais qu'une seule formule pour ça, mais il me faudrait un talisman-taupe. Et encore, il faudrait que je l'adapte à la magie de Dohr'im… Je n'arrive à rien depuis la fin du Suprême. Rébus, tu as une idée ?

— Je ne connais aucun sortilège pour creuser dans la pierre, soupirai-je. Je n'ai jamais utilisé de talisman-taupe. »

Je n'osais pas lui rappeler que ces cristaux étaient hors de prix pour le commun des mortels. La magie du Jugement Dernier pénétrait rarement sous terre. Les animaux qui vivaient dans des terriers étaient généralement protégés de l'explosion des Astres.

Modifier une matière aussi dense pouvait par ailleurs provoquer de sérieux dégâts si la magie n'était pas dosée correctement. Les poèmes nécessitaient une parfaite connaissance des couches de roche à traverser et de leur structure interne. La poésie exigeait une précision absolue qui justifiait de longues années d'études pour devenir mineur.

Des bruits de pas se firent entendre derrière nous. Une source de lumière apparut au bout du couloir. Le point blanc grossit et se sépara en quatre. Nos poursuivants nous rattrapaient.

« Nous sommes bloqués ! gémit Angelo. C'est trop bête, nous allons mourir au fond d'une grotte humide et pleine de moisissures !

— Pleurnicher ne nous aidera pas, gronda son cousin. La doyenne nous parle de cette Gardienne depuis que nous sommes arrivés sur cette île. Elle ne t'a rien dit sur la manière de la rejoindre ou de l'appeler ?

— Nous devions seulement remonter le torrent pour la trouver… Ce que nous avons fait jusque-là.

— Alors prépare tes talismans, il va falloir nous défendre… »

Je gardai mon angoisse pour moi. Nos chances de survie frôlaient le néant. Les assassins qui nous poursuivaient n'auraient aucun mal à se battre contre nous.

Je projetai de la lumière sur l'éboulis qui nous empêchait d'avancer. Aucun interstice n'était visible entre les rochers. Le plafond s'était complètement effondré.

Une idée me vint en observant le torrent s'échapper de la pierre. Et si une galerie inondée permettait de traverser l'éboulis *par en dessous ?* Sans oser exprimer cette folle idée à mes compagnons d'aventure, je défis mes chaussures et plongeai mes pieds dans l'eau glacée. Avec une pensée nostalgique pour mon ami Døriel, j'utilisai la magie d'un quartz rose pour ne plus en sentir le froid.

Le torrent coulait sur une couche épaisse de galets glissants. La perspective changeait depuis le centre de la grotte. Les stalactites du plafond semblaient moins oppressantes. Les textes gravés à la surface des parois formaient de longs dessins qui s'enroulaient autour de la caverne. Illisibles, ils prenaient un autre sens, plus esthétique.

Je marchai lentement en direction de l'éboulis. Littéralement, je remontai le torrent comme la doyenne des Filles de la Lune nous l'avait indiqué. La faible luminosité m'empêchait de distinguer la présence d'une galerie au fond de l'eau. Cependant, lorsque je parvins au niveau des pierres qui barraient le chemin, je sentis un souffle d'air me caresser le visage. Ce courant d'air me frappait de face, alors que je voyais une imposante barrière minérale sans le moindre interstice.

Une illusion.

J'avais vu une magie semblable près des récifs des Dents, qui s'étaient ouverts au passage du *Pourfendeur*.

J'avançai d'un nouveau pas. Mon pied traversa la pierre comme si elle n'existait pas. Je continuai avec prudence, en oubliant les mensonges que mes yeux persistaient à me montrer. Mes jambes disparurent à leur tour. Je m'enfonçai dans la pierre jusqu'aux hanches.

Des éclats de voix résonnèrent dans la grotte. Les quatre assassins se rapprochaient dangereusement. Je m'empressai de faire demi-tour pour rejoindre Angelo et Tim et leur faire part de ma découverte.

« C'est une illusion, murmurai-je. Le chemin continue. »

Le prince et son cousin m'observèrent avec étonnement. J'ignorai leurs questions. Nous devions partir au plus vite.

J'aidai Tim à porter Angelo dans l'eau. Je n'avais pas le temps de leur apprendre le sortilège du quartz rose. Mes compagnons grimacèrent, mais ils avancèrent avec courage pour remonter le torrent à contre-courant. Nous traversâmes la muraille comme si elle n'existait pas. La sensation était étrange, presque désagréable. La roche assourdissait les sons et nous plongeait dans l'obscurité.

Ce n'est qu'après quelques pas et un regard en arrière que la vérité nous apparut. Depuis l'autre côté de l'éboulis, nous pouvions apercevoir le chemin étroit qui le traversait en son milieu et que nous venions d'emprunter.

« Là, tu m'impressionnes, Rébus, me souffla le prince à l'oreille. Tu as pris confiance en toi. »

Mon ami avait raison. Ces dernières semaines m'avaient transformé. Je n'étais plus le même depuis le Jugement Dernier, où j'avais compris le terrible rôle que Robulus et Lex m'avaient fait jouer dans la capture d'Angelo et sa tentative d'assassinat. Si mon propre frère pouvait me trahir ainsi, le monde était plus cruel que je ne le pensais… Le cataclysme magique avait épargné la vie du prince, mais ses flammes avaient consumé les restes de ma naïveté et de mon enfance.

Nous remontâmes sur la berge pour quitter l'eau glacée du torrent. Mes deux compagnons se frictionnèrent et invoquèrent la magie d'un talisman calorique pour se réchauffer. Tandis que nous reprenions notre souffle, j'observai cette nouvelle partie de la grotte, différente des autres. Les parois étaient couvertes de grandes plaques de roche sur lesquelles étaient gravées des lettres et des runes. Leur surface était absolument lisse, sans la moindre aspérité. L'humidité se condensait uniquement sur leurs contours, préservés de l'érosion.

Les plaques manuscrites étaient espacées à intervalles irréguliers. Certaines étaient ornées de dessins ou de peintures, d'autres étaient colorées de pigments et d'encres minérales. Sur plusieurs parois, des fissures traversaient les écritures et en gênaient la lecture. Elles étaient parfois si larges que les lettres avaient disparu dans la poussière qui s'amassait au pied des parois sous la forme de petits tas.

« Regardez celle-là, remarqua soudain Angelo en indiquant une plaque à moitié fissurée. On dirait un poème.

— Mon cher cousin, grommela Tim, on ne te porte pas pour te faire visiter ces grottes.

— Allez, une petite pause et on continue.

— Je ne voudrais pas insister sur ton poids, mais réfléchis-y quand même… »

Nous nous rapprochâmes pour déchiffrer les écritures gravées dans une calligraphie soigneuse. Les premières lignes étaient barrées d'une fissure qui s'agrandissait vers le sommet de la paroi. Le texte complet restait cependant intelligible. Angelo le lut à haute voix :

*« Traverser la roche,*
*Trahir son approche,*
*Toucher sans accroche,*
*Tomber sans reproche. »*

Des reliefs argentés ornaient les majuscules de chaque vers. La tentation était grande de caresser la surface de la pierre pour mieux en apprécier les gravures. Quand le prince tendit son bras vers la paroi, un étrange tatouage s'illumina sur le revers de sa main : un croissant de lune blanc entouré de six étoiles.

« Ne touchez à rien ! », s'écria une voix qui nous fit sursauter.

Une jeune femme longea le torrent pour nous rejoindre. Elle tenait dans ses mains une tablette d'ardoise, un stylet ouvragé et une lanterne – un cube de verre et de fer dans lequel brillaient une poignée de grains de blé cristallisés. La magie lumineuse l'enveloppait d'un halo qui rehaussait le contraste entre ses vêtements immaculés et l'obscurité qui nous entourait.

L'inconnue nous dévisagea avec une gravité troublante. Son visage était pâle. Ses cheveux coulaient en cascade blonde jusqu'en bas de son dos. Ils étaient couronnés d'une tresse de feuilles de laurier, une attention étonnante dans ces grottes désertes.

« Les prophéties sont dangereuses, gronda-t-elle. Ces mots appartiennent à un passé révolu, mais le passage du temps n'altère ni leur sens ni leur puissance. Ne sous-estimez pas le pouvoir du langage. »

# Chapitre XIV

*J'attendais patiemment sur les quais du port avec mon nécessaire de peinture, quelques toiles vierges et deux bagages à mes côtés. Le navire sur lequel nous devions embarquer entra dans le fjord en faisant sonner sa corne de brume. La vibration sourde, promesse d'aventure et de liberté, me vola un sourire.*

*Par mon travail et ma persévérance, j'avais redonné vie aux tableaux qui accusaient le passage du temps et les conditions climatiques difficiles du fjord d'Édelstener. Peu de toiles restaient encore à restaurer. La reine Hildegarde s'était montrée avare de compliments, mais le roi ne tarissait pas d'éloges devant la nouvelle décoration du palais.*

*Comment aurais-je pu refuser son invitation ? Ce n'était qu'une simple croisière. Du moins, c'est ce dont j'essayais de me convaincre.*

***Lupa Adellarte***
***« Couleurs restaurées »***

Le regard de l'inconnue s'attarda sur la jambe blessée du prince. Elle se pencha pour poser sa lanterne, avant de toucher le vêtement déchiré et de murmurer **« ÉCHO »**. Une étincelle quitta sa paume et tressa un cocon de soie blanche autour de la jambe d'Angelo. Mon ami soupira doucement. Il lâcha nos épaules et se mit sur ses deux pieds, sans notre aide. Il boitait encore, mais le pansement lumineux semblait rendre la douleur supportable.

« Je vous remercie, dit-il avec soulagement.

— Vous auriez pu le faire vous-même, rétorqua la jeune femme d'un ton surpris. La magie de Dohr'im peut soigner de nombreuses blessures.

— Je ne connais aucun sortilège pour l'invoquer.

— Votre djinn ne vous en a donc pas appris ? Alors que vous étiez blessé et incapable de marcher ? »

Angelo haussa les épaules.

« Mon djinn ne m'apprécie pas, confia-t-il avec gêne. Notre rencontre s'est faite dans la douleur.

— Deux esprits qui se lient doivent s'apprivoiser mutuellement. Des semaines, des mois ou des années peuvent être nécessaires. Malheureusement, dans votre cas, ce temps est un luxe que vous n'avez pas… Le monde a besoin de votre magie.

— Pour tout vous avouer, Trimène a bloqué les portes de son esprit et refuse de communiquer.

— Trimène ? », répéta l'autre.

Elle semblait soudain bouleversée.

« C'était une Oracle de Dohr'im, n'est-ce pas ? lâcha-t-elle. Me reconnaît-elle ? »

Le prince fit une grimace.

« Elle s'est retranchée dans son talisman, s'excusa-t-il. Elle n'observe pas le monde réel. Elle se lamente sur son sort depuis que j'ai causé la mort de sa sœur Uranie.

— Par tous les dieux ! Uranie est morte ? »

La jeune femme mit la main sur son cœur. Ses traits témoignaient d'une vive douleur.

« C'est une terrible nouvelle, murmura-t-elle. Vous devez absolument me raconter dans quelles circonstances cela s'est produit.

— Nous direz-vous d'abord qui vous êtes ? »

L'inconnue acquiesça doucement. Elle retrouva son calme et nous dévisagea l'un après l'autre.

« Je suis Kléio, l'une des dernières Oracles de Dohr'im. Nous étions neuf sœurs capables de recevoir ses visions, neuf jeunes filles nées d'une même mère, mais de trois pères différents. Trois fois trois… Un clin d'œil de la nature, un chiffre magique qui nous a joué de nombreux tours. Notre dieu avait conscience du pouvoir de cette trinité multiple.

— Vous êtes donc la sœur de Thaleia ? remarqua Angelo avec un mouvement de recul.

— Je ne partage ni ses valeurs ni ses motivations, comme vous vous en doutez. Thaleia, Melpomène et Terpsichore ont trahi leur mission. Trois autres de mes sœurs, Polymnie, Uranie et Trimène, sont à l'origine de la naissance des Messagers de Dohr'im. Mes deux dernières sœurs, Sulménie et Euterpe, veillent sur le Sablier du Temps pour maintenir en vie notre dieu blessé. »

Elle releva sa lanterne. Son éclat illuminait ses longs cheveux blonds.

« Quant à moi, déclara-t-elle, je suis la Gardienne de ce sanctuaire. Je protège la communauté des Filles de la Lune depuis la disparition de mon dieu, en gardant les secrets d'une histoire cinq fois millénaire. »

Son annonce nous laissa pantois.

« Sauf votre respect, remarqua Tim, vous ne faites pas aussi vieille.

— Ne vous fiez jamais à l'apparence d'une femme pour deviner son âge, dit-elle avec malice. La magie n'est pas le seul artifice capable de masquer les effets du temps.

— Et vous vivez dans cette caverne depuis tout ce temps ? m'étonnai-je.

— Je préfère la jungle, sa chaleur et ses cascades, mais je passe beaucoup de temps à observer les parois de ces grottes. Tous ces poèmes sont des prophéties gravées par les Filles de la Lune. Lorsqu'elles se réalisent, la pierre se désagrège et les mots disparaissent. Les fissures sont le signe qu'une prophétie est sur le point de se réaliser. J'ausculte régulièrement ces parois pour étudier les évolutions du monde. Certaines ont également besoin d'être entretenues, tout simplement… L'humidité pourrait abîmer de précieux textes. »

Nous étions surpris par ses révélations. Les écritures étaient si nombreuses ! Elles occupaient parfois tout l'espace, du sol au plafond. Si les poèmes qui remplissaient les grottes étaient tous des prophéties, leur nombre était vertigineux. Je compris brusquement que les espaces vierges signifiaient seulement qu'une prophétie s'était effacée en se réalisant.

La Gardienne nous jeta un regard amusé. Elle rayonnait de douceur et de bienveillance. Son visage lisse était une énigme qui démentait son âge canonique.

« Avant que je réponde à vos questions, racontez-moi la renaissance de la magie de Dohr'im et la découverte de votre djinn, demanda-t-elle au prince. J'ai attendu ce jour si longtemps ! »

Angelo acquiesça et se lança dans son histoire. Il raconta son désarroi en constatant que la couleur de sa magie s'altérait au fur et à mesure des épreuves du Suprême. Son étincelle magique, émeraude, prenait toutes les nuances de vert et devenait de plus en plus pâle… Cette perturbation annonçait les prémices d'un choix qu'il aurait préféré ne jamais faire. Renier la magie de son enfance était une décision impossible à prendre. Hélas, le choix de la princesse Amira avait forcé le sien. Angelo s'était vu imposer la magie de Dohr'im par la jeune fille.

Angelo ne s'appesantit pas sur sa colère en sentant une magie inconnue couler dans ses veines. Il glissa à peine quelques mots sur l'inutilité des sortilèges qu'il avait appris avec tant d'efforts au cours de son enfance… Ses poèmes n'avaient plus d'effet avec sa nouvelle magie. Il pensait que la solution viendrait avec la découverte de son Talisman Totem et de son djinn, mais rien ne s'était déroulé comme prévu. Encore une fois, Amira avait bouleversé son destin.

Caché au cœur du Mausolée Blanc, un unique talisman les attendait dans un arbre étincelant. Le talisman gardait trois esprits prisonniers, trois femmes qui s'étaient présentées comme les Oracles de Dohr'im : Polymnie, Uranie et Trimène. Elles étaient prêtes à devenir les djinns de la Princesse Noire et à abandonner Angelo à sa solitude. Mon ami avait compris qu'il serait laissé pour compte s'il n'agissait pas. Il avait invoqué le Souffle des Dieux pour scinder le bijou en deux.

« Le prix à payer était plus cher que je ne l'imaginais, dit-il avec amertume. Uranie n'a pas survécu à cette décharge de magie brute.

— C'est une tragédie, regretta Kléio avec émotion. Savez-vous que vous avez tué la plus savante de mes sœurs ? C'est grâce à ses connaissances astrologiques que Dohr'im a survécu aux complots des Esprits Sauvages… Angelo, vous avez été terriblement inconscient. Vous avez perdu une alliée de poids dans la quête qui vous attend. »

Mon ami ne se laissa pas dominer par sa critique. Il serra les poings avec mauvaise humeur.

« Invoquer le Souffle des Dieux était un geste désespéré, concéda-t-il. J'ignorais les conséquences de mon geste, mais mettez-vous à ma place ! En ensorcelant ma naissance, vos trois sœurs ont ruiné ma vie. Elles m'ont forcé à renier ma magie pour celle de leur dieu et à renoncer à mon héritage princier. Et que m'offraient-elles en échange ? Rien, aucune promesse d'avenir ! Elles n'avaient besoin que d'un seul élu pour mener à bien leur mission. Elles étaient prêtes à offrir leur soutien à Amira et à m'abandonner ! »

Sa plainte résonna dans le silence humide de la grotte. J'observai le prince avec tristesse. J'avais été le témoin de sa lutte intérieure. Lorsqu'il avait invoqué le Souffle des Dieux, le Mausolée Blanc avait tremblé sur ses bases. Des éclairs avaient coupé en deux les statues qui entouraient l'arbre d'or. La rage du ciel avait fait écho à celle qui animait le cœur d'Angelo.

Je comprenais sa colère… Il m'avait longtemps caché son ascendance pour préserver notre amitié, mais aussi pour conserver un titre princier qu'il aimait malgré les responsabilités qu'il impliquait. Sa vie était liée au palais Viridys. Hélas, la magie végétale et un talisman-fruit étaient nécessaires pour prétendre au trône. Il n'avait qu'une magie exotique et un trognon de pomme en guise de Talisman Totem. Il avait définitivement perdu son statut d'héritier.

« Je partage ta douleur, Angelo, murmurai-je avec empathie. C'est injuste. »

Le regard triste de Tim montrait qu'il était sensible au chagrin de son cousin. Lui-même avait connu le deuil d'un héritage inaccessible… Son Talisman Totem, une feuille de tilleul en émeraude, l'avait écarté de toutes prétentions au trône du Royaume Végétal.

La Gardienne semblait écartelée par des sentiments contradictoires. Elle était bouleversée par la mort d'Uranie, mais elle semblait touchée par les angoisses d'un adolescent dont le monde s'était écroulé en quelques jours. Elle fixait sa lanterne d'un air triste, comme absorbée par un dialogue intérieur.

Une voix douce intervint soudain derrière nous.

« Je suis désolée, Angelo, murmura-t-elle. J'ai eu le mauvais rôle dans cette histoire. »

Nous dévisageâmes le fantôme qui flottait dans les airs. La princesse Amira se tenait les mains jointes et la tête penchée comme sous le poids d'une lourde responsabilité.

Contrairement aux autres spectres, les vêtements d'Amira avaient des couleurs vives qui démentaient le caractère onirique de sa présence. Sa djellaba légèrement froissée avait le rouge écarlate d'un brasier dans la nuit. Une ceinture dorée enserrait ses hanches. La princesse semblait bien réelle, même si je savais qu'il ne s'agissait que d'une projection astrale. Le seul indice de cette illusion était un léger halo étincelant qui l'entourait d'une aura bienveillante.

« Mes choix se sont faits sans considération pour ta situation, avoua-t-elle. Je les ai faits pour un dieu disparu depuis des millénaires, pour une magie qui m'a guérie d'un lourd handicap… Ma gratitude pour Dohr'im m'a empêchée d'entendre tes arguments. Je les ai rejetés sans états d'âme. »

Angelo lui sourit avec tristesse, sans paraître surpris de son apparition et de son tutoiement. Amira avait déjà dû se matérialiser à ses côtés de cette façon.

« Je ne t'en veux plus, lui lança-t-il. Enfin, un peu, mais la doyenne des Filles de la Lune m'a permis de réfléchir à toute cette histoire. Je sais que tu n'es pas responsable de la ruine de mon avenir. Nous ne sommes que des pions dans un jeu qui nous échappe. Je regrette simplement que les secrets de notre naissance aient maintenu le rêve d'une vie qui m'était interdite. Si ma mère m'avait avoué l'existence de la magie de Dohr'im, je n'aurais pas été élevé comme le prince de son royaume et je serais parti à ta rencontre. Tout aurait été différent.

— Ma mère ne m'a pas non plus révélé ces secrets, soupira la princesse, car son combat contre l'Ensorceleuse l'avait rendue amnésique. Les ennemis de ma famille ont renforcé les troubles de sa mémoire par un poison insidieux. Elle commence seulement à retrouver ses souvenirs. Évidemment, j'ignore si elle m'aurait avoué la vérité, si elle l'avait pu. »

La Gardienne soupira bruyamment. Elle regarda les deux élus avec peine.

« Je suis la seule à blâmer, confia-t-elle. Les Filles de la Lune ont interdit à vos parents de trahir ce secret. Une de mes protégées a assisté à votre naissance. Elle avait prophétisé la venue d'une nouvelle génération de Messagers en gravant un poème dans ces grottes. Chaque siècle, les élus de Dohr'im naissent en nous redonnant l'espoir de ressusciter les merveilles d'une magie perdue. Un nouveau-né, toujours seul, apparaît avec un don extraordinaire, le Souffle des Dieux. Il utilise sa force pour éveiller six autres enfants à la magie de notre dieu. »

Elle baissa le regard vers sa lanterne.

« Les précédents élus n'ont survécu que quelques années avant de mourir, victimes de leur propre pouvoir ou des ruses des Esprits Sauvages, qui arpentent le monde sous la forme de dangereux phénix… J'ai assisté à ces disparitions avec beaucoup d'amertume. Chaque siècle, mon désespoir grandissait. La lutte était inégale ; elle opposait des êtres magiques d'une grande puissance à d'innocents enfants. Vos ancêtres se sont éteints comme des bougies soufflées par la tempête. Il y a trois mille ans, j'ai décidé d'utiliser un ancien artefact que nous utilisions avant la chute de Dohr'im. Le *Réceptacle*, une coupe en diamant, était capable de recueillir le Souffle des Dieux. Les Filles de la Lune ont absorbé le don des Messagers, dès leur naissance, afin de le conserver jusqu'à leur maturité.

— Pour éviter qu'ils se tuent sans le vouloir, murmura Angelo. J'ai lu dans la bibliothèque du palais que certains avaient provoqué des explosions en tuant ceux qui avaient le malheur de se trouver près d'eux…

— C'est exact, même si les catastrophes les plus spectaculaires ont été provoquées par les phénix pendant le Jugement Dernier. Parfois, pour s'emparer de leur don, les esprits des six Astres se liguaient pour détruire les murailles d'une cité et la raser complètement. »

Un silence respectueux s'installa parmi nous. Mon imagination projeta dans mon esprit des visions de phénix rageurs, de villes incendiées et d'innombrables victimes.

« L'utilisation du Réceptacle n'a pas résolu tous nos problèmes, reprit la Gardienne. Les élus de Dohr'im grandissaient sans don, sans risquer de causer des dégâts involontaires, mais le secret de leur existence s'éventait bien avant leur majorité. Les phénix réussissaient toujours à trouver leur cachette et à les assassiner.

— Comment y parvenaient-ils ? s'étonna Amira.

— Les Esprits Sauvages haïssent Dohr'im depuis une éternité. Ils sont capables de ressentir la moindre parcelle de son pouvoir, aussi infime soit-elle. L'artefact en diamant ne privait pas les élus de leur magie. Il se contentait d'en absorber la composante la plus puissante, le Souffle des Dieux. Les enfants n'en grandissaient pas moins avec une magie étonnamment blanche dans leurs veines, ce qui ne passait pas inaperçu… Sur l'Île Brumeuse, aucun enseignant n'était en mesure de les accompagner dans l'apprentissage de leur magie. »

Pour avoir été le frère d'un Impur, je comprenais parfaitement la situation. Leur différence les condamnait à une longue errance.

« Nous en avons accueilli certains au sein de notre communauté, mais ils nous ont mis en danger, expliqua Kléio. Nous avons dû y renoncer avant d'être dévorées à notre tour par les phénix. Les grottes prophétiques étaient trop précieuses pour être détruites. Nous avons décidé de veiller discrètement sur les élus, de les éduquer, de les aider à se cacher dans les différents royaumes jusqu'à leur majorité… Nous avons éprouvé des dizaines de stratégies différentes. Toutes ont échoué. »

Elle soupira profondément avant de reprendre :

« Il y a quinze ans, l'impossible s'est produit. Je vous ai expliqué qu'une des Filles de la Lune avait prophétisé votre venue. Angelo, vous la connaissez sous le nom de Mona.

— Mona ? répéta le prince avec stupéfaction. L'intendante du palais ?

— Son poste était un prétexte pour rester à vos côtés et préserver le secret de votre existence. Jusqu'au mariage de votre sœur Mariña, vous n'étiez pas l'héritier du trône et vous ne risquiez pas d'attirer l'attention de vos ennemis. Vous vous cachiez à l'abri des murailles infranchissables d'une puissante capitale – une situation idéale !

— Je pensais que ma mère se méfiait des Filles de la Lune, rétorqua Angelo. Je suis surpris qu'elle ait accepté la présence de Mona à ses côtés.

— La reine Mirabella connaissait sa mission et la respectait. Je crois qu'elles se sont découvert une réelle sympathie l'une envers l'autre, chacune partageant la volonté de vous protéger de la cruauté du monde… »

La Gardienne jeta un regard triste au fantôme d'Amira.

« Votre double naissance n'était pas prévue, confia-t-elle avec un certain malaise. La prophétie de Mona annonçait la venue d'un être unique, un élu de Dohr'im comme tant d'autres auparavant. Les trois Oracles que vous avez vues en rêve ne mentaient pas : leur sortilège n'était pas assez puissant pour donner vie à des jumeaux.

— Que s'est-il passé ? interrogea la princesse.

— C'est un des mystères que vous devrez résoudre... La nuit de votre naissance, de grandes magies se sont affrontées. L'Ensorceleuse a redistribué les cartes du destin en invoquant la justice de la Balance, un des douze signes du Zodiaque. Cet antique quatrain a interféré avec la magie des Oracles et provoqué une terrible explosion, qui a pulvérisé le Réceptacle en diamant que Mona portait pour emprisonner le Souffle des Dieux. Les dons de vos ancêtres, prisonniers de l'artefact, ont été dispersés dans les jardins du palais. Je pense qu'ils sont à l'origine de votre double naissance et de la séparation de votre don, chacun d'entre vous en possédant la moitié. Hélas, je pense aussi que vos handicaps respectifs sont liés aux effets secondaires du sortilège de l'Ensorceleuse. »

Amira hocha lentement la tête. La Princesse Noire savait à quel point son enfance avait été douloureuse en raison de sa cécité. Sans le vouloir, la reine Mirabella était à l'origine de ses tourments.

« Ainsi, je n'aurais pas dû naître, murmura-t-elle avec tristesse.

— Ce n'était pas le sens de mes paroles, assura la Gardienne. Comment savoir si l'élu devait être Angelo ou vous-même ? Vous êtes nés au même instant. Votre apparence physique est liée aux personnes qui ont modifié le contexte de votre naissance.

— Je dois ma couleur de peau à ma mère, rétorqua la princesse. Elle n'aurait jamais dû se trouver dans le palais du Royaume Végétal. Il me semble évident que j'ai volé une place qui ne m'appartenait pas.

— J'aimerais aussi savoir qui de nous deux était censé devenir votre élu, renchérit Angelo. Vos sœurs ont voulu m'abandonner comme un moins que rien.

— La vérité n'a aucune importance, rétorqua Kléio en secouant la tête. Vous êtes nés tous les deux ! Cette situation improbable nous offre une chance unique. Vos parents ont gardé le secret de votre naissance pour éviter votre rencontre… Grâce à leur silence, vous avez survécu jusqu'à votre majorité. »

Elle releva sa lanterne d'un air décidé.

« Le destin vous a enfin menés jusqu'à moi, conclut-elle. Je vous ai attendus pendant cinq mille ans. Sachez qu'il est trop tard pour reculer et, surtout, que le temps nous est compté. »

Une voix sonore résonna soudain dans les grottes.

« Oui, le temps vous est compté ! »

Je me retournai en sursautant. Quatre assassins nous dévisageaient avec des grimaces menaçantes. Lex était entouré du capitaine du *Pourfendeur* et des monstrueux Karyb et Kylias. Ils tenaient chacun une arme différente dans leurs mains : hache, machette, arc et arbalète.

Un frisson glacé descendit le long de mon échine. Ils avaient traversé l'illusion de l'éboulis dans un seul but : nous abattre.

« Comme on se retrouve, ricana Lex avec malveillance. Voilà une belle brochette de traîtres et de meurtriers !

— Venant de toi, c'est de l'humour ? », réagit Angelo avec un sang-froid qui m'impressionna malgré tout.

L'assassin leva sa hache en silex.

« Fais le malin, s'énerva-t-il. Cette fois, vous ne risquez plus de nous échapper. »

Les quatre hommes s'avancèrent en arc de cercle, comme les loups d'une meute habitués à chasser ensemble.

Nous reculâmes contre la paroi. Seule Amira resta à sa place, droite et fière. La princesse m'avait toujours fasciné par son assurance et sa dignité.

« Vous êtes les marionnettes d'une sorcière, lança-t-elle vertement. Comment pouvez-vous obéir à Thaleia ?

— C'est une cliente généreuse, répondit Lex, sans compter l'aspect sentimental de cette mission... Vous avez tué mon frère d'armes. Je veux vous voir mourir – et le plus lentement possible.

— Robulus était un assassin. Il avait choisi son destin.

— Vous n'êtes pas moins coupables de sa mort. Votre magie a d'ailleurs fait bien pire que le tuer : son fantôme n'est jamais apparu ! »

Elle échangea un bref regard avec Angelo. Sous sa forme astrale, Amira pouvait communiquer par la pensée. La culpabilité qui se lisait dans leurs yeux me donna le frisson. Étaient-ils responsables de cette anomalie ? Qu'avaient-ils fait à l'âme de mon frère ?

La princesse retrouva son aplomb pour affronter nos adversaires.

« Votre *écaille* ne s'était pas rassemblée depuis des années, déclara-t-elle. De quand date votre dernier échec ? Était-ce cette fameuse nuit à Erijan, où vous avez failli mourir noyés, ou bien l'escalade catastrophique du Palais Suspendu ?

— Vous ne devriez pas savoir tout ça, fit le capitaine du *Pourfendeur* avec une hésitation dans la voix.

— Le monde entier connaît votre incompétence. Thaleia et ses sœurs en ont bien conscience. »

La Princesse Noire les toisa avec dureté. J'étais le seul à savoir qu'elle les avait espionnés sur le navire. Elle utilisait ces informations pour les déstabiliser.

« Vous n'êtes plus à la hauteur de votre légende, renchérit-elle. Vous êtes capables de massacrer quelques prophétesses sans défense, mais vous n'êtes pas de taille à lutter contre le Souffle des Dieux. Thaleia avait seulement besoin de vous pour trouver le refuge des Filles de la Lune et les effrayer. Elle sait que vous ne pouvez rien contre notre pouvoir. Si elle a fait appel à vous, ce n'est que pour vous punir de vos échecs répétés. »

Elle tendit la main à Angelo. Le prince eut un instant d'hésitation avant de tendre la sienne.

Amira n'était pas vraiment avec nous, ce n'était qu'une projection astrale... Les quatre assassins ignoraient que les élus ne pouvaient pas invoquer leur don de cette façon – ils avaient besoin de mélanger leur sang.

« Vous ne devriez pas être ici, remarqua Lex en fronçant les sourcils. Thaleia nous a affirmé qu'Angelo serait seul.

— Si vous invoquez votre pouvoir ici, renchérit le capitaine, vous allez tuer vos compagnons.

— Ils mourront si nous vous laissons agir, affirma la princesse. La seule différence, c'est que vous ne survivrez pas non plus à notre magie. »

Ses mensonges nous offraient un court répit.

*« Tim, Rébus, préparez-vous à vous enfuir*, entendis-je résonner dans ma tête. *Gardienne, aidez-nous ! Vous connaissez ces grottes mieux que nous ! »*

Tim avait déjà récupéré une poignée de talismans. La Gardienne fit un geste discret avec sa lanterne et des bandes de brumes s'élevèrent du torrent. Elle s'avança d'un pas en simulant une grimace d'horreur.

« N'invoquez pas le Souffle des Dieux ! s'exclama-t-elle. Les grottes vont s'effondrer !

— Je suis désolée, soupira Amira. Vous serez la dernière Gardienne de ce lieu.

— Ces assassins ont raison, renchérit Angelo, nous sommes des meurtriers. Nous avons déjà tué Robulus, un Impur réputé pour la puissance de ses sortilèges... Nous n'hésiterons pas à le refaire. »

Les complices de Lex s'étaient figés devant l'attitude menaçante des deux élus. La présence de la Princesse Noire ne faisait pas partie de leurs plans.

Un carreau d'arbalète jaillit soudain dans l'air, droit vers le cœur de la princesse. Un filet de brume se dressa pour l'empêcher d'atteindre sa cible et de dévoiler l'illusion d'Amira.

« Cette tragédie était écrite, se lamenta la Gardienne. Les prophéties gravées dans ces murs sont dangereuses. Je savais qu'un jour elles se réaliseraient. »

Elle planta son regard dans le mien. Ses yeux témoignaient d'une urgence énigmatique. Que voulait-elle me faire comprendre ?

J'étais tout proche de la paroi fissurée où figurait cet étrange poème :

*« Traverser la roche,*
*Trahir son approche,*
*Toucher sans accroche,*
*Tomber sans reproche. »*

La Gardienne nous avait interdit de toucher la pierre… Si ce poème était une prophétie, mon geste pouvait déclencher sa réalisation. Je décidai de me fier à mon intuition. En feignant de reculer pour m'adosser à la paroi, je plaquai ma paume contre les écritures.

Un tatouage blanc apparut sur le dos de ma main : le symbole des Filles de la Lune. Un frisson glacé descendit le long de mon échine. La pierre se mit à vibrer et des fissures apparurent en craquelant sa surface. En s'agrandissant brusquement, elles emportèrent les mots de pouvoir dans une vague de poussière.

Kléio échangea un regard de connivence avec Angelo et Amira. Au même instant, elle murmura un sortilège qui les enveloppa d'une lumière éblouissante. Elle tissa des illusions pour faire scintiller la brume qui les entourait.

« Admirez la puissance des Dieux, commença Amira.

— …et périssez par leur Souffle ! », compléta Angelo.

Les deux élus penchèrent la tête en arrière, comme plongés dans une transe soudaine. La grotte entière se mit à trembler. La vibration du sol augmenta peu à peu.

Je levai les yeux au plafond avec appréhension. Les fissures partaient de la prophétie que j'avais touchée et se propageaient en faisant craquer la roche. Des lignes de poussière entourèrent les stalactites qui pendaient au-dessus de nous.

Une énorme flèche de pierre tomba soudain entre les assassins et nous. La roche explosa avec fracas.

« Nous devons fuir de l'autre côté de l'éboulis ! s'écria la Gardienne. C'est notre seule chance ! »

Les assassins reculaient déjà avec prudence. Lex nous foudroya du regard.

« Votre magie meurtrière causera votre perte ! lança-t-il. Vous mourrez ensevelis ! »

Il fit signe à ses complices de se replier. Ils disparurent tous les quatre dans le torrent qui traversait l'éboulis. Ils provoquèrent un autre éboulement pour nous enfermer dans les grottes.

Amira et Angelo arrêtèrent de simuler l'invocation de leur pouvoir. Ils nous sourirent avec une grimace victorieuse. Tim vint m'étreindre avec camaraderie.

« Nous sommes sauvés ! s'exclama-t-il joyeusement. Merci, Rébus ! »

Je lui rendis son étreinte avec gêne. Je n'étais pas habitué à de telles démonstrations d'affection.

« Pas encore, nuança Kléio avec appréhension. Cette prophétie va provoquer l'effondrement de cette partie des grottes. Suivez-moi ! »

# CHAPITRE XV

*Les fjords formaient un véritable labyrinthe au cœur des immenses montagnes du Royaume Minéral. J'ignorais par quel miracle le capitaine parvenait à se diriger le long des falaises abruptes qui nous entouraient. La glace mordait la côte et formait de nombreux icebergs qui tapaient contre la coque.*

*Quand le navire nous mena enfin devant l'horizon brillant de la Mer des Paillettes, je ressentis un réel soulagement. Une lumière éclatante célébrait notre sortie des fjords. Le cœur léger, j'acceptai volontiers la demande du roi Björn qui voulait immortaliser cet instant. Je sortis mes pinceaux pour peindre son portrait en couleurs vives et rieuses. Son beau visage se dessina peu à peu sur ma toile. Je n'avais pas assez de nuances de bleu pour rendre l'éclat et la profondeur de son regard.*

***Lupa Adellarte***
***« Couleurs restaurées »***

La Gardienne commença à remonter le torrent. Nous la suivîmes, elle et sa lanterne, pour nous éloigner des stalactites qui tombaient et se fracassaient au sol. Le bruit de leur chute était assourdissant. Mon cœur battait la chamade. Mes compagnons n'étaient pas non plus rassurés.

Nous avançâmes dans l'obscurité. Nous ignorions notre destination… Le silence revint bientôt, à peine brisé par le bruit de nos pas et le chuchotement du torrent. La Gardienne ne s'arrêta pas pour autant. Elle nous entraîna dans les profondeurs de la montagne. Plus nous avancions, plus les embranchements étaient nombreux. Nous dépassâmes de multiples galeries qui débouchaient sur la grotte principale. Le réseau souterrain formait un véritable labyrinthe.

Des nuages de poussière se formaient parfois à notre passage. Des poèmes entiers glissaient des parois et emportaient leurs mots avec eux. Quelque part dans le monde, des prophéties s'accomplissaient… La pierre s'effritait tout autour de nous.

« C'est le temps qui passe », murmura Kléio avec un sourire mélancolique.

Elle emprunta soudain une galerie qui partait sur la gauche. Nous laissâmes le torrent derrière nous. Le plafond de pierre était plus bas. Par chance, il ne soutenait aucune stalactite susceptible de s'écraser. Nous prîmes garde cependant de ne toucher aucune des parois couvertes d'écritures. Nous avions pu remarquer à quel point elles pouvaient être dangereuses.

La pente s'inversa brusquement. Nous commençâmes une longue descente. L'air devint de plus en plus sec. Nous débouchâmes enfin dans une immense caverne en forme de dôme, dont le plafond était si haut qu'il disparaissait dans l'obscurité. Kléio murmura un sortilège qui vint embraser une série de lanternes disposées le long des parois circulaires. La roche s'illumina.

La caverne était une impasse. Une série de plaques métalliques ornaient les parois et renvoyaient l'éclat des lanternes. L'espace autour d'elles était vierge de toute inscription. On devinait l'importance qu'elles devaient revêtir.

« Voici le cœur des grottes prophétiques, annonça Kléio avec émerveillement. C'est ici que tout a commencé, bien avant l'existence des Filles de la Lune. Ce lieu est chargé de souvenirs d'une époque depuis longtemps disparue. »

Elle fit un large mouvement du bras pour désigner les alentours.

« J'ai écrit ces poèmes avec mes sœurs, expliqua-t-elle, lorsque nous étions encore les Oracles de Dohr'im. Notre dieu nous a offert un don merveilleux pour explorer le futur grâce à la poésie. Il craignait de grands bouleversements dans le monde qu'il avait contribué à fonder. Nous étions à la fois ses disciples et ses meilleures armes contre les ruses des Esprits Sauvages, qui luttaient contre la domination des hommes et des dieux. »

Elle ferma les yeux avec un air béat.

« Chacune de nous a gravé une prophétie dans les parois de cette caverne, raconta-t-elle. Nous avons choisi des métaux pour que nos prédictions survivent à l'érosion et au passage des siècles. Deux prophéties seulement sont encore intactes à ce jour. Quatre sont tombées en poussière et trois sont fissurées. Leurs poèmes sont presque illisibles. »

Elle nous invita à nous rapprocher du fond de la grotte. Elle désigna de la main une plaque en bronze, craquelée de part en part. Il semblait improbable que la paroi soit toujours debout.

« Celle-ci a commencé à se fissurer il y a cinq mille ans, murmura-t-elle. Je n'oublierai jamais son poème :

**TROIS MUSES TRAHIRONT LE CIEL ET LEURS AÏEUX,**
**TROIS MUSES SOUFFRIRONT UN EXIL SANS MÉMOIRE,**
**TROIS MUSES VEILLERONT POUR QUE RENAISSE L'ESPOIR.**
**DE NOUVEAU RÈGNERONT LES GOLEMS OU LES DIEUX.**

Nous avons découvert trop tard qu'elle annonçait la chute des dieux. Trois de mes sœurs ont trahi leurs vœux. Thaleia, Melpomène et Terpsichore ont permis aux Esprits Sauvages de pénétrer dans le sanctuaire de Dohr'im et de le blesser à mort en brisant le Sablier du Temps… Hélas, seule sa magie permettait aux dieux de se manifester dans le monde des hommes. Sa disparition a clos les portes du royaume céleste. J'ignore les raisons qui les ont poussées à commettre cet acte monstrueux, mais ces traîtresses ont détruit le monde que je connaissais ! »

Elle inspira profondément pour écarter sa colère.

« Nous avons tout fait pour limiter les dégâts de cette tragédie, nous confia-t-elle. Deux autres de mes sœurs,

Sulménie et Euterpe, ont réussi à cacher les cendres sacrées dans les ruines du sanctuaire de Dohr'im, en un lieu inaccessible et secret… Sulménie soigne notre dieu en sculptant des œuvres d'art pour le nourrir de sa magie, tandis qu'Euterpe, grâce à sa harpe enchantée, joue une mélodie lancinante pour ralentir l'écoulement du Sablier du Temps. Cette musique offre un semblant d'éternité à notre dieu, ainsi qu'à ses neuf Oracles… Nous ne vieillissons pas, ce qui n'a rendu que plus longue notre attente. »

Kléio soupira profondément, avant de se reprendre.

« Je ne vous ai pas emmenés ici pour me lamenter, se reprocha-t-elle. Observez plutôt les prophéties qui vous concernent. »

Elle désigna une plaque d'argent complètement fissurée. Le poème n'était plus lisible. Une ligne de poussière brillante reposait sous la paroi.

« Celle-ci s'est réalisée il y a trois mois, lorsqu'Angelo et Amira se sont rencontrés pour la première fois. Voici ses mots :

**DE LA MAGIE PERDUE AUX SECRETS OUBLIÉS,**
**IMPURE ET DÉFENDUE SERA LA SEULE CLÉ.**
**POUR LE RETOUR DES DIEUX ET LA FIN D'UNE FRONDE,**
**ELLE OUVRIRA VOS YEUX ET CHANGERA LE MONDE.**

Robulus était un Impur. Il a blessé Angelo et poignardé Amira, ce qui vous a permis de découvrir l'existence du Souffle des Dieux. Cette prophétie annonce le retour de la magie de Dohr'im et un bouleversement du monde. Nul ne sait s'il sera positif ou négatif… Je reste très prudente. »

Elle se déplaça encore, pour s'arrêter devant une plaque en or massif, craquelée de toutes parts. Ses mots avaient presque tous été emportés dans une poussière dorée qui s'amoncelait au pied de la paroi.

« Celle-ci s'est réalisée le mois dernier, annonça-t-elle gravement. Voici ce qu'elle prédisait :

**L'AMOUR ET LES FLAMMES NÉGLIGÉES D'UN DIEU,**
**LE SOUFFLE D'UNE ÂME, OFFENSES AUX CIEUX !**
**DÉTERRÉ, LE GLAIVE DE LA DESTRUCTION**
**SEMANT AU VENT RÊVES ET MALÉDICTIONS !**

Vous l'avez déclenchée en tuant Robulus et en détruisant le sanctuaire des druides dans la Forêt des Fées. J'ignore l'ampleur de ses conséquences, mais ses termes sont pour le moins inquiétants… »

Angelo se mordilla les lèvres. Il me regarda soudain droit dans les yeux.

« Ton frère est mort par ma faute, avoua-t-il d'un air désolé. Je me suis laissé emporter par ma colère… Amira voulait m'empêcher d'utiliser notre pouvoir pour tuer Robulus. Lui et ses complices avaient tenté de nous assassiner, mais ils commençaient à s'enfuir devant la puissance du Souffle des Dieux. Ce n'était plus de la légitime défense. Je n'aurais pas dû céder à la haine…

— J'aurais aimé lui faire mes adieux, répondis-je sans le dédouaner de sa culpabilité. Pourquoi n'avons-nous jamais vu son fantôme ?

— Le djinn d'Amira pense que notre magie a directement envoyé l'âme de Robulus dans l'au-delà. »

Il chercha une confirmation auprès de la Gardienne.

« Votre don est un pont entre notre monde et celui des dieux, admit-elle en hochant la tête. Qui peut prétendre en comprendre les mystères ? Il est plus puissant et dangereux que vous ne l'imaginez.

— La colère m'a aveuglé, se lamenta le prince.

— Ne soyez pas aussi dur envers vous-même. C'était écrit depuis des millénaires ici même, dans cette caverne… Nul ne peut empêcher une prophétie de se réaliser. Vous devez simplement apprendre à contrôler vos émotions pour canaliser et contrôler votre pouvoir. »

Angelo la remercia d'un signe de la tête. Il continua cependant à me fixer du regard, en attendant une réaction de ma part. Je me raclai la gorge.

« Tu n'étais pas obligé d'assassiner mon frère », lui reprochai-je.

Il baissa la tête humblement.

« Cependant, complétai-je, je sais qu'il aurait continué à te traquer. Lex nous l'a démontré tout à l'heure. Robulus dirigeait un gang d'assassins. Je regrette qu'il soit mort, car mon frère m'a longtemps protégé et je l'aimais, à ma façon, mais je suis content qu'il n'ait pas réussi à te tuer. Tu m'aurais beaucoup manqué. »

Angelo s'éclaira d'un sourire de soulagement. Il s'approcha pour me donner une accolade fraternelle.

« Merci Rébus, murmura-t-il avec émotion. J'ai de la chance d'avoir un ami comme toi.

— Plus de mensonges ?

— Promis.

— Même à propos de ta relation avec la jolie princesse de l'Empire Lumineux ? », demandai-je avec malice.

Angelo rougit vivement. Tim sauta sur l'occasion.

« Luli Mingwang ? s'amusa-t-il. Elle lui fait les yeux doux depuis des mois !

— On ne t'a rien demandé, mon cher cousin, rétorqua le prince. Laisse-moi le soin de tout lui expliquer. »

Il me lança un clin d'œil que je lui rendis volontiers.

La Gardienne observait notre échange d'un air à la fois étonné et vexé. Nous avions interrompu ses explications en dépit de leur gravité. Notre soudaine légèreté lui paraissait déplacée.

Le prince s'excusa auprès d'elle. J'avais cependant le sentiment qu'elle sous-estimait l'importance que revêtait notre amitié. Quel que fût le destin funeste qui nous attendait, nous devions l'affronter ensemble.

« La prophétie d'or s'est réalisée, reprit-elle gravement, en annonçant des rêves et des malédictions… Je pense qu'elle annonce l'éveil des six Rêveurs qui doivent assister l'héritier du Souffle des Dieux, ou plutôt les *deux* héritiers, dans votre cas.

— Comment aurions-nous pu éveiller qui que ce soit ? s'étonna la princesse. Nous ne possédons vraiment notre magie que depuis la fin du Suprême. »

La Gardienne fronça les sourcils.

« La prophétie s'est réalisée, répéta-t-elle. Je sens en mon for intérieur que Rébus et Tim ont été touchés par votre magie. Comme vous, ce sont des Messagers de Dohr'im, mais plus particulièrement des "Rêveurs"... Avez-vous fait des rêves prémonitoires ?

— J'ai fait un rêve étrange, confia Tim. Il n'était pas prémonitoire, cependant. Il s'agissait plutôt d'un souvenir de la nuit de leur naissance. J'ai vu un combat entre l'Ensorceleuse et la sultane Lamia Al'Malwib. J'avais l'impression qu'il s'agissait d'un souvenir de la sultane.

— Et vous, Rébus ?

— J'en ai fait un de la même nature, confirmai-je. J'ai vu la même scène, mais d'un point de vue différent... J'étais dans les pensées d'un vif-passeur, l'amant de Mona, la prophétesse dont vous avez parlé plus tôt.

— Notre dieu a choisi de vous confier des souvenirs plutôt que des prémonitions, conclut la Gardienne. Prêtez-y grande attention ! Ces rêves sont la clé pour retrouver les ruines du sanctuaire de Dohr'im, où se cachent Sulménie et Euterpe pour protéger le Sablier du Temps. Elles-mêmes ignorent son emplacement et les moyens d'y accéder. »

Elle se tourna vers les héritiers de son dieu.

« Angelo, Amira, vous devez réunir tous les Rêveurs. Chacun d'eux recevra une vision qui vous permettra de comprendre ces mystères.

— Comment pouvons-nous deviner leur identité ?

— Inconsciemment, vous les avez choisis comme compagnons d'aventure, pour leurs aptitudes et sans doute pour les affinités que vous partagez. Vous les avez marqués par votre pouvoir. »

Elle soupira profondément.

« Ne tardez pas, murmura-t-elle gravement. Rappelez-vous que la prophétie de bronze n'annonce pas votre victoire. Votre quête peut permettre le retour des dieux ou celui des golems, c'est-à-dire la réincarnation des Esprits Sauvages et la domination de la race humaine. »

Les avertissements de la Gardienne nous laissèrent silencieux et songeurs. J'avais le sentiment d'être écrasé par cette caverne gigantesque et ses prophéties métalliques. Cinq millénaires plus tôt, des femmes avaient gravé ces mots dans les parois. Leurs poèmes nous rappelaient l'immense responsabilité qui pesait sur nos épaules.

Angelo et Amira se tournèrent l'un vers l'autre. Ce n'était pas de la complicité, pas encore, mais un échange muet où ils prenaient conscience de l'importance de leur quête à venir. Angelo n'était pas le seul à douter. La Princesse Noire n'avait plus le regard brûlant et plein de défi qui la caractérisait. Je lisais sur son visage une expression qui me glaça les sangs, une fragilité qu'elle gardait cachée au fond d'elle-même. Sa dignité n'était-elle qu'un masque pour dissimuler ses angoisses ?

Les deux élus partageaient un don merveilleux, mais ils ne pouvaient pas agir seuls. Trop d'enjeux étaient liés à leur victoire ou à leur défaite. J'échangeai un regard avec Tim. Il semblait être arrivé à la même conclusion : nous devions les soutenir. L'héritage d'un dieu ne coulait pas dans nos veines et notre rôle était encore mystérieux, mais nous pouvions les aider à affronter leur destin. Était-ce ce que les Oracles attendaient des Messagers ?

Tim donna une accolade à son cousin.

« Je resterai à tes côtés, jura-t-il. Ce ne sont pas quelques gravures préhistoriques qui vont nous faire peur ! »

Angelo sourit gentiment.

« Je ne sais pas si tes plaisanteries vont beaucoup nous aider, le taquina-t-il, mais je les accepte volontiers. »

Je m'approchai à mon tour du prince. Sans être capable de le justifier, je sentais au fond de moi qu'il m'avait choisi. Le lien que je partageais avec Amira était de plus en plus fort, mais il n'avait pas la même intensité.

« Je serai là aussi », affirmai-je.

Il vint m'étreindre avec soulagement.

« Plus on est de fous, plus on rit ! lança-t-il. Ces dernières semaines ont été compliquées. Nous avons beaucoup de choses à nous raconter, Rébus. »

Amira nous observait en souriant. Son visage rayonnait d'une joie profonde et sincère.

Une pointe de douleur me vrilla soudain le crâne. Je me crispai sous l'assaut. Ji'Vri me lançait un cri de détresse.

« Rébus, que se passe-t-il ? s'inquiéta Angelo. C'est encore ton djinn ? »

J'acquiesçai en me massant les tempes.

« Son djinn est mourant, expliqua le prince à la Gardienne. La doyenne des Filles de la Lune pensait que vous pourriez le soigner. »

Kléio s'approcha de moi. Avec mon autorisation, elle soupesa mon Talisman Totem. Elle resta un moment silencieuse, avant de le relâcher en soupirant.

« J'en suis incapable, avoua-t-elle. Rébus, vous avez été touché par une forte décharge d'Impureté… C'est un poison mortel pour la magie qui circule dans votre sang. Votre djinn ne pourra plus résister très longtemps. La fusion de vos esprits vous rend très vulnérable. J'ai peur que vous mouriez avec lui ou que vous deveniez à votre tour un Impur… »

Elle se tourna résolument vers Angelo et Amira.

« Vous êtes les seuls à pouvoir le sauver, assura-t-elle. Le Souffle des Dieux peut guérir l'incurable.

— Nous ne contrôlons pas notre don, rappela le prince.

— Vous devez apprendre. Sans les Rêveurs, vous ne réussirez pas votre quête. Ils vous offriront leurs rêves, pour déterminer où se cache le sanctuaire de Dohr'im, mais leur mission ne s'arrête pas là. Ils maîtrisent chacun une magie différente. Ils sont les seuls à pouvoir annuler la Malédiction Astrale. »

Je fronçai les sourcils.

« Que voulez-vous dire ? interrogeai-je.

— Les Astres sont d'immenses cristaux qui renferment les cendres des Esprits Sauvages, expliqua-t-elle. La magie les nourrit tout au long de l'année, jusqu'au Jugement Dernier où ils sont libres de dévaster le monde pendant une nuit terrifiante… Cette situation n'existait pas avant la chute de Dohr'im. Les Astres étaient des prisons d'où ces démons ne pouvaient pas s'échapper. Lorsque notre dieu a disparu, les Esprits Sauvages ont commencé à attirer à eux la magie des six royaumes pour ressusciter chaque année sous la forme de phénix.

— L'Astre Émeraude est malade depuis la destruction du sanctuaire des druides, remarqua Angelo. C'était donc une bonne chose de le détruire ?

— Sûrement pas ! Ne vous êtes-vous jamais demandé si d'autres magies existaient dans ce monde ? Les six magies élémentaires sont celles des dieux, sans oublier la septième, celle de Dohr'im… Ce ne sont pourtant pas les seules. »

La Gardienne pointa le sol du doigt.

« D'immenses réserves de *magie sauvage* circulent sous terre, expliqua-t-elle, sous forme de courants telluriques. À l'aube des temps, les golems régnaient sur ce monde, des monstres dont les os étaient faits de pure obsidienne. Ils se nourrissaient de la magie qui remontait à la surface à des endroits précis. Lorsque les dieux ont vaincu les golems, ils ont réduit leur cœur en cendres et enterré leur squelette aussi loin que possible de ces nœuds d'énergie. Ils ont érigé des barrières pour juguler la magie sauvage, en construisant des temples et des villes sur les nœuds telluriques les plus puissants, comme celui de la Forêt des Fées. »

Elle soupira profondément.

« La magie sauvage est entravée depuis des milliers d'années, reprit-elle. Elle dort dans les profondeurs, en attendant d'être libérée… Au fil des siècles, les Esprits

Sauvages ont influencé les hommes pour creuser dans les mines d'obsidienne, afin de reconstituer le squelette des golems, mais aussi dans l'espoir de libérer la magie sauvage. L'Impureté est la preuve que les hommes peuvent être contaminés. Elle apparaît au contact entre une magie élémentaire et la magie sauvage.

— Mon frère était un Impur, murmurai-je. Pourtant, il ne s'est jamais approché d'une mine d'obsidienne.

— Qui sait où Robulus a trouvé son djinn totem ? Quoi qu'il en soit, nous savons peu de choses sur les Impurs, qui sont aussi rares de nos jours qu'ils l'étaient avant la chute des dieux. La quantité de magie sauvage qui s'est échappée des mines d'obsidienne est restée limitée – et c'est pour cette raison que la destruction du sanctuaire des druides est une catastrophe… »

La Gardienne jeta un regard triste à Angelo et Amira.

« Vous avez brisé le sceau d'un des lieux les plus sacrés, lâcha-t-elle. La magie sauvage qui irrigue le Royaume Végétal est libre de toute entrave. Elle ne tardera pas à corrompre le monde que nous connaissons. Nos ennemis auront bientôt gagné leur combat.

— Dans ce cas, pourquoi l'Astre Émeraude dépérit-il ? s'étonna le prince.

— Par nature, la magie tellurique n'est pas volatile. Le vortex attire la magie végétale afin de changer de forme. Ce n'est que la première phase d'un terrible événement. Les sortilèges qui protègent les temples et les villes ont été conçus pour lutter contre la magie sauvage, mais ils sont sensibles à l'Impureté, ce mélange de magie élémentaire et de magie sauvage…

— J'ai surpris une conversation entre Thaleia et ses sœurs, déclarai-je en frissonnant à ce souvenir. Elles étaient impatientes de voir l'arbre fleurir. Elles étaient persuadées que la magie des Esprits Sauvages serait libérée et qu'elles pourraient ressusciter les golems.

— Ça ne fait que confirmer mes craintes, hélas ! Quand le Jugement Dernier provoquera la résurrection des phénix, ils se nourriront de la magie sauvage diluée dans l'atmosphère. Ces créatures auront assez de puissance pour déterrer le squelette des anciens golems et se réincarner. Rien ne pourra les arrêter. »

Un grand silence s'abattit dans la grotte. La bataille n'avait pas encore commencé, mais nous avions déjà le sentiment de l'avoir perdue.

« C'est désespérant, souffla Angelo. Avons-nous des chances de les vaincre ?

— Les prophéties sont ambiguës, avoua la Gardienne. La destruction du sanctuaire des druides a enclenché un terrible compte à rebours. Vous n'avez qu'une année pour retrouver le sanctuaire de Dohr'im et annuler la Malédiction Astrale… Si vous échouez, le Jugement Dernier marquera la fin du monde que nous connaissons. »

Les enjeux de cette quête étaient démesurés et son échéance était désespérément courte… Nos têtes se courbèrent avec abattement. Quel espoir nous restait-il ?

Angelo et Amira ne contrôlaient pas leur don. Sans le savoir, ils avaient détruit un sanctuaire sacré et précipité notre perte. Ces responsabilités étaient trop lourdes pour nos épaules. Nous n'étions pas prêts.

La Gardienne prit conscience de l'impact de ses paroles.

« Vous n'êtes pas seuls, assura-t-elle avec douceur. Amira, Angelo, vous partagez les pensées de deux Oracles de Dohr'im. Vos djinns seront d'une aide précieuse. »

Elle balaya la caverne d'un large geste de la main.

« Ces prophéties sont des mises en garde, dit-elle, mais aussi des indications sur les moyens de vaincre les Esprits Sauvages avant qu'il ne soit trop tard. Vous avez déclenché des prophéties qui dorment depuis des milliers d'années.

Ce n'est pas un hasard. Vous êtes nos élus ! Le passé peut encore vous aider. Venez avec moi. »

Elle ramassa sa lanterne et nous invita à la suivre. Elle nous emmena devant une prophétie encore intacte, dont elle lut les mots d'une voix qui me fit frissonner. Le poème était gravé sur une plaque de fer :

**PAR LE CHANT RÉVEILLÉS DE LEUR PROFOND SOMMEIL,**
**ILS SOUFFLERONT FUMÉE ET NUAGES VERMEILS.**
**PAR LE CHANT CAPTURÉS DANS UNE CLÉ DE VOÛTE,**
**ILS SERONT MENACÉS MAIS SÈMERONT LE DOUTE.**

« Cette prophétie invite les six Rêveurs à capturer les phénix cachés dans les Astres, expliqua Kléio. Le Souffle des Dieux est la seule arme qui puisse combattre l'Impureté de ces créatures, mais ce n'est pas à vous de le faire, Amira et Angelo. Votre don doit être utilisé de façon indirecte. Vous devez *bénir* les autres Messagers pour leur offrir une partie de votre pouvoir et leur permettre de réaliser cet exploit.

— Mais comment ? rétorqua la princesse. Nous savons à peine utiliser notre don…

— Mes sœurs sauront vous guider. Cette bénédiction est un sortilège semblable à celui que vous avez invoqué dans le Mausolée Blanc, pour que les Oracles puissent intégrer votre Talisman Totem.

— Uranie en a payé le prix fort », rappela Angelo.

Il échangea un regard inquiet avec Amira. Je devinais les angoisses qui traversaient leurs esprits. Leurs invocations étaient dangereuses.

« Si vous maîtrisez vos émotions, tout ira bien, assura la Gardienne. Le Souffle des Dieux protégera les Rêveurs lorsqu'ils chanteront les Quatrains pour capturer les phénix.

— Encore faudrait-il connaître ces poèmes, remarqua Tim d'un air dubitatif. Le Quatrain Végétal n'est pas vraiment enseigné à l'école. »

La Gardienne eut un sourire malicieux. Elle laissa Angelo répondre.

« Je pourrais te l'apprendre, lui avoua le prince. Grand-Père me l'a appris peu de temps après sa mort.

— Et tu n'as rien dit à ton cousin préféré ? s'offusqua Tim avec une grimace outrée.

— Mon père m'a déconseillé de l'utiliser. Ce n'était pas très intéressant à raconter. »

Tim n'était pas convaincu. Il croisa les bras d'un air mécontent.

« Pourquoi devrions-nous capturer ces phénix, de toute façon ? répliqua-t-il à l'attention de la Gardienne. Vous avez dit vous-même qu'ils étaient dangereux.

— L'attaque est parfois la seule défense possible, soupira-t-elle. Pour annuler la Malédiction Astrale, il est nécessaire d'invoquer le Souffle des Dieux depuis le sanctuaire de Dohr'im, mais ce n'est pas tout… Dans chaque royaume, une grande arche en pierre se dresse au bord de l'océan : on les nomme Portails. Ils doivent être rouverts pour permettre aux dieux de revenir à la vie.

— Vous ne les avez sans doute pas vus depuis longtemps, rétorqua Angelo. Des milliers d'années ont passé… Ce sont des ruines !

— Leurs piliers ont souffert de l'érosion, mais leur clé de voûte a été sculptée dans une gigantesque pierre précieuse cachée à l'intérieur de la pierre. Ces gemmes sont invulnérables à la magie sauvage. Elles sont capables de remplacer les Astres et d'attirer la magie du royaume, à condition que les phénix soient emprisonnés à l'intérieur. Une fois remplis de magie, les Portails pourront être rouverts depuis le sanctuaire de Dohr'im.

— À quoi servaient ces Portails ? demanda Amira.

— Ce sont les portes du royaume céleste. Les dieux les utilisaient pour réguler les flux de magie et toucher ce monde de leur grâce. »

Je m'étais toujours interrogé sur les ruines qui se dressaient au bord des falaises.

« Nous devons donc affronter les phénix, murmurai-je.

— Vous en êtes capable, affirma Kléio, comme tous les autres Rêveurs. Une fois béni par le Souffle des Dieux, votre Talisman Totem pourra contenir l'âme du phénix Tigre. Vous pourrez alors rejoindre le Portail Minéral pour l'enchaîner à nouveau… Cette arche antique remplacera l'Astre du royaume des montagnes.

— Ces démons sont capables de raser une ville entière, rappela Angelo. Comment Rébus ou Tim pourraient-ils les combattre, même avec notre bénédiction ?

— Gardez la foi. Cette prophétie annonce leur capture.

— Ainsi que “de la fumée et des nuages vermeils”, persista le prince. Je ne suis pas pressé de voir des cités incendiées ou un ciel rempli de couleurs surnaturelles. »

Nous partagions son inquiétude.

« J'ai conscience de la complexité de ces mystères, admit Kléio. S'il faut encore vous convaincre, laissez-moi vous montrer une dernière prophétie… Je l'ai moi-même gravée il y a bien longtemps.

— Encore des menaces ? se méfia Angelo. Cette caverne en est remplie !

— N'oubliez pas que vos ennemis connaissent ces textes… Thaleia et ses complices ont eu des siècles pour tenter de les interpréter. Ne leur laissez pas cet avantage. »

Elle se dirigea vers une paroi éloignée. Les lanternes qui auraient dû l'éclairer grésillaient faiblement. Kléio invoqua un sortilège lumineux pour nous montrer une grande plaque de cuivre. Lorsqu'elle lut ses inscriptions, un frisson glacé descendit le long de mon échine :

**Ô VOLEUR D'ÉTOILES ! TON CHANT L'ENCHAÎNERA,**
**CAPTIF DE TA TOILE, PRISONNIER DE TES BRAS.**
**Ô VOLEUR D'ÉTOILES ! SUR UN TAPIS DE FLEURS,**
**RECOUVERT D'UN VOILE, TU VOLERAS SON CŒUR.**

« Elle s'adresse à vous, Rébus, murmura la Gardienne. Je l'ai senti dès l'instant où je vous ai vu.

— Je suis le seul voleur du groupe, grimaçai-je.

— Ce poème ne contient aucun jugement de valeur. Il confirme simplement votre rôle de Messager et votre capacité à capturer un phénix. »

Angelo se racla la gorge :

« La fin de la prophétie n'est guère engageante : "Sur un tapis de fleurs, recouvert d'un voile". On pourrait penser que le voleur d'étoiles ne survivra pas à son crime. »

Mon cœur se serra devant la réaction de la Gardienne, qui hocha la tête en soupirant.

« C'est une interprétation possible, avoua-t-elle. J'ose espérer que ce n'est pas la bonne. »

Je m'approchai de la paroi. La lueur des lanternes enflammait le cuivre de reflets rougeoyants. Les lettres s'en trouvaient presque incandescentes.

Je tendis la main vers la plaque de métal. Mes compagnons se crispèrent, mais je m'arrêtai avant de la toucher. Avec un léger craquement qui résonna dans la grotte, une mince fissure apparut au bord de la prophétie.

Un tatouage blanc était apparu sur le dos de ma main : un croissant de lune entouré de six étoiles. Je le regardai disparaître avec appréhension. Je le voyais pour la deuxième fois.

« Ce symbole est le signe des prophéties, expliqua la Gardienne en notant mon désarroi. Il apparaît lorsqu'une Fille de la Lune reçoit une vision du futur. Pour vous, elle signifie que vous avez la capacité d'accomplir cette prophétie. »

J'avais désormais la certitude que ce poème m'était adressé, ainsi que sa mise en garde… Le regard bleuté de la Gardienne me fit froid dans le dos. Un voleur d'étoiles pouvait-il refuser son destin ?

# CHAPITRE XVI

*Bijoux rutilants, rubans pourpres ou vermeils, robes bleues ou beiges aux volants safranés... Je me souviens des couleurs joyeuses du soir où ma vie changea.*

*Les courtisans décidèrent d'organiser un bal sur le navire pour célébrer cette première croisière printanière. Quelques aristocrates improvisèrent un orchestre pour animer la scène. Les cuisiniers rivalisèrent d'inventivité pour nous proposer les mets les plus délicats.*

*De grandes lanternes éclairaient la piste. Oubliant mes pinceaux et mes toiles, je m'abandonnai à l'allégresse qui animait le navire entier. Je dansai en riant avec les cavaliers qui m'invitaient à les rejoindre, aussi charmeurs qu'audacieux. Mon attention n'allait cependant que vers un seul d'entre eux. Ses yeux étaient d'un bleu intense où tournoyait toute l'histoire du monde.*

***Lupa Adellarte***
***« Couleurs restaurées »***

« Rien n'est joué d'avance, intervint Amira derrière moi. Nous avons vu à quel point les prophéties pouvaient être ambiguës ! Nous ferons tout pour éviter une tragédie. »

Je la remerciai d'un hochement de tête. La Gardienne nous entraîna plus loin, comme pour mettre fin à mes doutes. Mon cœur se calma tandis que la prophétie de cuivre retournait dans l'obscurité.

Silencieux, nous étions plongés dans l'affliction devant l'ampleur des tâches qui nous attendaient. Nous ne pouvions pourtant plus revenir en arrière, pas après avoir entendu les enjeux de cette quête.

« Vous ne serez pas seuls dans ce combat, déclara la Gardienne. Rassemblez les autres Rêveurs et apprenez à contrôler le Souffle des Dieux. Quand vous serez prêts, capturez les phénix pour les emprisonner dans les Portails. Vous pourrez alors retrouver le sanctuaire de Dohr'im pour ressusciter sa magie et ramener les dieux à la vie. »

L'Oracle tenta de nous redonner un peu d'espoir.

« Notre dieu vous a choisi, affirma-t-elle avec chaleur. Croyez en lui ! Il guidera vos pas. »

Seule Amira hocha la tête devant sa déclaration. Sa foi l'avait toujours soutenue.

« Pardonnez mon manque d'enthousiasme, lâcha Angelo d'un ton lugubre. Nous devons capturer six phénix vicieux et retrouver un sanctuaire perdu depuis des millénaires. Le tout avant la fin de l'année.

— Qu'avais-tu prévu d'autre ? s'amusa Tim. Tu n'as plus rien à faire depuis que tu n'es plus l'héritier du trône…

— Merci de me le rappeler, fit le prince avec sarcasme.

— Je t'en prie… Par où commence-t-on ? »

Quel était le secret de son enthousiasme ? Nous étions écrasés sous le poids de ces étranges et sombres prophéties. Je voulus faire part de mes réflexions à Ji'Vri, mais mon djinn resta muet. Il s'était recroquevillé dans un coin de mon esprit.

« Je veux bien vous aider dans cette aventure, mais je n'arriverai à rien sans mon djinn, m'alarmai-je. Je crois bien qu'il se meurt… »

Amira se rapprocha de moi :

« Si le Souffle des Dieux peut lutter contre l'Impureté, nous pouvons sûrement le soigner.

— C'est risqué, grommela Angelo. Notre pouvoir est dangereux.

— Vous ne pouvez pas faire pire que précipiter la fin du monde, non ? », rétorqua Tim.

Son cousin haussa les yeux au plafond.

« Je n'ai plus vraiment le choix, avouai-je.

— Venez me rejoindre, souffla la princesse. Nous essaierons de le sauver. »

Une hésitation fit trembler sa voix.

« J'ai tout autant besoin de vous, dit-elle faiblement. Je ne pourrai plus survivre très longtemps. »

Amira m'avait fait part de sa situation. Je m'en voulus de ne pas m'en être inquiété davantage.

« Où êtes-vous, princesse ? », interrogea la Gardienne.

Elle lui raconta son voyage imprévu vers un immense lac de vif-argent, si profond que les tourbillons des marées n'atteignaient pas sa surface. Incapable de plonger pour retrouver l'entrée du réseau souterrain, elle était prisonnière d'un lieu où les nuits étaient peuplées d'hallucinations... Son djinn l'avait aidée à trouver des baies et des racines comestibles, mais son piètre régime alimentaire l'avait affaiblie ; elle passait ses journées à méditer et à projeter son corps astral à travers le monde, près d'Angelo, de Tim ou de moi-même.

« Tu aurais dû me le dire ! s'offusqua Angelo.

— Il était plus urgent que tu rencontres les Filles de la Lune, répondit la princesse. Ta colère était une menace pour notre quête.

— Et si tu étais morte de faim ou de froid, à ton avis, que serait devenue cette maudite quête ? »

Tim posa la main sur son bras.

« Peu importe, Angelo, déclara-t-il. Allons la secourir. »

Le prince croisa les bras avec mauvaise humeur. Il était vexé de ne pas avoir su la vérité plus tôt. Les explications d'Amira le rendaient même coupable de cette situation : elle ne l'avait pas prévenu à cause de la colère immature qui avait obscurci son esprit.

Je demandai à la princesse de me décrire le paysage autour d'elle : une description précise était nécessaire pour la rejoindre en guidant les rivières de vif-argent. Amira baissa les yeux avec gêne.

« Je sais seulement que le lac de vif-argent est immense et entouré de montagnes, avoua-t-elle. Mon isolement n'est pas seulement lié à sa profondeur. Je l'ai vu de façon trouble, avant de redevenir complètement aveugle...

— Le Souffle des Dieux t'avait guérie ! s'écria Angelo avec une soudaine frayeur.

— Thaleia m'avait prédit que ce n'était que temporaire. Ma vision a commencé à se troubler au début de la Quête des Talismans Totems. Je voyais la magie traverser l'air ou entourer les objets enchantés… Je distinguais la nature des sortilèges qui vibraient tout autour de moi.

— Comme lorsque nous avons traversé la rivière du Mausolée Blanc », commentai-je doucement.

La Gardienne s'agita près de nous. Son visage s'embrasa de colère.

« Thaleia vous a menti ! affirma-t-elle. Dohr'im vous a guéri de votre cécité ; rien ne peut défaire un miracle divin. Ma sœur est la reine des illusions et des tragédies. Tout ce qui l'entoure est faux et mystifié.

— Comment expliquez-vous les troubles de ma vision, dans ce cas ?

— Vous avez choisi la magie de Dohr'im au détriment de la magie calorique. Ce que vous avez pris pour une altération de vos sens n'était peut-être qu'une nouvelle bénédiction… N'étiez-vous pas capable de voir ce qui restait invisible aux yeux d'autrui ? Seul le mensonge de Thaleia vous a affaiblie. La magie qui coule désormais dans votre sang est particulièrement sensible à vos émotions et à vos croyances… »

La princesse avait les larmes aux yeux.

« Un simple mensonge m'aurait rendue aveugle ? souffla-t-elle.

— Les croyances ont une grande puissance. Elles peuvent renforcer le pouvoir d'une illusion, ou la défaire. Souvenez-vous-en. »

Amira hocha la tête. Des couleurs revinrent sur son visage.

« Je dois le constater par moi-même, dit-elle avec plus d'assurance. Je vous remercie, Gardienne. »

La Princesse Noire nous adressa un signe de la main avant de disparaître sans bruit. Son empreinte énergétique resta un instant suspendue en l'air, comme un léger nuage, avant de s'évaporer doucement. J'étais ému d'avoir découvert la fragilité de cette jeune femme étonnante.

Inquiète, Kléio nous incita à partir à sa recherche sans attendre. Elle nous offrit quelques provisions et des vêtements chauds qui appartenaient aux Filles de la Lune. Elle nous guida jusqu'à une trappe que je n'avais pas remarquée jusqu'alors, au centre de la caverne. Des marches étaient creusées dans la pierre et descendaient dans l'obscurité.

La Gardienne nous apprit que cet escalier menait à une mare de vif-argent que les Oracles avaient empruntée des millénaires plus tôt. Neuf femmes étaient entrées au cœur de la montagne pour graver leurs prophéties dans le métal. Bien plus tard, Kléio et les Filles de la Lune avaient creusé un réseau de galeries à partir de cette caverne, pour graver leurs poèmes dans la roche. Des siècles s'étaient écoulés avant que leur travail ne débouche sur la jungle et ses cascades. Le chemin que nous avions emprunté nous avait fait remonter le temps. Tout avait commencé ici, au centre de la Terre.

« Gardez confiance, répéta-t-elle en guise d'adieu. Vous avez toutes les clés pour réussir cette quête. »

J'admirai une dernière fois son visage souriant, sa cascade de cheveux blonds et sa couronne de laurier. Je savais que son apparence était surnaturelle, mais la sérénité qu'elle dégageait apaisa mon esprit. J'enfouis cette vision au plus profond de mon cœur.

Toutes les illusions ne devaient pas être défaites.

Le voyage dans les bras de *l'Amante* fut particulièrement agité. La Rime Ancestrale protégeait Angelo et Tim dans des cocons de soie brillante, les rendant somnolents, alors que nous étions secoués comme des fétus de paille.

La destruction du sanctuaire des druides avait des effets secondaires : la vibration de l'Astre Émeraude était presque trop faible pour nous guider dans les rivières souterraines. Les courants et contre-courants rivalisaient de force pour me détourner de mon objectif.

Étrangement, je ressentais une profonde attraction en provenance du Royaume Minéral. Une volonté extérieure à la mienne *exigeait* mon retour. J'avais la certitude que le roi Björn était à l'origine de cet affrontement, car l'utilisation du Quatrain Minéral renforçait la loyauté des vif-passeurs à son égard. Lex avait sous-estimé l'influence que le monarque possédait sur le vif-argent…

Nous traversâmes d'innombrables cavernes englouties. J'aperçus parfois des lueurs vacillantes, des flammes qui brillaient dans l'obscurité. Elles ne tenaient sûrement qu'à ma fatigue grandissante. Mes yeux me piquaient, même si la poésie me protégeait et me permettait de voir à travers l'opacité de l'argent liquide.

Les heures s'égrenèrent lentement, à lutter contre le chaos des Astres et l'enchantement du roi Björn, jusqu'à ce que nous soyons brusquement aspirés dans une galerie verticale aux parois étroites. Mon sortilège fondit comme neige au soleil et mes compagnons se réveillèrent, alors que nous étions encore entourés de vif-argent.

Amira nous avait prévenus : nous nous trouvions dans les profondeurs d'un lac gigantesque. D'un mouvement énergique, j'imitai Angelo et Tim pour nager vers la surface. J'inspirai bientôt une bouffée d'air frais avec soulagement. Ce voyage m'avait épuisé.

Nous étions entourés d'une chaîne de montagnes aux cimes enneigées. Des torrents argentés dévalaient leurs flancs et se jetaient dans le lac à leurs pieds. Une forêt de sapins offrait une touche arborée à ce paysage sauvage et minéral. Les environs semblaient inhabités.

« Nous sommes loin de la rive, gémit Angelo.

— C'est l'occasion de nous montrer tes talents de nageur, rétorquai-je, amusé.

— Suivez le guide, alors ! Amira est par là.

— Tu es sûr de toi ? lança Tim. Ce lac est immense, je n'ai pas envie d'en faire le tour…

— Mon cousin préféré, libre à toi d'en juger, répondit Angelo. Mon djinn me déteste, mais elle ressent la présence de sa sœur dans cette direction. »

Nous nageâmes jusqu'aux berges caillouteuses. Après ce voyage éprouvant, j'étais à bout de forces. Je dus faire appel à des ressources insoupçonnées pour suivre le rythme de mes compagnons.

La princesse eut sans doute le même pressentiment qu'Angelo. Elle nous attendait, assise sur un rocher. Sa djellaba rouge était couverte de terre et de brindilles. Ses traits étaient tirés. Même dans son état de fatigue, Amira avait une prestance saisissante. J'étais intimidé par son regard d'or liquide qui contrastait avec le noir profond de sa peau.

« Bienvenue dans ma prison, dit-elle d'une voix douce. Je suis heureuse d'avoir un peu de compagnie.

— Comment allez-vous, princesse ? demandai-je.

— Mieux. Je peux de nouveau admirer le paysage. Le mensonge de Thaleia m'avait aveuglé, au premier sens du terme…

— Cette garce ! lança Angelo avec mauvaise humeur. Elle nous a manipulés pour détruire le sanctuaire des druides, avant de tenter de nous assassiner… Je n'arrive pas à croire que ce soit une Oracle de Dohr'im.

— Nous connaissons désormais nos ennemis. L'essentiel est d'avoir échappé à leurs ruses. »

Elle se tourna vers moi avec un grand sourire :

« Merci, Rébus, d'avoir alerté les Filles de la Lune. Vous avez fait le bon choix.

— Ça n'enlève rien aux erreurs que j'ai commises.

— Vos regrets ne vous mèneront nulle part. Vous avez laissé votre passé derrière vous en entrant dans les grottes prophétiques. Moi-même, n'ai-je pas renoncé à mon héritage ? Je ne suis plus la princesse du Sultanat Calorique.

Désormais, nous sommes tous les Messagers d'un dieu disparu. »

J'acquiesçai gravement. Étions-nous pour autant sur un pied d'égalité ? Nos origines étaient si différentes… Elle avait passé son enfance dans le palais d'Al-Hamra, à l'abri de ses boiseries et de ses thermes. Je n'étais qu'un immigré sans le sou, un voyou qui arpentait les faubourgs pour commettre des vols.

Tim détourna l'attention du groupe en ouvrant les sacs que Kléio nous avait remis avant notre départ. Elle y avait glissé des vêtements chauds, des couvertures et des provisions qui permettaient aux Filles de la Lune de rester des jours au fond des grottes, pour entrer en transe et graver leurs prophéties. La Gardienne nous avait assuré que les prophétesses ne reviendraient pas de sitôt dans son sanctuaire. Elles devaient d'abord trouver un refuge pour éviter les représailles de Thaleia et de ses assassins.

Tim tendit un manteau à la princesse, qui se blottit dedans avec un soupir de soulagement. Les sacs contenaient surtout des denrées nourrissantes et facilement transportables, comme des bananes séchées, des galettes de sarrasin et des gâteaux de patate douce. Quelques mangues fraîches avaient cependant été cueillies récemment. Elles avaient souffert de notre voyage mouvementé, mais elles étaient mûres et délicieuses.

Nous mangeâmes en silence, en observant les alentours. Le lac argenté étincelait sous les rayons du soleil, qui commençait à décliner. Des ombres s'allongeaient sur certains versants des montagnes. Un couple de rapaces tournoyait dans le ciel. Ils devaient être aussi affamés que nous.

« Je n'ai jamais rien mangé d'aussi bon, s'amusa la princesse. Je crois que ma faim améliore les saveurs…

— Ça change des racines, approuva Angelo. Nous aurons de quoi tenir quelques jours avant de devoir nous réapprovisionner. Nous allons seulement manquer d'eau.

— Un torrent traverse la forêt. L'eau descend des glaciers en altitude. Elle est froide, mais claire. »

Tim se leva en s'étirant.

« La nuit ne va pas tarder à tomber, lança-t-il en bâillant. Nous pouvons sûrement attendre demain pour sauver le monde. Princesse, où avez-vous dressé votre campement ?

— Je n'ai aucun équipement, précisa-t-elle. J'ai récupéré quelques branchages pour m'abriter et dormir à la belle étoile.

— Ça ne doit pas être très confortable… »

Angelo donna une tape amicale sur son épaule.

« À quoi t'attendais-tu ? plaisanta-t-il. Un lit moelleux ?

— Ça m'aurait soulagé des angoisses de cette journée… Contrairement à toi, c'est la première fois qu'on essaye de m'assassiner !

— Tu verras, c'est une question d'habitude. »

Tim eut une grimace désabusée.

« Princesse, supplia le jeune homme avec son beau regard émeraude, dites-moi que vous avez au moins de quoi nous réchauffer autour d'une bonne flambée.

— Hélas, non, s'excusa-t-elle. J'ai épuisé l'énergie des talismans caloriques que je possédais. À force de dormir pour tromper la faim et la fatigue, les braises ont fini par s'éteindre.

— Comment avez-vous survécu au froid ? »

Son sourire s'élargit.

« Je vais vous montrer », dit-elle mystérieusement.

Elle nous invita à la suivre. Nous ramassâmes nos affaires avant de nous éloigner du lac et de pénétrer dans la forêt. Les sapins dégageaient une odeur entêtante et résineuse. Nos pas crissaient sur le tapis d'aiguilles tombées au sol. Les arbres avaient de multiples branches qui rendaient la forêt dense et touffue.

Amira nous dirigea sur un sentier invisible qui contournait admirablement tous ces obstacles naturels. Je m'en étonnai ouvertement. Elle toucha le Talisman Totem qui pendait à son cou, une libellule en ambre et aux ailes diaphanes, en nuances de brun et d'or.

« Mon djinn nous ouvre la route, expliqua-t-elle. Polymnie m'a guidée alors que je pensais être redevenue aveugle. Sans elle, je n'aurais pas survécu. »

Quelques insectes stridulaient autour de nous. Ils alimentaient de leur chant un léger fond sonore, ponctué par le craillement des corneilles depuis les hauteurs.

Une odeur étrange me frappa bientôt les narines. Elle recouvrait les arômes de résine qui encensaient l'air. Elle était forte et désagréable.

Son origine se dévoila soudain devant nous. Un bassin d'eau trouble fumait au cœur de la forêt. Des bulles d'air éclataient à la surface du liquide jaunâtre. Non loin, un tas de branchages indiquait que la princesse s'était installée là.

« Ça sent l'œuf pourri ! s'exclama Tim en plissant le nez de dégoût.

— C'est à cause du soufre, expliqua Amira. C'est une source d'eau chaude naturelle. Le centre du bassin est brûlant, mais on peut se baigner sur ses bords.

— Ne comptez pas sur moi, marmonna Tim. Elle est jaune et croupie ! »

La princesse rit avec bonne humeur. Sans se laisser intimider, elle vint s'accroupir près du bassin bouillonnant pour y tremper ses mains.

« Cette source de chaleur m'a sauvée, assura-t-elle. On s'habitue vite à son odeur sulfureuse, vous verrez. »

Le cousin d'Angelo fit la moue.

« Je vais m'occuper du feu avant que la nuit tombe, grimaça-t-il. Rébus, tu viens m'aider à ramasser des branches ? Pendant ce temps, Angelo et Amira pourront réfléchir à la manière d'utiliser leur don pour soigner ton djinn… Et sans incendier toute la forêt, si possible. »

Il n'attendit pas ma réponse pour s'éloigner d'un pas pressé. Angelo sourit devant son attitude et haussa les épaules. Il semblait dérangé par cette odeur désagréable, mais il approuvait la proposition de son cousin. Les deux élus devaient discuter sérieusement de leur pouvoir.

Je rattrapai le garçon aux cheveux blonds qui s'enfuyait presque. Tim sourit en me voyant.

« C'est affreux comme odeur, non ? demanda-t-il.

— J'ai connu mieux, avouai-je. Je n'avais encore jamais vu de sources d'eau chaude…

— Moi non plus et je n'en ai aucun regret ! »

Le soleil traversait les sapins et éclairait son regard. Ses yeux verts étaient piquetés de minuscules émeraudes qui diffractaient la lumière. Les nuances de vert tournoyaient sous les rayons solaires. J'étais captivé par ce trésor rutilant.

« On sera mieux autour d'un bon feu », affirma-t-il.

Je détournai mon regard du sien.

« Sûrement », répondis-je en me raclant la gorge.

Tim s'enfonça dans les sapins à la recherche de branches mortes. Beaucoup d'entre elles gisaient au sol, arrachées par le vent ou par le passage du gibier. Nous ramassâmes les plus sèches d'entre elles. Elles étaient pleines de petites branches que nous dûmes casser avec patience.

« Depuis quand connais-tu Angelo ? demanda mon compagnon.

— Cinq ou six ans. Je l'ai rencontré un jour où il s'était échappé du palais pour visiter la citadelle incognito. J'ignorais qu'il était prince.

— Je te rassure, il ne m'avait jamais parlé de ses fugues et de sa double vie. Et pourtant, j'étais persuadé qu'il me racontait tout ! Sauf ses amours, bien sûr.

— Il a toujours évité le sujet. Est-ce que les rumeurs sont vraies ? Est-il amoureux de la princesse de l'Empire Lumineux, Luli Mingwang ?

— Elle lui fait les yeux doux et je crois qu'il est complètement sous son charme. Juste avant le Jugement Dernier, on les a surpris en train de s'embrasser ! »

J'eus un rire surpris.

« Le cachotier ! m'exclamai-je. Et moi qui le considérais comme un frère… Il s'est bien gardé de me le raconter.

— Oh, sans doute parce qu'il s'est évanoui dans ses bras… Sa mère a prétendu qu'il était souffrant, mais je pense que mon cher cousin n'a pas supporté toute cette émotion. En tout cas, on ne peut pas faire pire comme rendez-vous galant. »

J'en convenais volontiers. Je terminai mon ébranchage avant de chercher de nouvelles victimes parmi les sapins environnants. Nous avions l'embarras du choix.

Préparer un feu… Cette activité simple et pratique détournait nos pensées des révélations de Kléio. Sans sous-estimer l'importance de la quête des Oracles, nous avions un prétexte pour oublier un temps les responsabilités qui nous incombaient.

Le jeune homme à mes côtés continuait son entreprise sans compter ses efforts. Il remonta ses manches. Ses muscles étaient secs et bien dessinés. Je m'étonnais de constater que certains aristocrates maintenaient leur corps en forme. Je les avais toujours imaginés gras et mous, à force de profiter d'opulents banquets.

Je l'interrogeai pendant notre travail :

« Tu as donc toujours été proche d'Angelo ?

— Oui, en dépit de sa bêtise et de notre différence d'âge… J'aurai dix-neuf ans au printemps.

— Tu n'es pas l'aîné de ta famille, n'est-ce pas ?

— Non, ma sœur Gracilla a ce privilège. D'ailleurs, c'est la mieux placée pour devenir l'héritière du trône, maintenant qu'Angelo a été écarté de la succession. »

Mon cœur se pinça. Le prince avait encore du mal à accepter cette réalité.

« Je comprends qu'il en soit malheureux, murmurai-je. Il était furieux en quittant le Mausolée Blanc. Comment a réagi la reine Mirabella ?

— Très mal… Elle était anéantie. Elle savait que son fils était un Messager de Dohr'im, mais elle ignorait que sa magie pouvait changer au cours du Suprême. Elle était persuadée d'avoir réussi à le protéger de l'influence des dieux. Angelo était son héritier.

— Il n'a jamais voulu de ce pouvoir.

— C'est vrai. Sa mère pensait aussi que les Filles de la Lune pouvaient lui rendre l'usage de la magie végétale. La reine leur a fait parvenir un message. Elles n'ont pas tardé à venir chercher Angelo pour l'emmener sur leur île secrète. Il m'a demandé de l'accompagner en m'apprenant que j'étais un Messager de Dohr'im. De toute façon, vu son état, je ne pouvais pas le laisser partir seul. »

Tim soupira profondément.

« Elles étaient bien sûr incapables de modifier sa magie. Nous avons passé plusieurs jours dans la jungle, le temps que sa colère se calme. La doyenne Maïa a longuement discuté avec lui. Il a fini par accepter l'inévitable.

— Il devait se sentir affreusement mal. Je comprends son désespoir.

— À qui le dis-tu ! Je sais malheureusement ce qu'il a traversé. Je suis le seul de ma famille à ne pas avoir trouvé mon Talisman Totem dans un fruit... Même mon demi-frère Aldo vient de réussir le Suprême et de ramener un magnifique bijou.

— C'est surprenant, étant donné les circonstances de sa naissance, osai-je prudemment.

— C'est vrai, c'est un enfant illégitime qui a été conçu hors mariage. Ma mère a été blessée par la trahison de mon père, mais, quand la mère d'Aldo est morte d'une pneumonie, elle l'a élevé comme un de ses enfants. Il n'était un "bâtard" que dans les réceptions officielles. Chez nous, il faisait partie de notre fratrie. »

Songeur, Tim se perdit dans ses souvenirs. La peine assombrissait son beau regard.

« Je n'aurais pas dû aborder ce sujet, m'excusai-je.

— Je t'en prie. C'est parfois difficile d'assumer sa différence. »

Il me sourit gentiment.

« Cette histoire de Talisman Totem m'a gâché quelques soirées, avoua-t-il. Heureusement que les autres ont sauvé l'honneur de la famille ! Mes sœurs portent un bijou en forme de groseille et de cassis, et mon demi-frère est fier d'avoir trouvé une tomate-cerise en rubis.

— C'est un fruit ? demandai-je, incertain.

— Contrairement à ce qu'on croit, les tomates ne sont pas des légumes… Aldo a réussi à dénicher le seul fruit un peu bâtard ! »

Sa plaisanterie nous fit sourire tous les deux. Ses yeux retrouvèrent aussitôt leur charme saisissant.

Ce garçon était doué pour dévier les sujets difficiles avec humour. Plus la situation devenait douloureuse, plus il parvenait à la dédramatiser.

Nous avions amassé un tas de bois conséquent. D'un commun accord, nous ramassâmes les branches pour les ramener auprès d'Angelo et d'Amira. Mon compagnon plissa le nez, mais il ne fit aucun commentaire. Il m'invita seulement à préparer le feu le plus loin possible du bassin d'eau soufrée.

Les deux élus discutaient à voix basse. Nous n'osâmes pas les déranger. Tim disposa les branches de façon verticale, comme un tipi en bois. Il me demanda de rassembler un tas d'aiguilles desséchées en son centre. Enfin, il récupéra un talisman calorique en forme de charbon cristallisé. Il murmura un sortilège qui enflamma les aiguilles de sapin. Une fumée âcre et opaque se dispersa dans l'air. Je rajoutai quelques brindilles jusqu'à ce que des flammes apparaissent. Le feu prit rapidement.

« On forme une super équipe ! », me lança Tim avec un clin d'œil.

Il me donna une tape amicale sur l'épaule.

« Nous n'avons plus qu'à surveiller le feu pour l'alimenter régulièrement, reprit-il. Il faut créer suffisamment de braises avant la nuit. »

Angelo et Amira vinrent bientôt nous rejoindre. Leur mine était sombre.

« Le feu ne vous plait pas ? fit Tim en fronçant les sourcils.

— Il est parfait, assura son cousin.

— Mais… ? »

Il chercha la princesse du regard. Elle semblait aussi désolée que lui.

« Rébus, annonça Angelo, nous pensons avoir trouvé un moyen de soigner ton djinn, mais ça risque de ne pas te plaire… »

Mon estomac fit une embardée.

« C'est-à-dire ? demandai-je d'une voix blanche. Je ferai tout pour le sauver. »

Mon ami soupira avant d'annoncer :

« Nous devons détruire ton Talisman Totem. »

# CHAPITRE XVII

*Mon souvenir de cette soirée et de la nuit qui suivit est rempli de couleurs chatoyantes.*

*J'étais restée seule sur le pont pour admirer les étoiles et la mer endormie. L'obscurité était adoucie par les rayons d'un croissant de lune. La fourrure de mon manteau me protégeait de la fraîcheur nocturne.*

*Je ne l'entendis pas arriver derrière moi. Je sursautai lorsqu'il plaça son bras autour de ma taille. Ses yeux bleus étaient pleins de tendres promesses. Je ne cherchai pas à m'échapper quand il captura mes lèvres avec les siennes.*

***Lupa Adellarte***
***« Couleurs restaurées »***

« Redis-moi ça ? »

Je n'osais pas croire l'annonce d'Angelo. Son visage était pourtant sérieux.

« Nous devons liquéfier ton Talisman Totem, répéta le prince. Sa fusion permettra de brûler ses impuretés et de le remodeler… Rappelle-toi ce qui s'est passé dans le Mausolée Blanc. Le Souffle des Dieux nous a permis de créer deux talismans à partir d'un seul. Pour une pierre précieuse, nous devons donc détruire sa structure cristalline pour mieux la recréer. »

Mon regard se posa sur le trognon de pomme qui ornait son cou. Son talisman rachitique me fit connaître un instant de panique.

« Sans vouloir te vexer, répondis-je, ce n'était pas une franche réussite… Si je me souviens bien, une des Oracles n'a pas survécu à l'opération.

— Nous avons appris de nos erreurs, assura mon ami. Surtout moi, en l'occurrence.

— C'est trop dangereux ! C'est mon bien le plus précieux !

— Nous n'avons pas d'autre idée, confia la princesse avec douceur. Dans le Mausolée Blanc, j'ai lutté contre l'intervention d'Angelo, ce qui a eu de fâcheuses conséquences. Tout ira bien si nous allions nos volontés.

— Vous n'en avez aucune certitude… »

Je les regardai tour à tour. Ils semblaient désolés de ne trouver aucune alternative. J'avais le sentiment d'être pris au piège.

Tim vint à mon secours.

« Ce sortilège est risqué, murmura-t-il. Comment allez-vous éviter une catastrophe ?

— Nos djinns vont nous aider à calmer nos esprits, expliqua Amira. Quand nous utilisons le Souffle des Dieux, nous sommes traversés par de grandes puissances. Nos émotions et notre sensibilité sont exacerbées. Le moindre éclat de colère peut prendre des proportions démesurées. C'est ce qui a fait perdre le contrôle à Angelo.

— C'est aussi ce qui m'a donné la force de détruire le sanctuaire des druides, rétorqua le prince. Je sais que je n'aurais pas dû, mais ma colère a gonflé notre pouvoir. Le cercle de menhirs créait une barrière magique inébranlable. Nos émotions peuvent décupler nos forces.

— Commençons par les tempérer pour mieux les contrôler, nuança Amira.

— Je ne suis pas convaincu, persistai-je. Je n'imagine pas vivre sans la compagnie de Ji'Vri. »

Les élus échangèrent un nouveau regard. Leurs traits se crispèrent davantage.

« Tu ne crois pas si bien dire, murmura Angelo. Vos deux esprits ont fusionné lorsque tu as failli te noyer dans le fjord d'Édelstener. Tu as accepté de partager pleinement l'existence de ton djinn.

— Nous nous soutenons mutuellement.

— C'est vrai, mais c'est aussi votre vulnérabilité. Vos vies sont liées l'une à l'autre… Si Ji'Vri meurt, tu mourras aussi. »

Mon sang se glaça. La forêt me parut soudain trop épaisse, trop silencieuse. Une impression de danger flottait dans l'air.

« Vous n'avez rien trouvé de mieux pour nous rassurer ? lança Tim. Vos djinns millénaires ne connaissent pas un petit poème ou une formule secrète pour éviter ça ? »

Angelo soupira.

« Il semble que non, avoua-t-il. La seule nouvelle qui peut t'intéresser, Rébus, c'est que nous pourrions donner une nouvelle forme à ton Talisman Totem, comme nous allons le liquéfier et le remodeler.

— Tu aurais du style avec un cobra miniature, me proposa Tim dans une tentative d'humour.

— Non merci.

— Ou un serpent à sonnettes, avec des grelots ? »

Je souris malgré la gravité du moment.

« J'aime ce serpent de roche, affirmai-je en touchant mon pendentif. Il symbolise bien ma personnalité. »

Mon djinn m'avait expliqué que cet animal aimait l'ombre des rochers. Il fuyait la lumière, mais c'était plus par précaution que par malignité… Il se cachait dans des lieux de confiance où ses talents pouvaient s'épanouir et le protéger. Ce prince de l'ombre incarnait la discrétion, la modestie et l'introspection. Il aimait le secret et la simplicité.

Je n'entendais plus la voix de Ji'Vri. Je ne ressentais plus sa douleur, comme s'il avait coupé notre lien mental.

« Si vous ne voyez pas d'autre solution, soupirai-je, je dois vous faire confiance… Ji'Vri est mourant. Je n'arrive même plus à lui parler pour lui demander son accord… »

Les élus acquiescèrent. Ils m'invitèrent à m'allonger près du feu.

« Tout de suite ? », me récriai-je.

Angelo me mit la main sur l'épaule.

« Tout se passera bien, Rébus, dit-il avec conviction. Je te promets que nous ferons tout pour te protéger et pour soigner ton djinn. »

À l'approche de la nuit, la température commençait à chuter. Je m'allongeai et m'emmitouflai dans une couverture.

« À tout à l'heure, Rébus », murmura Tim en me serrant brièvement le bras.

Je devais entrer en transe pour rejoindre mon djinn. Amira s'agenouilla près de moi et me prit la main. Lentement, elle me parla doucement, psalmodiant à moitié. Je me laissai guider par le son de sa voix.

Mes pensées s'apaisèrent. Je laissai mes doutes s'envoler. La Princesse Noire murmurait avec une assurance rayonnante. Son contact se fit plus léger.

Je ne me sentis pas m'endormir.

Je me retrouvai dans un rêve éveillé, dans la vallée secrète de Ji'Vri. J'eus du mal à la reconnaître.

Des nuages noirs s'étaient amoncelés dans le ciel. Un violent orage s'abattait sur les montagnes, dans des coups de tonnerre fracassants et des tourbillons de pluie. Le torrent furieux débordait de son lit. Les images du monde réel étaient déchiquetées par le courant.

Mon djinn gisait au pied d'un arbre, sous la forme d'un serpent enroulé sur lui-même. Il était immobile, incapable de s'abriter des éléments déchaînés. La pluie coulait sur l'animal, si maigre que sa vision me pinça le cœur. Ses écailles étaient floues, entourées d'une brume tremblotante.

J'accourus à ses côtés. Ses pensées caressèrent mon esprit.

*« Je ne voulais pas que tu me voies ainsi,* murmura-t-il.

— *Ne dis rien,* implorai-je. *Angelo et Amira vont te sauver.*

*— Mais toi, qui va te sauver ? Tu ne devrais pas être ici. Je voulais te préserver de l'Impureté. »*

Un éclair claqua tout près. Le grondement qui l'accompagna couvrit ma réponse.

J'observai avec impuissance la colère du ciel se déchaîner autour de nous. La nature semblait prise de folie. La douleur mentale de mon djinn se matérialisait sous une forme effrayante.

*« Tiens bon, Ji'Vri »*, murmurai-je.

Je ramassai le serpent et le serrai contre mon torse. L'animal était d'une légèreté inquiétante. Je m'assis contre l'arbre, en abritant mon djinn de la pluie glacée.

Des étoiles semblèrent soudain descendre du ciel et traverser les nuages. Les étincelles de magie, d'une blancheur immaculée, s'approchèrent pour envelopper Ji'Vri d'un cocon brillant. Je sentis aussitôt mon compagnon s'apaiser.

La magie d'Angelo et d'Amira continua à se condenser autour de lui. Il devint incandescent, comme du métal chauffé à blanc. Il fut bientôt trop éblouissant pour que je puisse garder les yeux ouverts. Je fermai les paupières, sans le lâcher pour autant.

J'aimais sa compagnie, à la fois douce et réconfortante, et sa personnalité si atypique. Son assurance et sa sagesse m'aidaient à grandir. Il m'apprenait à cultiver mes qualités et atténuer mes défauts. Je l'aimais de toute mon âme.

Le temps suivait son propre cours dans cette vallée enchantée. Des minutes, des heures passèrent-elles ainsi, à prier pour la guérison de mon djinn ? Mes larmes avaient cessé de couler. J'étais plein d'amour et de recueillement.

L'orage se calma enfin. Le grondement du tonnerre s'éloigna jusqu'à disparaître complètement. Une éclaircie perça la mer de nuages. Les rayons du soleil tombèrent sur la vallée malmenée et détrempée. Des diamants étaient disséminés dans l'herbe et renvoyaient des milliers d'éclats.

Mon regard se baissa vers Ji'Vri. La luminosité du sortilège qui l'entourait avait décru. Elle restait collée à lui comme une seconde peau étincelante. Ses écailles en œil-de-tigre brillaient comme autant de pierres précieuses. Il avait repris du poids.

Avec précaution, je déposai le serpent dans l'herbe humide. L'animal ondula avec une énergie qui me réchauffa le cœur.

*« J'aime l'odeur que laisse la pluie après son passage,* s'exclama-t-il.

— *La prochaine fois, une petite averse suffira…*

— *C'est promis. Merci d'avoir veillé sur moi, Rébus. »*

Un halo doré entoura soudain mon djinn, qui se métamorphosa en tigre. Le félin avait le poil épais et des rayures brunes et or. Il vint frotter sa tête contre mon flanc. Je ris en levant les mains au ciel.

*« Tu as la fourrure trempée, Ji'Vri !* m'amusai-je. *Et pourquoi choisis-tu aussi souvent cette forme ?*

— *C'est un souvenir de mon ancienne vie,* avoua-t-il. *J'étais un tigre totem. J'aimerais t'en dire plus, mais la mémoire de cette existence a été emportée par le courant depuis longtemps… C'est peut-être mieux ainsi.*

— *C'est étrange de penser que tu as vécu d'autres vies.*

— *Tu en as eu aussi, Rébus »,* dit-il d'un ton mystérieux.

Avant que je puisse l'interroger davantage, il me poussa du museau.

*« Tu devrais retourner auprès de tes compagnons,* dit-il. *Remercie-les de m'avoir soigné.*

— *Es-tu sûr que tout ira bien, maintenant ?*

— *Bien plus encore… Vois-tu les diamants qui sont tombés du ciel ? Ce sont des fragments cristallisés du Souffle des Dieux. Je vais les rassembler. »*

Je passai la main dans sa fourrure avant de regagner les berges du torrent. Grossi par l'orage, il charriait des images pleines de couleurs chatoyantes, comme d'étranges reflets créés par la lumière du soleil. Je plongeai dans l'eau…

…et je me réveillai près d'un feu bien entretenu, au cœur d'une forêt de sapins. Mon nez fut assailli par un mélange d'odeurs de résine, de bois brûlé et de soufre.

« Il se réveille ! »

Trois visages apparurent au-dessus de moi. Ils étaient souriants, mais tendus par la fatigue et l'appréhension. Derrière eux, le rideau de la nuit était tombé.

Je vérifiai le Talisman Totem qui ornait ma poitrine. Je fus soulagé de constater qu'il ressemblait toujours à un serpent de roche. Le résultat était à la hauteur de mes espérances. L'œil-de-tigre était plus étincelant qu'il ne l'avait jamais été. Une seule différence était notable : des diamants remplaçaient les yeux et certaines écailles du bijou.

« Les diamants, expliqua Tim, c'est en guise d'excuse pour avoir pulvérisé ton Talisman Totem. »

Son cousin lui donna un léger coup de coude.

« N'importe quoi, rétorqua Angelo en souriant. Ils contiennent un peu de notre don cristallisé. C'est la "bénédiction" dont parlait la Gardienne, une protection supplémentaire contre l'Impureté. Tu devrais être immunisé désormais.

— Tant mieux. Je n'aimerais pas vivre ça une deuxième fois ! J'ai bien cru que j'étais mort. »

Mes compagnons firent la grimace.

« Qu'est-ce que j'ai dit ? m'étonnai-je.

— Ils m'ont proposé la même opération, lâcha Tim. On ne peut pas dire que tu m'aies vraiment rassuré…

— C'est nécessaire si vous devez affronter les phénix, rappela la princesse. Le Souffle des Dieux est à la fois une arme et un bouclier. Nous l'avons mieux contrôlé que la dernière fois, même s'il y a eu un léger raté… »

Elle désigna de la tête un sapin couché à terre, non loin de nous. Il était cisaillé sur toute sa longueur et sa base était carbonisée. Je frissonnai en songeant aux risques qu'ils avaient pris pour soigner mon djinn.

Tim joua nerveusement avec son pendentif en émeraude. Le jeune homme ne semblait pas ravi de devoir le détruire. Angelo sauta sur l'occasion pour plaisanter.

« Tu ne voudrais pas une fleur de cerisier ? susurra son cousin. Ou une feuille de vigne ?

— Reparlons-en demain, trancha l'autre. Il est trop tard pour jouer les apprentis sorciers, n'est-ce pas ? »

Angelo lui donna une accolade joyeuse.

« Où est passé ton sens de l'humour ? », se moqua-t-il.

Tim sourit en reconnaissant sa défaite. Il changea de sujet avec adresse.

« Il faudrait ramasser d'autres branches pour le feu, affirma-t-il. Qui veut m'accompagner ?

— Ce ne serait pas prudent, souffla cependant la princesse. La nuit est tombée.

— Je n'ai pas peur de l'obscurité.

— Et de la brume ? »

Sa remarque nous poussa à mieux observer les alentours. Des nappes de brouillard flottaient entre les sapins. La lumière du feu ne permettait pas de voir au travers.

« On peut toujours essayer… », commença-t-il.

Il fut interrompu par un ricanement lugubre qui traversa la forêt et nous glaça les sangs. Je sursautai avec angoisse.

« Qu'est-ce que c'était ? », m'écriai-je.

Amira haussa les épaules. Son indifférence était surprenante. Elle était bien la seule à ne pas s'être recroquevillée de terreur.

« Je pense que nous sommes sur l'Île Brumeuse ou à proximité, dit-elle. La brume tombe tous les soirs. Elle est remplie d'hallucinations et de hurlements d'animaux… Rappelez-vous que personne ne vit sur l'Île Brumeuse à cause de cette malédiction.

— Je pensais que cette légende était l'œuvre des djinns sauvages ? remarqua Angelo. Ils nous ont montré l'étendue de leur malfaisance, notamment les djinns rouges… Ils adorent effrayer ou tourmenter d'innocentes victimes. »

Il passa la main dans ses cheveux courts. Ses brûlures avaient disparu, mais sa coiffure rappelait l'attaque de Ji'Ihna et de ses complices au cours du Suprême.

« C'est une possibilité, admit la princesse. Les génies n'apparaissent que pour la durée du Suprême et de la Quête des Talismans Totems. Cependant, personne ne sait ce qu'il advient d'eux le reste de l'année… Le sortilège qui protège cette île leur permet peut-être de se matérialiser la nuit, dans la brume… »

Un long hurlement ponctua ses paroles. Bête sauvage ou esprit maléfique ? Je n'avais aucune envie de m'enfoncer dans la forêt pour aller le vérifier. Visiblement, Tim non plus. Il frissonna et serra les bras autour de lui.

« Ne risque-t-on rien en restant ici ? murmura-t-il.

— Je n'ai jamais été attaquée, assura la princesse. Ce sont peut-être des illusions, ou bien ils n'aiment pas l'odeur de soufre. »

Elle lança un clin d'œil au beau jeune homme. Tim ne fut pas le seul à s'étonner de cette tentative d'humour. La princesse paraissait d'ordinaire si sérieuse et si grave…

« Dormons, alors, dit-il en s'avouant vaincu. Et restons groupés. On ne sait jamais. »

Il s'assit et replia ses bras autour de ses jambes. Songeur, il se perdit dans la contemplation du feu qui fumait et craquait dans la nuit. Amira resserra une couverture autour d'elle. Le silence tomba sur l'assemblée.

La forêt, elle, semblait s'éveiller. Des bruits de pas se firent entendre tout près de nous. Je fermai les yeux en essayant de me convaincre que ce n'était qu'un maléfice, qu'une illusion. Dans un coin de mon esprit, mon djinn me murmura des paroles rassurantes. J'hésitais à me réfugier dans sa vallée verdoyante, mais je ne pouvais pas fuir la réalité et abandonner mes compagnons à leur solitude.

Un hululement sinistre répondit à une série de cris étouffés. La nuit promettait d'être longue.

∫

Je fus le premier à m'éveiller à l'aube. Mon corps entier me faisait souffrir. Le sol caillouteux m'avait labouré le dos malgré le tapis d'aiguilles que nous avions préparé. Je m'étirai péniblement.

Les braises du feu rougeoyaient faiblement. Discrètement, je m'éloignai du campement et de mes compagnons endormis pour ramasser quelques branches mortes. Le fond de l'air était frais, mais l'exercice me réchauffa rapidement.

Quand je revins les bras chargés de bois sec, Tim soufflait sur les braises pour réveiller le feu. Amira secouait sa couverture pour la dépoussiérer. De son côté, Angelo était allé remplir nos gourdes au torrent. Nous attendîmes son retour avant d'entamer un petit-déjeuner sommaire.

Nous avions mal dormi, à cause de l'inconfort de nos couchages et des hurlements lugubres qui avaient percé la brume. Notre conversation fut laborieuse.

« Quels sont nos plans de la journée ? lança Tim après un long bâillement.

— Je propose de commencer par ton Talisman Totem, suggéra son cousin.

— J'espérais que vous auriez oublié cette histoire…

— Tu ne crains rien, le rassurai-je. Mon djinn est en pleine forme. »

Il grommela. Je comprenais son angoisse. Un sapin à moitié carbonisé était là pour nous rappeler le danger d'une mauvaise utilisation du Souffle des Dieux.

« Si tout le monde se ligue contre moi, maugréa-t-il, je ne vois pas comment je vais survivre à cette aventure.

— Tu ne veux pas de diamants sur ton talisman ? s'étonna Angelo. Ça t'irait bien.

— Je ne suis pas si attaché que ça à mon apparence… »

Un sourire se dessina sur les lèvres de son cousin.

« Je préfère ne pas commenter, répondit-il. Une fois que nous t'aurons donné notre bénédiction, nous irons à la recherche des autres Rêveurs qui doivent nous accompagner. Et pour te faire plaisir, nous pourrons songer à établir un campement plus confortable.

— Nous allons rester ici ? s'écria Tim. Dans une forêt remplie de bêtes sauvages qui hurlent toute la nuit ?

— Nous sommes en sécurité, rétorqua Amira. Thaleia et ses assassins ignorent où nous sommes. De toute façon, aucun royaume n'accepterait de nous héberger. Toutes les conversations que j'ai pu surprendre parlent de nous et de la maladie de l'Astre Émeraude. Les prêtres du Cercle excitent les foules depuis notre déclaration à la fin du Suprême. Personne n'avait jamais vu de magie aussi blanche que la nôtre… Ils sont persuadés que l'existence d'une septième magie est un mensonge et que nous sommes des Impurs.

— On peut comprendre leurs doutes, remarquai-je. Vous avez détruit un de leurs temples.

— Effectivement, approuva Tim. Ce n'est pas un très bon début pour montrer patte blanche, si vous me pardonnez le jeu de mots. Et encore, ils ne connaissent pas les mises en garde de la prophétie que vous avez déclenchée ! »

Les mots gravés dans l'or massif résonnaient dans ma tête. *« Déterré, le glaive de la destruction, semant au vent rêves et malédictions ! »* Les prêtres se méfiaient à juste titre des héritiers d'un dieu disparu. Les Messagers de Dohr'im risquaient de bouleverser le monde avec un pouvoir divin qu'ils ne maîtrisaient pas…

La Princesse Noire nous regarda l'un après l'autre.

« Nous devrions éviter de nous confronter aux membres du Cercle, conclut-elle. Les prêtres ont réuni leur Concile et nous ignorons leurs décisions à notre sujet. Je ne pense pas être la bienvenue dans mon propre pays. Les marabouts ont toujours eu beaucoup d'influence dans le

Sultanat Calorique. Le marabout Abdu n'avait pas l'air enchanté de me voir renier la magie de son dieu.

— D'un autre côté, remarqua Tim, qui peut écouter les paroles d'un homme habillé de guenilles à moitié brûlées, avec des os d'animaux accrochés autour du cou ? »

Amira sourit de l'image. Elle avait toujours respecté les rites de son pays, mais le jeune homme avait raison. L'apparence d'Abdu était insolite.

« Nos druides aussi sont bizarres, rétorqua Angelo. Ils se promènent dans la forêt avec des cochons tenus en laisse pour trouver des champignons hallucinogènes. »

Son cousin rit avec lui. Ils ne semblaient pas très portés sur la religion de leur royaume natal.

Je n'avais moi-même pas reçu d'éducation religieuse. Mes parents étant immigrés, ils m'avaient transmis les valeurs que les bonzes inculquaient dans les monastères du Royaume Minéral. Leurs rituels étaient sobres et simples. Un peu d'encens et un bol d'eau suffisaient à accompagner leurs prières. Au lieu de sermons, ils prônaient la méditation et la contemplation de la nature environnante.

La Princesse Noire était songeuse. Je ne l'avais pas vue saluer l'aube comme le faisaient les fidèles de la magie calorique. Je sentais que ce rituel lui manquait, même s'il n'avait plus de sens pour elle. La magie rouge ne coulait plus dans ses veines. Le divin Narilah avait perdu toute influence sur sa vie.

Dohr'im était le seul membre du panthéon qui comptait désormais. Quels rituels pouvaient suivre les héritiers d'un dieu disparu depuis des millénaires ? Aucune prière ne pouvait l'atteindre. Son pouvoir avait été dispersé par une agression sauvage et mortelle… Sa vie était suspendue par la musique enchantée d'Euterpe. Il était impuissant, incapable de protéger ou de guider ses élus.

« Nous devrions commencer, murmura Amira. Nous avons beaucoup à faire. »

Sa réflexion nous rappela la gravité de notre situation. Tim et Angelo retrouvèrent leur sérieux. Ils passèrent une main dans leurs cheveux blonds, d'un même geste qui m'aurait fait sourire s'ils n'avaient pas eu l'air si accablés. Les deux cousins partageaient des expressions qui témoignaient de leur parenté et de leur complicité.

« Tu ferais mieux de t'éloigner, Rébus, murmura Angelo. Nous risquons de te blesser sans le vouloir.

— Je vais aller observer le lac de vif-argent, annonçai-je. J'aimerais comprendre le rythme et le fonctionnement des marées. Nous en aurons besoin pour repartir d'ici.

— Sois prudent », lança Tim en fronçant les sourcils.

Je lui fis un clin d'œil.

« Promis, assurai-je. À mon retour, ton Talisman Totem devrait avoir de jolis diamants…

— J'ai surtout hâte que ce soit terminé, grommela-t-il. Ne le prenez pas mal, Angelo et Amira, mais je ne suis pas très rassuré.

— Sois tranquille, répondit son cousin. Nous avons compris comment faire. »

Tim se contenta de pointer du doigt le sapin carbonisé. Angelo haussa les épaules d'un air contrit.

Je m'éloignai du campement pour leur laisser un peu d'intimité. Leur capacité à purifier et renforcer nos talismans me donnait de l'espoir pour la réussite de notre quête. Les deux élus apprendraient peu à peu à contrôler leur don. Quels autres miracles pourraient-ils accomplir ?

Je marchai dans la forêt qui chantait autour de moi. Chuchotement du torrent, souffle du vent dans les sapins, craquements du bois sous mes pas, cris d'oiseaux cachés dans les branches… Cette nature sauvage et vivante éloignait mes angoisses.

Le ciel était d'un bleu radieux, à peine traversé de rubans de nuages effilés. Le lac de vif-argent étincelait au soleil. J'étais sidéré de voir une telle quantité de vif-argent rassemblée dans un écrin de montagnes. La magie liquide ne formait d'ordinaire que des mares ou de minuscules flaques. Elle remplissait un réseau de galeries souterraines qui traversaient le monde et qui remontaient discrètement à la surface, par des ouvertures de tailles diverses mais généralement petites.

Je n'avais jamais entendu parler de torrents naturels de vif-argent comme ceux qui dévalaient les flancs des montagnes enneigées sous mes yeux émerveillés. D'où venaient-ils ? Ils se jetaient dans le lac et se mêlaient aux torrents d'eau claire qui coulaient des glaciers.

L'existence même de ce lac était une énigme. Quels dieux avaient présidé à sa création ? Sa taille était immense. Je distinguais à peine l'autre rive.

*« C'est un lieu extraordinaire*, commenta Ji'Vri. *Il vibre d'une telle magie qu'il en est éblouissant… »*

Mon djinn se matérialisa à mes côtés sous l'apparence du tigre qu'il affectionnait tant. Il marcha pour admirer le paysage avec ses yeux en diamant. Ses muscles roulaient sous sa fourrure.

*« Je suis heureux de te revoir en forme*, lançai-je avec joie.

— *Et moi donc ! L'Impureté était douloureuse.*

— *C'est ma faute… Je n'aurais pas dû insister pour infiltrer le palais et récupérer le talisman de mon frère. »*

Ji'Vri me donna un gentil coup de museau.

*« Tu voulais rendre hommage à Robulus*, rappela-t-il. *C'était un acte honorable. Grâce à toi, son djinn a pu trouver le repos.*

— *J'aurais préféré t'éviter de subir les conséquences de mon vol. »*

Je regrettais ma responsabilité dans la contamination magique de mon djinn. Si seulement j'avais su comment l'en préserver ! Sa maladie m'avait rappelé un trait caractéristique de ma vie : j'étais un voleur jusqu'au bout des ongles…

Malgré les risques encourus, je ne résistais jamais à la tentation de défaire une serrure ou de dérober un objet précieux. La valeur de mes vols n'avait aucune importance. Braver les interdits me donnait des frissons ; l'excitation prenait le pas sur toute rationalité. Comment lutter contre le besoin irrépressible qui m'envahissait ? Comment résister aux bouffées de chaleur, aux picotements de ma peau à l'idée de sortir dans la nuit ? J'étais incapable de renier ma nature profonde. Plus le défi semblait complexe et dangereux, plus il me stimulait.

Kléio avait vu juste en gravant sa prophétie dans le cuivre. Ses mots chantaient dans ma tête. J'étais le voleur d'étoiles dont elle avait annoncé la venue. L'Oracle avait écrit son poème trois mille ans plus tôt. Dans l'obscurité d'une caverne, elle avait prophétisé un acte que je devais encore accomplir…

Voler une étoile.

Un incroyable trophée qui n'attendait que moi.

*« Ce ne serait pas un vol,* murmura Ji'Vri, *mais un crime. La capture d'un Astre déstabilisera la magie du royaume. »*

Mon djinn avait suivi le cours de mes pensées.

*« C'est un mal pour un bien,* rétorquai-je. *La Gardienne a insisté sur l'urgence de la situation… Les prophéties prétendent que tous les Messagers de Dohr'im ont un rôle à jouer. Grâce à la bénédiction du Souffle des Dieux, nous sommes capables d'affronter le phénix Tigre.*

*— N'as-tu pas peur de la puissance de ce démon ?*

*— Kléio nous a assuré que le Quatrain Minéral avait le pouvoir de l'enchaîner. Le poème nous permettra de capturer son âme. Son Impureté ne pourra pas nous affecter.*

*— Nous avons encore le temps de nous y préparer. Angelo et Amira doivent d'abord rassembler les autres Rêveurs.*

*— Ils n'ont pas besoin de nous pour le faire. Pourquoi attendre ? Le phénix se nourrit des sortilèges du royaume. Plus le temps passe, plus sa force augmente. »*

Ji'Vri eut un grognement hésitant. Sa prudence légendaire était démentie par les diamants de ses yeux qui brillaient d'excitation. En dépit de ses doutes, il ressentait la même ardeur qui brûlait dans mes veines. La fusion de nos esprits interdisait la censure de nos sentiments et de nos pensées. Nous ne pouvions rien nous cacher, le meilleur comme le pire.

*« Je ne veux plus être le maillon faible de ce groupe,* complétai-je. *Mon propre frère a tenté de tuer Angelo à plusieurs reprises. J'ai moi-même trahi mon ami et failli provoquer sa mort. Enfin, Thaleia*

*m'a utilisé pour trouver la cachette des Filles de la Lune et les massacrer…*

— *Tu as été manipulé*, *Rébus !*

— *Quelle importance ? Je ne veux plus être traité comme un traître ou un lâche. Je dois faire mes preuves pour gagner la confiance d'Angelo et d'Amira.*

— *Je comprends ton raisonnement, mais ce n'est pas une raison pour effectuer cette mission tout seul.*

— *Comment pourraient-ils nous aider ? Aucun étranger ne peut pénétrer dans le tunnel d'Édelstener sans être contrôlé et fouillé. Les gardes ne les laisseront jamais entrer.* »

Le génie soupira.

« *Leur zèle est justement ma principale inquiétude,* confia-t-il. *Personne ne nous laissera attaquer un Astre sans réagir. Notre combat ne passera pas inaperçu ! Tu as bien conscience d'ailleurs que cet Esprit Sauvage ne se laissera pas faire…*

— *Seras-tu en mesure de l'affronter, le cas échéant ?* »

Il grogna légèrement.

« *Plus que jamais,* admit-il. *Le Souffle des Dieux est une puissante protection. Une telle énergie me traverse que je pourrais déplacer des montagnes.* »

Je souris de l'image. Le génie reprit d'un ton plus calme.

« *Aucun crime ne reste impuni,* rappela-t-il simplement.

— *En est-ce vraiment un ? Nous allons lever la malédiction qui pèse sur un fjord magnifique… Nous allons purifier la magie minérale, corrompue en secret depuis des millénaires.* »

Il regarda en arrière, en direction de la forêt de sapins.

« *Je suis d'accord,* conclut-il, *à condition de convaincre nos compagnons et de préparer ensemble un plan de bataille. Nous ne sommes pas pressés.*

— *Très bien,* dis-je joyeusement. *Je leur en parlerai dès qu'ils auront modifié le talisman de Tim.* »

Nous nous approchâmes des berges. La surface du vif-argent était striée de vaguelettes poussées par le vent. Aucune bulle d'air ne témoignait de l'existence des galeries souterraines qui s'ouvraient au fond du lac. Comment trouver leur entrée ? L'opacité de la magie liquide était un problème à résoudre.

Je m'immergeai dans le vif-argent, plus froid que d'ordinaire. J'invoquai la magie d'un quartz rose pour me réchauffer un peu, avant de nager pour m'éloigner de la rive. J'ignorais à quel endroit précis nous étions arrivés, mais ce n'était pas au bord du lac.

Ji'Vri se métamorphosa en héron pour me suivre. Ses plumes brunes étaient striées d'or.

*« J'aurais aimé voir à travers le vif-argent,* confia-t-il entre deux battements d'ailes. *C'est un tel concentré de magie que j'ai l'impression d'observer un soleil liquide. Un soleil argenté… »*

J'espérais apercevoir les bulles d'air qui marquaient la descente ou la montée de la marée. Je nageai cependant une bonne heure sans distinguer la moindre différence à la surface du lac. Le regard vif, Ji'Vri observait la surface du lac en tournoyant autour de moi, sans succès. Le liquide restait imperturbable, à peine agité par la brise.

*« Et si nous étions vraiment bloqués ici ?* m'inquiétai-je.

*— J'aimerais te rassurer en affirmant que c'est impossible, car on peut toujours emprunter les galeries souterraines dans les deux sens… Malheureusement, ce lac ne devrait pas exister non plus.*

*— Ce lieu est étrange. Comment Amira l'a-t-elle découvert ?*

*— Nous ferions peut-être mieux de faire demi-tour pour lui demander… C'est peut-être la clé pour comprendre ces mystères.*

*— Nous avons encore du temps. Nous devons persévérer. »*

Je changeai de direction et fis quelques brasses. Les rayons du soleil me réchauffaient le visage.

Si nous ne trouvions pas le moyen de partir d'ici, nous étions condamnés à manger des racines jusqu'à mourir d'inanition. Avant de s'inquiéter d'un hypothétique combat contre un être démoniaque, il était vital de percer les secrets de ce lac.

Mon quartz rose se vida de sa magie avant que nous trouvions la moindre indication. Je le laissai tomber dans le vif-argent avec un soupir dépité. J'hésitais à en utiliser un autre.

*« Nous ferions peut-être mieux de… »*

Je fus interrompu par un grondement qui agita le lac. La surface, si calme, se troubla soudain. Des remous apparurent tout autour de moi. Des milliers de petites bulles éclatèrent sur une zone circulaire.

J'étais en son centre.

*« Sors de là, Rébus !* s'écria mon djinn en s'envolant. *Dépêche-toi ! »*

Je nageai aussi vite que possible. La zone de remous était immense. Trop vite, le vif-argent commença à tourbillonner. Je luttai péniblement contre son emprise.

*« Je n'y arrive pas !* m'exclamai-je. *Le courant est trop fort ! »*

C'était idiot. Nous cherchions l'entrée des galeries depuis des heures, mais à aucun moment je n'avais pensé que je pouvais me faire entraîner contre mon gré par une marée. Amira avait eu tort. Les marées pouvaient atteindre la surface… en échange d'une puissance phénoménale.

*« Ton talisman a peut-être déclenché ce phénomène,* suggéra mon djinn.

— *Et si c'était un signe ?* rétorquai-je. *Nous avons tout ce qu'il faut pour réaliser la mission que l'on attend de nous. »*

Ses doutes traversèrent son esprit. Ma propre volonté commençait aussi à fléchir. N'était-ce pas présomptueux de m'en remettre à une obscure prophétie gravée par une jeune femme en transe ? Sans compter que ses derniers mots étaient pour le moins inquiétants… *« Ô voleur d'étoiles ! Sur un tapis de fleurs, recouvert d'un voile, tu voleras son cœur… »*

Mon propre cœur était le siège d'une bataille où des émotions contradictoires luttaient l'une contre l'autre. Je ressentais une pulsion à la fois merveilleuse et terrifiante, un besoin de reconnaissance qui se mêlait d'espoir et d'angoisse… J'avais échoué à me construire un avenir en ratant les épreuves des vif-passeurs. J'avais renié mon passé en fuyant Lex et les souvenirs de mon frère. Que me restait-il, à part mes regrets et ma solitude ? La quête d'Angelo et d'Amira m'offrait une seconde chance, une promesse de sens pour ma vie décousue.

J'étais peut-être présomptueux, mais je n'avais plus le choix. Je devais mériter ma place parmi les Messagers de Dohr'im en réalisant l'impossible.

Capturer l'esprit dissimulé dans la magie d'un Astre.

Voler une étoile.

*« Est-ce une erreur de me précipiter au-devant du danger ?* m'inquiétai-je une dernière fois.

— *Nous sommes assez forts pour l'affronter,* jura mon djinn. *J'aurais préféré attendre, mais repousser l'échéance ne nous aidera pas. Allons-y ! »*

Le génie regagna la protection de son Talisman Totem.

Ses paroles me rassurèrent. Je n'eus bientôt plus la possibilité de m'inquiéter. Le courant me happa. J'eus à peine le temps de prendre ma respiration avant que le tourbillon ne m'attire dans les profondeurs du lac argenté. Mes oreilles se mirent à bourdonner.

J'étais trop secoué pour sortir un talisman de ma poche. Je posai la main sur le serpent en œil-de-tigre qui ornait mon cou. J'invoquai la Rime Ancestrale avec l'énergie du désespoir.

*« Je brûle et m'éblouis dans le chant des sirènes,*
*Je rêve du parfum des cités* **souterraines**. *»*

Le tourbillon m'emporta dans une violence inouïe. Des visions du palais d'Édelstener s'imposèrent à mon esprit. Cette fois, je ne luttai pas contre l'influence du roi Björn. L'Astre Tigre m'attirait vers lui avec une telle rage que je me demandais s'il savait que je venais à sa rencontre…

Je venais l'affronter.

Je venais le capturer…

…ou était-ce l'inverse ?

# Troisième partie

# Criminels

# Intermède

Sulménie déposa une statuette en quartz au milieu du brasier. La magie de son art s'embrasa et devint la source d'une lumière intense. Le feu était plus éclatant que jamais, les flammes crépitant avec voracité.

Le requiem d'Euterpe égrenait ses notes et ses accords mélancoliques. Le Sablier Brisé perdait le peu d'ivoire qu'il lui restait, mais il renforçait le pouvoir de Dohr'im et celui de ses Messagers. Cette nouvelle harmonie annonçait l'imminence de leur dernier combat.

La sculptrice s'agenouilla près des six joyaux qui brillaient dans le sable en scintillant d'un halo blanchâtre, à l'exception de l'opale dont la surface était animée de reflets multicolores et changeants. Sulménie fronça les sourcils devant cette gemme improbable. Elle n'aurait jamais dû se retrouver parmi ces pierres précieuses.

L'œil-de-tigre avait cependant gagné en éclat. Il irradiait d'une puissance nouvelle.

*« L'âme du Rêveur Tigre brille de mille feux*, songea-t-elle. *Ma sœur, que lui as-tu révélé pour qu'il embrasse notre cause ?*

— *Ce qu'il fallait pour le pousser à agir*, répondit Kléio en pensée. *Il deviendra le voleur d'étoiles dont nos grottes annoncent la venue. Il a choisi d'accepter son destin.*

— *Nos prophéties sont des avertissements… N'ont-ils pas été effrayés par leur sacrifice à venir ? »*

Sa sœur eut un soupir.

*« Je ne leur ai pas montré la neuvième et dernière gravure*, avoua-t-elle, *celle dont Thaleia a rêvé. J'ai insisté sur l'héroïsme des actions qu'ils devaient entreprendre, pas sur leur fatalité…*

— *Nos sœurs ne sont pas les seules à maîtriser l'art de la manipulation*, souffla Sulménie avec amertume.

— *Crois bien que je le regrette… La patience est un luxe que nous n'avons plus. »*

# CHAPITRE XVIII

*Mon travail de restauration s'acheva peu de temps après notre croisière dans les fjords. Je rêvais de quitter ce palais plein de ferveur et d'animation, malgré les plaisirs que j'y avais trouvés. L'été ne tarderait plus. J'avais hâte de passer les journées les plus longues de l'année avec mon mari et mon fils.*

*Ce n'était pas la seule raison qui me poussait à partir. J'avais pris mes distances avec le roi Björn. Nous savions tous deux que certaines aventures n'avaient ni passé ni avenir. Elles appartenaient à un présent aussi intense qu'éphémère – un éclat de lumière rapidement disparu.*

*En seul souvenir de nos instants d'égarement, le souverain avait fait accrocher le portrait que j'avais peint de lui pendant notre croisière. On lisait dans ses yeux l'expression d'un désir interdit, impossible, mais que nous ne regrettions ni l'un ni l'autre.*

***Lupa Adellarte***
***« Couleurs restaurées »***

La capitale du Royaume Minéral était une merveille d'architecture que je ne me lassais pas d'admirer. Le soleil faisait étinceler les toits recouverts de pierres précieuses en composant un arc-en-ciel rutilant. Elles capturaient la lumière du jour pour mieux la disperser et la sublimer.

Le sentier de pierre et de terre battue descendait en lacets jusqu'au fjord. Je croisai des marchands qui remontaient de la ville avec des charrettes vides. Ils avaient vendu leurs articles dans les rues d'Édelstener ou sous les grandes arcades du marché. La journée déclinait. L'ombre des montagnes s'allongeait dans la vallée glacière. Traces blanches sur une mer bleue, des esquifs rentraient au port pour ramener leur pêche encore frétillante. Les quais devaient être bondés pour la criée du soir.

Je n'avais eu aucun mal à passer le contrôle des gardes. Une fausse identité m'avait ouvert l'accès au tunnel. Qui pouvait se douter que je n'étais pas un véritable vif-passeur qui se rendait à la capitale pour faire son rapport à la guilde ? J'étais venu seul, par les rivières de vif-argent. Les gardes m'avaient invité à poursuivre mon chemin sans s'attarder sur l'absence de mes papiers officiels. Ils n'avaient pas eu de temps à perdre pour si peu. La file d'attente s'étirait derrière moi, alors que les mécanismes du tunnel devaient bientôt être actionnés pour inverser le sens du vent intérieur et condamner les entrées pour la journée.

Je retrouvai avec plaisir les rues pavées du centre-ville où la foule circulait, dense et bruyante. Les habitants se ruaient dans les boutiques pour effectuer leurs dernières courses avant la tombée de la nuit. Des odeurs de viande et de poisson grillé me mirent l'eau à la bouche. J'achetai un bol fumant de soupe de légumes dans laquelle flottaient quelques morceaux d'agneau ; elle n'était pas fameuse, mais elle me réchauffa un peu, car l'air était plus froid qu'au bord du lac de vif-argent.

Je chassai ces pensées. Je préférais oublier qu'Amira, Angelo et Tim devaient en ce moment même s'interroger sur ma disparition… Ils n'avaient par ailleurs que des galettes de céréales un peu sèches à se mettre sous la dent. Je me promis de revenir auprès d'eux avec des provisions et des ustensiles de cuisine pour améliorer le campement et me faire pardonner.

*« Si on revient vivant de cette histoire… »*, murmura Ji'Vri.

Mon djinn n'avait pas changé d'avis, mais la présence des soldats du roi Björn dans les rues le mettait mal à l'aise. Je vérifiai discrètement que le sortilège qui modifiait les traits de mon visage était toujours en place. Le poème de dissimulation empêchait que l'on me reconnaisse. Cette formule était cependant très répandue. N'importe quel mage connaissait la poésie capable de me démasquer. Je devais être prudent pour ne pas semer l'ombre d'un doute.

Je flânai sous les arcades du marché en marbre rouge. Les étals débordaient de nourriture, de vêtements et de trésors. Un des stands retint mon attention, par ses marchandises coûteuses qui comprenaient des colliers, des bracelets et des pendentifs exotiques, taillés dans l'ivoire et incrustés de petites opales. L'éclairage était prévu pour les animer de mille feux au passage des badauds. L'effet était saisissant.

*« Rébus, arrête de les fixer du regard… »*, gronda Ji'Vri.

Je levai les yeux vers le commerçant qui m'observait avec un froncement des sourcils. Cet homme avait probablement déjà vu plus d'un voleur dans sa vie. Sa méfiance devait le prémunir de certaines déconvenues… Je lui souris et lui adressai un compliment sur sa marchandise avant de passer mon chemin. J'avais tout intérêt à rester discret.

*« Dommage,* murmurai-je. *Tu as vu la broche en forme de libellule ? Elle irait très bien à Amira…*

*— Sûrement, mais ce n'est guère le moment d'y penser… »*

Je haussai les épaules. J'en avais assez vu. Je fis demi-tour pour revenir devant l'étal d'un chercheur de talismans. Le montagnard avait un air bourru qui n'incitait pas au dialogue. Âgé d'une quarantaine d'années, il semblait taillé dans un roc de granit. Comme tous les membres de sa profession, il passait sa vie à voyager dans le monde pour trouver les cristaux formés au cours du Jugement Dernier. Son regard vif et son intuition l'aidaient à repérer les bijoux disséminés dans la nature.

Il grogna quand je lui tendis quelques sol-diams pour acheter des talismans de quartz rose qui m'aideraient à nager dans le fjord pour m'approcher de l'Astre Tigre. C'était un achat de faible valeur… Le vendeur avait encore beaucoup de stock devant lui. Sa journée n'avait pas été bonne et il aurait préféré me voir dépenser davantage.

« Vous ne voulez pas une poignée de griffes de salamandre pour réchauffer vos nuits d'hiver ? proposa-t-il. J'ai failli perdre la vie pour les récupérer, vous savez… Je les ai trouvées dans les dunes du désert de Damio, dans un nid de salamandres sauvages. »

Les chercheurs de talismans racontaient toujours d'incroyables anecdotes pour mieux vendre leurs marchandises. Les clients adoraient écouter leurs aventures et leurs récits de voyage. Je rentrai dans son jeu, même si je connaissais sa stratégie.

« Elles ne vous ont pas attaqué ? demandai-je.

— J'ai attendu qu'elles s'endorment avant de m'approcher. La chaleur était étouffante. C'était une entreprise périlleuse, mais la magie de l'Astre Rubis avait traversé le désert quelques semaines plus tôt… Je sentais qu'elle s'était engouffrée dans le nid de ces animaux. J'ai trouvé des griffes, des écailles, et même un bébé salamandre cristallisé. Vous voulez le voir ? »

Je fis non de la tête.

« Je n'ai sûrement pas assez de diamants pour vous l'acheter, avouai-je d'un air désolé. Par contre, combien de temps peuvent tenir ces griffes avec un sort standard de chauffage ?

— Deux ou trois jours. Elles sont d'excellente qualité.

— C'est moins que des cristaux de charbon… »

Je détournai le regard vers les autres étals, comme si je m'apprêtais à partir. Le vendeur se pencha vers moi.

« Attendez ! s'exclama-t-il. Je vous fais un prix pour une dizaine de griffes. D'habitude, j'offre aussi une fleur de crocus à mes clients, mais avec ce qui se passe au Royaume Végétal, je vais vite être en rupture de stock… Je vous propose plutôt une palourde du golfe de l'Arche Perdue. »

L'offre était correcte. Je l'acceptai en songeant que ces talismans pouvaient nous permettre de lutter contre le froid, une fois de retour au campement.

« Que voulez-vous dire à propos du Royaume Végétal ? l'interrogeai je en lui tendant une poignée de diamants.

— Oh, vous savez bien que l'Astre Émeraude est malade... Il n'arrive plus à attirer la magie du royaume. Tout le monde ne parle que de ça. Ce phénomène perturbe les formules qui permettent aux chercheurs de repérer les talismans cachés dans la région... Nous avons beaucoup de mal à les trouver.

— Si leur prix augmente, ça sera à votre avantage. »

Il sourit de toutes ses dents.

« C'est vrai, concéda-t-il. D'ailleurs, j'ai ici une fleur de frangipanier que vous ne reverrez pas avant longtemps dans ce marché... Ses pétales en quartz sont intacts. Regardez plutôt. »

Il fouilla dans ses affaires. Je l'arrêtai en lui affirmant que je n'étais pas intéressé. Je le remerciai et m'éloignai d'un pas vif. Si je m'attardais trop devant cet étalage de cristaux éclatants, je risquais de succomber à la tentation de le dévaliser, au sens premier du terme.

Un attroupement s'était formé à la sortie du marché, sur une petite place où fumait une fontaine d'eau chaude. Je pensais à tort découvrir un jongleur ou un musicien itinérant. Un homme corpulent se tenait debout sur une estrade et parlait avec vigueur. Une toge safran était nouée autour de son buste ; ses épaules étaient dénudées en dépit du froid. Une ceinture de corde serrait sa taille et soutenait une série de clochettes métalliques qui tressautaient à chacun de ses gestes. Un pendentif ornait son cou d'une corne de bouquetin miniature, en jaspe rouge moucheté de spirales brunes.

« Ces Impurs sont dangereux ! s'écria-t-il en haranguant la foule. Ils ont détruit les menhirs qui protégeaient le sanctuaire des druides de la Forêt des Fées. L'Astre Émeraude se meurt, les sortilèges forment des nuages de magie qui stagnent dans les rues et les champs, les marées de vif-argent deviennent incontrôlables... Le Royaume Végétal n'est que leur première victime. Que se passera-t-il quand les Impurs s'attaqueront aux piliers de nos monastères ? »

L'homme continua avec ferveur. Il se présentait comme le porte-parole des bonzes du Royaume Minéral.

Un frisson glacé me traversa malgré moi. Où avait disparu la légendaire réserve de ces prêtres du Cercle ? Eux qui méditaient des jours, des semaines ou des mois dans des grottes gelées au sommet des montagnes… Eux qui contemplaient la nature avec abandon et bienveillance… La hargne qui animait l'orateur était si inhabituelle qu'elle terrifiait l'assemblée. La menace devait être grave pour faire sortir les bonzes de leur retraite.

« Le gouvernement doit stopper les deux Impurs à l'origine de cette catastrophe ! s'époumona-t-il. Leur statut princier ne les rend pas intouchables. L'Impureté est une insulte faite aux dieux, une tare de la nature… Elle pervertit le monde et les âmes de ceux qu'elle ensorcelle. La Princesse Noire et le prince Angelo doivent répondre de leurs actes ! Ils ne doivent pas corrompre notre magie et détruire nos lieux sacrés ! »

Les montagnards qui l'écoutaient murmurèrent entre eux. Ils partageaient ses craintes. Ils n'exprimaient pas leur assentiment à coup de gestes et de cris, comme d'autres peuples plus extravertis, mais leurs grimaces étaient soucieuses et alarmées. L'avertissement du prêtre réveillait leurs peurs les plus profondes : l'insécurité et le blasphème.

« La Quête des Talismans Totems a révélé le danger qui les entoure, reprit-il avec gravité. Ils ont renié la magie de leurs ancêtres pour choisir la voie interdite de l'Impureté.

— Pourquoi n'ont-ils pas été foudroyés par les dieux ? demanda une femme dans la foule.

— Qui sait ce qu'il est advenu de la Princesse Noire ? Amira Al'Malwib n'est jamais revenue avec son Talisman Totem. Les dieux l'ont sûrement punie pour son discours honteux qui reniait nos créateurs, alors qu'elle avait été miraculée trois fois ! Quant au prince Angelo, il s'est enfui du palais pour échapper à la justice divine… Nos maîtres sauront les retrouver. Ils parviennent toujours à détruire les Impurs. »

Le bonze ignorait-il la vérité ou préférait-il croire à des mensonges ? Sa déclaration était naïve et fausse. Robulus était un véritable Impur. Il m'avait affirmé qu'aucun dieu n'était intervenu à l'issue de la Quête pour le foudroyer… Par contre, une poignée de mages avaient tenté de l'assassiner dès son retour dans la capitale, au nom de la religion du Cercle. Leurs représentants se targuaient de défendre la pureté des six magies, avec la bénédiction de leurs créateurs, mais ils n'étaient en somme que des assassins fanatiques.

Je m'éloignai sans me faire remarquer. La harangue de ce prêtre m'avait secoué. Amira avait raison de se méfier de la religion du Cercle : la résurrection de la magie de Dohr'im bouleversait les dogmes des prêtres, qui n'étaient pas prêts à accueillir cette septième magie. Ils la condamnaient comme une simple Impureté, une déficience qui affectait les magies primaires et que nul n'avait jamais étudiée, car on ne laissait jamais l'occasion à ses victimes de vivre très longtemps…

La nuit commençait à tomber et les citoyens regagnaient peu à peu leurs habitations. Je passai devant plusieurs auberges aux enseignes accueillantes, mais des soldats aux couleurs du roi Björn fouillaient les clients et vérifiaient leur identité. Je craignais d'échouer à les tromper comme j'avais réussi à le faire avec les gardiens du tunnel à l'entrée de la ville. Je ne pouvais pas prendre le risque d'être reconnu.

*« Tu n'as pas que des ennemis ici »*, murmura Ji'Vri.

Mon djinn invoqua des souvenirs qui traversèrent mon esprit comme des nuages feutrés. Cuisines du palais, thermes d'eau chaude, baignades dans le fjord… Une bouffée de chaleur me fit rosir les joues. Le même garçon y revenait chaque fois.

Døriel.

Le cuisinier ignorait les raisons qui avaient poussé Lex à quitter la ville de façon impromptue, sans attendre mon rétablissement. Je n'avais pas eu le temps de lui faire mes adieux. S'était-il inquiété de ma disparition ?

*« Tu ne peux pas dormir dans la rue,* reprit Ji'Vri. *La température va encore chuter. Tu ne peux pas non plus rentrer dans une auberge sans te faire repérer par des soldats qui ont peut-être reçu des consignes de la part du roi Björn ou de la reine Hildegarde.*

*— Tu te méfies vraiment d'eux ?*

*— Ta chambre s'est effondrée alors que tu étais leur invité et nous savons que le roi connaît bien la magicienne Thaleia. Qui sait si elle ne lui a pas demandé de t'arrêter, depuis que tu t'es enfui de son île ? Nous ne sommes pas en sécurité. »*

Le génie avait raison de m'inciter à la prudence. J'ignorais l'identité de mes ennemis, mais je connaissais celle de mes rares amis, comme Døriel et Hilda, qui m'avaient accueilli à bras ouverts lors de mon séjour.

*« Est-ce une bonne idée de me rapprocher du palais ?* songeai-je. *Nous voulions éviter les soldats, pas courir à leur rencontre…*

*— Effectivement. Ils n'aimeraient pas apprendre que nous allons essayer de capturer le phénix Tigre. »*

Le génie se tut. Je sentais son angoisse affleurer à la surface de son esprit, mais aussi sa détermination. La magie d'Angelo et d'Amira pulsait dans les diamants de mon Talisman Totem. Nous possédions la puissance nécessaire pour enchaîner le phénix avec le Quatrain Minéral. Cette certitude soutenait ma volonté.

Je quittai l'avenue pavée d'or qui menait directement au palais. Je préférais emprunter des rues secondaires pour ne pas attirer l'attention. J'avançai sans me précipiter le long des bâtiments ornés de vitraux colorés. Des éclats de rire traversaient parfois le bois des portes ouvragées. Au sommet des toits, les dômes de verre étaient couronnés de pierres précieuses qui resplendissaient une dernière fois avant le crépuscule. Je pris garde de ne bousculer personne. Les ombres m'entouraient comme une seconde peau.

Le personnel du palais était logé dans des résidences à proximité du port. Une brise légère circulait entre les habitations. L'odeur salée de l'océan me frappa les narines.

Les câbles accrochés le long des mâts des bateaux s'entrechoquaient dans un tintement métallique qui me fit sourire. Cette musique me rappelait la maison de mes parents dans les faubourgs de Viridys. J'eus une pensée mélancolique et pleine de tendresse pour ma mère.

Je repérai facilement la maison en granit que partageaient Døriel, Hilda et deux autres cuisiniers. Elle se dressait à l'ombre d'une grande bâtisse qui leur cachait la vue sur le fjord. Son toit en ardoises noires, sans pierres précieuses, montrait que les quatre compères ne vivaient pas dans l'opulence. Une belle mosaïque en forme de trois-mâts ornait cependant la façade. La porte d'entrée n'était pas aussi ouvragée que celles du centre-ville, mais elle arborait de jolies gravures en spirales et des motifs végétaux.

Avant d'actionner le heurtoir, je murmurai quelques mots pour dissiper le sortilège qui modifiait les traits de mon visage. Mon cœur se mit à battre plus vite. Je m'en remettais entièrement à mes seuls alliés dans cette ville, en espérant ne pas me tromper.

Un visage encadré de boucles brunes apparut bientôt dans l'embrasure de la porte. De jolies fossettes creusaient les joues de la jeune femme.

« Rébus ! s'exclama Hilda avant de se jeter dans mes bras. Ça alors ! »

La serveuse m'embrassa joyeusement. Je ris avec elle, soulagé de son accueil.

« Entre vite au chaud, m'invita-t-elle. Døriel, viens voir qui est là ! »

Mon ami se leva avec précipitation. Ses cheveux blonds étaient rassemblés en queue de cheval par un lacet en cuir. Il vint m'embrasser avec chaleur. Il sentait bon.

« Où avais-tu disparu ? me lança-t-il. Ça fait des jours que tu es parti, sans un mot !

— Lex a préféré qu'on quitte la ville un moment. »

Il se renfrogna.

« Tu es revenu avec lui ? demanda-t-il.

— Non. Nous ne voyageons plus ensemble.

— Tant mieux. Si tu veux mon avis, tu as failli te faire tuer deux fois à cause de ses fréquentations douteuses… »

Hilda le bouscula gentiment.

« Laisse-le respirer, dit-elle. Tu n'es pas obligé de lui rappeler de mauvais souvenirs.

— Ce n'est rien, assurai-je.

— Comment ça, rien ? reprit Døriel. Pas besoin d'écouter les rumeurs pour comprendre qu'il s'agissait d'un complot. La tour de Løk qui s'écroule comme par hasard pendant que tu y séjournes, puis une noyade au milieu du fjord alors que les vif-passeurs veillent sur toi et que tu es un excellent nageur… Je t'ai vu à l'œuvre plus d'une fois. »

Je haussai les épaules. Hilda arborait un petit sourire en coin. Elle me tendit un verre de Nectar'Miel qu'elle réchauffa de quelques mots.

« Oublie tout ça, dit-elle. Si tu ne veux pas retourner au palais, tu peux dormir ici. Sven et Olaf travaillent toute la nuit. Nous ne serons que tous les trois.

— Merci, c'est très gentil. Je ne suis pas sûr d'être reçu avec autant de chaleur par le roi et sa cour. Si j'ai des ennemis, ils se cachent peut-être parmi eux…

— On aimerait bien savoir pourquoi ils veulent t'assassiner, marmonna Døriel en croisant les bras. J'ai toujours trouvé ça louche que tu sois accueilli au palais comme un invité de marque alors que tu n'es même pas noble. Que nous caches-tu exactement ? »

Hilda haussa les yeux au plafond.

« Døriel, arrête ton numéro ! lança-t-elle. Ne réponds pas, Rébus. Nous avons tous nos petits secrets, surtout dans ces montagnes. »

La serveuse secoua la tête.

« Je vous laisse à vos retrouvailles, les garçons, annonça-t-elle. Je vais pêcher notre dîner. J'ai une envie folle de blancs de seiche poêlés, ce soir… Ça vous dit ? »

Elle n'attendit pas notre avis avant de s'habiller d'un manteau de cuir doublé de laine et de sortir de la maison.

La criée était terminée, mais les pêcheurs ne vendaient jamais la totalité de leur cargaison. Ils bradaient leurs marchandises jusqu'à écouler leur stock.

Je fis face à Døriel et son visage angélique. Ses sourcils blonds étaient froncés. Une mince ride d'inquiétude lui barrait le front. Elle lui allait bien.

« Il vaut mieux que tu ignores mon secret, m'excusai-je. Je tiens trop à toi pour te mettre en danger. Tu ne m'en veux pas ? »

Il se dérida avec un sourire complice.

« Bien sûr que non, dit-il. Tu as raison, ce n'est pas le moment de se faire la tête. Viens, je vais te faire visiter. »

Il me prit la main et m'entraîna à sa suite.

Je me levai au milieu de la nuit. La fenêtre laissait entrer quelques rayons de lune qui éclairaient le plafond. Je quittai la chambre en prenant soin de ne pas réveiller Døriel.

La maisonnée était endormie. J'entendais quelques ronflements sonores s'échapper des pièces voisines. Sven et Olaf étaient revenus du palais bien après la fin de notre dîner. Hilda nous avait cuisiné sa spécialité, des blancs de seiche grillés à l'ail, en secouant sa poêle d'un geste expert. Døriel avait complété le repas par une tarte aux pommes caramélisées qui embaumait encore le salon.

J'étais heureux d'avoir passé la soirée avec eux. Ils m'avaient accueilli dans leur refuge avec une amitié et une chaleur qui transcendaient nos différences. Le dîner avait été ponctué d'éclats de rire. Mon cœur s'était allégé d'une partie de son fardeau. Ces deux-là étaient des convives hors pair.

Je frottai une griffe de salamandre pour réchauffer un peu d'eau et préparer une infusion de gentiane et de varech noir. J'avais besoin de cette boisson amère et énergisante pour dissiper les brumes du sommeil qui s'accrochaient à mon esprit.

Il était temps d'agir.

L'Astre Tigre brillait dans le port, à quelques pas seulement de cette maison. Je devais m'en approcher avant que la ville ne se réveille. J'avais le sentiment angoissant que la magie tourbillonnante m'attendait. J'imaginais le phénix ricaner dans l'ombre en sachant que je venais tenter l'impossible.

*« Nous sommes prêts à l'affronter*, affirma Ji'Vri. *Le phénix a consumé son pouvoir pendant le Jugement Dernier. Ce n'est qu'un tas de cendres brûlantes.*

*— Je ne peux pas m'empêcher d'être inquiet. Nous ne sommes pas censés chanter le Quatrain Minéral pour l'enchaîner ailleurs qu'au sommet du phare… N'est-ce pas une perversion de ce magnifique sortilège ?*

*— La magie est toute puissante, Rébus. Elle n'est ni bonne ni mauvaise. Elle n'est qu'un instrument qui peut être utilisé de multiples façons.*

*— J'espère que nous saurons la contrôler.*

*— Nous aurons peu de temps avant que l'alerte soit donnée. Les soldats du roi tenteront de nous arrêter.*

*— Oui*, soupirai-je. *Nous allons commettre un crime. »*

Des bruits de pas me firent tourner la tête. Døriel descendit l'escalier avec une couverture sur ses épaules. Ses traits étaient fatigués. Ses cheveux défaits encadraient son beau visage.

« Déjà debout ? s'étonna le cuisinier. Tu n'arrivais pas à dormir ? Il est encore tôt… »

Il s'assit en face de moi. Son regard glissa sur mes habits et ma tasse fumante, avant de se plonger dans mes yeux. Les siens étaient aussi clairs qu'une eau de source.

« Tu t'en vas déjà ? me lança-t-il d'un ton accusateur.

— J'ai une mission à réaliser, soupirai-je.

— Au beau milieu de la nuit ? Tu vas tuer quelqu'un ? »

Je souris gentiment.

« Non, le rassurai-je. Tu n'as pas hébergé un assassin.

— Tu ne veux rien me dire, n'est-ce pas ? »

Je secouai la tête. Il baissa la sienne.

« Je me demande qui tu es vraiment, Rébus, murmura-t-il. Tu n'es pas noble, mais tu as séjourné au palais avec la bénédiction du roi Björn et de la reine Hildegarde. Tu manques de te faire assassiner deux fois, avant de disparaître plusieurs jours et de revenir incognito dans la capitale… Je ne veux pas que tu trahisses tes secrets, mais j'aurais aimé comprendre les dangers qui t'entourent… »

J'étais triste de le voir ainsi. Je posai ma main sur la sienne. Il serra les doigts autour des miens.

« Je te fais confiance, Døriel, affirmai-je. Je ne peux tout simplement pas te mêler à cette histoire. Ce serait trop dangereux, pour toi comme pour moi. »

Il releva ses yeux humides.

« Je suppose que tu vas devoir quitter la ville, dit-il avec amertume.

— Oui… Le roi et ses soldats ne vont pas aimer ce que je m'apprête à faire.

— Pourquoi le fais-tu, dans ce cas ?

— C'est important, crois-moi. Nous serons tous en danger si je n'agis pas maintenant. »

Ses épaules s'affaissèrent.

« J'aurais préféré que tu restes ici, avoua-t-il. C'est une belle région, tu sais. Je ne t'ai pas montré tous ses trésors.

— J'ai aimé ceux que tu m'as fait découvrir. »

Son sourire transforma son visage. Contrairement aux autres montagnards, il laissait transparaître ses émotions.

« Je reviendrai si je survis aux prochains jours, lui promis-je. En attendant, ne crois pas aux mensonges et aux rumeurs qui parleront de moi. Tu me connais mieux que tu ne l'imagines.

— Je ne sais pas ce que tu t'apprêtes à faire, Rébus, mais ça ne me plait pas de savoir que tu risques ta vie. »

Il bâilla profondément.

« Tu devrais te recoucher », lui lançai-je amusé.

Il secoua la tête et se leva pour se préparer la même infusion que moi. Il émietta du varech séché dans sa tasse.

« Pas question, affirma-t-il en se tournant de trois quarts. Je vais attendre ici et me ronger les sangs pendant que tu joues au héros nocturne. Tu as intérêt à repasser par là avant de quitter la ville, pour me dire si tu as réussi ou non ta mission secrète. Si tu oublies, je te jure que je m'engagerai dans l'armée du roi pour te pourchasser par-delà les montagnes. »

La vision de Døriel, les sourcils froncés et l'air menaçant, emmitouflé dans une couverture et en train de se préparer une infusion, me fit rire aux éclats. Je me levai pour le serrer dans mes bras et le rassurer.

« C'est promis, monsieur le maître chanteur, assurai-je. Ton amitié m'est trop précieuse. »

Je reculai avec un sourire mêlé d'inquiétude. Je ne pouvais pas lui dire la vérité : ma réussite était une condition nécessaire pour le revoir. Lorsqu'on affrontait un monstre millénaire, l'échec était mortel.

# CHAPITRE XIX

*J'étais assise près du port, le regard perdu vers l'horizon, quelques pastels cassés dans la main. L'Astre Tigre éclairait mon visage de ses rayons ambrés. Il était témoin de l'émoi qui m'avait gagné, me remplissant de surprise et de désarroi.*

*La réalité m'avait rattrapé quelques semaines après mon départ du palais. Un léger inconfort, de soudaines nausées, une irrépressible envie de fruits de mer… Je connaissais les mêmes symptômes que pour mon premier enfant.*

*Au plus profond de mon cœur, je priai l'Astre Tigre de veiller sur celui à venir.*

***Lupa Adellarte***
***« Couleurs restaurées »***

∫

Les dômes en verre des toits d'Édelstener reflétaient l'éclat de la lune. Les tours du palais se dressaient au-dessus de la ville endormie. Elles veillaient sur le port et ses quais déserts, à peine caressés par la brise nocturne qui diffusait l'odeur salée de l'océan.

J'étais accroupi dans l'ombre, la main appuyée contre la pierre rugueuse et froide d'un entrepôt. J'observais les arches du pont qui traversait le fjord jusqu'au phare couronné de l'Astre Tigre. La magie tourbillonnait dans un mélange d'or, d'ambre et de brun. Trois mages gardaient l'accès au pont entre deux imposantes colonnes de marbre. Un quatrième arpentait les pavés d'un pas régulier, faisant des allers-retours entre le phare et ses camarades. Aucun d'eux ne parlait.

*« Ils sont nombreux et disciplinés,* maugréai-je. *Impossible de nager le long du pont sans se faire surprendre.*

— *Il va falloir traverser plus loin,* conclut Ji'Vri. *La lune et le phare éclairent beaucoup trop le port… Tu n'as qu'une seule solution : prendre une bonne respiration et nager sous l'eau.* »

La distance était si grande que cette tentative me paraissait désespérée.

*« Une très grande respiration, alors… »,* soupirai-je.

Je me redressai pour m'éloigner le long des quais et disparaître à la vue des soldats. L'appréhension me faisait battre le sang aux tempes. Prudemment, je descendis sur les pontons où de grands voiliers étaient amarrés. Des craquements s'échappèrent des planches de bois.

« On peut savoir où tu vas, Rébus ? », fit soudain une voix derrière moi.

Je sursautai et manquai de défaillir. Je me retournai vivement, le cœur subitement glacé.

Deux silhouettes spectrales flottaient au-dessus du ponton. Leurs contours étaient un peu flous, comme enveloppés d'une brume de chaleur. Leurs vêtements colorés démontraient cependant qu'ils n'étaient pas de simples fantômes : une djellaba écarlate et des babouches dorées pour l'une, une toge émeraude et des sandales de cuir pour l'autre.

« Amira, Angelo, les saluai-je d'une voix nouée. Bienvenue au royaume des montagnes. »

Le prince croisa les bras avec mauvaise humeur.

« Nous ne sommes pas là pour admirer le fjord, gronda-t-il. Amira ne m'a pas appris comment projeter mon corps astral pour cueillir des édelweiss.

— Ça doit pourtant être très pratique. »

Il fronça les sourcils.

« Pourquoi es-tu parti sans rien dire, Rébus ? reprit-il. Vas-tu encore nous trahir ? »

Une bouffée de chaleur me monta au visage.

« Non ! m'écriai-je. Vous devez avoir confiance en moi.

— Ta disparition soudaine n'est pas très convaincante… Tu devais étudier le lac de vif-argent, pas t'y plonger pour t'enfuir.

— Je ne me suis pas enfui. J'ai déclenché la marée par inadvertance et le courant m'a entraîné dans les profondeurs. Je ne vous ai pas trahis ! »

Amira s'avança avec un sourire qui contrastait avec la mine renfrognée d'Angelo.

« Je ne doute pas de votre sincérité, assura-t-elle. Vous avez déjà choisi votre camp, à l'entrée des grottes prophétiques. »

Mon ami grommela quelque chose que je n'entendis pas. La princesse le calma d'un geste plein de douceur.

« Nous devions rassembler les autres Rêveurs, reprit-elle. Pourquoi n'avez-vous pas fait demi-tour ?

— Le vif-argent était incontrôlable, expliquai-je. Je n'avais pas le choix de la destination. Le roi Björn a utilisé le Quatrain Minéral pour m'attirer dans ses filets… D'un autre côté, j'ai saisi cette opportunité pour faire mes preuves en tant que Messager de Dohr'im.

— Que veux-tu dire ? », lança le prince.

Les deux élus me regardèrent avec de grands yeux. Sans répondre, je pointai du doigt l'Astre Tigre qui éclairait les bateaux autour de nous.

« Sérieusement, Rébus ? s'exclama Angelo. Tu veux capturer ce phénix ?

— Nous avons tous lu la prophétie du voleur d'étoiles, rappelai-je en le défiant du regard. De qui d'autre pourrait-il s'agir ? Je suis un voleur depuis toujours…

— La Gardienne pense que la prophétie de cuivre te concerne, mais elle ne se réalisera que si tu réussis. C'est dangereux, Rébus !

— Je suis prêt. Vous avez imprégné mon Talisman Totem de votre magie pour le protéger de l'Impureté. Plus nous attendrons, plus les phénix seront forts et difficiles à combattre. Nous n'avons que quelques mois pour réaliser l'impossible : pourquoi attendre que nous soyons rassemblés avant d'agir ? »

Amira et Angelo se regardèrent en silence. Sous leur forme astrale, ils pouvaient communiquer par la pensée. Mon ami finit par se tourner vers moi.

« Ça vaut la peine d'essayer, soupira-t-il. Au point où nous en sommes… Je suis bien incapable de te juger, étant donné que j'ai peut-être provoqué la fin du monde en détruisant un vieux dolmen couvert de mousse.

— Angelo… », commença Amira.

Il leva une main pour l'interrompre.

« Je l'assume, déclara-t-il. Je suis responsable d'une succession d'événements que j'aurais préféré éviter. La menace est si grande que des prophétesses en transe ont gravé des avertissements dans des grottes obscures, pour que nous puissions les lire cinq mille ans plus tard… Tu as raison, Rébus. S'il faut capturer ces satanés phénix pour avoir une chance de survivre, autant s'y mettre tout de suite. Nous n'avons plus rien à perdre. »

Je hochai la tête. Son discours faisait écho à mes propres convictions, même si mes motivations n'étaient pas les mêmes. Je voulais faire mes preuves en tant que Messager de Dohr'im.

« De toute façon, ajouta-t-il avec un sourire, nous ne pourrions pas t'en empêcher. Tu ne vois qu'une projection astrale de nous-mêmes… Nous n'avons aucune influence sur le monde réel, n'est-ce pas Amira ?

— Ce n'est qu'une illusion, admit la princesse. Notre capacité d'action est très limitée. »

Je me raclai la gorge.

« Vous semblez bien réels, rétorquai-je. Ne sous-estimez pas votre pouvoir. Pardonnez-moi cette comparaison, mais Thaleia utilise la magie de Dohr'im pour tisser des illusions extraordinaires à l'échelle d'une île entière. Cette magicienne était capable de me faire ressentir la chaleur d'un climat tropical, les bruits et les odeurs de la jungle… Je me suis baigné dans un lagon entouré d'une barrière de corail multicolore… Kléio nous a laissés entendre que tout n'était qu'illusion, mais j'aurais pu jurer du contraire.

— Où veux-tu en venir, Rébus ? fit mon ami.

— Vous pourriez m'aider à m'enfuir après l'invocation du Quatrain Minéral, en faisant diversion… »

Angelo m'offrit son plus beau sourire.

« C'est une bonne idée, déclara-t-il. Qu'en penses-tu, Amira ?

— Je suis partagée sur la nécessité d'agir aujourd'hui, avoua la princesse, mais l'influence du roi Björn sur le vif-argent nous met dans une impasse… Faisons ainsi. »

Angelo me pointa du doigt.

« Tu ne perds rien pour attendre, cependant, me lança-t-il. La prochaine fois, parle-nous de tes plans avant de jouer au héros. Nous formons un *groupe.* Nous ne pourrons réussir qu'ensemble. »

Je le lui promis en hochant la tête. J'étais rassuré de ne pas être seul pour commettre ce que le monde entier considérerait comme un crime.

Angelo et Amira s'éloignèrent en flottant dans les airs. Je pris un talisman dans ma main et me glissai dans l'eau du port. Je murmurai **« ÉROSION »** en appréciant la chaleur qui m'enveloppa soudain. J'eus une pensée sympathique pour Døriel, qui s'inquiétait sans doute pour moi au même moment.

Je sentais l'impatience de mon djinn, à l'égal de la mienne. Je pris une profonde respiration avant de plonger sous l'eau en direction de l'Astre Tigre et de mon destin. Devant moi, la magie éclairait mon chemin d'une lumière dorée.

Mes poumons menaçaient d'exploser. Je nageais en apnée depuis de longues minutes.

*« Nous y sommes presque ! »*, m'encouragea Ji'Vri.

Mon djinn s'était matérialisé à mes côtés sous la forme d'un dauphin brun et or. Son aileron en diamant brillait dans l'obscurité pour me guider dans la bonne direction. J'ignorais la distance qu'il me restait à parcourir. Je ne pouvais pas remonter à la surface pour m'en rendre compte ou pour reprendre ma respiration. Les soldats veillaient sur le port et risquaient de me surprendre.

J'utilisai le dernier talisman aquatique qui me permettait de nager plus vite, une sardine en quartz bleuté. Quelques bulles d'air s'échappèrent de mes lèvres lorsque je murmurai dans l'eau **« SARDINE »** en songeant *à la célérité d'un tourbillon argenté*. La magie accéléra mon mouvement.

*« Je ne tiendrai plus très longtemps »*, paniquai-je.

Au-dessus de moi, les vagues agitaient la surface de l'océan dans un entrelacs de fils bleus et or. La lumière de l'Astre s'accentuait à mesure que je m'en approchais.

*« Nous y sommes presque »*, promit le génie.

Il aspira en lui la douleur qui incendiait ma poitrine. Son aide repoussa le sentiment d'urgence qui m'oppressait. Il était impossible de respirer sous l'eau, mais la magie pouvait trahir le corps et lui faire oublier ses réflexes primaires. Je nageai quelques brasses supplémentaires.

Enfin, nous atteignîmes une zone plus obscure. Un massif rocheux apparut devant moi. Mon djinn m'invita à contourner l'obstacle avant de remonter à la surface. Je me précipitai pour avaler une longue bouffée d'air.

*« Moins fort, Rébus ! »*, m'intima Ji'Vri.

Mon cœur battait à tout rompre. Je mis longtemps à calmer ma respiration saccadée, aussi silencieusement que possible. Mon djinn sauta hors de l'eau et se métamorphosa en mouette. Il battit des ailes et partit explorer les alentours.

Je m'accrochais d'une main aux rochers glissants qui formaient la base du phare et qui lui permettaient de se dresser au milieu du fjord. Le pont était de l'autre côté. Je ne voyais ni la cité, ni le port. L'horizon était découpé par les hautes montagnes de la vallée. Les constellations brillaient dans le ciel étoilé.

Le phare m'écrasait par sa taille imposante. L'Astre Tigre était éblouissant, mais un rebord circulaire couronnait le sommet de l'édifice et me plongeait dans la pénombre. Les parois en marbre étaient aussi lisses que la surface d'un miroir. J'observai cette architecture avec une moue frustrée.

*« Ce sera difficile à escalader,* avouai-je dépité.

— *Il aurait fallu acheter des talismans-sangsues,* admit Ji'Vri. *Nous ferions peut-être mieux de faire demi-tour.*

— *Je n'ai pas failli me noyer pour rien ! J'ai une autre idée. »*

Le génie-mouette piailla en la voyant traverser mon esprit.

*« C'est trop risqué,* gronda-t-il.

— *Ça peut marcher,* assurai-je. *Au pire, nous ferons un beau plongeon et nous reviendrons au port… »*

Il n'avait pas de meilleure proposition. Il s'envola plus haut pour observer le mage qui patrouillait sur le pont, de l'autre côté. Il me lança un signal lorsque le soldat se fut suffisamment éloigné.

Je me hissai sur les rochers couverts de vase qui glissaient sous mes mains. Je grimaçai en sentant la substance poisseuse se coller à mes doigts. Sans attendre, je sortis deux fragments de stalactites en quartz remplis de magie minérale. Je murmurai **« STALACTITE »** en songeant *aux larmes de pierre ruisselant dans les grottes* et en raidissant les doigts.

Des étincelles s'échappèrent de mes paumes et illuminèrent brièvement les talismans d'une lueur brune. J'appuyai le premier contre le marbre : le froid se propagea dans la pierre et le cristal se colla contre la paroi, sans bruit. Je secouai le talisman pour vérifier que la prise était solide. Je fis de même avec le deuxième cristal, puis je commençai mon escalade.

Main après main, je progressai lentement sur la paroi. Ma prise était assurée par le froid qui raidissait mes doigts et mordait dans le marbre sans en altérer la structure. Il suffisait de suspendre le sortilège pour que la pierre se réchauffe et que les talismans se décrochent. Je fixais chaque fois un peu plus haut les pitons de quartz, qui ne laissaient aucune trace de mon passage.

J'escaladai le phare dans le silence du fjord, jusqu'à parvenir au dévers qui couronnait le sommet. Le rebord en pierre s'avançait dans le vide et formait un plafond qui gênait la fin de mon ascension. Je regardai en contrebas en luttant contre le vertige. La surface de l'eau était agitée de vagues mordorées. L'océan m'apparaissait comme un voile de soie chatoyante.

Je lâchai prudemment une de mes stalactites pour m'emparer d'une plume de duvet d'aigle en quartz. Elle était ridiculement petite, mais il s'agissait du seul talisman rempli de magie aérienne en ma possession. Je n'avais le droit qu'à un seul essai. Je murmurai **« AIGLE »** en songeant au *vol plané d'un rapace léger* et en soufflant sur le cristal. Un halo de magie grise m'entoura doucement.

Une bourrasque manqua de me faire lâcher prise. Le sortilège avait fortement allégé mon poids, mais il n'avait eu aucune influence sur la force du vent. La brise nocturne me secouait désormais comme en pleine tempête. Je m'accrochai avec difficulté à ma stalactite.

*« Es-tu sûr de toi, Rébus ? »*, s'inquiéta Ji'Vri.

Le génie-mouette volait à mes côtés. Comment négocier ce dévers avec de simples pitons ? Je pensais avoir une meilleure accroche en allégeant mon poids, mais je n'avais rien pour fixer mes pieds et les bourrasques me balançaient dangereusement au-dessus du vide. Je risquais de glisser et de tomber à tout moment.

*« J'ai besoin d'aide,* avouai-je. *Connais-tu un sortilège pour modifier la forme de ces cristaux ? Des poignées seraient plus adaptées…*

*— Non, malheureusement, mais tu pourrais élargir la zone d'influence des sortilèges que tu utilises pour coller les stalactites à la paroi du phare… Laisse le froid pénétrer dans tes poignets pour ne faire qu'un avec les pitons. Tu ne risqueras plus de les lâcher.*

*Ce sera douloureux…*

— *Je vais t'aider.* »

Suspendu au-dessus de l'eau et des rochers, je n'étais pas en position de tergiverser. Je murmurai un poème pour suivre les conseils de Ji'Vri. J'invoquai la vision d'une grotte sombre et glacée, au plafond hérissé de flèches en pierre. Le froid remonta le long de mes doigts et me gela jusqu'aux poignets. Je hoquetai de douleur et de surprise.

La sensation se dissipa lorsqu'un baume apaisa mon esprit. Je percevais toujours la douleur, mais moins aiguë, plus diffuse. Mon djinn la supportait à ma place, comme il l'avait fait pour m'aider à maintenir ma respiration sous l'eau. Je le remerciai mentalement et repris mon escalade.

Je me balançai au-dessus du vide pendant ce qui me sembla durer une éternité. Mes mains gelées s'accrochaient au marbre, inlassablement, tandis que les muscles de mes bras étaient raides et brûlants. Je finis enfin par négocier le dévers pour m'agripper au rebord de la plateforme. Je me hissai avec les dernières forces qui me restaient et roulai sur le côté en soupirant.

Ji'Vri atterrit près de moi. Mes sortilèges se dissipèrent et la chaleur revint dans mes doigts. Je grimaçai en voyant leur teinte violacée.

*« Combien vais-je en perdre, à ton avis ? »*, lançai-je avec sarcasme.

Mon djinn ne répondit pas. Son regard était fixé vers le brasier qui brûlait dans une coupe en cristal de la taille d'une barque, taillée dans un gigantesque œil-de-tigre aux stries colorées. Un vrombissement menaçant animait les nuages d'or, d'ambre et de brun, qui tourbillonnaient violemment. Une pulsation agita soudain l'Astre Tigre. Une flamme dorée plus haute que les autres s'éleva dans le ciel, comme un signe de reconnaissance du phénix qui s'y cachait.

*« Il sait qui nous sommes,* déclara Ji'Vri avec gravité. *Je sens sa présence maléfique.*

— *Alors ne le faisons pas attendre.* »

L'Astre Tigre était trop éblouissant pour que je puisse le fixer du regard. C'était sans importance. Je m'installai en tailleur sur le marbre, en face du brasier, et je décrochai mon Talisman Totem pour le recueillir entre mes mains. Le contact du bijou me remplit de confiance. Le serpent en œil-de-tigre pulsait d'une énergie merveilleuse.

*« Prêt ?* demandai-je.

— *Prêt »,* me répondit mon djinn.

Je psalmodiai le Quatrain Minéral à haute voix, en invoquant le courage et la force que m'inspiraient les montagnes :

*« Rochers millénaires couronnant les sommets,*
*Par le froid et le vent lentement transformés,*
*Chantant dans les ruisseaux vous luttez vaillamment,*
*Courageux galets et poussière de diamant. »*

Une boule de magie se matérialisa autour de mon talisman, comme un tourbillon incandescent de flammes brunes et dorées. Je m'abandonnai au poème qui rugissait en moi, alors que des boucles éblouissantes se nouaient dans l'air. Je me mis à léviter au-dessus du fjord, seul, sous la voûte étoilée. J'étais traversé par une puissance trop grande pour être appréhendée.

Je sentis plus que je ne vis les fils du sortilège se diriger vers l'Astre Tigre. La pelote de magie se dévida pour tisser un filet de magie à l'intérieur même du brasier. Je sentis la rage du phénix qui luttait contre l'antique poésie. Des flammes s'élancèrent dans le ciel comme des cris de colère.

Soudain, je tombai à la renverse et la réalité me rattrapa brusquement. Une violente traction m'attira en avant. Je glissai inexorablement vers le brasier.

*« Ji'Vri !* m'écriai-je. *Fais quelque chose ! »*

Mon djinn était aussi alarmé que moi.

*« Ce n'est pas normal,* s'inquiéta-t-il. *La magie de Dohr'im devait suffire à lutter contre son influence ! »*

Je continuai à glisser, les mains en avant, prisonnier de mon propre piège. J'étais à deux doigts de toucher la coupe en œil-de-tigre. Le brasier ne produisait aucune chaleur, mais je sentis une vague de nausée m'envahir. Un ricanement sinistre traversa mes pensées.

***« Tu ne peux qu'échouer,*** rugit une voix mauvaise. ***Je suis plus fort que toi ! »***

Une nouvelle traction me souleva dans les airs et m'attira dans les flammes de l'Astre Tigre. Une présence écrasante s'engouffra dans mon esprit et déchiqueta mes pensées. Ma conscience fut réduite en milliers de cendres qui s'envolèrent sous le vent.

Je me réveillai en gémissant. La douleur tiraillait chacun de mes muscles. Une violente migraine m'enserrait la tête dans un étau.

Je me trouvais à l'intérieur de la coupe en œil-de-tigre. Les flammes s'étaient éteintes.

*« Ji'Vri ? »*, appelai-je avec crainte.

Mon djinn ne me répondit pas. Mon cœur s'emballa.

*« Ji'Vri ! »*

Je ne sentais plus sa présence. Où avait-il disparu ?

Je me relevai en grimaçant. Autour de moi, le fjord était silencieux. La cité d'Édelstener brillait dans la nuit. Le pont qui reliait le phare et les quais du port était désert.

Une lueur traversa soudain le ciel et le cri d'un rapace heurta mes tympans. Je frissonnai de peur devant le gigantesque oiseau de feu qui s'approcha de moi. Ses ailes déchiraient la nuit comme des éclairs brûlants ; ses plumes étaient parcourues de flammes brunes, ambre et or. Sa magie était éblouissante.

Le phénix Tigre se posa sur le rebord du phare. Ses yeux noirs me glacèrent l'échine.

Par tous les dieux, qu'avais-je fait ? J'avais échoué à l'emprisonner… Je l'avais libéré de sa prison.

**« Pathétique garçon !** ricana le monstre. **Croyais-tu être assez fort pour affronter un immortel ?**

— La magie de Dohr'im aurait dû vous piéger !

**— Dohr'im ? Nous l'avons anéanti, lui et ses disciples… Son pouvoir n'est rien devant le mien ! Je suis le maître de la magie minérale ! »**

Le phénix cria et s'envola d'un battement d'ailes.

**« Sois-en le témoin… Et rejoins ton dieu dans la mort et l'oubli ! »**

Un tremblement de terre agita le phare et me fit tomber à la renverse. Le sol se mit à pencher. La coupe en œil-de-tigre se mit à glisser dangereusement vers le vide. Je sautai juste avant qu'elle ne plonge dans l'océan et se brise contre les rochers.

L'édifice tremblait violemment. Le rebord de pierre commença à s'écrouler. Au centre de la plateforme, là où avait été fixée la coupe de l'Astre Tigre, une pointe de granit rose sortit du marbre alors que le reste du phare s'effondrait. J'étais incapable de me relever, mais je rampai vers elle pour éviter de tomber dans le vide.

La pointe se mit à s'élever dans le ciel comme un piton rocheux qui grandissait à vive allure. Je serrai ma prise de toutes mes forces. La ville en contrebas se mit à rapetisser. En dessous de moi, des fissures achevèrent de détruire les blocs de marbre qui tombèrent dans la mer. Du phare qui dominait le fjord, il ne resta bientôt plus qu'un pilier de granit sur lequel je m'accrochais désespérément.

Le phénix Tigre s'approcha dans les airs. Sa voix profonde me vrilla le crâne.

**« Traître… Voleur… Ressens-tu l'appel du vide ? Abandonne cette lutte inutile ! »**

Je contemplai avec frayeur l'océan qui s'éloignait chaque seconde un peu plus. Le vide m'attirait de ses bras, un effet du vertige qui me retournait le cœur.

*« Ne regarde pas en bas, Rébus ! »*

La pensée me caressa l'esprit. L'espace d'un instant, j'aperçus un serpent aux écailles de diamant qui rampait sur la roche. L'animal reflétait l'éclat des milliers d'étoiles qui piquaient le ciel. Il vint s'enrouler autour de mon bras. Ses anneaux se resserrèrent doucement sur ma peau.

*« Ji'Vri !* m'écriai-je. *Où étais-tu ? Que se passe-t-il ?*

*— Ce monstre a retourné le poème contre toi.*

*— La bénédiction de Dohr'im devait nous protéger…*

*— Aie confiance, Rébus. Invoque les autres formes de magie pour survivre à ses pièges ! Je suis trop vulnérable pour te guider dans ce combat, mais je serai à tes côtés. »*

Mon djinn disparut brusquement. Je n'avais pourtant pas rêvé : là où le génie s'était enroulé, cinq bracelets colorés entouraient désormais mon bras. Ils portaient chacun un talisman en quartz qui émettait un halo de magie, comme des globes remplis de lumière et de pouvoir. Je n'étais plus désarmé. J'avais cinq cristaux pour m'aider à survivre.

L'oiseau de feu virevoltait autour de moi dans une ronde enflammée.

**« Tu renonces à abréger tes souffrances ?** gronda le phénix dans le ciel. **Comme tu voudras… Le vertige n'est pas le seul danger des hauteurs ! »**

Le piton rocheux s'éleva plus vite encore, jusqu'à dépasser les montagnes qui bordaient le fjord. La ville d'Édelstener se réduisit à une poignée de lueurs au bord de la mer, loin en contrebas. J'avais du mal à respirer. Le froid pénétrait dans mes poumons et me gelait de l'intérieur. Mes mains crispées prenaient une teinte violacée.

J'observai avec désespoir les cadeaux de Ji'Vri, ces bracelets qui pulsaient de cinq couleurs différentes. Lequel pouvait m'aider ? Mon regard se posa sur le globe écarlate, rempli de magie calorique. Sa forme ne me donnait aucune indication sur son origine… Sans la connaître, je ne pouvais pas utiliser le moindre sortilège. J'aurais préféré que Ji'Vri me confie un fragment de basalte pour que je puisse me réchauffer.

À l'instant où je formulais ce vœu, le bracelet se mit à briller et à changer de forme. Le globe de cristal prit l'apparence d'une roche volcanique aigue-marine, éclairée de l'intérieur par une intense lueur rouge.

Stupéfait par ce phénomène, je n'en touchai pas moins le talisman en murmurant **« BASALTE »** et en songeant à *des fontaines de feu liquide sur les cendres de la nuit.* La magie calorique s'échappa du cristal pour m'entourer d'un halo rougeoyant qui réchauffa ma peau. Mon cœur se gonfla de gratitude à l'attention de mon djinn.

Le monstre ailé rugit et cracha une langue de flammes violettes dans ma direction. Cette couleur inhabituelle trahissait l'Impureté de son sortilège. Elle consumerait en un clin d'œil la magie minérale qui coulait dans mes veines.

Je fermai les yeux en bloquant ma respiration.

Je ne sentis rien. L'énergie brute du phénix se transforma en un liquide bleuté qui suinta sur mes vêtements comme du sang épais. La protection du Souffle des Dieux m'avait-elle évité le pire ?

**« La royauté a toujours été un fléau »**, gronda le monstre avec frustration.

Le piton rocheux se mit à trembler.

**« La magie calorique n'a pas sa place dans ce monde. Tes enchantements causeront ta perte ! »**

Le granit rose changea de teinte pour devenir bleu sombre. Sa surface perdit son aspect granuleux. Je reconnus au toucher la texture poreuse du basalte dont je venais de solliciter le pouvoir.

Soudain, une fissure déchira la roche et une bulle de magma brûlant éclata en projetant des éclaboussures rougeoyantes. Un filet de lave se mit à couler le long du piton rocheux.

J'étais désormais accroché au sommet d'un volcan. Une fissure apparut sous mes mains et se mit à rougeoyer.

*« Ji'Vri ! »*, m'écriai-je apeuré.

La fissure s'élargit. Mes doigts se mirent à brûler. Je cherchai une autre prise, plus bas, mais le piton rocheux craquelait sur toute sa surface. Il se couvrait de lave et de flammes. Avec un cri d'impuissance, je lâchai prise et plongeai dans le vide.

Le fjord se mit à défiler sous mes yeux.

J'allais mourir.

J'observai avec fébrilité les bracelets qui entouraient mon bras. La roche volcanique avait perdu toute luminosité, aussi noire que si elle avait été consumée par les flammes du monstre. Je n'avais plus que quatre talismans utilisables. J'avais besoin de magie aérienne, qui brillait dans un talisman en quartz argenté. Les études n'avaient jamais été mon fort : la poésie que je maîtrisais se limitait aux plumes des oiseaux les plus communs.

Le bijou changea de forme sous mes yeux. Il s'étira, s'affina, jusqu'à prendre l'apparence d'une plume foncée. Quel était ce mystère ? Ji'Vri entendait-il mes vœux, même s'il restait invisible ?

La surface de l'eau se rapprochait dangereusement. Sans attendre, je touchai la plume cristallisée en murmurant **« BUSE »** et en songeant *au vol silencieux des ombres affamées.* Mon poids s'allégea aussitôt. J'écartai les bras pour planer et mieux contrôler ma chute.

**« Tes tours de passe-passe ne te sauveront pas ! »**, ricana le phénix.

Le monstre tourbillonna pour provoquer de violentes bourrasques. Le vent me gifla et m'agita comme une girouette en pleine tempête. Je heurtai le piton rocheux et la lave me brûla la jambe, m'arrachant un hoquet de surprise et de douleur. Mon bracelet argenté perdit toute son énergie, comme aspirée dans les airs. La tornade qui me tourmentait redoubla de puissance.

Comment lutter contre lui ? Il retournait contre moi les magies que j'invoquais pour me protéger. Les talismans de Ji'Vri ne faisaient que repousser l'inévitable… Je n'étais pas de taille à combattre ce monstre.

La brûlure de la lave était insupportable. De trop rares poèmes pouvaient me soigner. Celui qui traversa mes pensées m'avait déjà sauvé par le passé… Hésitant, je fis un vœu pour transformer le bracelet en quartz bleu turquoise. Le globe de cristal se transforma sous mes yeux pour prendre l'apparence d'un coquillage.

Je m'écriai **« CONQUE »** en songeant *au chant éternel d'une mer disparue.* La magie aquatique enveloppa mes blessures d'un baume apaisant. La douleur s'éloigna peu à peu. Je remerciai mentalement Ji'Vri, mon discret génie qui exauçait mes vœux par un miracle que je n'expliquais pas.

**« Tu préfères l'eau ? J'ai ce qu'il te faut… »**

Une rafale me propulsa en direction du sol. Je heurtai la surface de la mer avec une violence inouïe qui aurait dû me tuer. L'eau était sombre et glacée. Je n'eus pas le temps de reprendre mes esprits. Un tourbillon m'attira dans les profondeurs. Je ne voyais rien dans l'obscurité de ce monde sous-marin.

Je maintins ma respiration aussi longtemps que possible, jusqu'à ce que la douleur me fasse oublier toute prudence. Je relâchai l'air de mes poumons pour prendre une profonde inspiration. Ce devait être la dernière, mais il n'en fut rien.

Je respirais sous l'eau.

Par tous les dieux, que se passait-il ? Ce monde n'était-il qu'un cauchemar ? Hélas, je savais à quel point certaines illusions pouvaient être dangereuses.

Dans l'obscurité, mes doigts cherchèrent à tâtons les bracelets qui entouraient mon bras. Deux d'entre eux étaient encore remplis de magie lumineuse et de magie végétale. La lumière pouvait m'aider à comprendre les dangers qui me menaçaient. Mon souhait ne tarda pas à se matérialiser. Je sentis le talisman lumineux se transformer sous mes doigts en brin d'avoine.

Avant de pouvoir en invoquer le pouvoir, je heurtai néanmoins des récifs qui tapissaient le fond. La douleur m'arracha un gémissement. Si cette immensité liquide n'était qu'une illusion, ces rochers n'en pouvaient pas moins me blesser – et peut-être me tuer.

Je murmurai **« AVOINE »** en songeant *aux reflets ensoleillés d'un champ d'or et de cuivre.* Un halo de lumière jaillit du talisman et éclaira les alentours. Le fond de la mer s'éclaira comme en plein jour. Le courant s'était affaibli, comme une invitation à baisser la garde et à me laisser emporter, mais il m'entraînait vers des rochers pointus qui affleuraient dans le sable. Leurs contours tranchants n'étaient guère engageants. Dans ce monde onirique où la magie minérale semblait omniprésente, ils constituaient une menace bien réelle. Je nageai à contre-courant pour les éviter.

**« Tu ne peux rien contre moi ! »**, s'agaça le monstre.

Un grondement agita le sol. D'immenses failles se creusèrent soudain dans la roche et un tourbillon m'aspira dans les profondeurs. Je ne pouvais pas nager assez vite pour éviter de m'engouffrer dans les cavernes sous-marines qui venaient d'apparaître.

À l'intérieur, les parois étaient recouvertes de mica et formaient des miroirs opalescents à l'éclat aveuglant. Mon bras heurta une paroi rocheuse et cassa le bracelet en quartz jaune, dont la magie s'échappa brusquement. La luminosité devint éblouissante. Je fus contraint de fermer les yeux.

**« La lumière est aussi dangereuse que l'obscurité**, ricana le phénix. **Abandonne ce combat inutile ! »**

Des éclats de mica me lacérèrent le bras. Tout n'était pas qu'illusion… Ma douleur était réelle, tout comme l'épuisement qui commençait à engourdir mes membres. Mon courage s'effritait à mesure que durait cette lutte contre ce monstre, qui absorbait chacune des magies que j'invoquais… Comment mettre fin à ce calvaire ?

Un nouveau choc me rappela à la réalité. Les illusions du phénix risquaient de me tuer si je baissais les bras.

Je devais lutter contre le courant qui me projetait contre les parois de ces cavernes éblouissantes. Hélas, je n'avais plus qu'un seul talisman rempli de magie végétale pour m'aider. En quoi pouvait-il m'être utile ?

Une idée traversa mon esprit et je sentis le bracelet se transformer. Mon vœu modifia les contours du cristal pour former une fleur aux pétales blancs, où pulsait un vif éclat émeraude. Je murmurai **« LISERON »** en songeant *à l'étreinte passionnée d'un mur solitaire.* Des filaments de lierre se nouèrent autour de mes poignets. Je les lançai au hasard autour de moi. Le filet de magie végétale s'accrocha aux parois de mica. Il continua à croître pour étendre son emprise et m'empêcher d'être emporté par le courant.

**« Tu es comme cette plante : un parasite ! »**, hurla le phénix dans un cri de rage.

La luminosité redevint supportable et l'eau quitta les cavernes en me laissant meurtri, détrempé et suspendu au-dessus d'un immense puits circulaire. Ses parois étaient creusées de grottes et de galeries que je devinais labyrinthiques.

Le lierre me fit soudain mal aux mains. Des ronces envahissaient la paroi contre laquelle je me tenais et grandissaient à vue d'œil, comme un tissu végétal plein d'épines. Un regard en contrebas me fit constater que le fond du puits était hérissé de pieux acérés, en obsidienne noire. Ils luisaient comme les crocs d'une bête infernale.

J'avais épuisé la magie des cinq talismans. Que pouvais-je faire ? Je pris une profonde inspiration. Je devais survivre jusqu'à recevoir un signe de Ji'Vri.

Je serrai mes doigts autour de la ronce la plus proche. J'ignorai la douleur des épines qui blessaient ma peau. Je forçai mon esprit à admettre qu'il ne s'agissait que d'horribles illusions. D'un geste décidé, je me hissai pour me lancer dans l'ascension du puits, sous les ricanements sinistres du phénix Tigre.

**« Où cours-tu, malheureux ? »**

L'épineuse végétation se densifia encore. Sa croissance provoquait des frottements et des craquements de bois qui résonnaient avec fracas. Tout autour du puits, les grottes semblaient exemptes de ronces, mais j'évitai d'y entrer pour cette même raison. L'absence de danger trahissait un nouveau piège.

En piteux état, je n'avais plus que ma volonté pour lutter contre ce monstre. Mon sang coulait le long de mes blessures. Mes vêtements n'étaient plus que des lambeaux de tissu.

**« Seule la mort t'attendra au bout de ton chemin ! »**

Je grimpai en ignorant les menaces narquoises du phénix derrière moi. J'avais assez de volonté pour fuir l'emprise de ce monstre. Je refusais d'abandonner.

Un rayon de soleil éclaira soudain l'entrée d'une grotte sur ma droite. L'espace d'un instant, j'aperçus l'éclat d'un miroir à l'intérieur de la paroi.

Était-ce une hallucination ou un nouveau piège ?

J'étais à bout de forces. Je devais me fier à mon intuition. Je lâchai les ronces pour entrer dans la grotte. Un couloir obscur s'enfonçait dans la montagne. Une veine de diamants longeait la paroi en ondulant comme un serpent. J'effleurai les cristaux du bout de mes doigts blessés, avant de me mettre à courir.

**« Tu ne réussiras jamais à t'enfuir ! Je te hanterai jusqu'à ta mort ! »**

La terre se mit à trembler. Je trébuchai et m'écorchai les genoux contre la pierre. Avec l'énergie du désespoir, je me relevai pour reprendre ma course. Je ne devais pas m'arrêter.

Le couloir était escarpé. Au détour d'un virage, j'aperçus enfin la lumière du soleil devant moi. Je me précipitai en avant pour déboucher à l'air libre. Je glissai sur le tapis d'herbe verte qui recouvrait le sol.

C'était sans importance. Mon cœur se gonfla de soulagement lorsque la grotte s'effondra sur le monstre qui me poursuivait.

# Chapitre XX

*J'écourtai ma grossesse en voyageant dans le vif-argent. Quelques mois plus tard, alors que la neige tombait en épais flocons sur le fjord, une intuition m'appela à rejoindre les mares argentées. Un paquet de linge m'attendait sur la berge.*

*Mon mari accueillit la naissance de mon deuxième fils avec un bonheur à la hauteur du mien. Notre couple avait souffert, mais Wolfgang avait fini par accepter l'impensable. Les mois avaient emporté la douleur et la culpabilité, ne laissant qu'un amour sincère à l'idée d'agrandir notre foyer.*

*Les souvenirs de ma vie au palais s'étaient adoucis. Je rêvais parfois de ses couloirs somptueux et de sa vue imprenable sur le fjord. Quand j'observais les yeux bleus de mon nouveau-né, je retrouvais l'intense regard de son père, qui ignorait son existence. Comme un écho à mon bonheur, ou une farce du destin, la reine Hildegarde donna naissance au prince Olaf quelques semaines plus tard. Le monde retrouva son équilibre.*

***Lupa Adellarte***
***« Couleurs restaurées »***

La pression du monstre sur mon esprit se libéra brusquement, comme si un souffle d'air salvateur avait balayé les miasmes qui m'avaient intoxiqué. La sensation d'écrasement laissa place à une délicieuse légèreté.

Je renouai enfin avec le contact spirituel de mon djinn. Un tigre à la fourrure épaisse vint se frotter contre mes côtes. Ses pensées avaient la douceur d'une caresse.

*« Tout va bien, Rébus,* me réconforta Ji'Vri. *Ce cauchemar est terminé. Tu as réussi ! »*

Des larmes de fatigue et de douleur coulaient sur mes joues. Mes vêtements étaient encore déchirés et tachés de sang. J'étais profondément meurtri.

« *Tu es en sécurité,* reprit le génie. *Tu as réussi à fuir l'emprise du phénix.* »

Nous nous trouvions dans une vallée verdoyante bordée de hautes montagnes. Un torrent serpentait entre les rochers, les mousses et les fleurs. Les notes d'une mélodie harmonieuse et naturelle glissaient dans l'air.

« *Que s'est-il passé ?* me lamentai-je.

— *Le phénix a perverti la poésie du Quatrain Minéral pour te capturer dans son esprit,* expliqua le génie. *Il t'a entraîné dans un monde onirique où il manipulait la réalité pour tenter de te détruire.*

— *J'ai bien cru qu'il réussirait à me tuer.*

— *Tu as vécu un combat spirituel entre deux consciences, deux âmes, sans véritable corps physique. Le phénix ne pouvait rien tant que tu n'avais pas abandonné toute volonté de vivre. Ses pièges n'étaient que des artifices pour te pousser à abandonner la lutte.*

— *Sa magie pouvait me blesser…*

— *Tu as refusé de céder à la douleur. On ne perd que lorsqu'on cesse de se battre.* »

J'acquiesçai avec gravité.

« *Je suis désolé de ne pas avoir réussi à te protéger davantage* », regretta Ji'Vri.

Sa voix était pleine de frustration et de colère.

« *Tes talismans m'ont sauvé,* rétorquai-je avec gratitude.

— *Rébus, tu dois ton succès à ton intelligence et ta persévérance. Angelo et Amira nous ont confié une partie de leur pouvoir pour capturer ce monstre, mais je ne parvenais pas à l'invoquer dans un monde rempli d'Impureté minérale. Tu devais introduire les autres formes de magie pour rétablir un certain équilibre.*

— *Il n'a pas hésité à les utiliser lui-même.*

— *L'esprit de notre ennemi n'a jamais contenu qu'une seule forme de magie. Quand tu as invoqué les autres, il n'a pas résisté à la tentation de retourner tes armes contre toi… En précipitant sa perte.* »

J'eus un soupir de lassitude.

*« Je me suis senti si seul face à ce monstre,* avouai-je. *J'étais impuissant, incapable de comprendre les règles de ce jeu mortel…*

— *Je t'aiderai à soigner les blessures de ton esprit,* assura Ji'Vri en frottant son museau contre mon flanc. *Je te ferai oublier ce cauchemar.* »

Un tremblement agita la grotte effondrée derrière nous. Des raclements se firent entendre contre la pierre.

*« Est-il emprisonné pour de bon ?* m'alarmai-je.

— *Je l'espère,* s'inquiéta mon compagnon. *Tu devrais partir pour retrouver Angelo, Amira et Tim. Ne tardez pas à rejoindre le Portail Minéral pour enfermer le phénix dans sa clé de voûte.*

— *Seras-tu assez fort pour résister jusque-là ?* »

Le génie-tigre se tourna vers la grotte et adopta une posture de combat.

*« À mon tour de lutter contre ce monstre,* gronda-t-il. *Cette fois, il devra suivre mes propres règles.* »

Je me réveillai dans le monde réel. La lumière dorée de l'aube éclairait le fjord d'Édelstener. Heureux d'être vivant, je pris une profonde inspiration. La fraîcheur de l'air apaisa mes pensées.

Je constatai avec soulagement que mes vêtements étaient intacts et que je n'étais plus couvert de sang. Mes blessures n'étaient que spirituelles… Ce qui ne les empêchait pas d'être douloureuses. Je ressentais une vague nausée qui persistait malgré les pensées apaisantes de Ji'Vri.

Je me trouvais au sommet du phare de l'Astre Tigre. Le bâtiment ne s'était à aucun moment effondré. La coupe de cristal était toujours là. Mon cœur se glaça néanmoins en constatant son état et son absence d'éclat.

L'immense gemme était brisée.

L'Astre s'était éteint.

Où avait disparu la masse tourbillonnante de magie minérale ? Nous avions capturé l'esprit qui se cachait à l'intérieur, mais son cocon d'énergie aurait dû rester intact. Le cristal brisé ne contenait plus qu'un tas de cendres froides et ternes, d'une couleur mauve qui témoignait de son Impureté.

Un regard au ciel me frappa de stupeur. J'avais été induit en erreur. L'aube ne s'était pas encore levée. La lumière qui éclairait le fjord provenait de nuages improbables, d'un brun noisette, où dansaient des filaments d'ambre et d'or. La magie n'était plus attirée par le gigantesque œil-de-tigre. Elle s'élevait dans les airs et s'étirait au gré du vent, en nuages tourmentés. La magie minérale était libre de toute contrainte.

« Étrange spectacle, tu ne trouves pas ? », commenta une voix derrière moi.

Je me tournai vers les deux fantômes qui venaient d'apparaître. Angelo et Amira parcouraient le sommet du phare en observant les alentours. Leurs silhouettes flottaient sans bruit.

« Je suppose que nous pouvons te féliciter pour la capture du phénix Tigre, reprit Angelo. Par contre, en ce qui concerne la discrétion, c'est raté… Pour un "voleur d'étoiles", tu n'as pas fait dans la dentelle.

— Que se passe-t-il ? », m'étonnai-je.

La Princesse Noire croisa les mains avec nervosité.

« Nous aurions dû anticiper ce phénomène, assura-t-elle. Il faut un Astre ou la clé de voûte d'un Portail pour attirer la magie d'un royaume, à condition qu'un phénix y soit emprisonné… C'est pour cette raison que les rois réveillent les Astres en début d'année. Sans ce rituel, la magie résiduelle de nos sortilèges est libérée dans l'atmosphère. »

J'observai avec inquiétude les nuages de magie qui s'étiraient dans le ciel. Une sensation de froid me fit frissonner.

« Les conséquences risquent d'être terribles, m'alarmai-je. Ai-je commis une erreur ?

— Nous en assumerons ensemble la responsabilité, dit Amira. Nous sommes tous impliqués dans cette quête. »

Des cris retentirent soudain dans le fjord endormi. Les mages sur le pont avaient remarqué notre présence. Ils se mirent à courir en direction du phare.

« Qu'avais-je dit, déjà, à propos de discrétion ? soupira Angelo.

— Vous devez vous enfuir, Rébus ! me lança la princesse. Nous allons faire diversion. Quittez cette ville et rejoignez-nous au plus vite ! »

Elle fit un signe de tête à Angelo qui se frotta les mains avec un plaisir anticipé. Il semblait ravi à l'idée de lancer quelques boules de magie contre ces gardes, même s'il ne s'agissait que de simples illusions.

Les deux fantômes se rapprochèrent du bord de la plateforme. Les gardes ne tarderaient pas à reconnaître les deux Impurs que le monde entier recherchait. Les prêtres du Cercle pourraient ajouter la destruction de l'Astre Tigre à la liste de leurs crimes…

Ma bourse de talismans était toujours accrochée à ma ceinture. Une plume de quartz dans la main, je plongeai de l'autre côté du phare en contrôlant ma chute. L'océan m'accueillit de ses bras glacés. Je nageai autant que possible sous la surface de l'eau, mais Ji'Vri n'était plus là pour m'aider à maintenir ma respiration. Je ressentais à peine ses pensées. Il gardait ses forces pour renforcer la prison spirituelle de notre ennemi. Je n'étais pas rassuré de savoir qu'un phénix démoniaque était piégé dans mon Talisman Totem, si près de moi et de mon djinn…

*« Sois prudent,* lui confiai-je. *Il est si fort… »*

Quand j'atteignis les quais du port, un coup d'œil en arrière m'apprit qu'Angelo et Amira continuaient à lancer de faux sortilèges depuis le sommet du phare sur les mages en contrebas. Je ne devais pas m'attarder. L'alerte ne tarderait pas à être donnée.

Je traversai les ombres du port au pas de course. Je longeai les murs en silence jusqu'au croisement de deux rues. L'une d'elles, en pente raide, remontait à travers la ville pour en sortir rapidement ; l'autre traversait les faubourgs proches du palais.

Je pris la deuxième avec détermination.

Faire un détour pour voir Døriel n'était pas la meilleure stratégie à suivre, mais je lui avais fait une promesse et je refusais de m'enfuir à nouveau sans lui faire mes adieux. Le combat contre le phénix Tigre m'avait montré que ma vie était fragile ; je n'aurais pas toujours de deuxième chance.

J'arrivai chez Døriel et Hilda en haletant. J'entrai sans frapper, pour ne pas alerter le voisinage.

« Rébus ! », s'écria mon ami en jaillissant de la cuisine.

Il m'entoura de ses bras. Son amitié me réchauffa le cœur.

« Merci d'être revenu, dit-il avec une joie sincère.

— Je ne peux pas rester, m'excusai-je aussitôt. Je viens seulement te dire au revoir. »

Il recula en hochant la tête.

« Je sais, dit-il avec gravité. J'espère que tu m'expliqueras un jour les secrets qui t'entourent.

— J'aimerais les comprendre moi-même, lui avouai-je. Certains mystères m'échappent encore… Fais-moi confiance et n'écoute pas les rumeurs. Les prêtres ont tort. »

Je m'apprêtai à faire demi-tour, mais Døriel me retint par le bras. Ses yeux bleus me fixaient avec ardeur.

« Attends, Rébus. »

Il partit dans la cuisine pour récupérer un sac. Il avait préparé quelques provisions en sachant que je quitterais la capitale, même s'il ignorait la destination de mon voyage.

« Ce n'est pas la seule chose que je souhaite te confier. »

Il entreprit de détacher le bracelet qu'il portait autour du poignet. Sans explication, il souffla sur le talisman central, une minuscule rose des sables cristallisée, pour décrocher les maillons de la chaîne en argent. Il la noua autour de mon poignet et referma le mécanisme.

« Døriel… »

J'ignorais comment réagir. Je savais à quel point il était attaché à ce bracelet.

« Ce sera un souvenir de notre amitié, me coupa-t-il avec les yeux humides. Prends-en soin. »

J'avais le ventre noué.

« Merci, Døriel. Je suis touché. Je reviendrai te prouver que je le porte encore.

— J'y compte bien. De toute façon, je ne t'apprendrai pas le sortilège pour le défaire. »

J'éclatai de rire, avant de lui faire mes adieux.

Il était temps de m'enfuir. Encore.

ʃ

Les clochers des temples sonnaient l'alarme. Le tocsin métallique, lugubre, réveillait la ville endormie.

Depuis les hauteurs, j'observai une dernière fois le fjord d'Édelstener. Les montagnes, l'océan, les toits couverts de cristaux… J'avais aimé ce lieu magnifique. Je m'y étais senti chez moi pour la première fois de ma vie. Je caressai le bracelet attaché à mon poignet. Certains me l'avaient prouvé à maintes reprises.

Les nuages de magie minérale s'amoncelaient dans le ciel. Ils étaient devenus plus épais et plus denses, comme nourris par leur propre mouvement. Des éclairs d'ambre et d'or passaient de l'un à l'autre et provoquaient des gerbes d'étincelles. Cette vision était à la fois magnifique et inquiétante. Que deviendrait cette magie libérée de sa prison ? Que deviendrait cette capitale sans son Astre, cette étoile que j'avais dérobée ?

Je me détournai en frottant mes doigts contre mon Talisman Totem. Je sentais la concentration de Ji'Vri et, en filigrane, une nausée désagréable dont je connaissais pertinemment l'origine. Le phénix Tigre n'était que prisonnier. Des millénaires de rage tourbillonnaient dans les ruines d'une grotte effondrée.

Je descendis jusqu'à l'entrée du tunnel qui franchissait les montagnes. Aucun garde ne contrôlait les sorties de la ville. Je me mêlai à la poignée de marchands qui commençaient leur journée de labeur. Personne ne prêta attention à un voyageur solitaire muni d'un baluchon. Je n'avais heureusement pas à feindre de sourire ; les grimaces des montagnards étaient fidèles à leur réputation.

La nouvelle de la disparition de l'Astre Tigre n'était pas encore parvenue aux mages qui activaient le système d'aération. Le vent arrière me permit de rejoindre rapidement les rivières de vif-argent. Je marchai d'un pas vif jusqu'à la mare la plus proche. Deux hommes musclés achevaient de charger des cargaisons de poisson sur une barque imposante. Le commerçant qui attendait à son bord me lança un regard méfiant.

« Je n'ai pas de place libre, me prévint-il. Il vous faudra attendre la marée suivante. »

Je secouai la tête.

« Je n'ai pas besoin de barque », assurai-je.

Je murmurai la Rime Ancestrale qui m'entoura d'un halo protecteur. Je plongeai dans le vif-argent.

Le marchand m'observa en fronçant les sourcils.

« Je ne vous ai pas déjà vu quelque part ? »

Mon cœur se mit à battre plus fort. Je ne devais pas être reconnu maintenant !

« Bien sûr, répondis-je avec assurance. Je vous ai acheté du poisson frais la semaine dernière. Il était délicieux. »

Il hocha la tête, sa curiosité satisfaite – ainsi que son ego. Il se tourna vers ses employés qui chargeaient la barque et pesta pour faire bonne mesure.

Des bulles commençaient à éclater à la surface de la mare quand un vif-passeur rejoignit la barque du marchand. Il lui adressa quelques mots, avant d'enchanter l'embarcation et ses passagers pour les protéger du voyage. Il me sourit avec camaraderie en me voyant seul.

« Tu as de la chance, me lança-t-il. C'est tellement agréable de voyager léger. Méfie-toi quand même, l'Amante est bizarre ces derniers temps. Tu la connais… Elle a ses humeurs… »

Je le remerciai de son conseil. Je me tournai à demi pour masquer les traits de mon visage.

La marée ne tarda pas. Juste avant d'être happé par le tourbillon, je murmurai la Rime Ancestrale et le Quatrain Minéral en songeant au lac de vif-argent où m'attendaient Angelo, Amira et Tim. Je visualisai le lieu le plus précisément possible.

Un coup au cœur me coupa le souffle. Mon invocation me fit l'effet d'une migraine aiguë. Une explosion mentale balaya mon esprit.

*« Que fais-tu, Rébus ?* s'inquiéta mon djinn. *Le pouvoir du phénix se renforce ! »*

Ses pensées me parvinrent avec difficulté. La marée m'emporta avant que je puisse lui répondre.

La magie m'enveloppait et me guidait vers ma destination. Je sentais une lutte de pouvoir plus violente encore que lors de mon dernier voyage. J'étais balloté en tous sens, comme si le courant de vif-argent hésitait sur la direction à prendre.

Je compris soudain le danger de ma manœuvre. Le sortilège s'appuyait sur l'équilibre instable formé par les six Astres du monde et la taille des boules de magie. Depuis la maladie de l'Astre Émeraude, les rivières semblaient prises de folie… Comment avais-je pu sous-estimer l'impact de mon dernier forfait ?

La magie minérale était libre, hantant le ciel sous forme de nuages incontrôlables… L'Astre Tigre se *déplaçait* dans l'atmosphère, ce qui modifiait l'équilibre du Quatrain Minéral. J'ignorais par ailleurs l'importance des phénix dans ces lois d'attraction.

*« Je risque de rester bloqué dans ces souterrains !* m'alarmai-je. *Ji'Vri, combien de temps peut-on survivre dans le vif-argent ?*

— ***Pas éternellement »***, entendis-je résonner au fond de moi.

# Chapitre XXI

*Quels dieux en colère foudroyèrent la tour de Løk ? Cette terrible nuit d'été resta gravée dans ma mémoire. Rébus avait fêté son premier anniversaire quand l'accident tua le prince Atik et laissa le royaume en émoi. L'héritier de la couronne, le fils unique de la reine Olga, avait péri par la foudre.*

*Le roi Björn s'abandonna à la tristesse. Il se retira de longs mois dans un village lointain, au nord du royaume, près de l'immense arche en pierre qui se dressait devant la mer. Nul ne le vit du reste de l'été, de l'automne et de l'hiver. Les routes bloquées par la neige et la banquise qui mordait la côte décourageaient ses courtisans de le rejoindre.*

*Mon cœur saignait en songeant à sa perte, mais aussi à la sombre période qui suivit son départ. La reine Hildegarde prit rapidement les rênes du pouvoir. Ses premières décisions ne tardèrent pas à montrer l'intransigeance qui se cachait derrière sa froide beauté.*

***Lupa Adellarte***
***« Couleurs restaurées »***

Malgré moi, je m'endormis plusieurs fois au cours d'un voyage qui dura longtemps. Mon sommeil fut peuplé de cauchemars. Un oiseau de feu me pourchassa inlassablement, jouant avec moi comme avec une proie insignifiante. Des pieux de pierre s'enfoncèrent dans mon corps et rouvrirent mes blessures. Le plafond d'une grotte s'effondra au-dessus de moi.

Je profitai de mes périodes d'éveil pour guider mon trajet grâce au Quatrain Minéral. Chaque invocation augmenta la douleur de mes migraines.

Enfin, le cocon de magie protectrice s'évanouit alors que je nageais toujours dans le vif-argent. Je remontai à la surface pour découvrir avec joie un paysage de montagne inhabituel, où des torrents argentés se déversaient dans un lac étincelant. Le soleil approchait de son zénith.

*« Tout va bien, Ji'Vri ? »*, m'inquiétai-je.

Les pensées de mon djinn m'effleurèrent doucement.

*« Notre prisonnier a repris des forces,* soupira-t-il en réponse. *Le Quatrain Minéral a nourri son pouvoir. Tu dois éviter de voyager dans les rivières de vif-argent.*

*— Malheureusement, c'est la seule façon d'accéder à ce sanctuaire ou de le quitter. »*

Je nageai jusqu'à la berge de galets la plus proche. L'odeur des sapins ne fut pas la seule à m'accueillir. La Princesse Noire était assise sur un rocher. Angelo se trouvait à ses côtés, le visage indéchiffrable. Il tendait des cailloux à son cousin qui formait de petits tas sur le sol, sans doute pour patienter.

Ce dernier se releva à mon arrivée. Il s'avança avec mauvaise humeur.

« On peut savoir ce qui t'a pris, Rébus ? me lança Tim. Tu n'aurais jamais dû partir seul ! »

Gêné, je haussai les épaules. Je m'attendais à des reproches, mais j'espérais que ma discussion avec Angelo et Amira suffirait… Ce n'était visiblement pas le cas.

« Je suis désolé, m'excusai-je. Mon départ n'était pas prémédité. Je me suis fait happer par les tourbillons du lac.

— Sans blague ! Tu t'es retrouvé comme par hasard dans le Royaume Minéral, alors tu t'es dit "Tiens, si j'en profitais pour faire le malin en capturant un phénix" ?

— Je n'avais pas prévu de partir et je n'avais pas le choix de la destination. C'était une opportunité à saisir. Je savais que j'étais le voleur d'étoiles de la prophétie. »

Ses yeux verts lancèrent des éclairs.

« Ces prophéties sont des avertissements, rappela-t-il d'un ton lugubre. Tu aurais pu te faire tuer et ruiner nos chances de réussite.

— Jusqu'à preuve du contraire, j'ai survécu, répliquai-je d'un ton pincé.

— Ne me prends pas pour un idiot ! Quand on a seize ans et qu'on joue au héros, ça s'appelle un problème d'ego.

— Et à dix-huit ans, comment ça s'appelle ? L'instinct maternel ? »

Le jeune homme crispa les poings. Il était rouge de fureur. Des années de vie dans la rue m'avaient appris à reconnaître l'imminence d'un combat. Par réflexe, je levai les bras en adoptant une posture défensive.

Mon attitude doucha les humeurs de mon adversaire. Une expression étrange passa sur son visage, un mélange de surprise et d'horreur. Il se calma aussi soudainement qu'il s'était énervé.

« Pardonne-moi, Rébus, dit-il. Je me suis inquiété, c'est tout. Pour toi comme pour notre groupe. »

J'étais déstabilisé par sa réaction.

« Nous sommes tous dans le même bateau, d'accord ? », dit-il en me tendant la main en signe d'apaisement.

Je relâchai ma garde et serrai sa main.

« Je suis désolé, répétai-je avec sincérité. Je n'agirai plus seul dans mon coin.

— Excuses acceptées. Tu as fait tes preuves en tant que Messager, même si j'ai toujours su de quel bord tu étais. »

Je lui souris en retour.

« Par contre, ajouta-t-il sur le ton de la boutade, ne t'avise plus de critiquer mon âge… En tant que doyen du groupe, je devrais même bénéficier de certains privilèges. »

Angelo éclata de rire, heureux de la diversion.

« Un bon lit moelleux, par exemple ? proposa le prince d'un ton narquois. Ou une salle de bains privée ?

— Ce serait pas mal pour commencer…

— Dommage, nous n'en avons plus en stock.

— Ne t'inquiète pas, mon cher cousin, j'ai d'autres idées. Je rêverais de manger une double part de galettes séchées, ce soir. Avec un supplément de racines. »

Les deux compères se mirent à rire joyeusement. Je vis même un sourire dérider le visage de la princesse.

« Je te laisse ma part, lançai-je innocemment. J'ai tout ce qu'il faut dans mon sac. »

Mes trois compagnons jetèrent un regard intéressé au baluchon que je transportais.

« Ne me dis pas qu'en plus d'avoir capturé un Astre, tu as ramené des provisions ? s'étonna Tim.

— Oh, je ne voudrais pas te priver de galettes séchées et de racines… »

Son cousin lui donna une tape amicale sur le bras.

« Tu vois, tu vas les avoir, tes privilèges ! se moqua-t-il. Je crois que je vais aussi te laisser ma part. Amira, qu'en penses-tu ?

— Je ferai de même », dit-elle en se prenant au jeu.

Tim soupira avec lassitude.

« C'était une plaisanterie, lâcha-t-il. Je suis pour un partage équitable des provisions.

— Et des corvées ? susurra Angelo. Tu ne t'es pas précipité pour chercher de quoi dîner, hier soir.

— Je te rappelle que tu as failli me tuer en "purifiant" mon Talisman Totem… Je tenais à peine debout.

— Le rituel s'est mal passé ? m'inquiétai-je.

— Moins bien qu'avec toi… »

Il me raconta avec une pointe d'exagération l'invocation du Souffle des Dieux sur son Talisman Totem. À l'entendre, Angelo et Amira avaient eu du mal à maîtriser la puissance de leur don. Son esprit avait été écartelé par la magie brute. Son djinn l'avait empêché de perdre conscience, mais l'opération ne s'était pas faite sans douleur.

« Ces petits diamants m'ont coûté cher », dit-il en montrant son pendentif.

Il portait autour du cou une feuille de tilleul en émeraude, aux bords larges et en forme de cœur. Ses nervures étaient soulignées de minuscules diamants, comme le chef d'œuvre d'un joaillier hors pair.

« Le résultat est magnifique », admis-je.

Le bijou mettait en valeur ses yeux, du même éclat vert et cristallin. Je me tournai vers Angelo et Amira.

« Je croyais que vous aviez compris comment invoquer le Souffle des Dieux ? interrogeai-je.

— Nous avons fait de notre mieux, se défendit mon ami. Ce n'est pas si facile que ça.

— Tim n'avait pas fusionné son esprit avec son djinn, renchérit la princesse. Notre don l'a forcé à le faire. »

L'intéressé haussa les épaules d'un air gêné.

« Je sais ce que tu penses, Rébus, me dit-il. Tu as fusionné ton esprit avec Ji'Vri trois semaines seulement après l'avoir rencontré. Cela fait quatre ans que j'ai rencontré mon djinn, mais je n'ai pas eu le courage de lui dévoiler toutes mes pensées, tous mes souvenirs… J'appréciais cette part d'intimité qui me restait.

— Je n'ai pas eu le choix, avouai-je. Cette confiance absolue m'a sauvé la vie. Ji'Vri a pris le contrôle de ma magie alors que j'étais inconscient.

— C'est justement cette idée qui m'a toujours effrayé : un djinn qui contrôle ton corps à ta place… »

Il soupira et récupéra quelques cailloux sur la plage.

« Trop tard pour les regrets, conclut-il avec un sourire forcé. Le Souffle des Dieux a choisi à ma place.

— Comme pour nous tous », ajouta Angelo avec un regard en coin vers la princesse.

La jeune femme se leva avec gravité. Sa tunique avait été abîmée par un mois passé dans les bois et ses souliers étaient couverts de poussière. Pourtant, elle avait gardé le charisme qui m'avait toujours fasciné chez elle, cette noblesse dans la posture et le regard.

« Nous avons tous perdu quelque chose dans cette aventure, déclara-t-elle, mais n'oublions pas ses enjeux ! Il s'agit d'une lutte où s'affrontent des monstres, des oracles et des dieux, tous prisonniers, ensorcelés ou mourants. Nous sommes les seuls à pouvoir modifier cet équilibre, dans un sens ou dans l'autre. Nos choix seront déterminants, comme Rébus a pu le découvrir… »

Je me sentis rougir jusqu'à la pointe des oreilles. D'ordinaire discrète et silencieuse, elle n'en maniait pas moins ses mots avec adresse et subtilité. Son sens du discours était troublant.

« Ce n'est pas une critique, ajouta-t-elle avec compassion. Vous avez eu le courage de bouleverser votre vie en défiant le phénix Tigre. Le capturer n'a certainement pas été sans difficulté. »

Je hochai la tête gravement.

« C'était un pur moment d'horreur, déclarai-je en me raclant la gorge. Et je crains que mon djinn ne soit désormais en danger. »

Je leur racontai en détail mon affrontement, sans leur cacher ma douleur, ma peur ou ma solitude… J'avais vécu un cauchemar entre les griffes d'un monstre vicieux et impitoyable. Mon auditoire n'osa pas m'interrompre.

Tim fut épouvanté par ce récit. Pensait-il au combat qui l'attendait lui-même ?

Angelo et Amira furent rassurés d'apprendre que la bénédiction du Souffle des Dieux m'avait permis de résister à l'Impureté. Leur seule inquiétude portait sur le pouvoir du phénix capturé et la menace qui pesait sur mon esprit. Leurs djinns affirmaient que je devais l'enfermer au plus vite dans la clé de voûte du Portail Minéral. Sa structure en œil-de-tigre formerait une nouvelle prison pour le monstre.

« Je ne suis pas contre l'idée de me débarrasser de ce monstre, avouai-je en caressant nerveusement mon Talisman Totem. J'ai la nausée en pensant qu'il est juste là, contre ma peau.

— Et dire qu'il va falloir que j'en capture un moi aussi, se lamenta Tim. Rappelez-moi pour quelle raison nous devons faire cette folie ?

— Sauver le monde ne te suffit pas, comme argument ? plaisanta Angelo.

— Sincèrement, je préfère ne pas répondre à cette question…

— C'est pourtant simple. Nous allons capturer des phénix pour les enfermer dans de vieilles arches en pierre, avant de partir à la recherche de ruines disparues depuis cinq mille ans… Sachant que nous n'avons aucune idée sur les moyens de retrouver ce fameux sanctuaire, à part des rêves quasiment identiques sur la nuit de notre naissance. »

Son cousin le regarda d'un air dubitatif.

« Si tu voulais me remonter le moral, c'est raté », dit-il.

Angelo haussa les épaules.

« Et que va devenir la magie du Royaume Minéral ? remarquai-je. Ce n'est pas une bonne nouvelle d'apprendre qu'elle s'envole dans les nuages, non ?

— Les Oracles n'avaient pas anticipé ce phénomène, avoua la princesse en baissant la tête. Nous devrons en affronter les conséquences. Nous serons responsables des perturbations qui ne manqueront pas d'apparaître… »

Angelo eut un rire nerveux.

« Pour la deuxième fois, rappela-t-il. La destruction du sanctuaire des druides a eu un effet semblable. Nous allons bientôt donner raison aux prêtres du Cercle et à la prophétie d'or. Avant de comprendre comment sauver le monde, nous allons finir par le détruire ! »

Nous laissâmes tous échapper un soupir. Le fardeau qui pesait sur nos épaules était écrasant.

Tim se racla la gorge et se releva doucement.

« Bien, dit-il en grimaçant. Cette fois, vous m'avez sérieusement déprimé. Avant de nous attacher une pierre autour du cou et de sauter tous ensemble dans le lac, que diriez-vous de manger un bon repas ? »

Angelo le regarda avec de grands yeux.

« Sérieusement, Tim ? lui lança-t-il d'un ton accusateur.

— Il faut savoir être pragmatique, se défendit l'autre. Mieux vaudrait nous remonter le moral en découvrant ce que nous a rapporté Rébus de ce mystérieux fjord… Et en jetant définitivement les galettes séchées de ces vieilles Filles de la Lune. »

J'éclatai de rire devant l'air choqué d'Amira et la grimace désabusée d'Angelo. Je devais convenir que Tim apportait une diversion bienvenue. Notre situation ne s'était guère améliorée.

Je défis le sac préparé par Døriel. Mon ami avait emballé du pain frais, des petits fromages secs, des légumes multicolores qui ressemblaient à des carottes, de la charcuterie et du poisson fumé. Je découvris avec plaisir une poignée de sablés dorés en forme de roses des sables, sa spécialité. Une outre remplie d'une boisson aux arômes fleuris complétait le bagage.

« Ah, Rébus, mon sauveur ! s'extasia Tim. Oublie donc mes reproches. Tu as même pris du Nectar'Miel ! »

J'ignorais où il trouvait toute cette bonne humeur. Son enthousiasme réussissait à chasser nos angoisses. J'oubliais pour un temps le démon qui côtoyait mes pensées. Au fond de moi, je savais cependant que mon combat contre le phénix ne faisait que commencer.

« Rébus, calme-toi ! »

Je me réveillai en sursaut, deux têtes blondes penchées au-dessus de moi. Angelo et Tim me fixaient avec de grands yeux effrayés. Leurs visages crispés trahissaient leur inquiétude.

« Tout va bien, m'assura Angelo. Tu es en sécurité ici.

— Il frissonne de nouveau, commenta son cousin. Je vais chercher une autre couverture. »

Le garçon disparut de mon champ de vision, avant de revenir me couvrir. Je tremblais de froid.

Était-ce seulement de froid ?

Les brumes du sommeil s'accrochaient encore à moi, en griffes sournoises et douloureuses. Des images cauchemardesques éclatèrent comme des éclairs de feu sur un ciel orageux. Chute, noyade, écrasement... Les bribes de mes rêves me revinrent brusquement. Sinistres, ils avaient réveillé mes peurs les plus anciennes.

Tim plaça sa main sur mon front. Elle me parut si glacée que je ne pus m'empêcher de frissonner.

« Il a de la fièvre, déclara-t-il d'une voix sombre.

— Je doute qu'elle soit naturelle, grommela Angelo. Le phénix continue à le tourmenter. »

Nauséeux, je tournai la tête pour admirer les rayons du soleil qui s'infiltraient au travers des sapins. Je me rappelais vaguement m'être endormi après avoir partagé un déjeuner avec mes compagnons.

« Comment va-t-il ? »

La princesse s'approcha à son tour et s'agenouilla à mes côtés. Ses cheveux mouillés encadraient son beau visage. Je fixai sans le vouloir ses yeux extraordinaires où de l'or liquide semblait tourbillonner.

Les deux cousins lui firent part de leurs inquiétudes. Elle hocha la tête avec gravité.

« Laissons-le se reposer, proposa-t-elle. Angelo, nous devrions en discuter avec les Oracles. Elles auront peut-être un remède. »

Le prince acquiesça et s'éloigna avec elle. Ils quittèrent le campement pour invoquer le Souffle des Dieux sans nous faire prendre de risques. Lorsque les deux élus utilisaient leur don, leurs djinns pouvaient converser entre eux.

Tim me tendit une outre remplie d'eau fraîche. J'en bus une gorgée avec satisfaction.

« Je vais mieux, l'assurai-je en le remerciant. Le phénix a moins de pouvoir lorsque je suis réveillé. Il est toujours prisonnier de sa grotte. Ji'Vri va réparer les dégâts qu'il a occasionnés en essayant de s'échapper.

— Nous devons régler ce problème rapidement, annonça l'autre fermement. Tu n'as presque pas dormi de la nuit. Nous devons trouver le Portail Minéral pour enfermer ce démon.

— Ce n'est pas si simple, malheureusement, soupirai-je. Ce monument se situe tout au nord du Royaume Minéral. Lex m'a affirmé qu'aucune rivière de vif-argent ne débouchait à l'intérieur des montagnes. Elles s'arrêtent toutes à l'entrée du fjord d'Édelstener. Après la capture de l'Astre Tigre, je pense que l'armée du roi nous empêchera d'entrer pour traverser les montagnes à pied et rejoindre le Portail…

— Il reste la voie des mers, même si c'est plus long.

— Encore faudrait-il trouver un navigateur qui connaisse ces fjords et cette région prise dans la glace. Nous sommes en plein hiver. Notre navire devra éviter les icebergs qui se détachent de la banquise. Je doute que nous puissions suivre cette route avant l'été prochain…

— Ça m'étonnerait que tu puisses supporter ces cauchemars aussi longtemps !

— Moi aussi, malheureusement. »

Je restai silencieux un moment. J'observai la source d'eau chaude d'où s'échappaient des fumerolles sulfureuses. Elles pouvaient éloigner les démons qui peuplaient cette île, la nuit tombée, mais elles ne m'avaient pas protégé des attaques spirituelles du phénix.

« Es-tu sûr que Lex t'a dit la vérité ? demanda Tim prudemment. Il aurait pu te cacher l'existence d'une autre rivière de vif-argent.

— Je ne pense pas. Il a tout fait pour que j'intègre la guilde des vif-passeurs.

— Tu as passé beaucoup de temps avec lui. Qu'est-ce que tu lui trouvais, exactement ?

— C'est compliqué, Tim. »

Mal à l'aise, le jeune homme haussa les épaules et n'insista pas. Il changea de sujet.

« Veux-tu un sablé pour te remonter le moral ? proposa-t-il. Il en reste encore quelques-uns.

— Je ne voudrais pas t'en priver, lui lançai-je avec un clin d'œil. Tu as l'air de les apprécier.

— C'est vrai, ils sont délicieux ! Heureusement que tu ne fréquentes pas que des assassins. Ce mystérieux Døriel me paraît bien plus sympathique que Lex.

— Oui, il est très gentil. »

Je touchai le bracelet en argent qui entourait mon poignet. La rose des sables cristallisée était douce au toucher. Tim observa mon geste avec un regard étrange.

« Tu t'es vite lié d'amitié avec lui, remarqua-t-il. Je suis surpris qu'il t'ait fait confiance alors que tu ne lui as rien révélé de tes secrets.

— C'est compliqué, Tim. »

Il secoua la tête avec un sourire.

« Décidément, c'est ta phrase favorite pour éviter de répondre », se moqua-t-il.

Il se leva pour aller fouiller dans nos provisions. Je me demandais si je l'avais vexé. Il semblait toujours de bonne humeur et d'une prévenance hors pair, mais je ne le connaissais pas assez pour comprendre ses réactions.

Il revint avec quelques sablés et changea habilement de sujet de conversation. J'étais particulièrement friand de ses anecdotes sur son cousin. J'ignorais qu'Angelo avait connu tant d'histoires, même si je connaissais le caractère aventurier et immature de mon ami. Nous avions passé de nombreuses nuits à parcourir les rues de Viridys…

« Il s'est beaucoup inquiété tout à l'heure, déclara Tim en surprenant mon regard. Il n'arrêtait pas de répéter que c'était de sa faute si tu étais parti affronter ce monstre seul, pour nous prouver que tu étais bien des nôtres…

— Il n'a rien à se reprocher, pourtant. J'en suis le seul responsable.

— En tout cas, il a l'air de tenir à votre amitié.

— Nous avons vécu beaucoup d'aventures ensemble. Je ne sais pas s'il s'en est rendu compte, mais Angelo était mon seul véritable ami. Il était mon frère de cœur.

— Tu vas peut-être avoir l'occasion de le lui dire. »

Il fit un signe de tête vers Angelo et Amira qui regagnaient le campement. Un bandage de fortune entourait la paume de leur main. Les deux élus avaient une expression étrange, un air de béatitude qui adoucissait les traits de leur visage. J'avais remarqué que cela arrivait chaque fois qu'ils invoquaient le Souffle des Dieux, comme s'ils retrouvaient l'espace d'un bref instant une unité, une joie qui donnait tout son sens à leur vie.

« Nous avons une suggestion, annonça Angelo. Nous pouvons essayer de projeter notre don à l'intérieur de ton esprit pour renforcer la prison du phénix Tigre. Cela devrait limiter son influence sur tes rêves.

— Essayer ? répétai-je. Vous n'êtes pas sûr de réussir ? »

Ils se regardèrent avec hésitation.

« Non, avoua la jeune femme. Nous tâtonnons pour chanter des sortilèges depuis longtemps disparus. C'est une poésie extrêmement subtile.

— Si c'est la seule solution…

— Il faudra répéter cette opération régulièrement, ajouta Angelo, tous les deux ou trois voyages que tu effectueras dans le vif-argent. L'invocation du Quatrain Minéral lui confie trop de pouvoir.

— Que se passera-t-il s'il réussit à se libérer ?

— Rien de bon… D'après les Oracles, il causera des dégâts irréversibles et deviendra incontrôlable. »

Amira fit un signe à Angelo pour s'asseoir à nos côtés. Elle souhaitait commencer dès à présent le rituel.

Tim l'arrêta pourtant d'un geste.

« Attendez, princesse, dit-il doucement. Je crois que nous devrions laisser Rébus et Angelo seuls un moment. Ils ont des choses importantes à se dire. »

Tout le monde le regarda avec étonnement. Qu'y pouvait-il avoir de plus important que d'emprisonner un démon pour éviter ses pièges ? La princesse accepta cependant de le suivre et de nous laisser un peu d'intimité.

« Ton cousin est surprenant, déclarai-je à mon ami.

— En effet, admit Angelo. Je dirais même qu'il est unique en son genre.

— Tu le dis d'une étrange façon. Est-ce que c'est vraiment un compliment ? »

Il me sourit et me lança un clin d'œil complice.

Mes compagnons me laissèrent me reposer pendant le reste de l'après-midi. L'invocation du Souffle des Dieux m'avait apaisé au point de m'endormir profondément. Angelo et Amira avaient prêté à mon djinn la force nécessaire pour couvrir de diamants la grotte effondrée où était piégé le phénix Tigre. Sa voix et ses cauchemars ne traversaient plus la roche pour me tourmenter.

Quand je m'éveillai, Tim était à mes côtés. Il s'affairait à sculpter un bout de bois avec un couteau. Enfin, sculpter était un bien grand mot… Son œuvre n'avait aucune forme reconnaissable.

« C'est un animal ? demandai-je en fronçant les sourcils.

— À l'origine, avoua-t-il. Je voulais sculpter un oiseau, mais j'ai eu un geste brusque et je lui ai coupé les pattes.

— Tu peux toujours faire un pingouin. »

Il éclata de rire.

« Je dois encore m'entraîner, lâcha-t-il. Ce n'est pas le bois qui manque, heureusement.

— J'allais pourtant te dire que c'était magnifique, ironisai-je.

— C'est ça, un vrai chef-d'œuvre ! Puisque tu es réveillé, allons plutôt retrouver les responsables de notre ruine. »

Nous les rejoignîmes au bord du lac de vif-argent. Ils étaient assis en tailleur, face à face. Main dans la main, ils semblaient en pleine méditation. Une légère brume blanche s'échappait de leurs doigts et flottait dans l'air autour d'eux.

Nous nous approchâmes sans bruit. Je grignotai les derniers sablés de Døriel en les observant. Leur posture était hypnotique.

Soudain, Amira se tourna vers nous, sans ouvrir les yeux. Elle avait un sourire éblouissant.

« Approchez, nous invita-t-elle doucement. Touchez nos mains. »

Après une légère hésitation, nous avançâmes vers eux. Je m'accroupis et suivis l'invitation de la princesse.

J'eus l'impression de plonger dans une rivière et de me faire emporter par le courant. Le monde réel disparut pour laisser la place à un univers d'un blanc opalescent. Je ne vis bientôt plus qu'Angelo et Amira, assis au cœur de ce nuage immense. Tim apparut à mes côtés, l'air aussi perplexe que moi. Il passa une main nerveuse dans ses cheveux blonds.

*« Bienvenue à tous les deux,* nous accueillit la princesse.

— *Où sommes-nous ?*

— *Au cœur d'un rêve. Voilà où nous entraîne la magie de Dohr'im lorsque nous n'invoquons pas le Souffle des Dieux : dans un monde onirique, vierge…*

— *…où notre imagination n'a aucune limite*, compléta Angelo. *Nous pouvons tout créer. »*

Il leva lentement le bras et des éclairs de couleur jaillirent dans la brume. Comme les traits d'un pinceau sur une toile immaculée, ils dessinèrent une plage de sable fin, au bord d'un océan dont les vagues glissaient jusqu'au rivage. Une nouvelle gerbe d'étincelles et un couple de mouettes traversa le ciel en criant. L'odeur salée de la mer apparut en dernier.

*« Parfois, c'est aussi la réalité,* murmura Amira. *Nous pouvons nous projeter là où se trouvent les Messagers de Dohr'im. C'est ainsi que j'ai pu rejoindre Rébus dans la tour de Løk…*

— *…ou dans le port d'Édelstener avant la capture du phénix Tigre »*, ajouta le prince.

Tout ceci était très perturbant. Ils avaient tous les deux une voix étrange, calme et posée, pleine d'une sagesse que j'avais déjà observée chez Amira, mais dont Angelo avait toujours été dépourvu. Ici, mon ami n'était plus le même. Sa rébellion, son immaturité, ses doutes existentiels étaient transcendés par cette puissance qui appartenait à un autre temps, une autre époque.

Je frissonnai malgré moi. Je comprenais la fascination que cette magie pouvait avoir sur eux. Plus que jamais, je compris brusquement qu'ils étaient de véritables élus et non de simples Messagers, comme Tim et moi-même. Ils étaient bien plus qu'ils ne le pensaient, bien plus qu'ils ne s'en apercevaient.

Ils étaient les enfants d'un dieu disparu.

*« Que faites-vous en méditant ainsi ?* demanda Tim.

— *Nous nous entraînons à contrôler la magie de Dohr'im,* répondit la princesse. *Le Souffle des Dieux est extraordinaire, mais il n'est qu'une facette du pouvoir dont nous avons hérité. Nous avons encore du mal…*

— *…à maintenir une projection de nous-mêmes dans le monde réel,* compléta Angelo comme s'ils partageaient les mêmes pensées. *Quand nous voyageons avec notre corps astral, n'importe quel sortilège peut dissoudre nos illusions et nous renvoyer dans notre corps physique – une simple étincelle magique ou une éclaboussure de vif-argent. C'est une fragilité…*

— *…que nous devons résoudre,* termina Amira. *Nous cherchons à comprendre comment interagir davantage avec le monde réel. Quand nous saurons lancer de véritables sortilèges au cours d'un voyage astral, tout deviendra possible. »*

Je ramassai une poignée de sable sur cette plage impossible. L'horizon n'existait pas, envahi de cette brume blanche qu'ils manipulaient à loisir. Pourtant, les grains de sable étaient chauds et frottaient contre mes doigts. Tous mes sens me criaient qu'ils étaient bien réels. S'il s'agissait d'une illusion, elle était parfaite, exactement comme sur l'île de Thaleia. Le souvenir de cette magicienne et de ses artifices me glaça le sang.

*« Nous vous avons fait venir pour une autre raison,* reprit Amira. *Regardez près des dunes. »*

Derrière nous, la brume s'écarta pour laisser place à deux silhouettes allongées dans le sable. Une jeune femme observait le ciel avec mélancolie. Des boucles blondes encadraient un visage serein, illuminé par des yeux d'un bleu azuréen. Près d'elle, un homme à la quarantaine d'années regardait fixement l'océan. Musclé, il avait des cheveux noirs, coupés courts, des yeux bridés et une peau un ton plus jaune que celle qui l'accompagnait.

*« Elliw !* s'exclama Tim avec surprise. *Que fait-elle ici ?*

— *C'est une Rêveuse,* expliqua Angelo. *Nous ignorons quand ou comment, mais notre pouvoir l'a choisie, ainsi que son garde du corps. Leur conversation ne laisse aucun doute… Ils ont tous les deux rêvé de notre naissance.*

— *Comment les avez-vous trouvés ?*

— *Le lien qui nous unit a l'aspect d'un long ruban lumineux,* répondit Amira. *Toute seule, j'avais du mal à le distinguer au cœur de ces nuages, mais il est très clair lorsqu'Angelo m'accompagne.*

— *Nous allons les inviter à nous rejoindre,* ajouta ce dernier. *Nous irons ensuite à la recherche des deux derniers Messagers… »*

Ils nous proposèrent de nous ramener dans le monde réel. En douceur, les contours du rêve s'évaporèrent. Le décor se modifia pour reproduire des montagnes, des forêts de sapins et un immense lac de vif-argent.

La réalité reprit ses droits.

J'échangeai un regard avec Tim et nous nous éloignâmes de nos compagnons. Arrivé à l'orée des sapins, je ne pus m'empêcher de lui faire part de mes sentiments, un mélange d'émerveillement, de surprise et d'une pointe d'inquiétude.

« Les prêtres du Cercle ont peur de l'Impureté, murmurai-je, mais ils se trompent d'enjeu… Leur religion entière est menacée. Qui continuera à croire en leurs dieux, invisibles et impuissants, quand le monde sera témoin des miracles de la magie de Dohr'im ? Angelo et Amira n'ont pas seulement été touchés par la grâce divine. Ils sont… *différents.* Je crois qu'ils commencent à peine à découvrir les limites de leur propre divinité. »

Tim hocha la tête gravement.

« La magie de Dohr'im les changera, tout comme elle nous changera nous-mêmes, annonça-t-il en guise de prédiction. Nous portons chacun le fardeau de notre différence. Mais n'oublie pas, Rébus, que la différence peut devenir une force lorsqu'elle est partagée. »

Je me plongeai dans son regard émeraude. J'y lus d'innombrables questions et trop peu de réponses.

Qu'allions-nous devenir, dans cette quête étrange ?

Quelles responsabilités aurions-nous dans les changements à venir ?

# Chapitre XXII

*L'épidémie commença à frapper au milieu de l'hiver. Le roi Björn n'était toujours pas revenu dans la capitale. Le corps et l'esprit marqués par la tristesse, il avait abandonné la gestion du royaume à sa femme.*

*Une maladie étrange se répandit en quelques jours. On soupçonna la nourriture, on accusa le vent, le froid, la fumée des feux de bois… Adultes et enfants souffraient de difficultés respiratoires plus ou moins marquées ; de nombreux bébés périrent à cause de violentes quintes de toux. Le mal décima les plus jeunes de notre communauté.*

*Aucun remède n'était encore identifié lorsqu'on s'aperçut d'une étrange coïncidence : parmi les victimes, toutes avaient les yeux bleus. Je priai pour le salut de mes enfants.*

***Lupa Adellarte***
***« Couleurs restaurées »***

Nous décidâmes de partir le lendemain matin, après une nuit torturée qui m'avait épuisé. Les hallucinations qui peuplaient la brume n'avaient cessé de nous tourmenter.

« Je ne suis pas convaincu, bougonna Tim. C'est trop dangereux. »

Angelo haussa les yeux au ciel.

« Nous n'avons pas des millions de choix possibles, argumenta-t-il. Inutile de rester là sans rien faire.

— Pourquoi ne pas commencer par rassembler tous les Messagers ? rétorqua son cousin. À quoi bon nous précipiter pour capturer ces phénix, alors qu'on ne sait même pas comment retrouver le sanctuaire de Dohr'im ?

— Nous n'avons pas besoin d'eux pour affronter le phénix Émeraude. Nous connaissons le Quatrain Végétal.

Je te rappelle que Rébus a réussi à capturer tout seul celui de l'Astre Tigre.

— Demande-lui ce qu'il en pense… Il va devoir vivre plusieurs mois avec un démon dans sa tête. »

Il chercha mon regard pour trouver du soutien, mais j'éprouvais des sentiments partagés.

Nous avions abandonné le projet de rejoindre le Portail Minéral, inaccessible jusqu'au retour au calme dans le royaume des montagnes et la fonte des glaces. Je m'étais fait à l'idée de supporter la présence du phénix Tigre dans mon esprit. Rien ne nous empêchait cependant d'affronter l'Astre Émeraude, affaibli depuis la destruction du sanctuaire des druides. Le Portail Végétal était facilement accessible par vif-argent, à l'extrémité de la Route de la Connaissance, près des falaises du royaume.

« Nous serons là pour te soutenir, lui assurai-je. Nous irons tout de suite enfermer le phénix Émeraude dans la prison du portail. Tu auras à peine le temps de sentir sa présence maléfique.

— Je ne m'inquiète pas pour moi, protesta-t-il. Enfin, un peu, bien sûr… Mais je pense sincèrement que nous ne sommes pas pressés. Nous ferions mieux de trouver les autres Messagers.

— Amira peut s'en occuper seule, affirma Angelo. Elle maîtrise mieux que moi la magie de Dohr'im. Elle saura convaincre nos futurs compagnons de nous rejoindre. »

Les deux élus avaient contacté Elliw et son garde du corps, surpris et intrigués. Amira allait continuer à échanger avec eux jusqu'à ce qu'ils soient prêts à embrasser notre quête. La princesse avait également reconnu le cinquième Messager ; elle avait toute confiance dans sa capacité à le convaincre, car il s'agissait d'un ami d'enfance. Quant au sixième, Angelo et Amira n'avaient vu que des images fugitives d'un campement dans les Landes Étoilées, dans le Royaume Aérien. Les toiles de tente étaient imprégnées d'une matière qui les empêchait de s'approcher davantage et qui les renvoyait dans leurs corps physiques.

« Je ne suis pas sûr d'être prêt, avoua finalement Tim. Voler l'Astre Émeraude, c'est tout un symbole… J'ai grandi sous sa lumière. Je n'imagine pas le faire disparaître et priver mon royaume de sa magie. »

Je n'avais pas eu ces états d'âme. Un frôlement caressa mes pensées.

*« Tu es un voleur depuis des années, Rébus,* souffla mon djinn, *et tu connaissais à peine le Royaume Minéral. Tim est un enfant de la noblesse du Royaume Végétal. Il était chez lui dans les couloirs du palais Viridys, dans les jardins éclairés et nourris par l'Astre Émeraude…*

*— Comment l'aider à accepter l'idée de cette capture ?*

*— Ce n'est pas à toi de le convaincre. Montre-lui que tu le soutiens, tout simplement. »*

Mon compagnon avait raison. Je mis une main sur l'épaule de Tim.

« Tu ne seras pas seul, lui répétai-je. Je te promets de rester à tes côtés. »

Le jeune homme me remercia d'un sourire.

« Allons-y, décida-t-il finalement. C'est de la folie, mais plus vite nous l'aurons fait, plus vite nous en serons débarrassés.

— Ravi de l'entendre, approuva Angelo. De toute façon, nous avons besoin de ramener des provisions et de l'équipement pour nous installer correctement ici.

— Cap sur le palais Viridys, alors ?

— Pas tout de suite, nuança son cousin. Nous devons d'abord vérifier ce qui se passe dans la forêt des druides… »

∫

« Nous n'aurions pas dû venir ici », marmonna Tim.

Accroupis dans les broussailles de la Forêt des Fées, nous nous cachions dans l'ombre des chênes centenaires.

L'hiver maintenait une pellicule de givre sur les feuilles mortes qui gisaient autour de nous.

« Nous devons savoir ce qui se trame, affirma Angelo à voix basse. La situation n'est peut-être pas aussi grave que le croit la Gardienne.

— Les druides n'ont pas vraiment apprécié ta dernière visite, rappela son cousin.

— Tant qu'ils ne nous reconnaissent pas, tout ira bien. »

Nous nous étions éloignés du sentier jusqu'à atteindre la bordure de la clairière qui faisait office de sanctuaire pour les druides du Royaume Végétal. J'avais eu un peu d'appréhension à l'idée de revenir là où mon frère avait perdu la vie, en compagnie de son meurtrier… J'avais cependant été surpris de constater que je me sentais en paix sous le couvert des arbres. J'avais fait mon deuil.

Des dizaines de fidèles pénétraient dans la forêt pour prier les dieux vénérés par le Cercle Émeraude. Malgré la destruction du temple, ils continuaient à affluer pour y vouer leur culte. Les menhirs qui se dressaient en cercle avaient souffert de l'invocation du Souffle des Dieux. L'un d'eux avait été fracturé et gisait en blocs épars ; d'autres étaient tombés ou penchaient dangereusement.

« Le cercle a été brisé, constata Angelo avec une grimace. L'antique sortilège de protection a disparu. Ce sanctuaire sera ravagé lors du prochain Jugement Dernier. Il ne pourra plus accueillir de réfugiés et de dévots comme autrefois…

— Ils se réfugieront dans l'enceinte de la citadelle, affirma Tim. Je n'ai jamais compris le sens de cette veillée au milieu de la forêt, alors que le monde entier brûle et s'écroule. C'est inutile de prier dans les temples alors que les murailles des villes suffisent à nous protéger.

— Tu n'as jamais été très croyant, se moqua son cousin.

— Que sais-tu de mes croyances ? Ma pratique de la religion est juste différente. Je me passe volontiers de certains rituels, comme passer la nuit dans une forêt dévastée par une tempête de magie. »

Le prince haussa les épaules.

« Tu sais bien que je serais le dernier à faire une chose pareille, s'amusa-t-il. Bon, assez discuté. Vous êtes prêts ? »

Nous hochâmes la tête avec un enthousiasme mitigé. Nous n'avions guère envie de prendre des risques en nous mêlant à la foule et en pénétrant dans ce sanctuaire… C'était pourtant exactement l'idée d'Angelo.

Comme mes deux compagnons, je lançai un sortilège pour modifier les traits de mon visage. Je ne craignais pas que l'on me reconnaisse ici, mais Angelo et Tim étaient bien connus des druides. Nous devions éviter d'être repérés avant d'en estimer le danger.

À l'issue de la Quête des Talismans Totems, les prêtres du Cercle avaient réuni leur Concile pour évaluer la menace que représentaient Angelo et Amira, les héritiers autoproclamés d'un dieu dont ils niaient l'existence. Ma dernière rencontre avec les bonzes du Royaume Minéral me laissait penser que la plupart des prêtres considéraient les deux élus comme des malheureux contaminés par l'Impureté et condamnés aux pires atrocités… La religion choisissait généralement des solutions extrêmes pour annihiler toute trace de dégénérescence de la magie.

« Allons-y », lança mon ami.

Nous quittâmes les broussailles pour rejoindre le sentier qui menait à la clairière. Le prince grommela un juron en apercevant un amas de champignons colorés au pied d'un arbre. Il nous força à faire un détour pour éviter de marcher sur les symbolets – les dieux de la forêt avaient déjà assez de griefs contre lui.

Nous croisâmes le chemin d'une famille de fidèles. Un homme aux épaules massives portait un petit garçon. Il tenait par la main son deuxième fils, tandis que sa femme marchait à ses côtés avec un panier rempli de fleurs et d'offrandes emballées joliment, sans doute de la nourriture confectionnée par ses soins.

« Que le Cercle vous protège », nous salua-t-elle avec un large sourire.

Je répétai comme mes compagnons cette formule de politesse, en traçant avec mon index un cercle sur mon front. La femme nous montra son panier avec un plaisir non feint.

« J'ai préparé des millefeuilles à la vanille pour l'Archidruide, nous confia-t-elle. Ce sont ses préférés.

— C'est pas pour les dieux ? », demanda le garçon qui marchait près d'elle.

Elle ébouriffa ses cheveux blonds.

« Si, mon chéri, dit-elle gentiment. Les druides goûtent simplement nos offrandes pour vérifier qu'elles sont bien dignes des dieux. »

Elle nous lança un clin d'œil complice.

Je connus un instant d'angoisse lorsqu'elle voulut savoir d'où nous venions, mais Tim prit la discussion en main avec une facilité déconcertante. Nous avions à peine eu le temps d'arriver aux premiers menhirs qu'il était parvenu à broder une histoire crédible, à complimenter la femme sur sa tenue et à faire rire son fils avec un tour de magie, en faisant apparaître une fleur derrière son oreille. Je ne pouvais pas cacher mon étonnement et mon admiration.

« Il adore faire le malin, me glissa discrètement Angelo. Il est capable de séduire n'importe qui. »

Tim était sociable, rayonnant, plein d'une lumière extraordinaire. Sa personnalité était aux antipodes de la mienne, moi qui préférais l'ombre et l'intimité.

Le jeune homme continua son manège jusqu'à ce que la famille nous fasse ses adieux pour rejoindre l'Archidruide Séquijo. Le prince nous tira sur le côté à la vue du prêtre à la longue barbe blanche. Mieux valait éviter de croiser son chemin.

Nous nous approchâmes du dolmen qui se dressait au centre de la clairière. Le tablier en pierre était brisé. Au milieu des ruines, un arbuste en émeraude était apparu et attirait à lui la magie du royaume. Des milliers d'étincelles vertes descendaient du ciel pour venir se cristalliser autour de lui, allongeant peu à peu ses branches et ses feuilles, comme une plante en pleine croissance. Une lumière irréelle s'échappait du cristal.

« C'est magnifique, lâcha Tim avec une surprise sincère. Comment as-tu fait ce petit miracle, Angelo ?

— Moins fort, gronda l'autre. Ce n'est vraiment pas le moment de se faire remarquer. »

Le prince observa cependant les ruines avec perplexité.

« Pourtant je te l'accorde, c'est incroyable, murmura-t-il. Cet endroit attire la magie végétale du royaume. Et vous sentez cette odeur mentholée ?

— C'est un petit eucalyptus, remarquai-je.

— Ses feuilles sont vertes. La magie sauvage n'est pas encore remontée du sous-sol, mais la croissance de cet arbuste n'augure rien de bon.

— C'est un peu tard pour les regrets », conclut Tim en haussant les épaules.

Nous fîmes le tour du dolmen pour mieux l'observer. De nombreuses offrandes avaient été déposées dans l'herbe, au pied des rochers. Elles témoignaient de la dévotion continue des fidèles de la région.

Tim tendit la main et laissa une étincelle de magie s'échapper de sa paume. L'éclat d'émeraude s'envola dans les airs et vint se coller contre l'eucalyptus.

« Aucun doute, conclut-il sombrement. Ce cristal est un pur concentré de magie végétale.

— Cela explique pourquoi l'Astre Émeraude est en train de dépérir, lançai-je. Cet arbre est en train de le remplacer.

— Vous avez raison », fit une voix derrière nous.

Nous sursautâmes alors qu'un druide nous observait avec un sourire amical. Plus jeune que Séquijo, il avait la trentaine passée. Ses cheveux roux étaient attachés en queue de cheval derrière lui. Sa barbe couleur flamme, taillée soigneusement, dépassait son menton de la longueur d'une main.

« L'Astre Émeraude tel que nous le connaissons va disparaître, annonça-t-il. Ce sanctuaire est un lieu sacré. Nos prières le purifient et le renforcent chaque jour depuis des siècles. La force d'attraction de la magie y est plus sensible. Elle finira par absorber l'énergie qui se concentre au-dessus de la citadelle de Viridys.

— Comment est-ce possible ? interrogea Tim.

— Nous l'ignorons. L'Impureté a brisé la protection de notre sanctuaire. Ce cristal est apparu après l'intervention des deux infidèles.

— C'est peut-être une bonne chose », tenta Angelo.

Le visage du druide se referma.

« L'Impureté n'apporte jamais que mort et désolation, dit-il gravement. Ne l'oublie jamais, mon enfant. »

Le prince brûlait d'envie de lui répondre. Tim posa une main sur son épaule pour l'en empêcher.

« Que le Cercle nous protège, scanda Tim prudemment. Nous espérons que les Impurs ne franchiront plus l'entrée de ce sanctuaire.

— Je n'en doute pas, jura le druide. Si les dieux ne se sont pas déjà chargés d'eux, nous les jugerons nous-mêmes. Ce cristal est un signe des dieux pour affirmer leur suprématie. La grâce divine a sublimé la destruction causée par l'Impureté. »

Nous le remerciâmes avant de nous éloigner. Nous quittâmes la clairière d'un pas rapide.

« Mort et désolation ? explosa soudain Angelo. Il y va un peu fort ! Nous n'avons détruit que de vieilles pierres plantées en cercle et un dolmen croulant !

— Vous avez détruit un symbole, nuançai-je.

— Ce n'est pas une raison suffisante pour nous accuser d'Impureté.

— Les prêtres ne reconnaissent que six magies distinctes, soupira Tim. Dohr'im n'est qu'une anecdote désagréable dans leur mythologie. Il ne fait pas partie des dieux fondateurs du Cercle.

— Ils continuent à nier l'évidence ! Que leur faut-il pour comprendre la réalité de notre magie ? »

Nous ne répondîmes rien. Je partageais le sentiment d'injustice de mon ami.

« Une chose est sûre, grommela Angelo. Les druides se moquent bien de la disparition de l'Astre Émeraude... Tim, tu n'as plus aucun scrupule à avoir. Il est temps de voler une nouvelle étoile. »

*ʃ*

À l'extérieur, la lumière déclinait. Nous devions attendre la nuit avant de nous glisser dans les rues de la citadelle.

Angelo et Tim avaient admiré les tours en marbre blanc du palais Viridys avec mélancolie. J'avais senti leur tristesse de ne pas pouvoir y entrer par la grande porte. Nous avions finalement rejoint le seul lieu où nous pouvions patienter en sécurité... C'était aussi le meilleur endroit pour préparer ce qui serait un crime aux yeux de tous.

« Vous prenez quoi ? »

Un monstre de femme nous dévisagea d'un regard peu amène. Corpulente, les cheveux longs et bruns, elle tenait son plateau en équilibre sur son épaule, d'une seule main. Ses cheveux gras trempaient dans les boissons qu'elle portait.

« Trois choppes de Nectar'Miel, s'il vous plait, commanda Tim. Avez-vous la dernière cuvée des îles Liberté ? »

La femme grogna et s'éloigna sans répondre, en faisant voleter ses jupons à gros pois verts.

« Elle est toujours comme ça ? s'inquiéta Tim.

— On ne la surnomme pas la Mégère par hasard », ricana Angelo.

La taverne était bruyante et animée. Ce soir, la faune locale était un échantillon disparate de vagabonds, de poivrots et probablement de brigands. Tim arborait un sourire de circonstance, mais il ne semblait guère enchanté de se trouver là.

« Mon cher cousin, dit-il d'un ton perplexe, je n'imaginais pas que tu puisses te complaire dans ce genre de lieu. Ta double vie est un secret que tu t'étais bien gardé de révéler.

— À qui le dis-tu, lançai-je avec ironie.

— Rébus, j'ai hâte d'en savoir plus. Est-ce qu'Angelo a déjà été mêlé à une bagarre ?

— Bien sûr ! Il s'est battu avec mon frère, devant Lex et tous leurs complices. Il a perdu…

— Ça ne m'étonne pas. Il n'a jamais été très doué au combat. La dernière fois qu'il a agressé son mentor, le mage Acacia, il a vite été mis au tapis…

— Il a agressé un mage ? Raconte ! »

Angelo avait le feu aux joues.

« Arrêtez un peu, gronda-t-il. C'est faux et ce n'est pas drôle. »

Nous éclatâmes de rire. La Mégère revint bientôt nous servir nos verres. Nous avions bien du Nectar'Miel, mais les bouteilles ne montraient pas l'écusson officiel des îles Liberté, une sirène sur un rocher. Il s'agissait probablement de boissons de contrebande. Beaucoup de contrefaçons s'échappaient des brasseries du royaume. Nul ne connaissait la recette exacte du nectar, un trésor bien protégé et entouré de nombreuses légendes.

Je trempai mes lèvres dans le liquide ambré. D'exquises saveurs de fleurs caressèrent mon palais. Il manquait la subtilité aromatique du véritable nectar, mais c'était mieux que rien.

Cet intermède à la taverne était nécessaire après notre marche à travers la Forêt des Fées. Nous avions besoin d'un peu de chaleur et de réconfort avant d'affronter ce qui nous attendait.

« Je maintiens que nous devrions grimper sur les toits par les façades extérieures, murmura Tim. Rébus possède les sortilèges nécessaires pour le faire.

— Nous serions trop exposés, affirmai-je. Le ciel est dégagé et la lune est haute… Toute la ville pourrait nous voir escalader les tours.

— Et si nous allons vite ? »

Angelo soupira avec une grimace désabusée.

« Tim, nous n'avons pas le choix, trancha-t-il. Impossible d'attendre une nuit sans lune ou une météo moins clémente. Nous ne pouvons pas laisser Amira seule trop longtemps.

— De toute façon, ça resterait beaucoup trop difficile, avouai-je. La tour est au milieu du palais. Il faudrait escalader une première tour et se jeter dans les airs pour atteindre celle qui nous intéresse… Ce serait hasardeux et dangereux.

— Moins que de se promener dans le palais et de croiser un bataillon de mages, argumenta Tim. Quelle partie sera la plus dangereuse, à votre avis ? Traverser les jardins, longer les couloirs, ou accéder à une tour condamnée depuis la mort de notre grand-père ? »

Nous bûmes quelques gorgées en silence. Notre opération était-elle vouée à l'échec ? L'Astre Émeraude brillait au-dessus de la plus haute tour du palais où avait vécu l'Ancien Roi Anamo, le grand-père d'Angelo et de Tim. L'accès à la tour était condamné, tout comme celui au toit… Seuls les parents d'Angelo en possédaient la clé et il n'était pas envisageable de la leur subtiliser.

Nous tentions l'impossible.

« Aucune serrure ne t'a jamais résisté, Rébus, affirma le prince. Tu as des doigts de fée.

— J'espère que ce sera suffisant, soupirai-je. N'oubliez pas deux règles fondamentales : on ne change pas de plan en cours de route et on se replie au moindre problème. Pas d'imprudence supplémentaire. »

Mes compagnons hochèrent la tête gravement.

Lex aurait ri de savoir que j'accompagnais deux aristocrates pour perpétrer un crime au sein même du palais Viridys. Je balayai vivement cette image. Lex n'avait plus rien à faire dans mes pensées.

Je récupérai la corde qui pendait le long de l'enceinte et la tendit à Angelo, qui l'enroula autour de sa taille avant de se tapir derrière une haie de cyprès. Je rangeai pour ma part les talismans de magie végétale dans ma poche.

« Vous faites bien la paire, tous les deux, grogna Tim. On dirait que vous avez fait ça toute votre vie. »

Le prince lui intima de se taire. Il m'adressa cependant un clin d'œil complice. Son cousin avait raison : nous avions toujours partagé ce goût pour l'aventure et le danger… Angelo avait escaladé cette enceinte des centaines de fois pour me rejoindre dans les rues de Viridys.

Nous longeâmes les jardins dans un silence absolu. Angelo connaissait par cœur le labyrinthe des allées bordées d'arbres et de fleurs. Il nous guida entre les patios qui s'ouvraient à l'ouest du palais. Une forte odeur d'eucalyptus embaumait l'air. L'obscurité entourait les fontaines et les statues comme un tissu d'ombre à peine déchiré par les rayons blafards de la lune.

« Ne plongez pas la main dans les fontaines, murmura Angelo.

— Pour quelle raison ferions-nous une chose pareille ? s'exclama son cousin. Il faudrait être idiot. »

Le prince haussa les épaules.

Nous marchâmes dans le gravier, car mon ami assurait que de nombreux sortilèges étaient dissimulés dans les parterres de fleurs pour éloigner les insectes et piéger les nuisibles, ou tout simplement pour signaler une humidité insuffisante. Des alarmes pouvaient sonner si nous détruisions par mégarde une de ces protections.

Nous invoquâmes un peu de magie aérienne pour empêcher le gravier de crisser sous nos pas. Le son était piégé dans les talismans accrochés à nos chausses, des plumes de rossignols cristallisées. Angelo avait souvent recouru à cet enchantement pour s'enfuir de son palais. Je n'imaginais pas ce qu'il ressentait en entrant chez lui comme un cambrioleur.

Nous croisâmes le chemin de quelques mages qui patrouillaient dans les jardins. Leurs toges avaient la teinte violette caractéristique des gardes du palais. Aucun d'eux ne remarqua les trois silhouettes tapies dans l'ombre.

La lune illuminait les façades en marbre blanc du palais. Haute, elle créait peu d'ombre autour des bâtiments effilés qui se dressaient à l'assaut du ciel. J'avais eu raison sur ce point : une tentative d'escalade ne serait pas passée inaperçue. Nous ne pouvions pas réitérer mon exploit lors de la capture du phénix Tigre.

Cette simple pensée réveilla un grondement dans les profondeurs de mon esprit. Je vacillai un moment.

Inquiet, Tim m'interrogea du regard, mais je le rassurai d'un sourire. Ce n'était rien.

Juste un démon tapi dans mes pensées.

*« Je veille sur lui,* me réconforta Ji'Vri. *Le voyage en vif-argent lui a rendu un peu de son pouvoir, mais il ne s'échappera pas de sa prison, je te le promets. »*

Nous continuâmes notre avancée jusqu'à atteindre un porche qui s'ouvrait au pied du palais. Une porte en bois était scellée non loin. Pour la deuxième fois en quelques semaines à peine, j'allais forcer l'entrée des cuisines du palais Viridys.

« J'ai cru que mon cœur allait lâcher, souffla Tim en s'appuyant contre un mur. Dans quoi m'avez-vous embarqué ?

— Courage, lui lança son cousin avec un sourire compatissant. Nous avons fait le plus difficile. »

Il s'éloigna au milieu d'un amoncellement de cageots de pommes, de sacs de jute et de caisses remplies de courges. Il m'indiqua une porte que j'avais dédaignée lors de mon premier passage. Et pour cause : elle s'ouvrait sur un escalier de quelques marches qui menaient à l'intérieur même du palais. J'avais préféré m'enfoncer dans les souterrains, qui n'étaient pas gardés alors, mais qui risquaient de l'être depuis ma dernière incursion…

Je murmurai « **CAOUTCHOUC** » et déverrouillai la serrure sans difficulté. Tim multipliait les expressions perplexes en découvrant mes talents de voleur. Son cousin avait un sourire rayonnant.

« Je te l'avais dit, lança Angelo. Il a des doigts de fée. »

Nous redevînmes silencieux en nous enfonçant à l'intérieur du palais. Les cuisines étaient désertes, à l'exception de deux boulangers qui nous tournaient le dos et qui préparaient du pain. Ils malaxaient et frappaient des blocs de pâte sur leur plan de travail, en mouvements amples et assurés. Des nuages de farine s'élevaient à chacun de leurs gestes. Ils ne nous virent pas nous faufiler derrière eux.

Les pièces de vie du palais étaient couvertes de tapis. L'éclairage était ténu, réduit à son minimum pour la nuit. Quelques épis de blé maintenaient un simple halo de lumière dans les couloirs déserts.

Le prince nous emmena sans hésiter à travers les antichambres, les boudoirs et les salons privés. Nous arrivâmes bientôt dans une vaste salle meublée de tables et de bancs en marbre, recouverts de nombreux tissus et de coussins. Je ne pouvais que deviner la magnificence des banquets organisés ici. Au centre de la pièce, une verrière laissait entrevoir un patio arboré où un bassin miroitait sous les rayons de l'Astre Émeraude. En notant mon émerveillement, Angelo m'expliqua que l'eau était chauffée toute l'année pour le confort et le plaisir de la noblesse.

L'accès à la tour de l'Ancien Roi se trouvait non loin de là. Une haute porte ouvragée en interdisait l'entrée. Des spirales dorées et étincelantes ornaient la serrure et le bois des planches.

Je m'accroupis et murmurai mon sortilège habituel, mais je ne parvins pas à déverrouiller la porte. Mon talisman ne parvenait pas à se durcir pour épouser la forme de la serrure. Mon front se couvrit de sueur.

« Ce serait plus simple avec une clé », fit soudain une voix derrière nous.

Nous sursautâmes tous les trois. Tim laissa échapper un glapissement effrayé.

« J'en étais sûr ! gémit-il. Nous sommes pris ! »

Je me relevai vivement. Une femme à la quarantaine d'années nous observait d'un sourire crispé. Ses cheveux étaient blonds et bouclés. Petite et courtaude, elle portait un pendentif autour du cou, un brin de mimosa en or.

« Mona ? », murmura Angelo en la reconnaissant.

Elle hocha la tête.

« C'est une curieuse façon de rentrer chez vous, jeune prince, l'accueillit-elle avec ironie. J'ignorais que vous aimiez tant la compagnie des voleurs. »

Je dévisageai l'intendante du palais. Dans les grottes des Filles de la Lune, la Gardienne Kléio nous avait confié que Mona était l'une des leurs.

« Vous savez qui nous sommes réellement, fit Angelo en se redressant. Vous êtes une prophétesse, une Fille de la Lune. Vous veillez sur moi depuis toujours.

— Mon rôle était de vous protéger, concéda l'autre, mais aussi de contrôler l'évolution de vos pouvoirs. Le Souffle des Dieux est un concentré de miracles et de mystères d'un autre monde. Quand vous avez rencontré la princesse Amira pour la première fois et que votre don s'est réveillé, j'ai retrouvé votre corps inconscient dans les jardins du palais. Rien ne m'avait préparée à un tel prodige ! En un instant, votre enveloppe corporelle a quitté le Sultanat Calorique pour *voyager* jusqu'au lieu de votre naissance, là où tout a commencé. J'ai réussi à grand-peine à ramener votre âme qui s'était perdue en chemin…

— Je vous remercie pour toute l'aide que vous avez pu m'apporter. Vous avez pris soin de moi depuis le jour de ma naissance. »

Elle soupira profondément.

« Je me suis vite attachée à vous, confia-t-elle avec une pointe de nostalgie. Vous étiez malicieux, prompt à multiplier les bêtises et les aventures, mais aussi adorable et innocent qu'un enfant puisse l'être. J'en ai presque oublié qui vous étiez et les risques que vous représentiez pour notre monde. »

Elle eut un regard d'excuse.

« Je ne suis pas une très bonne prophétesse, avoua-t-elle. Dohr'im m'a choisie pour annoncer la venue d'une nouvelle génération de Messagers. J'ai attendu votre naissance pendant des jours et des nuits, dans les jardins glacés de ce palais. Hélas, rien ne s'est passé comme je l'avais prédit. Je n'avais vu qu'un seul enfant de lumière dans mes rêves. Des jumeaux n'auraient pas dû naître.

— On ne cesse de nous le répéter… Le sortilège de l'Ensorceleuse a interféré avec notre naissance. Ce n'était qu'un concours de circonstances.

— Angelo, *toutes* les prophéties sont des concours de circonstances. Mes rêves prémonitoires sont un don du ciel. Mes visions ne m'ont jamais trompée, à l'exception de cette terrible nuit. »

Son regard se fit dur.

« La nuit de votre naissance a été imprégnée d'une grande violence, lança-t-elle. Vous avez brisé le diamant que je portais pour emprisonner le Souffle des Dieux. Vous avez absorbé le pouvoir de vos ancêtres que nous avions recueilli au fil des siècles. Aujourd'hui, vous êtes à deux doigts d'offrir ce don merveilleux aux ennemis de l'humanité. »

Elle avança d'un pas menaçant, la main sur son Talisman Totem. Angelo se plaça devant nous dans une attitude protectrice.

« Nous sommes venus les affronter, rétorqua-t-il avec force. Nous avons déjà capturé le phénix Tigre. Les prophéties vont se réaliser, Mona. Nous allons réussir.

— Elles ne prédisent pas votre réussite, contra-t-elle. Elles se réaliseront dans tous les cas, que les Esprits Sauvages en soient les vainqueurs ou les perdants. Pourquoi ne pas vous mettre hors d'état de nuire, avant de commettre d'irréparables fautes ?

— C'est trop tard, Mona… Nous avons invoqué le Souffle des Dieux pour détruire le sanctuaire des druides et tuer un homme. Une des prophéties a déjà commencé à se réaliser. Nous l'avons vu de nos yeux, sur les parois des grottes prophétiques : la plaque en or massif est fissurée. »

Elle stoppa net son mouvement. Ses yeux se remplirent de larmes.

« *L'amour et les flammes négligées d'un dieu,* récita-t-elle dans un murmure, *le souffle d'une âme, offenses aux cieux…*

— *Déterré le glaive de la destruction, semant au vent rêves et malédictions »*, compléta Angelo.

La prophétesse s'écroula au sol et fondit en larmes. Ses sanglots résonnèrent dans la salle.

Le prince vint s'agenouiller près d'elle. Il posa les mains sur ses épaules.

« Comprenez-vous, désormais ? murmura-t-il. Nous ne pouvons plus reculer. Au lieu de nous combattre, aidez-nous à vaincre ces monstres. Vos dons sont précieux.

— Comment pourriez-vous réussir ? se lamenta-t-elle. Vous n'êtes que des enfants.

— Des générations de prophétesses préparent notre venue depuis des siècles. Vous-même, sans le savoir, vous nous avez confié un précieux héritage. Je suis persuadé que ce don fera la différence, pour la première fois depuis l'apparition des héritiers de Dohr'im. »

Le prince se redressa doucement.

« La magie de Dohr'im est trop merveilleuse pour disparaître ou être ignorée, déclara-t-il avec conviction. Nous lui rendrons sa splendeur et nous révélerons son existence au monde. Nous sommes des Messagers. »

En disant ces mots, le prince se tourna vers nous. Son sourire rayonnait d'une joie sincère. Il avait exprimé ce qu'il ressentait désormais comme une profonde vérité. Il ne luttait plus contre le choix d'un destin qui s'était imposé à lui. Il embrassait complètement la cause de Dohr'im. Convaincre Mona lui avait permis de s'en rendre compte.

« Nous ne reculerons pas, conclut-il. Allons capturer le monstre qui dort au-dessus de nous. Mona, me donnerez-vous la clé de cette tour ? »

Elle le foudroya du regard.

« Jeune prince, je vous connais suffisamment pour ne jamais vous confier les clés du palais. Les dieux seuls savent ce que vous en feriez. »

Elle se leva et sécha ses larmes d'un revers de la main.

« Je vais cependant vous ouvrir la porte, dit-elle avec un sourire contraint. L'espoir est mince, mais les dés sont jetés. Je suis fière de savoir que vous êtes assez courageux pour ne pas fuir devant les prophéties de cuivre et de plomb. Vous mettrez fin à un combat millénaire, pour le meilleur ou pour le pire… »

Elle détacha un lourd trousseau de clés accroché à sa taille. Elle joua avec la serrure pour la déverrouiller et poussa bientôt la porte qui s'ouvrit en grinçant.

« Bonne chance, nous lança-t-elle gravement. Puissiez-vous réussir ! Empêchez les Esprits Sauvages de réduire l'humanité en esclavage. »

Nous nous précipitâmes dans l'escalier. La gouvernante referma la porte derrière nous.

« Qu'a-t-elle voulu dire à propos des prophéties ? haleta Tim en montant les marches. Nous n'en avons vu aucune en plomb…

— On peut se douter du contenu, souffla Angelo. Des menaces de fin du monde, des révélations à nous faire froid dans le dos… Pour ce que ça change !

— Je suis quand même surpris que la Gardienne ne nous en ait pas parlé. Mona avait un air sinistre. »

Nous gravîmes au pas de course la plus haute tour du palais. Des fenêtres nous laissaient entrevoir à intervalles réguliers les jardins endormis, baignés par les rayons de la lune et une lueur verte qui gagnait en luminosité à mesure que nous avancions.

Les paroles de la prophétesse nous hantaient. Mona nous avait rappelé les enjeux de cette quête impossible.

Étions-nous prêts à la poursuivre ? Avions-nous tort de nous précipiter au-devant du danger ?

Le sommet de la tour nous réserva une mauvaise surprise. La porte qui menait au toit était protégée par une grille en fer forgé dont les barreaux enserraient un talisman rutilant : une huître géante en quartz. Des éclats bleutés dansaient à sa surface. Je lançai quelques sortilèges pour tenter de l'ouvrir, mais le coquillage absorba ma magie sans se desserrer.

« Je n'y arriverai pas, m'excusai-je avec frustration. Je n'ai jamais rencontré une protection de ce type. Ce cristal est imperméable à toute intrusion magique.

— Mon père doit être le seul à connaître le poème d'ouverture, grommela Angelo. Nous aurions dû prendre une hache ! »

Son visage s'éclaira soudain.

« Je connais un autre passage, souffla-t-il. Venez ! »

Le prince nous guida jusqu'à des appartements qui sentaient le renfermé. Un jeu d'échecs reposait sur une table, près d'une fenêtre aux rideaux tirés. Les pièces en ébène et en ivoire étaient couvertes de poussière. Angelo eut un sourire mélancolique, avant de déplacer les pièces.

« Tu crois vraiment que c'est le moment de jouer aux échecs ? », lança Tim.

Mon ami ne lui répondit pas. Il resta concentré pour mimer une partie contre un adversaire invisible, jusqu'à former une certaine combinaison. Un grincement se fit entendre quand sa reine mit le roi adverse échec et mat ; au fond de la pièce, une armoire glissa sur le côté et dévoila une porte dérobée. Des émeraudes étaient incrustées dans le bois et formaient un cercle parfait, à l'intérieur duquel étaient gravées deux feuilles d'eucalyptus entrecroisées.

« Angelo, murmura son cousin, tu m'étonnes chaque jour davantage… Es-tu un prince ou un voleur ? Comment connais-tu cette cachette ?

— Grand-Père me l'a montrée, une des rares fois où j'ai gagné aux échecs contre lui. »

Une ombre de tristesse passa sur son visage.

« J'ai perdu notre dernière partie, avoua-t-il avec nostalgie. Au lieu de me donner un gage, comme il le faisait d'ordinaire, il m'a appris le Quatrain Végétal. Je ne pense pas qu'il m'imaginait revenir dans ses appartements comme un cambrioleur… Je suis persuadé cependant qu'il en aurait apprécié l'ironie. »

Il se ressaisit avant d'aller ouvrir la porte, dont la serrure n'était pas verrouillée. Derrière, une échelle raide disparaissait dans le plafond.

Mon ami commença à monter. Je le suivis et posai mes pieds sur les barreaux de bois avec appréhension. Mon cœur battait la chamade. Aurions-nous assez de chance pour mener à bien notre mission ?

Angelo poussa une trappe qui débouchait au sommet de la tour. La vision me coupa le souffle.

Au centre du toit, un brasier brûlait dans une immense coupe en émeraude. Les flammes de l'Astre Émeraude s'élevaient du cristal à l'assaut du ciel. Elles s'agitaient, claquaient et tourbillonnaient dans un maelström de magie. À l'intérieur de ce globe éblouissant, des filaments de lumière brillaient de milliers de nuances, du vert pomme au vert anis, du vert clair au vert émeraude.

Quelques étincelles traversaient l'air pour le rejoindre comme des papillons sur le point de se brûler les ailes. Elles étaient moins nombreuses qu'à proximité de l'Astre Tigre… L'arbre qui grandissait dans les ruines du sanctuaire des druides devait en être responsable.

« C'est magnifique, s'émerveilla Tim. Je ne l'avais jamais vu d'aussi près. »

Le prince lui posa la main sur l'épaule.

« Tu es prêt ? dit-il doucement. Souviens-toi de ce que Rébus nous a appris. Tu seras projeté dans l'esprit du phénix, mais tu ne seras jamais seul. Ton djinn t'aidera. Nous resterons à tes côtés pendant que tu combattras ce monstre. »

Il déglutit avec difficulté et chercha mon regard. Ses yeux avaient le même éclat que l'Astre derrière lui.

« Nous serons là », lui assurai-je avec confiance.

J'étais certain qu'il réussirait. Il hocha la tête, avant de poser la main sur son Talisman Totem. Il murmura **« VIRIDYS »** et chanta le Quatrain Végétal :

*« En bourgeon languide, tu incarnes l'espoir,*
*En fleur belle-de-nuit tu embaumes nos soirs,*
*En un délicieux fruit, tu dissipes la peur.*
*Toujours tu nous guides pour éviter les leurres. »*

Un filet de lumière jaillit de son pendentif et emprisonna l'Astre devant lui. Un grondement terrible agita la tour. La magie tourbillonnante changea de forme et adopta celle d'un oiseau gigantesque.

Soudain, le jeune homme s'effondra.

« Tim ! »

Nous nous précipitâmes à ses côtés. Fiévreux, il était agité de tremblements. Je détachai ma veste pour l'en recouvrir. Il avait commencé son combat.

Un éclair vert traversa brusquement l'air et me brûla la main. Je m'écartai vivement.

Ce n'était pas une attaque du phénix.

« Arrêtez ça immédiatement ! », s'écria une voix.

Une silhouette se découpait au bord du toit. La lune et l'Astre éclairaient le visage d'une femme aux longs cheveux bruns. Un loup noir masquait ses yeux. Elle nous menaçait d'un sceptre couronné d'une émeraude remplie de magie végétale qui pulsait dangereusement.

« L'Ensorceleuse », murmura Angelo avec effroi.

# CHAPITRE XXIII

*La capitale étouffait sous le marasme et l'affliction. La neige tombait dru et l'épidémie sévissait dans la ville. J'étais moi-même alitée, souffrant d'une toux douloureuse, tout comme mes enfants. Rébus n'avait pas encore deux ans et semblait si fragile… Je m'inquiétais tout autant pour Robulus qui luttait âprement, du haut de ses dix ans, à chaque respiration. Quelles terribles séquelles devaient-ils garder de cette maladie ?*

*Les alchimistes du palais n'avaient toujours pas mis au point de remède, mais ils soutenaient que les enfants aux yeux bleus et âgés de moins de trois ans étaient à l'origine du mal. La reine Hildegarde proclama une loi visant à dénoncer tout enfant malade répondant à ces critères. Un navire les envoyait en quarantaine, loin de la capitale.*

*Mon mari nous soignait avec dévouement. Il gardait closes les portes et les fenêtres de notre maison, dans les hauteurs. Il refusa d'alerter les alchimistes du palais pour protéger le fils d'un roi qu'il aimait comme le sien. Béni soit-il ! Nul ne connut jamais le sort des enfants envoyés loin de la ville. Aucun ne revint.*

***Lupa Adellarte***
***« Couleurs restaurées »***

« Mère, je sais que vous vous cachez derrière ce masque ! », s'écria Angelo.

La magicienne ne bougea pas d'un pouce. Un pied en avant, le bras levé, elle avait adopté une posture de combat. Tout son corps était tendu pour intercepter les trois criminels qui s'étaient introduits dans son palais.

« Je vous ordonne de mettre fin à ce sortilège, répéta-t-elle d'un ton menaçant. Angelo, le fait que tu sois mon fils ne m'empêchera pas de t'ensorceler. Tu dois répondre de tes actes et te soumettre à l'autorité de ce royaume ! »

La teneur de cet échange me prit par surprise.

« Angelo, murmurai-je. Ta mère… La reine Mirabella est aussi l'Ensorceleuse du royaume ?

— Elle a tous les pouvoirs ici », acquiesça-t-il sombrement.

La femme s'avança d'un pas. Une mirabelle en or brillait autour de son cou.

« Angelo, ne m'oblige pas à t'affronter, gronda-t-elle. Rends-toi et éloigne-toi de l'Astre Émeraude. Sois raisonnable.

— Que je sois raisonnable ? s'énerva-t-il. Mère, l'avez-vous été à ma naissance, quand vous avez ensorcelé la princesse du Sultanat Calorique ? Vous avez détruit ses souvenirs et interféré avec un enchantement millénaire !

— Elle avait assassiné la reine Granada, ta grand-mère ! Lamia Al'Malwib était une meurtrière. J'ai laissé les dieux la juger et lui imposer un châtiment à la hauteur de son crime.

— Je me moque bien de vos excuses. L'invocation du Zodiaque a libéré une puissance qui a bouleversé mon destin. Vous avez brisé un talisman rempli d'un pouvoir extraordinaire. Je ne suis plus le prince de ce royaume, mais l'héritier d'une quête que je n'ai plus le loisir d'ignorer. Tout est de votre faute ! »

La magicienne grimaça.

« Ne sois pas ridicule, Angelo, déclara-t-elle. Ces accusations n'ont rien à faire dans la scène que j'observe ce soir avec une horreur sans nom : mon fils, mon neveu et leur complice qui veulent saccager mon royaume et sa précieuse magie.

— Vous vous trompez, jura-t-il. Nous agissons pour une noble cause.

— En es-tu convaincu ? Quel bien pourrait découler de la destruction de nos Astres et de nos sanctuaires ? Je t'ai appris à remettre en question le fondement de tes actions.

Au vu de ta présence sur ce toit, il semble que mes leçons de morale n'aient pas porté leurs fruits. »

Mon ami posa la main sur son Talisman Totem. Un halo blanchâtre se mit à pulser autour du trognon de pomme.

« Aucun arbre ne peut empêcher ses fruits de tomber, la provoqua-t-il. Ils n'en continuent pas moins de mûrir.

— C'est donc ce que tu as fait ces trois dernières semaines ? lança-t-elle. Je t'ai cru disparu. Si tu avais vraiment gagné en maturité, tu ne serais pas en train de commettre un crime impardonnable !

— Que savez-vous du but que je poursuis ? Vous savez que je suis un Messager de Dohr'im. Vous avez laissé Mona, une Fille de la Lune, veiller sur mon enfance. Comment pouvez-vous oublier que je suis né pour réveiller la magie d'un dieu disparu et lui rendre sa splendeur ?

— On m'a chargé de te protéger, pas de te laisser détruire le monde ! Tu n'as aucune idée des conséquences de tes actes ! Aucun dieu ne t'a demandé d'anéantir le sanctuaire de la Forêt des Fées.

— C'était une erreur, admit Angelo à contrecœur. Nous avons été manipulés. L'arbre qui pousse dans la clairière deviendra bientôt la source d'une magie sauvage que nous sommes les seuls à pouvoir combattre… Laissez-nous capturer le monstre qui se cache dans l'Astre Émeraude. »

L'Ensorceleuse enleva son masque noir avec rage. Ses yeux lançaient des éclairs.

« Les phénix ont été emprisonnés par les dieux, lança-t-elle. En échange d'une liberté qui ne dure qu'une nuit par an, ils régulent la magie du monde. Ils en sont les gardiens depuis des millénaires. Le cataclysme qui clôture l'année est un prix dérisoire à payer pour les bienfaits que les Astres nous offrent.

— Demandez à Mona de vous répéter la véritable histoire de ces phénix, rétorqua-t-il. Ce sont les âmes des Esprits Sauvages, des démons qui cherchent à s'incarner pour anéantir l'humanité. Leurs corps sont faits d'une gemme noire qu'ils rassemblent peu à peu… Avez-vous remarqué que de nouvelles mines d'obsidienne sont découvertes après chaque Jugement Dernier ?

— Ce n'est qu'une coïncidence.

— Depuis quand croyez-vous aux coïncidences ? Les Esprits Sauvages exploitent l'avidité des alchimistes pour déterrer les obsidiennes et se réincarner ! »

Derrière nous, les flammes de l'Astre Émeraude émirent un craquement sourd qui ressemblait à une plainte. Un phénix prit forme dans le brasier et agita ses ailes comme s'il se tordait de colère.

L'Ensorceleuse leva son sceptre d'un geste menaçant.

« Angelo, gronda-t-elle, j'ai sous-estimé ta ruse. Tu ne cherchais qu'à gagner du temps. Arrête tout de suite ton sortilège !

— Trop tard. Tim ne se réveillera pas avant d'avoir capturé le démon qui s'y cache. Il mourra s'il échoue ou si vous intervenez. Et je vous empêcherai de l'approcher.

— Nous allons voir ça. »

Un éclair vert jaillit de son arme et percuta le prince à hauteur de l'épaule. Angelo recula avec une grimace de douleur. Une trace de fumée s'éleva dans l'air.

J'étais resté muet jusque-là, tétanisé par ce dialogue inattendu, mais j'étais horrifié par la tournure des événements.

« Comment osez-vous attaquer votre fils et votre neveu ? m'exclamai-je. Vous risquez de les tuer !

— Reste en dehors de ça, Rébus », lança mon ami.

L'Ensorceleuse m'adressa un regard songeur.

« Rébus ? répéta-t-elle. C'est donc vous que la reine Hildegarde était si pressée de retrouver. Elle affirmait que vos parents vivaient dans les faubourgs de Viridys. »

Mon sang se glaça dans mes veines.

« Qu'est-il arrivé à mes parents ? m'inquiétai-je.

— Jamais je n'aurais permis aux soldats du Royaume Minéral de s'introduire dans ma capitale, répondit-elle vertement. La présence des vif-passeurs est la seule souillure que je tolère encore. Évidemment, je serai contrainte de vous livrer à eux. Ils ne parlent que de l'horreur que vous avez semée derrière vous… Vous avez capturé l'Astre Tigre, n'est-ce pas ?

— Avant d'être un Messager de Dohr'im, je suis surtout l'ami de votre fils. Je ne vous laisserai pas lui faire de mal. »

Je vis trop tard le sortilège de lumière jaillir à ma rencontre. Un filet de branches souples et de feuilles traversa l'air et s'accrocha à mon torse. Les plantes se mirent à croître à toute allure le long de mes bras et de mes jambes pour m'immobiliser. Ligoté, je tombai sur le côté avec un gémissement de douleur. Les feuilles d'eucalyptus libéraient une odeur mentholée.

« Votre contribution à ce combat ne sera pas nécessaire, lança la magicienne avec désinvolture. J'ai quelques leçons à rappeler à mon fils. »

Elle tendit son sceptre en direction d'Angelo.

« Leçon numéro un : l'Astre Émeraude a de merveilleux effets auxquels nul ne souhaite renoncer. Il décuple la vitesse et la force des sortilèges à base de magie végétale. »

Une liane jaillit de sa gemme et fouetta le prince violemment. Les vêtements qui protégeaient son flanc se déchirèrent sous l'impact. Angelo l'écarta avec difficulté.

« Leçon numéro deux : on ne détruit pas ce que l'on est incapable de réparer. Les doutes sont préférables aux regrets. »

Une dizaine de fléchettes en émeraude traversèrent l'air en direction d'Angelo, qui roula d'un bond sur le côté pour les éviter. Deux d'entre elles s'enfoncèrent dans son bras en le paralysant. Il grogna de dépit.

« Leçon numéro trois : on ne fuit pas ses responsabilités, on les affronte ! Tous les combats doivent se mener et se conclure avec dignité. »

Elle traça un sceau complexe devant elle. Les contours d'un symbole apparurent dans l'air, en lignes de feu qui crépitaient dangereusement. L'Ensorceleuse projeta sa magie sur son fils qui ne put éviter le sortilège. Ses effets n'étaient pas visibles, mais Angelo grimaça de douleur.

La magicienne releva la tête avec majesté. Elle venait de réaffirmer qu'elle était la maîtresse de ces lieux.

Angelo se releva en gémissant. Son visage était couvert de sueur et de marques fumantes. Son bras droit, paralysé, pendait à ses côtés. Ses yeux n'avaient plus l'éclat bleu et rieur que je lui connaissais. Ils étaient aussi dorés que ceux d'Amira.

« Gardez vos leçons, gronda-t-il. Vous ignorez la vérité ! Les Astres ne sont pas ce que vous croyez. Notre magie n'en a aucun pour la soutenir, et pourtant, admirez ce dont elle est capable ! »

Il s'écria **« VÉRITÉ »** et son talisman se mit à briller d'une lumière aveuglante. Angelo leva son bras valide et lança une flèche étincelante au-dessus de lui. Brusquement, des dizaines de fruits se mirent à tomber du ciel. Pommes d'ivoire, pommes d'ambre, pommes d'or… Elles éclatèrent aux pieds de l'Ensorceleuse qui recula vivement pour ne pas se faire assommer. Chaque fruit explosa sur le toit en libérant des nuages de magie.

« Avez-vous oublié l'amour que vous me portez ? reprit-il avec tristesse. N'avez-vous pas promis aux dieux de me protéger ? Notre don est merveilleux. Il peut réveiller des souvenirs qui ont changé votre vie. »

Il murmura **« AMOUR »** et embrassa la paume de sa main gauche, avant de la lever au ciel.

Le vent se mit à souffler au-dessus du palais. Il apporta avec lui des milliers de pétales de fleurs, aussi roses et parfumées que celles d'un cerisier. Une véritable tempête de fleurs tourbillonna autour de nous et balaya la scène du combat.

Certaines fleurs se regroupèrent pour dessiner des formes au cœur de la tempête : un arbre gigantesque qui tendait ses branches vers les nuages, deux enfants qui décrochaient des cerises en riant, une vieille femme qui agitait un éventail… Je n'en compris pas le sens, mais le visage de la magicienne se décomposa. Des larmes coulèrent sur ses joues.

Elle se protégea les yeux et recula encore. Elle s'approcha dangereusement du bord du toit.

La tempête se calma lorsque l'Ensorceleuse toucha l'extrémité de la plateforme. Les pétales retombèrent en me recouvrant d'un voile parfumé. Une odeur sucrée embaumait l'air.

« Mère, déclara Angelo avec douceur, faites-nous confiance. Notre magie est précieuse. Elle a guéri la princesse Amira de sa cécité… Elle est capable de merveilles que nous devons découvrir. »

La reine Mirabella semblait secouée. Sa colère avait été soufflée par le sortilège. Pourtant, son fils n'avait pas réveillé son amour, mais une dangereuse mélancolie.

« Son avènement ne doit pas se faire au détriment des six autres magies, jugea-t-elle. Vous jouez avec des forces que vous sous-estimez. Les prophéties ne sont pas une excuse pour détruire l'équilibre de ce monde. »

Elle reprit ses esprits et tendit son sceptre. Déstabilisée, inquiète, elle n'avait pas l'intention de renoncer à sa lutte.

Le prince eut une expression peinée.

« Vous ne sortirez pas vainqueur de ce combat, la prévint-il. Comme vous l'avez si bien dit, il faut le conclure avec dignité. Abandonnez avant qu'il ne soit trop tard. »

Son adversaire lâcha un soupir.

« Angelo, tu as bien changé, dit-elle tristement. Serais-tu capable de pousser ta mère du haut de cette tour, dans les jardins où tu as grandi ?

— Vous savez comment contrôler votre chute. Quand vous aurez réussi à remonter ici, nous serons déjà loin. L'Astre Émeraude ne sera plus qu'un cristal privé de son pouvoir.

— Je ne peux pas te laisser détruire l'équilibre du monde sans m'y opposer de toutes mes forces. La disparition des Astres menacera des milliers de vies.

— Vous m'avez vu naître ! Vous savez que je suis le Messager d'un dieu disparu !

— Même les dieux doivent réfléchir aux conséquences de leurs actes, Angelo. Comment peux-tu te précipiter au-devant d'une quête sans la moindre prudence ? Les mystères de ta magie et de tes origines doivent être discutés avec les prêtres du Cercle et les représentants des gouvernements. Ces sujets sont trop graves pour être menés en solitaire.

— Le Cercle a refusé toute forme de discussion. Les prêtres nous accusent à tort d'être Impurs. Et que dire des gouvernements ? Ils ne peuvent que freiner une quête qui remet en cause leur histoire et leur économie.

— Ton manque de confiance me blesse. On peut porter une couronne et être capable d'écoute, d'ouverture d'esprit et de tolérance. Tu n'aurais pas dû agir dans l'ombre, au mépris de toute autorité…

— L'urgence de la situation m'a fait prendre ce risque. J'ai foi en Dohr'im et en sa mission. »

Elle eut un rire sans joie.

« Je ne pensais pas t'entendre dire ça un jour, Angelo, murmura-t-elle. Tu ne devrais pourtant pas croire en un dieu qui demande à ses élus de commettre des crimes aussi terribles que voler des étoiles…

— La capture des phénix n'est qu'une étape nécessaire pour sauver l'humanité.

— Entends-tu l'incohérence de tes paroles ? Détruire le monde pour mieux le sauver ? Je ne peux pas te laisser continuer ainsi. »

Elle se redressa d'un air déterminé.

« Je ne suis pas seulement ta mère, Angelo, dit-elle gravement. Je suis l'Ensorceleuse et la reine de ce royaume. Mon devoir passera toujours avant mes sentiments. »

Elle lâcha son sceptre et porta ses mains sur son Talisman Totem. Elle lança avec force :

« J'invoque le sacrifice du Scorpion ! »

Un voile de magie émeraude s'échappa de la mirabelle en or. Il entoura l'Ensorceleuse d'une robe étincelante.

Douze lances de lumière jaillirent brusquement en direction du ciel. En réponse, les étoiles se mirent à briller plus fort. On aurait dit que l'énergie vitale de la magicienne s'échappait de son corps pour enflammer les constellations.

Le tonnerre se mit à gronder dans un roulement sinistre.

« Vous avez perdu la raison ! s'écria Angelo. Vous allez tous nous tuer ! »

Des étoiles filantes traversèrent le ciel au-dessus de nous. Avec horreur, je vis l'une d'elles se rapprocher de nous à vive allure. Elle manqua la tour de peu et vint se briser sur les toits du palais. L'impact fit éclater les tuiles dans un bruit tonitruant.

« Oh, tu ne mourras pas, murmura la reine. Je ne t'ai pas protégé si longtemps pour te tuer maintenant. Je vais seulement t'empêcher de nuire à ce royaume. »

Son regard rayonnait d'un éclat émeraude. Son sourire était triste. Une antique puissance se cristallisait autour d'elle.

« L'invocation du Zodiaque rapproche notre monde de celui des dieux, déclara-t-elle avec ferveur. Puisqu'ils sont à l'origine de cette histoire, mon fils, laissons-les la conclure ! »

Elle récita un poème qui me glaça le sang :

*« Sacrifice ultime, dernier cri de mon âme,*
*Puisses-tu éteindre la chaleur de ces flammes*
*Qui embrasent mon cœur et condamnent ma lutte,*
*Fatalité des mots, inévitable... »*

Son fils se précipita pour l'empêcher de finir son poème. Il enserra sa taille et bascula dans le vide avec elle.

« Angelo ! », m'écriai-je avec horreur.

Les deux adversaires disparurent de ma vue. Le tonnerre masqua le bruit de leur chute, mais les étoiles s'arrêtèrent de tomber. L'obscurité retrouva ses droits dans cette nuit tourmentée.

Mon cœur battait à tout rompre. Prisonnier des sortilèges de l'Ensorceleuse, je ne pouvais pas me lever pour secourir mon ami. Les branches d'eucalyptus n'avaient pas desserré leur emprise.

Ce fut à cet instant que Tim se réveilla en sursaut. Derrière lui, l'immense coupe en émeraude se fendit dans un craquement sinistre. La magie végétale se libéra dans l'atmosphère, en un nuage épais qui commença à dériver au-dessus du palais. Cette menace me paraissait presque dérisoire après l'incendie qui avait enflammé le ciel.

« J'ai réussi ! annonça le jeune homme avant de regarder autour de lui avec étonnement. Angelo ? Rébus ? »

Il s'approcha et s'agenouilla à mes côtés.

« Que s'est-il passé ? demanda-t-il. D'où viennent toutes ces fleurs ? »

Je n'osais pas imaginer à quoi ressemblait la scène sous ses yeux. J'étais entortillé dans un amas de branches d'eucalyptus, entouré de pommes écrasées et couvert de fleurs de cerisier. Il passa la main dans les pétales parfumés. À son contact, ils tombèrent en poussière rose que la brise emporta.

« Ce sont des illusions, murmura-t-il. Ces fleurs paraissent pourtant si réelles ! C'est incroyable !

— Tim ? », marmonnai-je.

Il m'interrogea du regard.

« Tu penseras à me libérer, quand tu auras fini de t'extasier ? »

Il eut une grimace d'excuse, avant de m'adresser un sourire ravageur qui me laissa sans voix. Son visage avait des traits d'une finesse diabolique. Au lieu de m'aider, il prit une poignée de fleurs et les lança sur mon visage.

« Profite de ce moment, dit-il en riant. Ce n'est pas tous les jours qu'on est couvert de fleurs ! »

Son regard brillait d'un éclat moqueur. Quelque chose d'étrange passa dans ses yeux.

Il commença enfin à couper mes liens. Je profitai de cet intermède pour lui raconter notre combat contre l'Ensorceleuse et la disparition d'Angelo. Son sourire disparut et son visage devint grave.

« Qu'a-t-il encore fait ? », marmonna-t-il.

Mon premier réflexe, une fois libéré, fut de me rapprocher du bord du toit.

« Ne bougez plus ! », rugit une voix derrière nous.

Une poignée de mages étaient apparus derrière nous. Une série d'éclairs traversèrent l'air qui nous séparait. Des lianes, des ronces et des branches nous ligotèrent en quelques secondes. Je tombai avec un gémissement de douleur.

Encore…

Je détestais les sortilèges des gardiens du palais Viridys.

La porte de la cellule s'ouvrit pour la première fois depuis des heures. Les menottes enchantées qui me liaient les poignets et les chevilles m'empêchèrent de me relever. J'observai avec impuissance un mage précipiter Angelo à l'intérieur de notre prison. Le prince s'effondra sur le sol. Il semblait mal en point, mais vivant.

« Angelo ! », m'écriai-je en même temps que Tim.

Le mage nous menaça de son sceptre. Son regard noir était plein de colère. Une fleur d'acacia en or brillait autour de son cou. Vêtu d'un maillot de corps blanc et d'une toge violette, il portait près du cœur un écusson brillant : un aigle dont les serres maintenaient une belette prisonnière.

« Restez tranquilles, dit-il durement. Si j'entends le moindre bruit dans cette cellule, je vous assomme.

— Vous adorez ça, n'est-ce pas ? grommela le prince en roulant sur le côté.

— J'ai aimé le jeune prince que vous étiez, Angelo, en dépit de vos âneries habituelles, mais c'était avant que vous ne détruisiez l'Astre Émeraude et que vous ne tentiez de tuer la reine.

— Techniquement, c'est plutôt ma mère qui… »

Le mage lança un sortilège qui l'empêcha de terminer sa phrase. Angelo grogna de douleur.

« Vous êtes tous les trois de dangereux criminels, trancha-t-il. Je vous conseille de garder le silence. »

Il nous balaya d'un regard incendiaire.

« Un Impur et deux voleurs d'Astres, murmura-t-il. Vous êtes une menace pour le peuple, pour la magie et pour la religion. Êtes-vous fiers d'apprendre que le monde entier ne parle que de vous ? Le Conseil de l'Hexalliance et le Concile du Cercle vont se réunir pour procéder à votre jugement. Prenez le temps de réfléchir à vos crimes. Nul ne vous aidera à vous défendre. »

Il fit demi-tour et claqua la porte derrière lui. La serrure se verrouilla avec un bruit sec.

Je regardai mes complices avec fatigue et désespoir. Notre mission était un échec.

« Qu'allons-nous faire ? murmurai-je. Ils vont nous tuer… »

Angelo se redressa à demi. Du sang coulait de son nez. Ses menottes lui liaient les mains dans le dos et l'empêchaient de s'essuyer.

« Personne n'osera vous tuer, jura-t-il. Mes parents ne prendront pas le risque de détruire les phénix que vous avez capturés, ou pire, de les libérer de leurs entraves… Ils vous forceront à chanter les Quatrains pour les enfermer dans les Astres.

— Les gemmes sont détruites, rétorquai-je. Nous ne pouvons pas défaire ce que nous avons fait.

— Il existe sûrement un moyen de les reconstruire.

— De toute façon, lança Tim, comment pourraient-ils nous obliger à le faire ? La torture est interdite depuis les guerres de la Reine Sanguine et la signature de l'Hexalliance… Ma chère tante refusera de remettre en question son abolition.

— Espérons-le, soupira le prince. Vois les choses du bon côté : tes chances de survie sont plus élevées que les miennes… Les prêtres du Cercle n'ont besoin d'aucun prétexte pour éliminer un Impur.

— Tu dois les convaincre, Angelo ! La magie de Dohr'im est merveilleuse ! Elle n'a rien à voir avec l'Impureté. »

Son cousin s'affala contre le mur derrière lui.

« Je n'ai pas réussi à en convaincre ma propre mère, se plaignit-il. Elle est persuadée que notre héritage met en danger l'équilibre magique de ce monde. Elle n'a pas entièrement tort, même si nous ne sommes pas en train de le *détruire*, mais de le *modifier*…

— Nous n'aurions pas dû voler ces Astres, soupira Tim. Nous n'étions pas prêts.

— C'est déjà un exploit d'y être parvenu. Comment s'est passée ta rencontre avec le phénix Émeraude ? »

Tim lui raconta son combat mental. Il avait vécu une bataille semblable à la mienne, à la différence que le monstre était affaibli depuis la destruction du sanctuaire des druides. L'arbre en cristal qui grandissait dans les ruines avait capté une grande partie de la magie qui le nourrissait. Tim avait profité de cette situation.

« C'est étrange, commenta le prince. Thaleia nous a manipulés pour détruire le sanctuaire. Cette sorcière aurait dû savoir que ça affaiblirait le phénix Émeraude. Pensait-elle que nous n'oserions pas le capturer si vite ?

— Il faudrait le lui demander.

— C'est la plus mauvaise idée que tu aies jamais eue, se moqua son cousin. Je te rappelle qu'elle a envoyé un gang d'assassins pour nous massacrer. Je n'ai aucune envie de recroiser le chemin de Lex.

— Moi non plus, avouai-je en grimaçant.

— Quelles sont les motivations de Thaleia, dans ce cas ? soupira Tim. Elle a pris le risque d'affaiblir ses alliés… Elle aurait dû vous forcer à libérer la magie sauvage juste avant le Jugement Dernier, pour ne nous laisser aucune chance. »

Angelo haussa les épaules.

« Comment savoir ? répondit-il. C'est une Oracle qui a traversé les siècles sans vieillir d'une seule ride. Elle a eu des milliers d'années pour affiner sa stratégie et se préparer à notre venue. Rébus a vu les miracles dont elle était capable pour créer l'illusion d'une île entière, au milieu de nulle part. Elle maîtrise bien mieux la magie de Dohr'im que je ne le ferai jamais.

— Ta tempête de fleurs était impressionnante, lui concédai-je. On aurait juré qu'elles étaient réelles. »

Mon ami retrouva le sourire.

« Merci, dit-il avec fierté. Mon djinn a enfin décidé de me livrer certains secrets. Sulménie s'était bien gardée de le faire jusqu'à présent… J'aurais préféré qu'elle le fasse avant que ma mère m'ensorcelle comme un vulgaire bandit. »

Il plissa les yeux de douleur. La femme prisonnière de son esprit l'avait sans doute puni de son ingratitude. J'étais soulagé d'apprendre qu'elle l'avait pardonné pour la mort involontaire de sa sœur. Ses connaissances et sa magie pouvaient grandement aider notre quête.

Angelo nous expliqua que son sortilège avait réveillé un souvenir particulier de la reine Mirabella dans le but d'influencer ses émotions et d'infléchir sa colère. Il ignorait la signification de ces fleurs de cerisier et des images qui étaient apparues dans la tempête. Il savait seulement que sa mère ne s'était pas abandonnée à ses sentiments. Son sens du devoir avait été plus fort.

« Qu'a-t-elle voulu invoquer par son dernier poème ? demandai-je.

— Vous préfèreriez l'ignorer, croyez-moi, soupira mon ami. L'invocation du Zodiaque est un privilège des reines, mais cette magie antique est à double tranchant… Nous n'aurions pas survécu au sortilège du Scorpion. Tous les signes astrologiques tirent leur puissance des étoiles, mais certains sont plus dangereux que d'autres. Le Scorpion est dévastateur. Il n'exige pas seulement le sacrifice de celui qui l'invoque. »

Il ne voulut pas en dire davantage. Nous hochâmes la tête gravement. Certaines vérités étaient trop effrayantes pour être exprimées à haute voix.

Angelo avait empêché sa mère d'achever son incantation en se jetant sur elle. Il nous avoua qu'il n'était alors pas sûr de survivre à cette chute.

« Ma mère était prête à se sacrifier, rappela-t-il. Pourtant, elle a décidé au dernier moment d'utiliser sa magie pour nous aider à planer dans les airs. Elle a renoncé à mourir et à me tuer par la même occasion.

— Elle t'a sauvé la vie, murmura Tim.

— Si on veut. En la serrant dans mes bras, je lui ai communiqué tout mon amour pour elle et pour notre royaume. Ça ne l'a pas empêchée de m'ensorceler avant même que nous ne touchions le sol. Cette fois, elle ne m'a pas laissé le temps de me défendre. Au vu de notre situation présente, je pense qu'elle aurait pu tout aussi bien me laisser mourir. »

Mon ami redevint silencieux. Je ne pus m'empêcher de frissonner dans cette prison humide et froide.

Nous allions être jugés pour nos crimes. Des crimes impardonnables, mais que nous ne regrettions pas.

Trois journées de captivité passèrent lentement. Nous n'avions aucun contact avec l'extérieur, en dehors des geôliers qui nous apportaient un peu d'eau et de nourriture et qui nous escortaient dans d'autres cellules pour conserver une hygiène décente. Je savais que le statut aristocratique d'Angelo et de Tim nous évitait de bien pires conditions de détention.

Nous n'avions aucune nouvelle d'Amira. Les enchantements qui protégeaient la prison souterraine empêchaient Angelo de projeter son esprit auprès d'elle. Une fenêtre permettait à un puits de lumière de nous éclairer, mais les barreaux métalliques étaient faits d'une matière très particulière, née de la fusion entre de l'acier et des gemmes d'obsidienne. Seul un alchimiste pouvait modifier la forme ou la structure de ces barreaux. Ils absorbaient tous les autres sortilèges. Nos menottes étaient faites du même matériau pour nous interdire l'usage de la magie.

Je m'inquiétais pour la santé de la Princesse Noire. Ses provisions devaient commencer à manquer. Notre échec l'avait laissée seule et démunie. Nous avions agi avec imprudence, sans prendre de dispositions pour assurer sa sécurité.

Ce n'était pas ma seule source d'inquiétude. Près de moi, Tim était allongé et tremblait de fièvre. Son front perlait de sueur. Nous avions supplié nos geôliers d'appeler une guérisseuse, mais personne n'était venu.

« Comment va-t-il ? murmura Angelo depuis l'autre bout de la cellule.

— De pire en pire, soupirai-je. Il est brûlant. »

Le prince grommela un juron. Nous savions tous les deux que le phénix Émeraude reprenait des forces. Plus le temps passait, plus il risquait d'envahir l'esprit de Tim. Notre compagnon d'infortune luttait de toutes ses forces.

*« Et s'il perd ce combat ?* demandai-je à mon djinn. *Que se passera-t-il si le phénix se libère de sa prison mentale ?*

*— Tim sera projeté dans un cauchemar sans fin,* me souffla Ji'Vri. *Son djinn livrera bataille pour éviter que le phénix ne détruise ses souvenirs et sa personnalité.*

*— Et si le monstre en sort vainqueur ?*

*— Malheureusement, je pense que Tim n'y survivra pas. Son âme sera dévorée à tout jamais. Notre quête aura définitivement échoué, car un Esprit Sauvage se sera réincarné. »*

Je détestais ce sentiment d'impuissance qui m'étouffait. Nous devions sortir d'ici et rejoindre le Portail Végétal au plus vite… Nous ne pouvions pas rester dans cette prison.

Une clé tourna soudain dans la serrure. La porte de notre cellule s'ouvrit en grinçant sur ses gonds. Une grande femme se tenait dans la lumière du couloir.

« Vous avez cinq minutes, bougonna un geôlier derrière elle.

— Ce sera suffisant », dit l'inconnue.

Elle s'avança en brandissant un épi de blé cristallisé qui diffusait une lumière froide et intense. La porte se referma derrière elle. Cette grande femme était vêtue d'un épais manteau d'hermine, d'une blancheur immaculée. Une tresse blonde se balançait dans son dos comme les ondulations d'un serpent venimeux. Son regard émeraude était aussi glacé qu'arrogant.

Un sourire mauvais déforma le visage de la reine Hildegarde.

« Voici donc les criminels qui essayent de détruire le monde, lança-t-elle.

— Qui êtes-vous ? lança Angelo en se redressant. Je ne vous ai jamais vue.

— Je ne suis pas là pour discuter avec un Impur, dit-elle d'un ton cassant, en particulier un prince qui a renié ses ancêtres. Je suis là pour résoudre une énigme qui me tourmente depuis des années. »

Elle s'approcha de moi en levant son talisman. La lumière m'éblouit et je plissai les yeux malgré moi.

« Regarde-moi, Rébus, ordonna la reine. Montre-moi ce que je cherche depuis si longtemps. »

Que voulait cette femme ? Je relevai la tête avec défi. Elle me dévisagea avec l'attention d'un prédateur sur le point de dévorer sa proie. Un doigt glacé caressa les contours de ma mâchoire. Je sentis son ongle me griffer le visage, emportant une perle de sang avec elle.

La reine murmura quelques mots et une légère fumée s'échappa de mon sang, dessinant un symbole écarlate dans les airs : un losange orné de quatre cloches, le blason du Royaume Minéral. Notre visiteuse eut une grimace si terrifiante qu'elle me glaça le cœur.

« J'en étais sûre, lança-t-elle. Tu es le bâtard de mon infidèle de mari. »

Son regard se réduisit à deux fentes sans lumière.

« Tu regretteras d'être né ! promit-elle. Tu ne voleras pas l'héritage de mon fils. Je ferai pression sur le Conseil pour te condamner à mort. Et ne songe pas à dévoiler ce petit secret… Mes assassins n'attendent qu'un mot de ma part pour s'en prendre à une certaine artiste peintre qui loge près du port. Ton silence est le prix de sa vie. »

Elle commença à faire demi-tour. Ses paroles prenaient un sens auquel je ne m'étais pas attendu. Je trouvai le courage de me redresser.

« Attendez ! lançai-je. Ôtez-moi d'un doute. Avez-vous essayé de me tuer pendant mon séjour au palais ?

— Évidemment, lâcha-t-elle en lissant sa tresse d'un geste agacé. Croyais-tu vraiment que la tour de Løk s'était écroulée par hasard, ou que tes crampes au milieu du fjord étaient naturelles ? Notre bref contact avant le rituel des vif-passeurs m'a permis de t'ensorceler.

— Quand avez-vous découvert mes origines ?

— J'ai eu un choc en voyant les traits de ton visage, à ton arrivée au palais. Tu avais les mêmes cheveux noirs et brillants que mon mari, lorsqu'il était plus jeune, et surtout ses beaux yeux bleus. Depuis que Løk a fondé Édelstener, les porteurs de la couronne ne peuvent enfanter que des héritiers aux yeux aussi bleus que ceux de notre dieu. J'ai eu la confirmation de mes doutes en retrouvant un portrait de Björn accroché sur un mur. La peinture peut immortaliser la jeunesse et la beauté, mais aussi y mettre fin. »

Elle frappa à la porte pour que le geôlier lui ouvre. Bientôt, la cellule se referma avec un bruit sec.

« Elle veut vraiment dire que… », commença Angelo.

Il n'osa pas terminer sa phrase. Je m'adossai au mur avec un long soupir.

« Apparemment, je suis le fils du roi Björn, murmurai-je la gorge serrée. Et vu l'âge du prince Olaf, je suis aussi l'héritier du trône. »

# Chapitre XXIV

*Le fantôme du prince Atik vint à ma rencontre au cours d'une belle journée d'hiver. La température était si froide que le fjord avait gelé. J'avais eu la force de sortir et de m'installer près du port pour peindre une aquarelle et capturer la beauté du paysage qui nous entourait. L'art était un moyen d'oublier la maladie qui menaçait encore la vie de mes enfants.*

*Le spectre avait l'apparence d'un jeune garçon de dix ans. Une couronne claire sur ses cheveux, il portait une tenue légère et des sandales ouvertes. Son regard était d'une sagesse insondable et troublante. Ses paroles me glacèrent le sang.*

*L'épidémie qui nous frappait n'était pas d'origine naturelle. La reine Hildegarde savait que son mari était aussi romantique qu'infidèle. Elle se méfiait de ses bâtards qui pouvaient menacer la succession et priver son fils de son héritage. Elle ignorait leur nombre et leur identité, mais elle savait qu'ils partageaient un signe distinctif : des yeux aussi bleus que ceux du dieu fondateur d'Édelstener.*

**Lupa Adellarte**
**« Couleurs restaurées »**

« J'ai raté autre chose ? », lança Tim en se massant les tempes.

Il avait le front brûlant, mais sa fièvre était retombée. Nous avions convaincu nos geôliers de faire venir une guérisseuse. Ses herbes avaient aidé notre compagnon à calmer sa douleur. Son répit était aussi salutaire que temporaire.

« Tes compagnons de cellule sont deux princes héritiers, s'amusa Angelo. Que veux-tu de plus, chanceux que tu es ?

— J'ai toujours su que Rébus était un garçon spécial. Quand tu me l'as présenté, je me suis dit que ses grands yeux bleus cachaient forcément un secret inavouable. »

Je ris doucement. Je n'avais pas le même souvenir de notre rencontre : un garçon qui nageait en compagnie de jeunes femmes dévêtues, près d'une cascade, au beau milieu d'une jungle luxuriante ; un garçon qui était sorti de l'eau torse nu et qui m'avait plongé dans l'embarras.

« J'aurais dû me douter que mes parents ne m'avaient pas tout dit, avouai-je. Robulus leur avait souvent reproché de refuser de parler du Royaume Minéral, alors que nous étions nés là-bas… J'avais fini par soupçonner des histoires d'argent. Mais ce n'est pas le principal : avant mon départ, ma mère m'a conseillé de ne jamais croiser le regard de la famille royale.

— Un bon conseil, lâcha Angelo. La reine Hildegarde est complètement folle ! Elle a essayé de te tuer parce que tu avais les yeux bleus !

— Je me moque bien du trône. Si je répète ses paroles, elle tuera mes parents… À moins que je compte sur l'influence du roi Björn ? S'il est bien mon père, il me protégera peut-être.

— Ça m'étonnerait. Je te rappelle qu'il contrôle un réseau d'assassins et qu'il a utilisé son pouvoir sur le vif-argent pour t'attirer dans la capitale, peut-être à la demande de Thaleia et de ses sœurs. Ne lui donne pas une raison supplémentaire de vouloir ta mort. »

Je n'avais aucune intention d'attirer des ennuis à mes parents. En tant que Messager de Dohr'im, je risquais déjà de leur porter préjudice. Et à quoi bon réclamer la couronne du Royaume Minéral ? Le pouvoir et l'argent ne m'intéressaient pas.

Les révélations de la reine Hildegarde ne changeaient rien à mon destin. La quête qui m'attendait était bien plus importante que d'étranges liens de sang… Je sentais que la reine avait vu juste, mais je n'en étais pas bouleversé pour autant. Je souhaitais seulement avoir une discussion avec mes parents pour mieux comprendre le contexte de ma naissance et de leur exil.

« Je me demande ce que Lex aurait fait s'il avait découvert la vérité, soupirai-je. Est-ce qu'il aurait dévoilé mon existence au roi Björn et à sa femme ?

— Pitié, ne nous parle plus de lui, supplia Tim. J'espère que nous ne recroiserons plus jamais sa route ! »

Je n'en étais malheureusement pas sûr. Les pièges de mon passé avaient tendance à me rattraper dans leurs filets… Qui pouvait affirmer que Lex arrêterait de me hanter ? Penser à lui suffisait à me provoquer une bouffée de colère. Il m'avait manipulé.

*« À toi de faire la paix avec ces souvenirs, Rébus,* souffla mon djinn. *Tu cesseras de souffrir quand tu auras pardonné à Lex.*

*— Après tous ses mensonges ? Il me protégeait uniquement pour que Thaleia puisse trouver l'île des Filles de la Lune et l'envahir. Il était ensuite prêt à me tuer sur les ordres de cette magicienne…*

*— Quelle importance ? Ta colère et tes regrets ne changeront pas ton passé. Que tu sois l'héritier du Royaume Minéral ou un Messager de Dohr'im, Lex n'aura plus aucune place dans ton avenir.*

*— Si j'ai encore un avenir… »*

Mon djinn ne répondit pas. Il sentait mon angoisse et je sentais la sienne. La présence de la reine Hildegarde dans ce palais ne signifiait qu'une chose : l'heure de notre jugement approchait.

« SILENCE ! »

La salle du trône était bondée. Agenouillé sur le marbre glacé aux côtés de mes compagnons d'infortune, j'avais eu tout le loisir d'observer la scène autour de moi, aussi intimidante qu'extraordinaire. Tant de têtes couronnées et de nobles s'étaient réunis pour notre procès !

Nous étions entourés d'un cercle de sièges aux allures de trônes. Recouverts de velours écarlate, ils étaient ornés de dorures et de pierres précieuses qui brillaient à la lumière des lustres. Émeraudes, rubis, améthystes… Autant de trésors qui captaient le regard et enflammaient mon imagination. Cette démonstration de richesse était une vision sublime pour le voleur que j'étais.

Les membres du Conseil de l'Hexalliance occupaient les sièges à notre gauche. Les souverains du monde entier s'étaient rassemblés, au complet pour la première fois depuis des dizaines d'années. Certains s'épiaient avec une méfiance qui témoignait des différends qui les opposaient. La plupart, cependant, n'avaient d'attention que pour les criminels entravés et agenouillés devant eux.

En face de nous, le roi Kiridjo et la reine Mirabella de los Calyptos se tenaient avec raideur. La mère d'Angelo avait les traits creusés par la fatigue. Leurs toges vertes étaient marquées du blason de leur royaume, deux feuilles d'eucalyptus entrecroisées. L'origine de ce symbole avait toujours été entourée de légendes. J'avais dévoilé certains de ses secrets en rencontrant l'Ensorceleuse et ses douloureux sortilèges… Je savais désormais que la royauté invoquait volontiers ces plantes à l'odeur mentholée. Je les soupçonnais d'être plus importantes que les récits de taverne le laissaient croire.

À leurs côtés se trouvait un homme à la carrure impressionnante et aux cheveux longs. Le souverain du Royaume Aérien, le roi Falonys, portait des vêtements rustiques faits de laine de mouton et de lanières de cuir. Son absence de décorum n'enlevait rien à sa majesté naturelle et à l'impression de danger qui émanait de lui. Sa récente ascension au trône avait été particulièrement sanglante ; son prédécesseur, le roi Démagore, y avait perdu la vie. Ses voisins le dévisageaient avec nervosité. Beaucoup d'entre eux ne l'avaient jamais rencontré avant ce rassemblement exceptionnel.

Le roi Björn et sa terrible femme discutaient à voix basse. Le sourire victorieux de la reine Hildegarde me donnait des frissons. Ses paroles me hantaient, mais je savais que le silence était préférable. Je refusais de révéler le secret de mes origines et de mettre en danger la vie de mes parents.

Les sièges suivants étaient occupés par un couple qui rayonnait de majesté et de sérénité – l'empereur Reyo et l'impératrice Jani Mingwang. Un léger froncement de sourcils était la seule marque de leur contrariété. Ils restaient impassibles en attendant le début du procès.

Le roi Aldirus II était le seul représentant du Royaume Aquatique. Grand et sec, il avait des pommettes saillantes et une mâchoire osseuse ; son teint grisâtre laissait deviner une maladie qui le rongeait de l'intérieur. Tout en frottant son Talisman Totem d'un air pensif, une dent de requin en lapis-lazuli, il balayait l'assemblée d'un regard bleu azur où brillait un éclat d'intelligence glacée.

Je tournai discrètement la tête pour observer le sultan Kadir et la sultane Lamia Al'Malwib derrière nous. On ne pouvait qu'admirer leurs vêtements flamboyants, en tissu écarlate et en liserés d'or. La sultane Lamia était d'une beauté à couper le souffle, avec une tunique aux couleurs vives qui contrastait fortement avec sa peau d'ébène. Son regard était sévère et plein de défi.

Tous ces dirigeants s'étaient réunis pour juger et condamner nos actes. Ils formaient un demi-cercle de sièges dont la richesse était à la mesure de l'importance de leurs occupants. Les membres du Concile du Cercle, la plus haute autorité religieuse de ce monde, occupaient le demi-cercle de droite. Les prêtres semblaient plus courroucés encore que les autres juges.

En face de nous, près de la reine Mirabella, l'Archidruide Séquijo nous regardait avec une certaine pitié, contrairement aux deux bonzes à sa gauche. Les moines martelaient du doigt leurs longs bâtons de combat et semblaient prêts à bondir pour nous achever. À leurs côtés se trouvaient deux chamans du Cercle d'Or, un couple de sourciers du Cercle Saphir, et une jeune femme avenante aux longs cheveux blonds – la Devineresse du Royaume

Aérien et représentante du Cercle Argenté. Elle s'était écartée autant que possible de son voisin, le marabout Abdu, peu vêtu en dépit du froid qui régnait dans la salle. Ses doigts enserraient une canne en os.

« SILENCE ! », répéta le mage Acacia.

Il lança un sortilège en direction du plafond. La magie explosa en une gerbe d'étincelles qui tombèrent en pluie dans la salle du trône. La foule d'aristocrates se tut. Le mage s'approcha de nous d'un pas nerveux.

Il balaya l'assemblée du regard avant de déclarer :

« Chers membres du Conseil de l'Hexalliance, chers membres du Concile du Cercle, vous êtes réunis pour juger ces trois criminels. »

Il déplia un parchemin pour lire les chefs d'accusation :

« Le prince Angelo de los Calyptos est accusé d'avoir détruit le sanctuaire des druides de la Forêt des Fées. Son cousin Tim de los Prios est accusé d'avoir détruit l'Astre Émeraude qui brillait au sommet du palais Viridys, il y a trois jours. Le dénommé Rébus Adellarte est accusé d'avoir détruit l'Astre Tigre qui brillait au sommet du phare d'Édelstener, il y a cinq jours. Enfin, le prince Angelo de los Calyptos et la princesse Amira Al'Malwib, absente à ce procès, sont accusés d'avoir été contaminés par l'Impureté et d'avoir entraîné leurs complices dans une entreprise sacrilège qui vise à détruire l'équilibre magique de notre monde. »

Le mage Acacia continua à lire pour décrire les éléments factuels qui attestaient de ces accusations : la destruction du sanctuaire des druides, la disparition des deux Astres, la signature du registre du Suprême où Angelo et Amira avaient déclaré la maîtrise d'une magie inconnue…

Il finit par replier son parchemin et annoncer :

« La parole est donnée à l'accusation pour le premier chef d'inculpation : la destruction du sanctuaire de la Forêt des Fées. J'invite l'Archidruide Séquijo à s'exprimer au nom du Cercle Émeraude. »

Le vénérable druide se leva de son siège en s'aidant d'une canne en bois, une branche de chêne noueuse. Un cercle vert piqué d'un point blanc était peint sur son front. Il lissa sa longue barbe blanche avant de commencer :

« Chers membres du Conseil, chers confrères du Cercle, j'accuse le prince Angelo d'avoir détruit le sanctuaire de la Forêt des Fées. J'ai vu de mes propres yeux ce jeune homme, en compagnie de la princesse Amira Al'Malwib, lancer un sortilège pour dévaster notre temple et briser sa protection millénaire. Ces deux enfants ont utilisé un puissant sortilège d'Impureté qui…

— C'est faux ! le coupa Angelo. Nous ne sommes pas des Impurs ! »

Sa voix résonna dans la salle du trône et provoqua des mouvements dans la foule. Le mage Acacia menaça son ancien élève de son sceptre.

« Silence ! rugit-il. Accusé, vous n'avez pas la parole ! »

Mon ami pinça les lèvres et prit sur lui pour ne pas exprimer sa rancœur. Son visage était rouge de colère.

L'Archidruide se racla la gorge avant de reprendre :

« L'Impureté n'a qu'une fonction : *détruire* la magie qu'elle altère. Notre sanctuaire a résisté pendant des siècles au cataclysme du Jugement Dernier. Notre clairière sacrée était protégée par une barrière de menhirs imprégnés de magie végétale. Seul un sort d'Impureté pouvait abattre cette antique protection.

— Ce n'est qu'une supposition de votre part ! s'écria Angelo.

— Prince, restez tranquille, gronda le mage.

— Alors faites votre travail, rétorqua-t-il vertement. Un procès se doit d'être factuel. Je refuse d'être jugé au nom de croyances dont personne ne peut attester la véracité. »

Les deux hommes s'affrontèrent du regard. Quelle stratégie mon ami essayait-il de suivre ?

« Archidruide Séquijo, dit finalement le mage Acacia, votre témoignage doit se concentrer sur les faits reprochés au prince Angelo. Je vous rappelle que vous intervenez uniquement pour traiter du premier chef d'inculpation : la destruction de votre sanctuaire. »

Le prêtre s'inclina avec humilité.

« Pardonnez-moi, mage, s'excusa-t-il. Je me contentais de rappeler quelques éléments de contexte pour préciser l'importance de cette accusation. Pour résumer, j'affirme avoir vu le prince Angelo détruire volontairement un lieu magique et sacré. »

Le druide retourna s'asseoir. Il semblait frustré d'avoir été interrompu dans sa diatribe. Le mage Acacia se tourna vers mon ami :

« Prince Angelo, qu'avez-vous à répondre pour votre défense ? »

Le jeune homme se leva avec difficulté. Nous étions restés longtemps agenouillés à même le marbre. Les mains liées dans le dos, il n'en réussit pas moins à garder sa dignité en levant la tête avec fierté. Son attention se porta vers ses parents, qui le regardaient avec un mélange de déception et d'incompréhension.

« Je plaide coupable, déclara-t-il. J'ai détruit le sanctuaire des druides de la Forêt des Fées. »

Un murmure traversa la salle du trône.

« Ce n'était cependant pas un acte prémédité, ajouta-t-il. Des assassins m'ont acculé contre la barrière protectrice du temple. Je n'ai pas eu d'autre choix que d'invoquer le don que je partage avec la princesse Amira Al'Malwib, le Souffle des Dieux, une magie antique que le monde a oubliée. Nous l'avons déjà dit et je le répète aujourd'hui : nous ne sommes pas des Impurs, mais les héritiers d'un dieu disparu, Dohr'im, dont la religion du Cercle salit le nom depuis des siècles. »

Des cris jaillirent de la foule. La salle du trône réagit bruyamment.

« SILENCE ! rugit le mage. Prince Angelo, ne vous éloignez pas du sujet qui nous préoccupe. »

Mon ami s'inclina de bonne grâce.

« Bien sûr, mage, souffla-t-il. Je tenais seulement à rappeler quelques éléments de contexte, comme notre cher Archidruide a pu le faire plus tôt… »

Il sourit légèrement, avant de surprendre l'assemblée en se tournant vers les émissaires du Sultanat Calorique et en affirmant avec assurance :

« Je souhaite préciser que j'ai agi avec la complicité involontaire de la princesse Amira Al'Malwib. Notre don nous a sauvé la vie en nous aidant à lutter contre des assassins, mais je suis le seul à blâmer pour avoir détruit le sanctuaire des druides. J'ai agi par colère, par dépit, et par un manque de contrôle dont j'assume l'entière responsabilité. Elle a tout fait pour stopper le sortilège. »

Le sultan et sa femme ne masquèrent pas leur surprise devant sa déclaration. Le couple se serrait la main avec une tension visible.

« Mais où est ma fille ? ne put s'empêcher de s'exclamer la sultane. Elle a disparu depuis plus d'un mois !

— Elle est en sécurité, la rassura Angelo, loin des prêtres du Cercle et des ennemis de votre famille. »

Ils inclinèrent brièvement la tête pour le remercier de ce témoignage. Ils semblaient émus par sa réponse.

Quand le prince se fut rassis, le mage Acacia demanda aux juges de s'exprimer à main levée. Chacun leva le bras et invoqua une flamme de magie dans sa paume, à l'exception du sultan et de sa femme qui se consultèrent à voix basse. Résolument, ils choisirent de ne pas lever le bras. Sur les douze voix représentées, une par royaume et par religion, le suffrage récolta onze votes coupables et un vote blanc.

Comment Angelo avait-il deviné les angoisses qui tourmentaient les parents d'Amira ? Il avait réussi à faire pencher la balance en sa faveur, même si cela n'avait pas été suffisant. J'eus une pensée admirative pour mon ami, qui venait de prouver à la fois sa compassion et sa maîtrise des jeux politiques.

Le mage Acacia reprit bientôt :

« La parole est donnée à l'accusation pour le deuxième chef d'inculpation : la destruction de l'Astre Émeraude. J'invite la reine Mirabella de los Calyptos à s'exprimer au nom du Royaume Végétal. »

La reine refusa l'aide de son mari pour se lever, mais elle se servit de son sceptre comme d'une canne. Elle semblait fragile et épuisée. Où avait disparu l'Ensorceleuse vive et alerte qui nous avait combattus sur le toit du palais ? Elle n'était plus que l'ombre d'elle-même. L'invocation du Zodiaque avait affecté sa santé, même si Angelo l'avait interrompue à temps.

Son visage n'en était pas moins dur et fermé. Elle nous toisa avec sévérité avant de déclarer :

« Chers membres du Conseil, chers membres du Cercle, j'accuse mon neveu Tim d'avoir détruit l'Astre Émeraude, avec la complicité de mon fils et du dénommé Rébus. Ces trois individus ont été appréhendés après s'être introduits dans notre palais pour libérer la magie de l'Astre. Vous êtes tous témoins de sa disparition et du profond désarroi dans lequel notre peuple est plongé. Les fleurs de nos jardins se fanent. De dangereux nuages traversent le ciel. Notre économie s'effondre. »

Elle déglutit avant de conclure :

« Je n'ai rien à ajouter, à part ma déception et ma colère envers trois criminels qui ont trahi leur famille ou leur royaume d'accueil. »

Elle se rassit avec une peine visible. Inquiet, son mari posa la main sur son bras.

Tout aussi souffrant, Tim fut invité à se défendre. Les mains liées, il ne pouvait pas essuyer la sueur qui perlait sur son front. Angelo l'aida à se lever et resta près de lui pendant son argumentaire.

« Ma chère tante, dit-il, vous qui êtes également ma reine, vous n'ignorez pas l'attachement profond qui me lie à ma famille. Rien ni personne ne m'y fera renoncer. »

Il se tourna vers l'assemblée pour chercher les visages de ses parents, de ses sœurs et de son demi-frère. Il déclara ensuite avec force :

« Je plaide non coupable. L'Astre n'a pas été détruit. »

La reine se dressa sur son siège.

« Tim, comment oses-tu nier l'évidence ! s'écria-t-elle. Aucune étoile ne brille plus au-dessus de notre palais ! »

Son cri se termina en quinte de toux. Son mari la força à se calmer.

Avec gêne, le mage Acacia invita Tim à poursuivre.

« Je répète, dit-il, *l'Astre n'a pas été détruit.* Vous êtes les souverains de ce monde ou les hauts représentants de la religion du Cercle. Vous savez parfaitement que les Astres ne sont que des prisons enchantées. Ces immenses talismans contiennent les cendres d'esprits maléfiques, des phénix qui se réveillent pendant le Jugement Dernier et qui libèrent la magie accumulée pendant l'année. Ces monstres détruisent tout sur leur passage.

— Ce ne sont pas des monstres ! s'exclama le marabout Abdu derrière nous. Ce sont les gardiens de notre magie, les protégés des dieux créateurs. Ils incarnent une pureté que votre âme ne connaîtra jamais !

— Parlez pour vous ! lança Tim avec dédain. Vous êtes un bel exemple de la décadence de votre religion. Retournez donc sacrifier des animaux pour lire l'avenir dans leurs entrailles ! »

Un brouhaha anima la salle. Le mage Acacia eut tout le mal du monde à ramener le silence et à éviter que le marabout n'ensorcelle l'impertinent jeune homme. Il ordonna à Tim de rester poli envers les juges s'il ne voulait pas voir sa plaidoirie écourtée.

« J'ai presque terminé, assura ce dernier. Je souhaite juste affirmer que je n'ai pas *détruit* l'Astre Émeraude. J'ai capturé l'âme du phénix qui s'y cachait. Je peux vous assurer qu'il s'agit bien d'un monstre. Je l'ai défié, je l'ai affronté et je l'ai battu. Il est désormais prisonnier de mon Talisman Totem. »

Des cris de surprise agitèrent l'assemblée. Les prêtres du Cercle étaient dans tous leurs états.

« C'est un blasphème et un mensonge ! s'exclama un des bonzes du Royaume Minéral. Aucun talisman n'est assez puissant pour remplacer un Astre

— Les nuages de magie sont la preuve que le phénix a été libéré de sa prison », renchérit l'Archidruide.

La défense vint d'une direction imprévue. Le sultan Karid se leva de son trône avec brusquerie. Son turban écarlate flamboyait sur son crâne.

« Gardez ces âneries pour vos fidèles, gronda-t-il. Je chante chaque année le Quatrain Calorique pour réveiller les cendres du phénix Rubis. Je vous assure que l'esprit qui en est prisonnier est bien réel… Si le phénix Émeraude était libre, nous l'aurions déjà vu traverser le ciel, et pas sous la forme de vagues nuages. Ces enfants ont provoqué la disparition de deux Astres, mais leurs déclarations sont crédibles. Quel autre roi pourrait prétendre le contraire ? »

Son regard balaya l'assemblée, y compris le marabout hargneux qui se tenait à ses côtés. Nul n'osa le contredire.

« Les phénix sont des êtres magiques d'une grande puissance, reprit-il. Nos sortilèges parviennent à les enchaîner, chaque année, dans une gemme immense. En tant que sultan, je vous garantis que cette expérience n'est pas agréable… J'admets humblement qu'il s'agit de monstres que nous contrôlons de notre mieux. »

Il se rassit en silence. À quelques sièges de lui, la reine Hildegarde eut un ricanement moqueur. Elle entortilla les doigts autour de sa tresse blonde. Son mépris n'était volontairement pas passé inaperçu.

« Quel témoignage pathétique, lança-t-elle méchamment. Pleurez sur vos responsabilités, mais ne niez pas l'évidence : ces criminels ont détruit l'équilibre magique de ce royaume et celui du nôtre. Ils ont déstabilisé l'économie du Royaume Minéral.

— Permettez-moi de garder mes larmes devant cette nouvelle, s'exclama la sultane Lamia avec provocation. Qui n'a pas été heureux d'apprendre la chute d'un royaume d'espions, d'assassins et d'empoisonneurs ?

— Qui êtes-vous pour oser prendre la parole ? réagit l'autre avec fureur. Vous n'êtes qu'une folle hystérique ! Vous ne devriez même pas participer à cette réunion !

— Vous êtes décidément d'une amabilité exquise… Vous ignorez donc l'origine de ma guérison miraculeuse ? Nous avons démasqué l'empoisonneur qui agissait pour votre compte depuis quinze ans, pour mieux manipuler mon mari et le gouvernement du Sultanat Calorique. Il n'est malheureusement plus en mesure de témoigner devant cette assemblée… »

Les jurés étaient abasourdis par ces accusations. Les parents d'Angelo semblaient stupéfaits d'apprendre le rôle du Royaume Minéral dans l'affection qui avait si longtemps tourmenté la sultane. D'un geste discret, la reine Mirabella empêcha le mage Acacia de l'interrompre.

« C'est de loin votre crime le plus insignifiant, continua la sultane. Cette auguste assemblée a le droit d'apprendre la vérité. Niez-vous que les vif-passeurs vous sont d'une loyauté entière et inaltérable, qui se renforce à chacun de leurs voyages par la magie qu'ils invoquent ? Vous exploitez cette situation de monopole pour nous espionner depuis des années ! Mais ce n'est pas tout. Vous avez engagé des assassins pour tuer le prince Angelo, ainsi que ma fille, pour pousser le Sultanat Calorique et le Royaume Végétal à entrer en guerre. Vous auriez bien sûr été les premiers à nous vendre des armes.

— C'est ridicule ! intervint le roi Aldirus II. Nous connaissons tous l'antipathie légendaire qui règne entre vos deux pays. Vous vous détestez bien assez pour vous affronter sans aide extérieure.

— Votre intervention tombe fort à propos, rétorqua la sultane sans se laisser décontenancer. Personne n'a jamais compris comment vous aviez réussi votre coup d'État… Auriez-vous reçu une aide quelconque du Royaume Minéral pour envahir le palais de la Cité Cascade ? Un stock d'armes meurtrières, peut-être ? L'instabilité politique du Royaume Aérien est tout aussi surprenante… Messieurs, voulez-vous nous dévoiler les promesses que vont ont faites le roi Björn et sa femme ? »

L'agitation atteignait un point dangereux. Des halos de magie commençaient à se former autour de certains trônes. Les révélations venimeuses de la sultane menaçaient d'enflammer une poudrière.

L'empereur Reyo Mingwang se leva en exhortant tout le monde au calme. Son allure bonhomme et ses gestes simples parvinrent à alléger l'atmosphère.

« Nous ne sommes pas réunis ici pour régler nos différends, affirma-t-il avec force. Nous devons résoudre une affaire qui nous menace tous. Je vous rappelle l'importance de la destruction des Astres – ou la capture des phénix qui s'y cachaient, si l'on en croit l'accusé. La magie du Royaume Végétal est libre de toute contrainte, ainsi que celle du Royaume Minéral. Ce désastre aura de lourdes conséquences sur nous tous. »

Les dirigeants et les prêtres acquiescèrent sombrement. Le mage Acacia avait été dépassé par les événements. Il retrouva son rôle avec difficulté.

« Reprenons, si vous le voulez bien, dit-il. Les accusés ont exprimé leur défense. Passons au vote.

— Les accusés n'ont pas terminé », rétorqua Angelo d'une voix dure.

Le mage lui laissa la parole de mauvaise grâce.

« Il est évident que cette assemblée n'est pas en mesure de juger trois criminels, déclara-t-il en levant la tête. Vous êtes *vous-mêmes* des criminels ! La Sultane Lamia a révélé suffisamment de complots pour inculper la moitié d'entre vous ! Qui êtes-vous pour nous juger ?

— Angelo, vous vous écartez du sujet, gronda le mage. Votre plaidoirie est terminée. Jurés, je vous demande de bien vouloir voter pour ou contre la culpabilité des trois accusés dans la destruction de l'Astre Émeraude et de l'Astre Tigre, si vous ne voyez pas d'inconvénient à relier deux affaires en tout point similaires. »

Les jurés hésitèrent avant de lever le bras. Ils votèrent en grande majorité coupable. Le sultan et la sultane s'abstinrent, ainsi que l'empereur Reyo, l'impératrice Jani et les deux chamans du Cercle d'Or. Avec dix votes coupables, nous étions malheureusement à nouveau condamnés.

« Nous en venons au dernier chef d'inculpation, annonça le mage Acacia. Ces jeunes gens sont accusés de participer à une entreprise blasphématoire qui vise à détruire l'équilibre magique du monde, grâce à l'Impureté d'Angelo de los Calyptos et d'Amira Al'Malwib.

— Combien de fois devrai-je vous le répéter, s'écria Angelo, nous ne sommes *pas* des Impurs ! »

Le mage grommela avant d'accepter de donner la parole à la défense.

« Quelles preuves vous faut-il pour comprendre que notre magie est simplement différente ? commença-t-il. Notre don nous a permis de guérir la princesse Amira Al'Malwib de sa cécité ! Comment l'Impureté aurait-elle pu provoquer un tel miracle ?

— Nul ne sait ce dont l'Impureté est capable, intervint la reine Mirabella.

— Mère, vous avez été témoin de ma magie lorsque nous nous sommes affrontés. Je sais que vous avez déjà eu affaire à des Impurs. Avez-vous perçu la moindre ressemblance ? »

La magicienne était troublée.

« Non, admit-elle. C'était différent. »

Des murmures agitèrent la foule.

« Ce n'est pas tout, ajouta mon ami. Mère, auriez-vous l'obligeance de dévoiler la vérité sur ma naissance et celle de la princesse Amira ? Vous savez depuis des années que nous sommes les héritiers de Dohr'im.

— Son témoignage n'est pas recevable ! rugit le marabout Abdu. Elle fera tout pour protéger son fils ! »

La reine se redressa fièrement.

« Ne m'insultez pas dans mon propre palais, lança-t-elle d'une voix glacée. Ces trois accusés ont été appréhendés par mes gardes. Ne remettez *jamais* en cause mon intégrité. »

Le prince en profita pour reprendre son argumentaire.

« La magie de Dohr'im est une bénédiction, affirma-t-il. La capture des phénix est une étape nécessaire pour libérer le monde de la malédiction des Astres, qui nourrissent des monstres bientôt capables de s'incarner pour réduire l'humanité en esclavage.

— C'est un blasphème honteux, gronda le marabout. Le Cercle est formé par six formes de magie. Toute autre source de pouvoir est un mensonge, une illusion ou une forme d'Impureté. »

L'Archidruide exprima un avis similaire.

« Vous n'en avez vous-même pas conscience, renchérit-il. Nous ne condamnons pas votre *volonté* de nuire, mais votre *capacité* à nuire. Nous pensons que vous avez découvert une nouvelle forme d'Impureté. C'est la seule explication.

— C'est une conclusion simpliste et ridicule, persista le prince. Vous admettez votre ignorance à notre sujet, mais vous renoncez à remettre en question vos dogmes… Archidruide, n'êtes-vous pas le premier à prêter attention aux signes des dieux ? Ouvrez les yeux ! Aucun Impur n'a jamais guéri un aveugle, détruit un sanctuaire ou capturé un Astre ! De quelles autres preuves avez-vous besoin pour revoir vos certitudes ?

— La magie est en équilibre depuis toujours, assura la Devineresse. Tout ce qui menace cet équilibre doit être corrigé. C'est un des fondements du Cercle.

— Vous préférez donc détruire une magie merveilleuse plutôt que de l'étudier, sourit le prince avec amertume. Je ne suis plus étonné de savoir que votre religion a oublié son existence.

— Le Concile s'est déjà réuni pour trancher cette question théologique, conclut le marabout Abdu en se léchant les lèvres. Ce procès n'est qu'un événement pour décider d'une sanction exemplaire. Impurs ou non, vous êtes une menace pour le Cercle et pour le monde entier. »

Ses confrères étaient unanimes.

Le prince fulminait. Il me jeta un regard entendu, ainsi qu'à Tim qui tremblait de nouveau de fièvre, avant de lever la tête avec fierté. Mon cœur se mit à battre plus fort. Je savais déjà que sa déclaration allait nous condamner.

« Votre religion est décadente, déclara-t-il avec sévérité. Incapables de réfléchir, vous vous cachez derrière de vieux textes poussiéreux ! Vous êtes faibles, aveugles devant la beauté d'une magie qui fleurit sous vos yeux, mais que vous ne savez que piétiner. Votre temps est révolu ! »

L'assemblée était tétanisée par son discours. Angelo balaya les juges d'un regard sombre.

« Votre ignorance est la seule menace de ce monde, déclara-t-il. Honte à vous, qui refusez d'entendre nos avertissements ! Votre religion a détruit la mémoire de notre dieu. Regardez-nous bien… Nous sommes ses héritiers. Avec ou sans votre accord, les Messagers de Dohr'im restaureront sa magie et changeront le monde ! »

# Chapitre XXV

*La montagne se dessinait au-dessus de nous en larges traits de fusain. L'aube ne s'était pas encore levée et la roche noire était tachetée de neige. J'appréciai le parfum des fjords une dernière fois.*

*Le vif-argent s'agitait. Nous attendions la marée dans une barque en bois : Wolfgang à l'avant, Robulus et Rébus à l'arrière. Toute notre vie se résumait à une poignée de bagages, de toiles et de pinceaux usés. Qu'allions-nous devenir ? Qui accueillerait des émigrés en fuite ?*

*Une vie se terminait. Une autre commencerait bientôt.*

**Lupa Adellarte**
***« Couleurs restaurées »***

« J'ai toujours adoré ces jardins, confia Tim à mes côtés.

— Ils sont magnifiques », admis-je dans un souffle.

Angelo ne fit pas de commentaire. Les débats et les conclusions du procès l'avaient rempli d'amertume.

De longues heures s'étaient écoulées depuis que les juges avaient rendu leur verdict. Nous avions d'abord retrouvé les murs de notre prison pour y recevoir quelques visiteurs, en particulier la famille d'Angelo et de Tim : leurs parents respectifs, émus aux larmes, la princesse Mariña et son mari Shadiin, tous deux choqués et attristés par ce jugement, ainsi que Gracilla, Clara et Aldo, éplorés de voir leur frère et leur cousin condamnés… Ces adieux avaient été déchirants. Même la princesse Luli Mingwang était venue saluer Angelo en lui volant un dernier baiser, avant de s'enfuir en pleurant.

J'avais eu un pincement au cœur devant l'absence de mes propres parents. Avaient-ils seulement conscience du châtiment qui m'attendait ? Ma mère avait-elle eu peur d'affronter le roi Björn et la reine Hildegarde ? J'avais demandé à nos gardiens de les prévenir, mais nul n'avait écouté mes dernières volontés... Un criminel n'avait aucun droit.

Quand le flot des visiteurs s'était tari, nous avions été emmenés à l'extérieur, dans les jardins luxuriants du palais. L'orage menaçait. Des nuages noirs envahissaient le ciel.

« J'ai encore du mal à y croire, avoua Tim. Ils vont sans doute renommer cette partie des jardins. Le patio des Impurs ? L'antre des Hérétiques ?

— Le patio des Voleurs d'Étoiles ? proposai-je.

— Je n'aurais jamais dû vous entraîner dans cette aventure, s'excusa Angelo. Tout est de ma faute.

— C'est vrai, admit son cousin, mais nous avons choisi de te suivre. Nous étions complices de tes crimes. »

Le jardin qui nous entourait se situait dans l'ombre du palais Viridys, au nord, là où les rayons du soleil d'hiver ne réchauffaient jamais le sol. Une haie de sapins et d'épineux délimitait l'espace. Les mages avaient construit une dalle de pierre circulaire, un piédestal au centre duquel s'élevaient trois colonnes de marbre blanc. Une corde serrée nous attachait contre les piliers. Ce lien mordait douloureusement mes poignets et mes hanches. Je ne pouvais pas toucher mes compagnons, malgré leur proximité.

Un grondement agita les nuages. Les mages allumèrent des torches pour s'éclairer tandis qu'ils achevaient leurs préparatifs. Je les vis creuser un sillon dans la terre autour de nous et planter des pensées, des chrysanthèmes et des capucines. Les fleurs colorées s'ouvrirent sous l'action de leurs sortilèges. Cousines du lierre et du chèvrefeuille, les capucines allongèrent leurs tiges en rampant dans notre direction. Quelques jours suffiraient pour qu'elles atteignent les colonnes de marbre.

« Un vrai monument aux morts, remarqua Tim sombrement. Ils ne font pas les choses à moitié.

— Ce n'est pas très rassurant, avouai-je.

— Disons que nos chances de survie sont excellentes jusqu'à ce qu'ils prononcent leur sortilège. »

J'eus un sourire en coin. C'était une façon optimiste d'envisager la situation.

« Ce sera ensuite l'heure du festin, ajouta-t-il avec amertume. Les phénix vont se régaler… »

Sa remarque me fit frissonner. Un ricanement lugubre agita les tréfonds de mon esprit. Quelque part, un monstre grattait les parois de sa prison et s'impatientait. Il serait bientôt libre de ravager mes pensées et dévorer mon âme.

Nos juges avaient tranché. La disparition des Astres était la principale menace qu'ils devaient affronter. Ils acceptaient de croire que nous avions capturé les phénix, mais les gemmes brisées des Astres empêchaient les rois d'utiliser les Quatrains pour les y enfermer à nouveau. Seuls les prêtres connaissaient un moyen de réparer nos crimes : l'invocation d'un sortilège millénaire, un secret que leur ordre religieux détenait depuis l'aube des temps – le Cercle de Cristal.

Un poème dont les mots avaient permis aux dieux de créer et tailler les gemmes des premiers Astres.

Deux quatrains imbriqués où se mêlaient les six magies originelles en une forme parfaite, pure, inébranlable.

Huit alexandrins capables de cristalliser la magie de notre sang.

Nous allions *devenir* des Astres, d'immenses statues de cristal dépourvues de vie. Nos corps remplaceraient les précieuses prisons que nous avions détruites. Bientôt, on installerait la statue de Tim sur la plus haute tour du palais Viridys, tandis que je serais emporté au sommet du phare d'Édelstener. Je me consolais en songeant que je veillerais pour toujours sur un fjord sublime et une cité aux toits étincelants. Seul Angelo resterait dans cet écrin de verdure, ce lieu de recueillement qui illustrerait la toute-puissance du Cercle à l'égard des hérétiques.

Méritions-nous vraiment ce châtiment pour nous repentir de nos crimes ? Certains juges avaient montré une excitation féroce à l'idée d'invoquer ce sortilège légendaire dont parlaient de rares archives. Aucun religieux n'avait eu l'occasion, ou la chance, d'en admirer les effets… À défaut d'alternative et devant l'urgence de la situation, les prêtres du Cercle avaient voté à l'unanimité le recours à cette formule pour recréer les gemmes des Astres.

Plusieurs membres du Conseil de l'Hexalliance avaient cependant refusé d'appliquer cette sanction à l'encontre d'Angelo, car les prêtres ignoraient les conséquences sur un Impur : le sang contaminé serait-il purifié ou bien brûlé par leur magie ? Ils risquaient de condamner le prince à un sort plus terrible encore que le nôtre, en le faisant mourir dans d'atroces souffrances.

Les parents d'Angelo avaient voté contre, choqués par la violence de cette condamnation, ainsi que les représentants du Sultanat Calorique, qui voulaient préserver leur fille d'un sort semblable. L'empereur Reyo et l'impératrice Jani Mingwang s'étaient également abstenus en arguant que la magie de Dohr'im était trop mystérieuse pour être détruite. Leurs réactions n'avaient cependant pas réussi à infléchir les autres jurés. L'Impureté était un tabou qui justifiait les plus dures des sanctions.

« Voilà nos bourreaux, murmura Tim. Ils n'ont pas perdu de temps à relire leurs grimoires… »

Les prêtres du Cercle entrèrent dans le jardin. Les représentants de l'Hexalliance les suivaient un pas derrière, ainsi que les proches d'Angelo et de Tim. La reine Mirabella était en état de choc. Des larmes d'impuissance traçaient des sillons sur ses joues. Elle ne pouvait plus s'opposer au jugement qui nous attendait. Elle avançait à pas tremblants, soutenue d'un bras par sa fille et de l'autre par son mari. Où avait-elle trouvé la force d'assister à la mort de son fils ?

Le mage Acacia déclama des paroles qui ressemblaient fortement à une cérémonie mortuaire. Il répéta les motifs de notre condamnation et la sanction votée par les juges. Sa propre colère envers nos crimes semblait s'être envolée.

Son ton était empreint de tristesse et d'amertume. Il nous regardait avec une peine sincère.

Les prêtres se répartirent bientôt en cercle autour de notre piédestal. L'un après l'autre, ils commencèrent à chanter une prière. L'Archidruide entonna bientôt des paroles qu'il prononçait chaque semaine dans son sanctuaire :

*« Puissants arbres de Vie, sombres dieux de la Mort,*
*Entendez-vous les voix de ceux qui vous adorent ?*
*Des profondes racines aux feuilles de velours,*
*Nous sommes la sève d'un éternel amour ! »*

Il s'interrompit lorsqu'une éclaircie déchira soudain le ciel. Les rayons du soleil écartèrent les nuages et baignèrent les jardins d'une vive lumière blanche. Une silhouette éblouissante descendit du ciel et resta suspendue au-dessus de nous. Les prêtres reculèrent d'un pas et se signèrent devant l'apparition, en traçant un cercle sur le front.

Je devais pencher la tête pour mieux voir. Une jeune femme flottait dans les airs. Entourée d'un halo de lumière, elle était vêtue d'une djellaba rouge vif et bordée de liserés d'or. Mon cœur bondit dans ma poitrine.

« C'est ma fille ! », s'écria la sultane dans l'assemblée.

L'apparition hocha la tête.

« Je suis la princesse Amira Al'Malwib, déclara-t-elle avec fierté, mais aussi l'héritière d'un dieu disparu, Dohr'im. Je suis heureuse de voir que tous les royaumes, toutes les religions sont capables d'oublier leurs différences pour se réunir autour d'un même but. »

Malgré la gravité de la situation, son sourire était resplendissant. Elle irradiait de majesté et de douceur. Elle tendit la main et forma une boule de magie blanche qui tourbillonna sur elle-même. Des étincelles brillantes s'en échappaient comme autant d'étoiles filantes.

« Est-ce de l'Impureté ? demanda-t-elle avec simplicité. Vous avez concentré vos efforts sur une question sans importance. Les enjeux sont d'un autre ordre : comment allons-nous utiliser notre don ? »

Elle lança sa boule de magie en direction du ciel. Au contact des nuages, elle explosa en une myriade de particules étincelantes. Des flocons de neige se mirent à tomber sur les jardins du palais. La brise fit danser les cristaux de glace en un gracieux ballet. Captivée, l'assemblée ne pouvait qu'admirer cette vision magnifique.

Les flocons se liquéfièrent au contact de ma peau. Les minuscules gouttelettes glissèrent jusqu'à mes poignets où elles se cristallisèrent à nouveau. Une fine couche de glace brillante recouvrit bientôt la surface de mes mains. Un pouvoir étrange pulsait désormais dans mes doigts.

Je ne pus m'empêcher de frissonner. Cette neige était bien plus qu'une simple illusion. Amira avait découvert un nouvel usage de sa magie.

« Vous connaissez la foi qui m'a toujours animée, reprit la princesse. Je ne remettrai pas en cause la sagesse des prêtres du Cercle, qui veillent sur nos âmes et qui nous délivrent les enseignements des dieux tels qu'ils les ont reçus. Ils luttent contre l'ignorance… Comme nous allons le faire à notre tour. »

Son sourire s'élargit.

« Les dieux ont toujours récompensé la loyauté de leurs disciples, lança-t-elle à l'assemblée. Dohr'im a béni notre naissance et celle des Messagers qui nous accompagnent. Notre quête continuera tant que l'un de nous survivra. »

Son sourire se voila quand elle baissa les yeux vers nous.

« Angelo, Tim, Rébus, souffla-t-elle. Vos bourreaux préfèrent vous sacrifier plutôt que de vous écouter, par peur, ignorance ou vengeance… N'oubliez pas qu'un dieu vous a élus pour une quête merveilleuse. Gardez la foi ! Vous n'êtes pas seuls. »

La jeune femme s'éleva dans les airs. Elle s'éloigna sans un regard pour l'assemblée qui l'observait avec étonnement, sans explication rationnelle sur son apparition et sur la neige qui tombait désormais à gros flocons.

« Adieu, lança Amira dans un dernier souffle. Que le monde assume les choix de ses dirigeants. Et que justice soit rendue. »

Son départ s'accompagna du retour de l'obscurité. L'éclaircie fut avalée par d'épais nuages.

L'orage se mit à gronder et une pluie glacée remplaça bientôt la neige. Tout le monde s'abrita à grand renfort de sortilèges. L'intervention de la princesse avait bouleversé la cérémonie.

« Ma fille n'est pas une Impure ! lança soudain la sultane. Annulez ce jugement ! »

Une rumeur sourde anima l'assemblée. Les aristocrates ne savaient plus que penser après cette démonstration de pouvoir. Le marabout Abdu leva sa canne en os et invoqua un éclair qui crépita et réduisit tout le monde au silence.

« Le verdict a été rendu, rappela-t-il. Sultane, votre fille a trahi ses origines. Ses paroles sont aussi blasphématoires que venimeuses. Les Impurs respirent le mensonge et la tromperie.

— Ne cherchez pas à couvrir l'absence de vos arguments ! lança l'autre avec morgue. Ma fille est une miraculée et une protégée des dieux. Elle vient de nous montrer l'étendue de ses pouvoirs. Qui peut apparaître ainsi et faire tomber la neige ? Le Cercle est incapable de comprendre la magie qui l'entoure ! Vous n'avez aucune légitimité pour juger ces enfants !

— Qui êtes-vous pour condamner notre sagesse ? Vous êtes folle et amnésique depuis quinze ans !

— Ne me reprochez pas d'avoir été la victime des manigances du Royaume Minéral. »

Le marabout eut un sourire effrayant.

« Vous ne devez cette folie qu'à vous-même, susurra-t-il. Vous avez reçu un châtiment pour un crime commis en toute conscience. Voulez-vous que le monde entier en apprenne la raison ? »

La sultane était ébranlée, mais elle leva la tête avec fierté. Elle balaya l'assemblée du regard.

« Je n'ai nul besoin de menaces pour assumer la vérité, affirma-t-elle. Oui, ma folie est la conséquence d'une grave erreur que j'ai commise ici même, dans ce palais. J'ai assassiné la reine Granada de los Calyptos. »

Des cris de stupeur jaillirent autour d'elle. Seule la reine Mirabella resta immobile, un air triste sur son visage.

« Je n'ai cessé de regretter ce meurtre inexcusable, assura la sultane. J'ai mérité le châtiment qui a brûlé mes souvenirs et altéré ma mémoire. Rien ne justifie cependant le poison qui a prolongé mes souffrances.

— Vous n'avez pas été jugée pour cet acte de guerre, rétorqua le marabout. Vous êtes une criminelle ! Un nouveau procès devra être organisé. Les membres de l'Hexalliance doivent se réunir pour vous condamner. »

Une voix jaillit soudain de nulle part :

« Arrêtez donc de cracher votre venin, vieux serpent ! s'écria-t-elle. La sultane a déjà payé pour son crime. »

Une silhouette se matérialisa dans un halo blanchâtre. Le fantôme d'une vieille femme apparut dans une robe de bal bouffante, une rivière de perles au cou et un éventail spectral dans la main.

« Mère ! s'écria la reine Mirabella avec stupéfaction. C'est impossible ! »

Le fantôme de la reine Granada leva la main vers elle.

« Bella, ma chérie, ce n'est guère le moment de célébrer nos retrouvailles.

— Vous auriez dû rejoindre l'au-delà depuis longtemps !

— J'ai veillé sur vous, dans l'ombre. Je devais vous laisser faire votre deuil. Mon mari est le seul à avoir connu la vérité. J'ai encore quelques mystères à résoudre avant de le rejoindre… »

Elle pointa son éventail en direction du marabout Abdu.

« Vous, le prêtre décharné ! lança-t-elle avec âpreté. Retournez égorger des agneaux dans vos temples sordides ! Vous oubliez que le Cercle a été fondé sur des valeurs d'amour et de tolérance. Aucun prêtre digne de ce nom ne se serait abaissé à insulter et humilier une souveraine. »

Elle lança un sourire sincère à Lamia Al'Malwib.

« Sultane, déclara-t-elle, sachez que vous êtes pardonnée depuis longtemps. La responsabilité ne se divise pas ; elle se partage. J'ai eu des années pour comprendre en quoi ma mort était la conséquence logique d'une suite de décisions, de maladresses et de calculs politiques… Je suis aussi fautive que vous. J'ai délaissé nos ennemis communs qui rêvaient depuis longtemps de notre affrontement. »

Pour appuyer son discours, elle pointa son éventail vers les représentants du Royaume Minéral. La reine Hildegarde était blanche comme un linge. Elle voulut bafouiller une explication, ou une insulte, mais son mari lui intima le silence. Le roi Björn savait que leur situation était dangereuse. Ils étaient entourés de mages et de nobles qui appartenaient à l'aristocratie du Royaume Végétal. Les révélations de la défunte pouvaient leur être fatales.

« La reine Mirabella, ma fille, a ensorcelé la sultane pour venger mon meurtre, expliqua le fantôme à l'assemblée. Elle a ensuite gardé le silence sur cette terrible nuit où j'ai perdu la vie et où Lamia Al'Malwib a perdu la mémoire… Elle a voulu protéger un secret beaucoup plus important. Un secret qui m'a convaincue de rester quinze années de plus dans ce monde, alors que le repos éternel m'appelait de ses bras. »

Elle pointa son éventail vers nous. Un frisson traversa mon échine. Son arme était menaçante, même s'il ne s'agissait que d'un objet décoratif.

« Angelo et Amira sont nés au cours de cette nuit, dans les jardins de ce palais, déclara-t-elle. Leur naissance n'était pas ordinaire. Ils sont tous les deux les enfants d'un dieu disparu. Devinez lequel ? Je crois qu'ils ne cessent de vous le répéter, mais vous n'écoutez pas.

— Un fantôme ne devrait pas blasphémer ! rugit un bonze en brandissant son bâton de combat.

— Je ne m'adresse pas à vous ! siffla-t-elle. Le Cercle a dénaturé l'histoire de notre monde… Même vos prières ont perdu leur sens ! Archidruide, comment pouvez-vous croire que vos Louanges ne soient qu'une invitation à chercher *la clé du bonheur* ? Ce poème a traversé les siècles ! Comment le bonheur pourrait-il ouvrir les grands Portails qui se dressent mystérieusement près de l'océan, au bout de routes pavées étrangement rectilignes ? Ces mots témoignent d'une magie fabuleuse qu'il nous reste à découvrir pour réveiller les secrets de notre passé. »

Pris à partie, le vénérable druide rougit fortement sous sa barbe. Le fantôme de la reine Granada ne le laissa pas se remettre de ses émotions.

« Ces enfants vous montreront la voie, déclara-t-elle avec fougue. Ils sont l'avenir de ce monde ! Souverains de ce monde, observez-les bien ! Soyez témoins de la puissance de Dohr'im et de la bêtise du Cercle ! Soyez témoins de… »

Une langue de flamme traversa l'air et embrasa le spectre. La reine défunte émit un glapissement de douleur avant de se volatiliser dans un nuage d'étincelles.

La canne en os du marabout Abdu fumait encore du sortilège qui s'en était échappé. Ses yeux noirs étaient pleins de colère.

« Comment osez-vous ? s'écria la reine Mirabella en s'avançant vers lui. Vous paierez pour cet affront ! »

Elle leva la main et créa une multitude de dagues émeraude qui tourbillonnèrent autour d'elle. Une terrifiante colère avait pris le pas sur sa tristesse et sa mélancolie. Son mari reprit son bras pour la calmer et l'empêcher de provoquer une guerre.

« Nul ne peut tuer un fantôme, rappela-t-il calmement. La magie peut seulement les affaiblir et les éloigner. »

La magicienne ne dispersa pas ses sortilèges pour autant. Provocateur, le marabout la toisa d'un air dédaigneux. Il se tourna pour s'adresser aux prêtres qui s'abritaient du mieux possible de la pluie.

« Finissons-en, lança-t-il en faisant claquer sa langue contre son palais. Chers confrères, ces palabres ont assez duré. Devons-nous encore supporter d'autres blasphèmes ? Nous avons un jugement à rendre !

— L'Impureté a déjà contaminé d'autres personnes, renchérit l'un des bonzes. Le témoignage de la défunte reine Granada montre qu'elle s'est infiltrée jusqu'au plus haut niveau de ce gouvernement. »

L'Archidruide et la Devineresse étaient pâles, mais ils se joignirent aux autres religieux, unanimes. Ébranlés par l'apparition de la princesse Amira et de la reine défunte, ils n'en restaient pas moins convaincus de la nécessité d'empêcher les Impurs de nuire davantage.

Les spectateurs de l'assemblée étaient désemparés, incapables d'analyser toutes ces révélations. Aucun n'essaya d'empêcher les prêtres de chanter le poème du Cercle de Cristal :

*« Rubis écarlates et vertes émeraudes,*
*Maintenez la menace et le danger qui rôde !*
*Par vos chaînes d'argent et vos barreaux dorés,*
*Emprisonnez ici ces monstres abhorrés !*

*Que les tigres du ciel et leurs saphirs bleutés*
*Les veillent sans pitié et avec fermeté.*
*Que d'un cercle parfait, leur âme soit scellée ;*
*Qu'en devenant cristal, ils soient ensorcelés ! »*

Allions-nous mourir ?

Nous étions impuissants…

On me frappa soudain sur la tête avec un éventail.

« Qu'attendez-vous, bougres d'ânes ? lança une voix familière. Donnez-vous la main ! »

Le fantôme de la reine Granada menaçait de nous frapper une deuxième fois. Presque aussi transparente qu'un filet de brume, elle nous jetait un regard sévère.

Je me rendis compte qu'elle avait tranché une partie de nos liens avec son terrible éventail. Nous étions toujours attachés aux piliers de marbre, mais nos mains étaient libres. Une fine couche de glace brillante les recouvrait.

Quel sortilège Amira avait-elle invoqué ? En quoi pouvait-il nous sauver ? Je soupçonnais la princesse de ne pas être restée désœuvrée pendant que nous croupissions dans un cachot… Elle avait réussi à retrouver la reine défunte pour venir à notre secours.

« Dépêchez-vous ! s'énerva-t-elle. Pourquoi l'avenir du monde doit-il reposer sur ces trois idiots ? »

Sans comprendre, je tendis les mains pour saisir celles d'Angelo et de Tim. Leurs doigts se serrèrent autour des miens. La neige d'Amira se cristallisa davantage, comme une soudure inébranlable.

Les prêtres continuaient à psalmodier d'une même voix lugubre. Des anneaux de couleur se formaient dans les airs et se refermaient sur nous.

*« Rubis écarlates et vertes émeraudes,*
*Maintenez la menace et le danger qui rôde ! »*

Je respirais difficilement. Mes poumons semblaient écrasés par une masse qui gagnait en densité.

*« Par vos chaînes d'argent et vos barreaux dorés,*
*Emprisonnez ici ces monstres abhorrés ! »*

Mon sang me brûlait. Mes muscles se raidissaient chaque seconde davantage. La pluie me faisait cligner des yeux ; une douleur intense accompagnait le mouvement de mes paupières.

*« Que les tigres du ciel et leurs saphirs bleutés*
*Les veillent sans pitié et avec fermeté. »*

*« Laisse-toi aller »*, souffla une voix dans ma tête.

Mon djinn était là. Il m'accompagnerait jusqu'à la fin. Je voulus pleurer de joie, ou de peur, mais aucune larme ne coula sur mes joues. Mes paupières se fermèrent.

Ma peau semblait rigide, froide.

Cristallisée.

*« Que d'un cercle parfait, leur âme soit scellée ;*
*Qu'en devenant cristal, ils soient ensorcelés ! »*

Je lâchai mon dernier soupir. La magie de mon sang se cristallisa et bloqua sa circulation.

Mon esprit se détacha de mon corps. J'eus l'impression de voyager dans un monde flou, aérien, avant de me réveiller dans une vallée familière. De hautes montagnes couronnées de neige structuraient le paysage, sur un fond de ciel doré. Des ruisseaux dévalaient leurs flancs en chantant et se rejoignaient dans un large torrent.

Dans les airs, une ombre gigantesque tournoyait en traçant un sillon de nuages ambre et or. Libéré de sa prison, le phénix Tigre amassait son pouvoir. Une deuxième ombre ne tarda pas à le rejoindre, entourée de nuages verts qui crépitaient d'éclairs – le phénix Émeraude. Cette vision était à la fois sublime et effrayante.

Un long combat m'attendait.

*« Tu n'es pas seul,* fit une voix près de moi.

— *Nous ne le serons jamais »,* renchérit une autre.

Angelo et Tim étaient assis dans l'herbe, au milieu de boutons d'or et de narcisses. Ils me sourirent et me lancèrent un clin d'œil complice. En les voyant à mes côtés, dans cette vallée secrète et merveilleuse, la joie et l'espoir firent battre mon cœur.

Tout était encore possible.

Notre quête ne faisait que commencer.

# Remerciements

Ce troisième tome est la suite d'un rêve éveillé qui me berce depuis une quinzaine d'années. L'univers du *Souffle des Dieux* est un lieu dans lequel je m'échappe volontiers, chaque jour, au gré de mon inspiration et des clins d'œil de la vie. Je suis heureux de m'émerveiller encore de ce monde enchanté et des intrigues qui s'y nouent.

L'écriture de ce roman s'est faite en parallèle de celle du *Fabuleux Nectar*, un livre plus court, mais qui a demandé autant d'attention et de travail, de ma part comme de celle de mes relecteurs. Ce troisième volume n'aurait pas la même saveur ni la même qualité sans leur précieuse contribution. Merci à vous, Sophie, Stéphane, Jean-Philippe, Pierre-Jacques, Jérémy et Romain ! Je suis fier de vous avoir à mes côtés.

Je tiens également à remercier ma famille, mes amis et mes collègues pour leur soutien. La magie des mots me fait parfois oublier la réalité… Merci de me soutenir dans cette belle aventure.

Enfin, merci à vous, lecteurs, d'avoir franchi la porte de cet univers ! Il n'a pas fini de vous surprendre…

# Bonus / Soutien

Vous avez aimé ce nouveau tome du *Souffle des Dieux* ?
Vous voulez aider les Messagers de Dohr'im ?

Laissez un commentaire en ligne !

Cette série est autoéditée. Les Messagers de Dohr'im ont besoin de vous pour se faire connaître…

BONUS : recevez des récits inédits et des informations sur les prochaines sorties en vous inscrivant à la Newsletter ViP, sur le site officiel :

www.vincent-portugal.fr

Rendez-vous également sur Facebook et Instagram :

@vincent.portugal.auteur

# DU MÊME AUTEUR

***Aux éditions Plume Blanche***

- **INCAS**

***Le Souffle des Dieux***

- **Tome 1 : La Magie Perdue**
- **Tome 2 : Le Chant des Djinns**
- **Tome 3 : Le Voleur d'Étoiles**
- **Tome 4 : Fleurs de Magie**
- **Tome 5 : Le Jugement Dernier**

***Dans l'univers du Souffle des Dieux***

- **Fabuleux Nectar**

**Résumé de *Fabuleux Nectar***

« Du haut de sa tour du Palais Suspendu, Misha étudie ses grimoires et réchauffe ses alambics. L'alchimiste du roi est un créateur talentueux. Il invente des sortilèges et murmure des poèmes pour transformer la magie en outils insolites.

Son quotidien est bouleversé par la capture de trois rebelles des îles Liberté qui luttent pour leur indépendance. Pourquoi la princesse Séléna s'est-elle livrée à ses ennemis ? L'alchimiste soupçonne la prisonnière de profiter de sa captivité pour leur tendre un piège.

La belle étrangère prétend que son navire contient des trésors dignes des légendes, l'héritage d'un antique peuple des mers. **Ses ruses et ses manigances se teintent de mystère, de magie, et d'une alchimie fabuleuse qui pourrait changer le destin du royaume.** »

www.ingramcontent.com/pod-product-compliance
Lightning Source LLC
LaVergne TN
LVHW020650110826
845149LV00012B/1958

*9782490423002*